Considérée comme la reine du roman policier français, Fred Vargas emprunte son nom de plume au personnage d'Ava Gardner dans *La comtesse aux pieds nus* de J. Mankiewicz. Née à Paris en 1957, elle devient une éminente archéologue médiéviste travaillant pour le CNRS, avant d'entamer une carrière d'écrivain.

Auteur d'une dizaine de « rompols », Fred Vargas dépeint, au-delà d'une intrigue policière captivante, un univers poétique au sein duquel ses personnages ne cessent de gratter la surface des choses afin d'en dégager la véritable essence. Vendus dans plus de quarante pays, les romans de Fred Vargas ont reçu de nombreuses récompenses en France et à l'étranger dont le prix Mystère de la critique en 1996 pour *Debout les morts* et le grand prix du Roman noir de Cognac en 2000 pour *L'homme à l'envers. Pars vite et reviens tard* a obtenu le prix des Libraires, le grand prix des Lectrices de *ELLE*, en 2002, et a été adapté au cinéma par Régis Wargnier en 2007. Josée Dayan a réalisé en 2008 un téléfilm d'après son roman *Sous les vents de Neptune*.

Dans les bois
éternels

Fred
VARGAS

Dans les bois
éternels

I

En coinçant le rideau de sa fenêtre avec une pince à linge, Lucio pouvait observer le nouveau voisin mieux à son aise. C'était un petit gars brun qui montait un mur de parpaings sans fil à plomb, et torse nu sous un vent frais de mars. Après une heure de guet, Lucio secoua rapidement la tête, comme un lézard met fin à sa sieste immobile, détachant de ses lèvres sa cigarette éteinte.

— Celui-là, dit-il en posant finalement son diagnostic, pas de plomb dans la tête, pas de plomb dans les mains. Il va sur son âne en suivant sa boussole. Comme ça l'arrange.

— Eh bien laisse-le, dit sa fille, sans conviction.

— Je sais ce que j'ai à faire, Maria.

— C'est surtout que tu aimes tracasser le monde avec tes histoires.

Le père fit claquer sa langue contre son palais.

— Tu parlerais autrement si t'avais des insomnies. L'autre nuit, je l'ai vue comme je te vois.

— Oui, tu me l'as dit.

— Elle a passé devant les fenêtres de l'étage, lente comme le spectre.

— Oui, répéta Maria, indifférente.

Le vieillard s'était redressé, appuyé sur sa canne.

— On aurait dit qu'elle attendait l'arrivée du nouveau, qu'elle se préparait pour sa proie. Pour lui, ajouta-t-il avec un coup de menton vers la fenêtre.

— Lui, dit Maria, il va t'écouter d'une oreille et tout vider de l'autre.

— Ce qu'il en fera, ça le regarde. Donne-moi une cigarette, je vais me mettre en route.

Maria posa directement la cigarette sur les lèvres de son père et l'alluma.

— Maria, sacré Dieu, ôte le filtre.

Maria obéit et aida son père à enfiler son manteau. Puis elle glissa dans sa poche une petite radio, d'où sortaient en grésillant des paroles inaudibles. Le vieux ne s'en séparait jamais.

— Ne sois pas brutal avec le voisin, dit-elle en ajustant l'écharpe.

— Le voisin, il en a vu d'autres, crois-moi.

Adamsberg avait travaillé sans souci sous la surveillance du vieux d'en face, se demandant quand il viendrait le tester en chair et en os. Il le regarda traverser le petit jardin d'un pas balancé, haut et digne, beau visage crevé de rides, cheveux blancs intacts. Adamsberg allait lui tendre la main quand il s'aperçut que l'homme n'avait plus d'avant-bras droit. Il leva sa truelle en signe de bienvenue, et posa sur lui un regard calme et vide.

— Je peux vous prêter mon fil à plomb, dit le vieux civilement.

— Je me débrouille, répondit Adamsberg en calant un nouveau parpaing. Chez nous, on a toujours monté les murs à vue, et ils sont encore debout. Penchés, mais debout.

— Vous êtes maçon ?

— Non, je suis flic. Commissaire de police.

Le vieil homme cala sa canne contre le nouveau mur et boutonna son gilet jusqu'au menton, le temps d'absorber l'information.

— Vous cherchez de la drogue ? Des choses comme cela ?

— Des cadavres. Je suis dans la Criminelle.

— Bien, dit le vieux après un léger choc. Moi, j'étais dans le parquet.

Il adressa un clin d'œil à Adamsberg.

— Pas le Parquet des juges, hein, le parquet en bois. Je vendais des parquets.

Un amuseur, dans son temps, songea Adamsberg en adressant un sourire de compréhension à son nouveau voisin, qui semblait apte à se distraire d'un rien sans le secours des autres. Un joueur, un rieur, mais des yeux noirs qui vous détaillaient à cru.

— Chêne, hêtre, sapin. En cas de besoin, vous savez où vous adresser. Il n'y a que des tomettes dans votre maison.

— Oui.

— C'est moins chaud que le parquet. Je m'appelle Velasco, Lucio Velasco Paz. Entreprise Velasco Paz & fille.

Lucio Velasco souriait largement, sans quitter le visage d'Adamsberg qu'il inspectait bout par bout. Ce vieux-là tournait autour du pot, ce vieux-là avait quelque chose à lui dire.

— Maria a repris l'entreprise. Tête sur les épaules, n'allez pas lui raconter des sornettes, elle n'aime pas cela.

— Quelles sortes de sornettes ?

— Des sornettes sur les revenants, par exemple, dit l'homme en plissant ses yeux noirs.

— Il n'y a pas de risque, je ne connais pas de sornettes sur les revenants.

— On dit ça, et puis un jour, on en connaît une.

— Peut-être. Elle n'est pas bien réglée, votre radio. Vous voulez que je vous l'arrange ?

— Pour quoi faire ?

— Pour écouter les émissions.

— Non, hombre. Je ne veux pas entendre leurs âneries. À mon âge, on a gagné le droit de ne pas se laisser faire.

— Bien sûr, dit Adamsberg.

Si le voisin voulait trimballer dans sa poche une radio sans le son, et s'il voulait l'appeler « hombre », libre à lui.

Le vieux ménagea une nouvelle pause, scrutant la manière dont Adamsberg calait ses parpaings.

— Cette maison, vous en êtes content ?

— Très.

Lucio fit une plaisanterie inaudible et éclata de rire. Adamsberg sourit avec gentillesse. Il y avait quelque chose de juvénile dans son rire, quand tout le reste de sa posture semblait indiquer qu'il était plus ou moins responsable du destin des hommes sur cette terre.

— Cent cinquante mètres carrés, reprit-il. Un jardin, une cheminée, une cave, une resserre à bois. Dans Paris, cela n'existe plus. Vous ne vous êtes pas demandé pourquoi vous l'aviez eue pour une bouchée de pain ?

— Parce qu'elle était trop vieille, trop délabrée, je suppose.

— Et vous ne vous êtes pas demandé pourquoi on ne l'avait jamais démolie ?

— Elle est au fond d'une ruelle, elle ne gêne personne.

— Tout de même, hombre. Pas un acheteur depuis six ans. Ça ne vous a pas chiffonné, cela ?

— C'est-à-dire, monsieur Velasco, que je suis difficile à chiffonner.

Adamsberg racla l'excédent de ciment d'un coup de truelle.

— Mais supposez que cela vous chiffonne, insista le vieux. Supposez que vous vous demandiez pourquoi la maison ne trouvait pas preneur.

— Parce que les toilettes sont à l'extérieur. Les gens ne le supportent plus.

— Ils auraient pu construire un mur pour les relier, tout comme vous faites.

— Ce n'est pas pour moi que je le fais. C'est pour ma femme et mon fils.

— Sacré Dieu, vous n'allez pas faire vivre une femme ici ?

— Je ne crois pas. Ils ne feront que passer.

— Mais elle ? Elle ne va pas dormir ici ? Elle ?

Adamsberg fronça les sourcils, tandis que la main du vieux se posait sur son bras, cherchant son attention.

— Ne vous croyez pas plus fort qu'un autre, dit le vieil homme en baissant le ton. Vendez. Ce sont des choses qui nous échappent. C'est au-dessus de nous.

— Quoi ?

Lucio remua les lèvres, mâchant sa cigarette éteinte.

— Vous voyez cela ? dit-il en levant son avant-bras droit.

— Oui, répondit Adamsberg avec respect.

— Perdu quand j'avais neuf ans, pendant la guerre civile.

— Oui.

— Et des fois, ça me gratte. Ça me gratte sur mon bras manquant, soixante-neuf ans plus tard. À un endroit bien précis, toujours le même, dit le vieux en désignant un point dans le vide. Ma mère savait pourquoi : c'est la piqûre de l'araignée. Quand mon bras est parti, je n'avais pas fini de la gratter. Alors elle me démange toujours.

— Oui, bien sûr, dit Adamsberg en tournant son ciment sans bruit.

— Parce que la piqûre n'avait pas fini sa vie, vous comprenez ? Elle exige son dû, elle se venge. Ça ne vous rappelle rien ?

— Les étoiles, suggéra Adamsberg. Elles brillent encore alors qu'elles sont mortes.

— Si on veut, admit le vieux, surpris. Ou le sentiment : prenez un gars qui aime encore une fille, ou le contraire, alors que tout est foutu, vous saisissez la situation ?

— Oui.

— Et pourquoi le gars aime encore la fille ou le contraire ? Comment cela s'explique ?

— Je ne sais pas, dit Adamsberg, patient.

Entre deux coups de vent, le petit soleil de mars lui chauffait doucement le dos et il était bien, là, à fabriquer un mur dans ce jardin à l'abandon. Lucio Velasco Paz pouvait lui parler autant qu'il le voulait, cela ne le gênait pas.

— C'est tout simple, c'est que le sentiment n'a pas fini sa vie. Ça existe en dehors de nous, ces choses-là. Il faut attendre que ça se termine, il faut gratter le truc jusqu'au bout. Et si on meurt avant d'avoir fini de vivre, c'est pareil. Les assassinés continuent à traîner dans le vide, des engeances qui viennent nous démanger sans cesse.

— Des piqûres d'araignée, dit Adamsberg, bouclant la boucle.

— Des revenants, dit gravement le vieux. Vous comprenez maintenant pourquoi personne n'a voulu de votre maison ? Parce qu'elle est hantée, hombre.

Adamsberg acheva de nettoyer l'auge à ciment et se frotta les mains.

— Pourquoi pas ? dit-il. Cela ne me gêne pas. Je suis habitué aux choses qui m'échappent.

Lucio leva le menton et considéra Adamsberg avec un peu de tristesse.

— C'est toi, hombre, qui ne lui échapperas pas, si tu fais ton malin. Qu'est-ce que tu te figures ? Que t'es plus fort qu'elle ?

— Elle ? C'est une femme ?

— C'est une revenante du siècle d'avant avant, de l'époque d'avant la Révolution. Une vieille malfaisance, une ombre.

Le commissaire passa lentement la main sur la surface rugueuse des parpaings.

— Ah oui ? dit-il d'un ton soudain pensif. Une ombre ?

II

Adamsberg préparait le café dans la vaste salle-cuisine, encore mal habitué au lieu. La lumière entrait par des fenêtres à petits carreaux, éclairant l'ancien carrelage rouge et mat, un carrelage du siècle d'avant avant. Senteurs d'humidité, de bois brûlé, de toile cirée neuve, quelque chose qui le reliait à sa maison dans la montagne, en cherchant bien. Il posa deux tasses dépareillées sur la table, là où le soleil dessinait un rectangle. Son voisin s'était assis tout droit et serrait sa main unique sur son genou. Une main large à étrangler un bœuf entre pouce et index, qui semblait avoir doublé de volume pour compenser l'absence de l'autre.

— Vous n'auriez pas un petit quelque chose pour pousser le café ? Sans vouloir déranger ?

Lucio jeta un coup d'œil méfiant vers le jardin, pendant qu'Adamsberg cherchait un alcool quelconque dans ses cartons encore empilés.

— Votre fille ne veut pas ? demanda-t-il.

— Elle ne m'encourage pas.

— Cela ? Qu'est-ce que c'est ? demanda Adamsberg en tirant une bouteille d'une caisse.

— Un sauternes, jugea le vieux en plissant les yeux, tel l'ornithologue identifiant un oiseau au loin. C'est un peu tôt pour du sauternes.

— Je n'ai rien d'autre.

— On va s'arranger, décréta le vieux.

Adamsberg lui servit un verre et s'installa près de lui, exposant son dos au carré de soleil.

— Qu'est-ce que vous savez, au juste ? demanda Lucio.

— Que la précédente propriétaire s'est pendue dans la pièce du dessus, dit Adamsberg en indiquant le plafond du doigt. C'est pourquoi personne ne voulait la maison. À moi, c'est égal.

— Parce que, des pendus, vous en avez vu d'autres ?

— J'en ai vu. Mais ce ne sont jamais les morts qui m'ont donné du mal. Ce sont leurs tueurs.

— Nous ne parlons pas des vrais morts, hombre, nous parlons des autres, de ceux qui ne s'en vont pas. Elle, elle n'est jamais partie.

— La pendue ?

— La pendue est partie, expliqua Lucio en avalant une rasade, comme pour saluer l'événement. Vous avez su pourquoi elle s'était tuée ?

— Non.

— C'est la maison qui l'a rendue folle. Toutes les femmes qui vivent ici sont minées par l'ombre. Et puis elles en meurent.

— L'ombre ?

— La revenante du couvent. C'est pour cela que l'impasse s'appelle la ruelle aux Mouettes.

— Je ne comprends pas, dit Adamsberg en versant le café.

— Il y avait un ancien monastère de femmes ici, au siècle avant avant. C'étaient des religieuses qui n'avaient pas le droit de parler.

— Un ordre muet.

— Tout juste. On disait la rue aux Muettes. Et puis ça a donné « Mouettes ».

— Ça n'a rien à voir avec les oiseaux ? dit Adamsberg, déçu.

— Non, ce sont les nonnes. Mais « muettes », c'est dur à prononcer. Muettes, ajouta Lucio en s'appliquant.

— Muettes, répéta lentement Adamsberg.

— Vous voyez comme c'est dur. Pour vous dire qu'en ces temps, une de ces Muettes a souillé cette maison. Avec le diable, paraît-il. Mais enfin, de cela, on n'a pas de preuves.

— De quoi avez-vous des preuves, monsieur Velasco ? demanda Adamsberg en souriant.

— Vous pouvez m'appeler Lucio. Les preuves, on les a. Il y a eu un procès à l'époque, en 1771, et le couvent fut abandonné, et la maison fut purifiée. La Muette se faisait appeler sainte Clarisse. Contre une cérémonie et de l'argent, elle promettait aux femmes leur passage au paradis. Ce que les vieilles ne savaient pas, c'est que le départ était immédiat. Quand elles arrivaient avec leurs bourses pleines, elle les égorgeait. Elle en a tué sept. Sept, hombre. Mais une nuit, elle est tombée sur un os.

Lucio éclata de son rire de gosse, puis se ressaisit.

— On ne devrait pas s'amuser avec ces démons, dit-il. Tiens, ma piqûre me gratte, c'est mon châtiment.

Adamsberg le regarda agiter ses doigts dans le vide, attendant la suite avec tranquillité.

— Quand vous vous grattez, cela vous soulage ?

— Pour un moment, et puis ça revient. Un soir du 3 janvier 1771, une vieille est venue chez Clarisse pour acheter le paradis. Mais son fils,

16

méfiant et dur au gain, l'accompagnait. Il était tanneur, il a tué la sainte. Comme ça, montra Lucio en écrasant son poing sur la table. Il l'a aplatie sous ses mains de colosse. Vous avez bien suivi l'histoire ?

— Oui.

— Sinon, je peux la recommencer.

— Non, Lucio. Poursuivez.

— Seulement, cette saleté de Clarisse n'est jamais vraiment partie. Parce qu'elle n'avait que vingt-six ans, vous comprenez. Et toutes les femmes qui ont vécu ici après elle en sont sorties les pieds devant, par mort violente. Avant Madelaine – c'est la pendue – il y a eu une Mme Jeunet, dans les années soixante. Elle a passé sans raison par la fenêtre du haut. Et avant la Jeunet, une Marie-Louise qu'on a retrouvée la tête dans le four à charbon, pendant la guerre. Mon père les a connues toutes les deux. Que des ennuis.

Les deux hommes hochèrent la tête ensemble, Lucio Velasco avec gravité, Adamsberg avec un certain plaisir. Le commissaire ne voulait pas peiner le vieux. Et au fond, cette bonne histoire de revenants leur convenait très bien à tous deux, et ils la faisaient durer en connaisseurs aussi longtemps que le sucre au fond du café. Les horreurs de sainte Clarisse intensifiaient l'existence de Lucio et divertissaient momentanément celle d'Adamsberg des meurtres triviaux qu'il avait sur les bras. Ce fantôme féminin était autrement plus poétique que les deux gars tailladés la semaine passée à la porte de la Chapelle. Pour un peu, il eût raconté sa propre affaire à Lucio, puisque le vieil Espagnol semblait avoir un avis certain sur toutes choses. Il aimait bien ce sage amuseur à une main, n'était sa radio qui bourdonnait en continu dans sa poche. Sur un geste de Lucio, il remplit son verre.

— Si tous les assassinés doivent traîner dans le vide, reprit Adamsberg, combien y a-t-il de fantômes chez moi ? Sainte Clarisse, plus ses sept victimes ? Plus les deux femmes qu'a connues votre père, plus Madelaine ? Onze ? Plus que ça ?

— Il n'y a que Clarisse, affirma Lucio. Ses victimes étaient trop vieilles, elles ne sont jamais revenues. À moins qu'elles ne soient dans leurs propres maisons, c'est possible.

— Oui.

— Pour les trois autres femmes, c'est différent. Elles n'ont pas été tuées, elles ont été possédées. Tandis que sainte Clarisse n'avait pas fini sa vie quand le tanneur l'a écrasée sous ses poings. Vous comprenez maintenant pourquoi on n'a jamais voulu démolir la maison ? Parce que Clarisse serait allée loger plus loin. Chez moi, par exemple. Et nous tous, dans le secteur, on préfère savoir où elle se terre.

— Ici.

Lucio approuva d'un clignement d'œil.

— Et ici, tant qu'on n'y met pas les pieds, il n'y a pas de dommage.

— Elle est casanière, en quelque sorte.

— Elle ne descend même pas dans le jardin. Elle attend ses victimes là-haut, dans votre grenier. Et maintenant, elle a à nouveau de la compagnie.

— Moi.

— Vous, confirma Lucio. Mais vous êtes un homme, elle ne va pas trop vous tracasser. Ce sont les femmes qu'elle rend cinglées. N'amenez pas votre femme ici, suivez mon conseil. Ou bien vendez.

— Non, Lucio. J'aime cette maison.

— Tête de mule, hein ? D'où êtes-vous ?

— Des Pyrénées.

— La grande montagne, dit Lucio avec déférence. Ce n'est pas la peine que j'essaie de vous convaincre.

— Vous la connaissez ?

— Je suis né de l'autre côté, hombre. À Jaca.

— Et les corps des sept vieilles ? On les a cherchés, à l'époque du procès ?

— Non. Dans ce temps, au siècle d'avant avant, on n'enquêtait pas comme maintenant. Probable que les corps sont toujours là-dessous, dit Lucio en désignant le jardin avec sa canne. C'est pour ça qu'on ne pioche pas trop profond. On ne va pas provoquer le diable.

— Non, à quoi bon ?

— Vous êtes comme Maria, dit le vieux en souriant, cela vous amuse. Mais je l'ai aperçue souvent, hombre. Des brumes, des vapeurs, et puis son souffle, froid comme l'hiver en haut des pics. Et la semaine passée, je pissais sous le noisetier la nuit, et je l'ai vraiment vue.

Lucio vida son verre de sauternes et gratta sa piqûre.

— Elle a énormément vieilli, dit-il d'un ton presque dégoûté.

— Depuis le temps, dit Adamsberg.

— Bien sûr. Le visage de Clarisse est plissé comme une vieille noix.

— Où était-elle ?

— À l'étage. Elle allait et venait dans la pièce du dessus.

— Ce sera mon bureau.

— Et où ferez-vous votre chambre ?

— À côté.

— Vous n'avez pas froid aux yeux, dit Lucio en se levant. Je n'ai pas été trop brutal, au moins ? Maria ne veut pas que je sois brutal.

— Pas du tout, dit Adamsberg qui se retrouvait brusquement nanti de sept cadavres sous les pieds et d'une revenante à tête de noix.

— Tant mieux. Vous réussirez peut-être à l'amadouer. Bien qu'on dise que seul un très vieil homme aura sa peau. Mais cela, ce sont des légendes. N'allez pas croire n'importe quoi.

Resté seul, Adamsberg avala le fond de son café froid. Puis il leva la tête vers le plafond, et écouta.

III

Après une nuit sereine passée en la compagnie silencieuse de sainte Clarisse, le commissaire Adamsberg poussa la porte de l'Institut médico-légal. Il y avait neuf jours de cela, deux hommes s'étaient fait trancher la gorge à la porte de la Chapelle, à quelques centaines de mètres l'un de l'autre. Deux minables, deux escrocs au petit pied qui trafiquaient sur le marché aux puces, avait dit le flic du secteur pour toute présentation. Adamsberg tenait beaucoup à les revoir depuis que le commissaire Mortier, de la brigade des Stupéfiants, désirait les lui prendre.

« Deux paumés égorgés à la porte de la Chapelle, c'est pour moi, Adamsberg, avait déclaré Mortier. D'autant qu'on a un Black dans le lot. Qu'attends-tu pour me les passer ? Qu'il neige ?

— J'attends de comprendre pourquoi ils ont de la terre sous les ongles.

— Parce qu'ils étaient sales comme des peignes.

— Parce qu'ils ont creusé. Et la terre, c'est pour la Criminelle et c'est pour moi.

« — Tu n'as jamais vu des imbéciles cacher de la dope dans des bacs à fleurs ? Tu perds ton temps, Adamsberg.

— Cela m'est égal. J'aime ça. »

Les deux corps nus étaient étendus côte à côte, un grand Blanc, un grand Noir, l'un velu, l'autre non, chacun sous un néon de la morgue. Disposés les pieds joints et les mains le long du corps, ils semblaient avoir acquis dans la mort une sagesse d'écoliers toute nouvelle. À vrai dire, songeait Adamsberg en contemplant leurs postures dociles, les deux hommes avaient mené une existence empreinte de classicisme, tant la vie est avare d'originalité. Des journées organisées, avec les matinées consacrées au sommeil, les après-midi voués aux trafics, les soirées dévolues aux filles et les dimanches aux mères. À la marge comme ailleurs, la routine impose ses commandements. Leurs assassinats sauvages brisaient de manière anormale le déroulé de leurs vies plates.

La médecin légiste regardait Adamsberg tourner autour des corps.

— Que voulez-vous que j'en fasse ? demanda-t-elle, la main posée sur la cuisse du grand Noir, la tapotant négligemment comme pour un réconfort ultime. Deux gars qui trafiquaient dans les taudis, tailladés d'un coup de lame, c'est du travail pour les Stupéfiants.

— En effet. Ils les réclament à cor et à cri.

— Eh bien ? Quel est le problème ?

— C'est moi, le problème. Je ne veux pas les leur donner. Et j'attends que vous m'aidiez à les garder. Trouvez-moi quelque chose.

— Pourquoi ? demanda le médecin, la main toujours posée sur la cuisse du Noir, signalant par ce geste que l'homme demeurait pour le

22

moment sous son arbitrage, en zone franche, et qu'elle seule déciderait de son destin, vers la brigade des Stupéfiants ou vers la Criminelle.

— Ils ont de la terre fraîche sous les ongles.

— Je suppose que les Stups ont aussi leurs raisons. Ces deux hommes sont fichés chez eux ?

— Même pas. Ces deux hommes sont pour moi, voilà tout.

— On m'avait prévenue contre vous, dit tranquillement le médecin.

— En quel sens ?

— Dans le sens qu'on ne comprend pas toujours votre sens. D'où des conflits.

— Ce ne sera pas la première fois, Ariane.

Du bout du pied, la légiste tira à elle un tabouret roulant et s'y assit jambes croisées. Adamsberg l'avait trouvée belle, vingt-trois ans plus tôt, et elle l'était toujours, à soixante ans, élégamment posée sur cet escabeau de la morgue.

— Tiens, dit-elle. Vous me connaissez.

— Oui.

— Mais pas moi.

Le médecin alluma une cigarette et réfléchit quelques instants.

— Non, conclut-elle, cela ne me dit rien. Je suis navrée.

— C'était il y a vingt-trois ans et cela n'a duré que quelques mois. Je me souviens de vous, de votre nom, de votre prénom, et je me souviens qu'on se tutoyait.

— À ce point-là ? dit-elle sans chaleur. Et que faisait-on de si familier tous les deux ?

— On faisait une énorme engueulade.

— Amoureuse ? Cela me peinerait de ne plus m'en souvenir.

— Professionnelle.

— Tiens, répéta le médecin, sourcils froncés.

Adamsberg pencha la tête, distrait par les souvenirs que cette voix haute et ce ton cassant rappelaient à sa mémoire. Il retrouvait l'ambiguïté qui l'avait tenté et déconcerté jeune homme, le vêtement sévère mais les cheveux en désordre, le ton hautain mais les mots naturels, les poses élaborées mais les gestes spontanés. Si bien qu'on ne savait pas si l'on avait affaire à un esprit supérieur et distancié ou à une rude travailleuse oublieuse des apparences. Jusqu'à ce « Tiens » par lequel elle débutait souvent ses phrases, sans qu'on comprenne si la réplique était méprisante ou rurale. Face à elle, Adamsberg n'était pas le seul à prendre des précautions. Le Dr Ariane Lagarde était la légiste la plus renommée du pays, sans concurrence.

— On se tutoyait ? reprit-elle en faisant tomber sa cendre au sol. Il y a vingt-trois ans, j'avais déjà fait mon chemin, vous ne deviez être qu'un petit lieutenant.

— Tout juste un jeune brigadier.

— Vous me surprenez. Je ne tutoie pas facilement mes collègues.

— On s'entendait bien. Jusqu'à ce que l'énorme engueulade culmine et fasse trembler les murs d'un café du Havre. La porte a claqué, nous ne nous sommes plus jamais revus. Je n'ai pas eu le temps de finir ma bière.

Ariane écrasa son mégot sous son pied, puis se cala à nouveau sur le tabouret métallique, un sourire revenu, hésitant.

— Cette bière, dit-elle, je ne l'aurais pas lancée par terre, par hasard ?

— C'est cela.

— Jean-Baptiste, dit-elle en détachant les syllabes. Ce jeune crétin de Jean-Baptiste

24

Adamsberg qui croyait tout savoir mieux que tout le monde.

— C'est ce que tu m'as dit avant de fracasser mon verre.

— Jean-Baptiste, répéta Ariane à voix plus lente.

Le médecin quitta son tabouret et vint poser une main sur l'épaule d'Adamsberg. Elle sembla proche de l'embrasser, puis renfourna sa main dans la poche de sa blouse.

— Je t'aimais bien. Tu disloquais le monde sans même en avoir conscience. Et d'après ce qu'on raconte du commissaire Adamsberg, le temps n'a rien amélioré. À présent, je comprends : lui, c'est toi, et toi, c'est lui.

— En quelque sorte.

Ariane s'accouda à la table de dissection où reposait le corps du grand Blanc, poussant le buste du mort pour s'appuyer plus à son aise. Comme tous les légistes, Ariane ne témoignait d'aucun respect envers les défunts. En revanche, elle fouillait dans l'énigme de leurs corps avec un indépassable talent, rendant ainsi hommage, à sa manière, à la complexité immense et singulière de chacun. Les études du Dr Lagarde avaient rendu glorieux les cadavres de vivants ordinaires. Passer entre ses mains vous faisait entrer dans l'Histoire. Mort, malheureusement.

— C'était un cadavre exceptionnel, se souvint-elle. On l'avait trouvé dans sa chambre, avec une lettre d'adieu raffinée. Un élu de la ville compromis et ruiné qui s'était tué d'un coup de sabre dans le ventre, à la japonaise.

— Saoulé au gin pour se donner du cran.

— Je le revois très bien, continua Ariane avec le ton adouci de ceux qui se remémorent une jolie histoire. Un suicide sans anicroche, précédé d'une tendance ancienne à la dépression compulsive. Le conseil municipal était soulagé que l'affaire n'aille pas plus loin, tu te rappelles ? J'avais rendu mon rapport, irréprochable. Toi, tu faisais les photocopies, les reliures, les courses, sans trop obéir. On allait boire un verre le soir sur les quais. Je frôlais la promotion, tu rêvais dans la stagnation. À cette époque, j'ajoutais de la grenadine dans la bière, et cela moussait d'un coup.

— Tu as continué d'inventer des mélanges ?

— Oui, dit Ariane d'un ton un peu déçu, des quantités, mais sans réelle réussite jusqu'ici. Tu te souviens de la *violine* ? Un œuf battu, de la menthe et du vin de Málaga.

— Je n'ai jamais voulu goûter ce truc.

— Je l'ai cessée, cette violine. C'était bien pour les nerfs mais trop énergétique. On a tenté beaucoup de mélanges, au Havre.

— Sauf un.

— Tiens.

— Le mélange des corps. On ne l'a pas tenté.

— Non. J'étais encore mariée et dévouée comme un chien malade. En revanche, on formait un duo parfait pour les rapports de police.

— Jusqu'à ce que.

— Jusqu'à ce qu'un petit crétin nommé Jean-Baptiste Adamsberg se foute dans le crâne que l'élu du Havre avait été assassiné. Et pourquoi ? Pour dix rats morts que tu avais ramassés dans un entrepôt du port.

— Douze, Ariane. Douze rats saignés d'un coup de lame dans le ventre.

— Douze, si tu veux. Tu en avais déduit qu'un meurtrier entraînait son courage avant de porter l'assaut. Il y avait autre chose. Tu trouvais la blessure trop horizontale. Tu disais que l'élu aurait dû tenir le sabre plus en biais, du bas vers le haut. Alors qu'il était ivre comme un Polonais.

— Et tu as jeté mon verre par terre.

— Je lui avais donné un nom, bon sang, à cette grenadine-bière.

— La *grenaille*. Tu m'as fait virer du Havre et tu as rendu ton rapport sans moi : suicide.

— Tu y connaissais quoi ? Rien.

— Rien, admit Adamsberg.

— Viens prendre un café. Tu me diras ce qui te tracasse avec tes cadavres.

IV

Le lieutenant Veyrenc était assigné à cette mission depuis trois semaines, calé dans un placard d'un mètre carré pour assurer la protection d'une jeune femme qu'il voyait passer sur le palier dix fois par jour. Et cette jeune femme le touchait, et cette émotion le contrariait. Il se déplaça sur sa chaise, cherchant une autre position.

Il n'avait pas à s'en faire, ce n'était qu'un grain de sable dans les rouages, une écharde dans le pied, un oiseau dans le moteur. Le mythe selon lequel un seul petit oiseau, si ravissant soit-il, pouvait à lui seul faire exploser la turbine d'un avion était une pure foutaise, comme les hommes savent tant s'en inventer pour se faire peur. Comme s'ils n'avaient pas assez de soucis comme cela. Veyrenc chassa l'oiseau d'un revers de pensée, dévissa son stylo et s'occupa à en nettoyer la plume avec soin. Il n'avait que cela à foutre, de toute façon. L'immeuble était plongé dans le silence.

Il revissa son stylo, l'accrocha dans sa poche intérieure et ferma les yeux. Quinze ans jour pour jour qu'il s'était endormi sous l'ombre interdite du noyer. Quinze ans de dur travail que nul ne lui arracherait. Au réveil, il avait soigné son allergie à la sève de l'arbre et puis, avec le temps, il avait apprivoisé les terreurs, grimpé jusqu'à l'amont des tourments pour juguler les turbulences. Quinze ans d'efforts pour transformer un jeune gars au torse creux, cachant sa chevelure, en un corps robuste et une âme solide. Quinze ans d'énergie pour ne plus voltiger en écervelé vulnérable dans le monde des femmes, qui l'avait laissé repu de sensations et saturé de complications. En se redressant sous ce noyer, il s'était mis en grève comme un ouvrier harassé, amorçant une retraite précoce. S'éloigner des crêtes dangereuses, mêler de l'eau au vin des sentiments, diluer, doser, briser la compulsion des désirs. Il se débrouillait bien, à son idée, loin des embrouilles et des chaos, au plus près de quelque idéale sérénité. Relations inoffensives et passagères, nage rythmée vers son objectif, labeur, lecture et versification, état presque parfait.

Il avait atteint sa cible, se faire muter à la Brigade criminelle de Paris, emmenée par le commissaire Adamsberg. Il en était satisfait, mais surpris. Il régnait dans cette équipe un microclimat insolite. Sous la direction peu perceptible de leur chef, les agents laissaient croître leur potentiel à leur guise, s'abandonnant à des humeurs et des caprices sans rapport avec les objectifs fixés. La Brigade avait accumulé des résultats incontestables, mais Veyrenc demeurait très sceptique. À savoir si cette efficacité était le résultat d'une stratégie ou le fruit tombé de la providence. Providence qui fermait les yeux, par exemple, sur le fait que Mercadet ait installé des coussins à l'étage et y dorme plusieurs heures par jour, sur le fait qu'un chat anormal défèque sur les rames de papier, que le commandant Danglard dissimule son vin dans le placard de la cave, que traînent sur les tables des documents sans lien avec les enquêtes, annonces immobilières, listes de courses, articles d'ichtyologie, reproches privés, presse géopolitique, spectre des couleurs de l'arc-en-ciel, pour le peu qu'il en avait vu en un mois. Cet état de choses ne semblait troubler personne, sauf peut-être le lieutenant Noël, un gars brutal qui ne trouvait personne à son goût. Et qui, dès le second jour, lui avait adressé une remarque offensante à propos de ses cheveux. Vingt ans plus tôt, il en aurait pleuré mais aujourd'hui il s'en foutait tout à fait ou presque. Le lieutenant Veyrenc croisa les bras et cala sa tête contre le mur. Force indélogeable lovée dans une matière compacte.

Quant au commissaire lui-même, il avait peiné à l'identifier. De loin, Adamsberg n'avait l'air de rien. Il avait croisé plusieurs fois cet homme petit, corps nerveux et mouvements lents, visage aux reliefs composites, vêtements froissés et regard de même, sans imaginer qu'il s'agissait là d'un des éléments les plus réputés, en bien et en mal, de la section criminelle. Même ses yeux semblaient ne lui servir à rien. Veyrenc attendait son entrevue officielle avec lui depuis le premier jour. Mais Adamsberg ne l'avait pas remarqué, bercé par quelque clapotis de pensées profondes ou vides. Il était possible qu'il s'écoule une année entière sans que le commissaire s'aperçoive que son équipe comptait un nouveau membre.

Les autres agents, eux, n'avaient pas manqué de saisir au vol l'avantage considérable que représentait l'arrivée d'un Nouveau. Ce pourquoi il se retrouvait en planque dans ce cagibi, sur le palier d'un septième étage, à exercer une surveillance écrasante d'ennui. La norme aurait voulu qu'il soit régulièrement relevé et il en avait été ainsi au début. Puis les relais s'étaient dégradés, au prétexte que tel était sujet à la mélancolie, tel au sommeil, tel à la claustrophobie, aux impatiences, aux dorsalgies, si bien qu'il se retrouvait seul à présent à monter la garde du matin au soir, assis sur une chaise en bois.

Veyrenc étendit ses jambes comme il put. Tel est le sort des nouveaux et cela lui importait peu. Avec la pile de livres posée à ses pieds, le cendrier de poche dans sa veste, la vue sur le ciel par le vasistas et son stylo en état de marche, il aurait presque pu vivre ici heureux. Esprit au repos, solitude maîtrisée, objectif atteint.

V

Le Dr Lagarde avait compliqué les choses en réclamant une goutte de sirop d'orgeat pour la mélanger à son double café crème. Mais enfin, les consommations avaient fini par parvenir à leur table.

— Qu'est-il arrivé au Dr Romain ? demanda-t-elle en tournant le liquide épais.

Adamsberg écarta les mains en un mouvement d'ignorance.

— Il a ses vapeurs. Comme une femme du siècle dernier.

— Tiens. D'où sors-tu ce diagnostic ?

— De Romain lui-même. Pas de dépression, pas de pathologie. Mais il se traîne d'un divan à un autre, entre une sieste et un mots-croisés.

— Tiens, répéta Ariane en fronçant les sourcils. Romain est pourtant un actif, et un légiste très valable. Il aime son boulot.

— Oui. Mais il a ses vapeurs. On a longtemps hésité avant de se décider à le remplacer.

— Et pourquoi m'as-tu fait venir, moi ?

— Je ne t'ai pas fait venir.

— On m'a dit que la Brigade de Paris me réclamait à toute force.

— Ce n'était pas moi, mais tu tombes bien.

— Pour arracher tes deux gars aux Stups.

— Selon Mortier, il ne s'agit pas de deux gars. Il s'agit de deux minables, dont un Black. Mortier est le chef des Stups, nous n'avons pas de bons rapports.

— C'est pour cela que tu refuses de lui passer les corps ?

— Non, je ne cours pas après les cadavres. Mais il se trouve que ces deux-là sont pour moi.

— Tu me l'as déjà dit. Raconte.

— On ne sait rien. Ils se sont fait tuer dans la nuit de vendredi à samedi à la porte de la Chapelle. Pour Mortier, cela signale forcément de la dope. Pour Mortier, les Blacks ne s'occupent d'ailleurs que de dope, à se demander s'ils connaissent autre chose de la vie. Et il y a cette trace de piqûre au creux du coude.

— J'ai vu. Les analyses de routine n'ont rien donné. Qu'attends-tu de moi ?

— Que tu cherches, et que tu me dises ce qu'il y avait dans la seringue.

— Pourquoi refuses-tu l'hypothèse de la drogue ? Ce n'est pas ce qui manque à la Chapelle.

— La mère du grand Noir assure que son fils n'y touchait pas. Ni n'en consommait ni n'en dealait. La mère du grand Blanc ne sait pas.

— Tu crois encore en la parole des vieilles mamans ?

— La mienne a toujours dit que j'avais la tête comme une passoire, qu'on pouvait entendre le vent entrer d'un côté et sortir de l'autre en sifflant. Elle avait raison. Et je te l'ai dit : ils ont les ongles sales, tous les deux.

— Comme tous les miséreux du marché aux puces.

Ariane disait « miséreux » avec ce ton compassionnel des grands indifférents, pour qui la misère est un fait et non pas un problème.

— Ce n'est pas de la crasse, Ariane, c'est de la terre. Et ces gars n'entretenaient pas de jardin. Ils vivaient dans des chambres d'immeubles ravagées, sans lumière et sans chauffage, telles que la ville les offre aux miséreux. Avec leurs vieilles mamans.

Le regard du Dr Lagarde s'était posé sur le mur. Quand Ariane observait un cadavre, ses yeux rapetissaient en position fixe, semblant se muer en oculaires de microscope de haute précision. Adamsberg était certain que s'il avait examiné ses prunelles à cet instant, il y aurait vu les deux corps parfaitement dessinés, le Blanc dans l'œil gauche, le Noir dans l'œil droit.

— Je peux te dire au moins une chose qui peut t'aider, Jean-Baptiste. C'est une femme qui les a tués.

Adamsberg posa sa tasse, hésitant à contrarier le médecin pour la seconde fois de sa vie.

— Ariane, as-tu vu le format des deux hommes ?

— Que crois-tu que je regarde à la morgue ? Mes souvenirs ? J'ai vu tes gars. Des baraques qui soulèveraient une armoire d'un doigt. Il n'empêche que c'est une femme qui les a tués, tous les deux.

— Explique-moi.

— Reviens ce soir. J'ai deux ou trois choses à vérifier.

Ariane se leva, enfila sur son tailleur la blouse qu'elle avait laissée au portemanteau. Dans les environs de la morgue, les cafetiers n'aimaient pas voir débarquer les médecins. Cela gênait les clients.

— Je ne peux pas. Je vais au concert ce soir.

— Eh bien, passe après ton concert. Je travaille tard dans la nuit, si tu t'en souviens.

— Je ne peux pas, c'est en Normandie.

— Tiens, dit Ariane en interrompant son geste. Quel est le programme ?

— Je n'en sais rien.

— Et tu vas jusqu'en Normandie pour écouter sans savoir ? Ou bien tu suis une femme ?

— Je ne la suis pas, je l'accompagne courtoisement.

— Tiens. Eh bien passe à la morgue demain. Pas le matin. Le matin, je dors.

— Je m'en souviens. Pas avant onze heures.

— Pas avant midi. Tout s'accentue, avec le temps.

Ariane se rassit sur le bout de la chaise, en une position provisoire.

— Il y a une chose que j'aimerais te dire. Mais je ne sais pas si j'en ai envie.

Les silences n'avaient jamais embarrassé Adamsberg, si longs soient-ils. Il attendit, laissant courir ses pensées vers le concert du soir. Il s'écoula cinq minutes, ou dix, il ne le sut pas.

— Sept mois plus tard, dit Ariane soudain décidée, l'assassin est venu faire des aveux complets.

— Tu parles du gars du Havre, dit Adamsberg en levant les yeux vers la légiste.

— Oui, de l'homme aux douze rats. Il s'est pendu dans sa cellule dix jours après sa confession. C'est toi qui avais raison.

— Et tu n'as pas aimé cela.

— Non, et mes supérieurs encore moins. J'ai manqué ma promotion, j'ai dû l'attendre cinq ans de plus. Soi-disant que tu m'avais apporté la solution sur un plateau, soi-disant que je n'avais rien voulu entendre.

— Et tu ne m'as pas prévenu.

— Je ne savais plus ton nom, je t'avais effacé, jeté au loin. Comme ton verre.

— Et tu m'en veux toujours.

— Non. C'est grâce aux aveux de l'homme aux rats que j'ai commencé mes recherches sur la dissociation. Tu n'as pas lu mon livre ?

— Un peu, éluda Adamsberg.

— C'est moi qui ai créé le mot : les tueurs dissociés.

— Oui, rectifia Adamsberg, on m'en a parlé. Des personnes coupées en deux morceaux.

Le médecin eut une grimace.

— Disons plutôt des individus composés de deux parts non emboîtées, l'une qui tue, l'autre qui vit normalement, les deux moitiés s'ignorant l'une l'autre, plus ou moins parfaitement. Très rares. Par exemple cette infirmière arrêtée à Asnières il y a deux ans. Ces assassins-là, dangereux, réitératifs, sont presque impossibles à déceler. Car ils sont insoupçonnables, y compris par eux-mêmes, et redoutables de précautions dans l'action, tant ils craignent que l'autre moitié d'eux-mêmes ne les repère.

— Je me souviens de cette infirmière. Selon toi, c'était une dissociée ?

— Presque impeccable. Si elle ne s'était pas cognée dans un flic de génie, elle aurait poursuivi ses massacres jusqu'à sa mort et sans même s'en douter. Trente-deux victimes en quarante ans, sans bouger un cil.

— Trente-trois, rectifia Adamsberg.

— Trente-deux. Je suis bien placée pour le savoir, je lui ai parlé pendant des heures.

— Trente-trois, Ariane. C'est moi qui l'ai arrêtée.

La légiste hésita, puis sourit.

— Décidément, dit-elle.

— Et quand le tueur du Havre éventrait les rats, il était l'autre ? Il était la partie n° 2, la partie tueuse ?

— La dissociation t'intéresse ?

— Cette infirmière me préoccupe, et l'assassin du Havre est un peu le mien. Comment s'appelait-il ?

— Hubert Sandrin.

— Et quand il a avoué ? Il était l'autre aussi ?

— C'est impossible, Jean-Baptiste. L'autre ne se dénonce jamais.

— Mais la partie n° 1 ne pouvait pas parler non plus, puisqu'elle était ignorante.

— C'était toute la question. Pendant quelques instants, la dissociation a cessé de fonctionner, l'étanchéité entre les deux hommes s'est brisée, comme une lézarde fend un mur. Par cette faille, Hubert n° 1 a vu l'autre, Hubert n° 2, et l'effroi lui est tombé dessus.

— Cela arrive ?

— Presque jamais. Mais la dissociation est rarement parfaite. Il y a toujours des fuites. Des mots saugrenus sautent d'un côté du mur à l'autre. L'assassin ne s'en aperçoit pas mais l'analyste peut les surprendre. Et si ce saut est trop violent, il peut se produire une rupture du système, un crash de personnalité. C'est ce qui est arrivé à Hubert Sandrin.

— Et l'infirmière ?

— Son mur tient le coup. Elle ne sait pas ce qu'elle a fait.

Adamsberg parut réfléchir, passant son doigt sur sa joue.

37

— Cela m'étonne, dit-il doucement. Il m'avait semblé qu'elle savait pourquoi je l'arrêtais. Elle acceptait tout sans souffler un mot.

— Une partie d'elle, oui, ce qui t'explique son consentement. Mais elle n'a aucun souvenir de ses actes.

— As-tu su comment le tueur du Havre a découvert Hubert n° 2 ?

Ariane sourit franchement, laissant tomber sa cendre au sol.

— À cause de toi et de tes douze rats. À l'époque, la presse locale avait publié tes divagations.

— Je me souviens.

— Et Hubert n° 2, l'assassin – appelons-le Oméga –, avait conservé les coupures de journaux, à l'abri du regard d'Hubert n° 1, l'homme ordinaire, appelons-le Alpha.

— Jusqu'à ce qu'Alpha découvre les coupures de presse planquées par Oméga.

— C'est cela.

— Dirais-tu qu'Oméga l'a voulu ?

— Non. Alpha a tout simplement déménagé. Les articles se sont échappés de son armoire. Et tout a explosé.

— Sans mes rats, résuma Adamsberg à voix douce, Sandrin ne se serait pas dénoncé. Sans lui, tu n'aurais pas travaillé sur la dissociation. Tous les psychiatres et les flics de France ont entendu parler de tes études.

— Oui, admit Ariane.

— Tu me dois une bière.

— Sûrement.

— Sur les quais de la Seine.

— Si tu veux.

— Et tu ne passes pas ces deux gars aux Stups, bien sûr.

— Ce sont les corps qui décident, Jean-Baptiste, pas toi, pas moi.

— La seringue, Ariane. Et la terre. Surveille-moi cette terre. Et dis-moi si c'en est.

Ils se levèrent ensemble, comme si la phrase d'Adamsberg avait sifflé le signal du départ. Le commissaire marchait dans la rue comme pour une promenade sans but, et le médecin tentait de suivre ce rythme trop lent, ses pensées déjà projetées vers les autopsies en attente. La préoccupation d'Adamsberg lui échappait.

— Ces corps te contrarient, n'est-ce pas ?

— Oui.

— Pas seulement à cause des Stups ?

— Non. C'est juste…

Adamsberg s'interrompit.

— Je vais par là, Ariane, je te verrai demain.

— C'est juste ? insista le médecin.

— Cela ne t'aidera pas pour ton analyse.

— Mais tout de même ?

— C'est juste une ombre, Ariane, une ombre penchée sur eux, ou sur moi.

Ariane regarda Adamsberg s'éloigner le long de l'avenue, silhouette ondulante insensible aux passants. Elle reconnaissait cette démarche, vingt-trois ans plus tard. La voix douce, les gestes alentis. Elle n'avait pas prêté attention à lui quand il était jeune, elle n'avait rien deviné, rien compris. Si c'était à refaire, elle écouterait autrement son histoire de rats. Elle enfonça les mains dans les poches de sa blouse et s'en alla vers les deux corps qui l'attendaient pour passer dans l'Histoire. C'est juste une ombre, penchée sur eux. Cette absurdité, elle pouvait la comprendre, aujourd'hui.

VI

Le lieutenant Veyrenc profitait de ces heures interminables au placard pour recopier en gros caractères une pièce de Racine, pour sa grand-mère qui n'y voyait plus clair.

Personne n'avait jamais compris la passion exclusive que sa grand-mère avait déclarée pour cet auteur et pour nul autre, après être devenue orpheline de guerre. On savait que, dans son couvent de jeunes filles, elle avait sauvé d'un incendie l'intégrale de Racine, à l'exception du tome qui comprenait *Phèdre*, *Esther* et *Athalie*. Comme si ces ouvrages lui avaient été alloués par décision divine, la petite campagnarde s'était alors épuisée à les lire ligne après ligne pendant onze années. À sa sortie du couvent, la supérieure les lui avait offerts comme un viatique sacré, et la grand-mère avait inlassablement poursuivi sa lecture en boucle, sans jamais varier, ni avoir la curiosité d'aller consulter *Phèdre*, *Esther* et *Athalie*. La grand-mère marmonnait les tirades de son compagnon de route en flux quasi continu, et le petit Veyrenc avait été élevé dans cette mélopée, aussi naturelle à ses oreilles d'enfant que si quelqu'un chantonnait dans la maison.

Le malheur avait voulu qu'il attrape ce tic, répondant d'instinct à son aïeule sur le même mode, c'est-à-dire en phrases de douze pieds. Mais n'ayant pas ingéré comme elle ces milliers de vers à perte de nuits, il devait les inventer. Tant qu'il avait vécu dans la demeure familiale, tout avait été bien. Mais sitôt lancé dans le monde extérieur, ce réflexe racinien lui avait coûté cher. Il avait tenté sans succès diverses méthodes pour le comprimer, puis il avait fini par laisser faire, versifiant à la diable, marmonnant comme sa grand-mère, et cette manie avait exaspéré ses supérieurs. Elle l'avait aussi sauvé de bien des façons, car scander la vie en vers de douze pieds introduisait une distance incomparable – *à nulle autre pareille* – entre lui-même et les fracas du monde. Cet effet recul lui avait toujours apporté apaisement et réflexion et, surtout, lui avait évité de commettre d'irréparables fautes dans le feu de l'action. Racine, malgré ses drames intenses et son langage de feu, était le meilleur antidote à l'emportement, refroidissant sur-le-champ toutes les tentations des excès. Veyrenc en usait à dessein, ayant compris que sa grand-mère avait ainsi soigné et régulé sa vie. Médecine personnelle, *de nul autre connue*.

Pour l'heure, la grand-mère était en panne de sa potion et Veyrenc lui recopiait *Britannicus* en grandes lettres. *Dans le simple appareil d'une beauté qu'on vient d'arracher au sommeil.* Veyrenc leva son stylo. Il entendait le grain de sable monter l'escalier, il reconnaissait son pas, le bruit rapide de ses bottes, car le grain de sable ne quittait pas ses bottes de cuir à lanières. Le grain de sable allait d'abord s'arrêter au palier du cinquième, sonner chez la dame impotente pour lui remettre son courrier et son déjeuner, puis il serait ici dans un quart d'heure. Le grain de sable, autrement dit l'occupante du palier, autrement dit Forestier Camille, qu'il surveillait à présent depuis dix-neuf jours. Pour le peu qu'on lui avait dit, elle était placée sous protection pour six mois, à l'abri de la possible vengeance d'un vieillard meurtrier[1]. Son nom, c'était tout ce qu'il savait d'elle. Et qu'elle élevait seule le petit, sans homme visible à l'horizon. Il n'arrivait pas à deviner son métier, il hésitait entre plombier et musicienne. Il y a douze jours, elle l'avait aimablement prié de sortir du cagibi pour effectuer une soudure sur le tuyau plafonnier. Il avait transporté sa chaise sur le palier et l'avait regardée travailler, concentrée et délicate dans le tintement des outils et la flamme du chalumeau. C'est pendant cette scène qu'il s'était senti basculer vers le chaos interdit et redouté. Depuis, elle lui portait un café chaud deux fois par jour, à onze heures et à seize heures.

Il l'entendit poser son sac au cinquième étage. L'idée de sortir de ce cagibi sur-le-champ pour ne plus jamais croiser cette fille lui fit quitter sa chaise. Il serra les bras, leva la tête vers le vasistas, scrutant son visage dans la poussière de la vitre. Cheveux anormaux, traits sans intérêt, je suis laid, je suis invisible. Veyrenc prit une inspiration, ferma les yeux, marmonna.

Mais je le vois, tu trembles et ton âme vacille.
Toi le vainqueur de Troie qui conquis en un jour
Et les murs de la ville et du peuple l'amour
Se peut-il que ton cœur faiblisse pour une fille ?

1. *Cf.*, du même auteur, *Sous les vents de Neptune* (Éd. Viviane Hamy, coll. Chemins Nocturnes, 2004 ; Éd. J'ai lu, 2008).

Non, en aucune façon. Veyrenc se rassit tranquillement, très refroidi par ses quatre vers. Parfois il lui en fallait six ou huit, parfois deux suffisaient. Il reprit sa copie avec calme, satisfait de lui-même. Les grains de sable passent, les oiseaux s'envolent, la maîtrise demeure. Il n'avait pas à s'en faire.

Camille fit une pause au cinquième étage, fit passer l'enfant sur son autre bras. Le plus simple serait sans doute de redescendre cet escalier et de ne revenir qu'à vingt heures, quand ils auraient changé le flic de garde. Les neuf conditions du brave sont de fuir, affirmait son amie turque, violoncelliste à Saint-Eustache, qui disposait d'une mine de proverbes aussi byzantins qu'incompréhensibles et bénéfiques. Il existait, paraît-il, une dixième condition, mais Camille ne la connaissait pas et préférait l'inventer à son choix. Elle sortit de son sac courrier et provisions et sonna à la porte de gauche. Les escaliers étaient devenus trop durs pour Yolande, ses jambes trop faibles, son poids trop lourd.

— Si ce n'est pas malheureux, dit Yolande en ouvrant la porte. Élever son gamin toute seule.

Tous les jours, la vieille Yolande poussait cette plainte. Camille entrait, déposait les courses et les lettres sur la table. Puis la vieille dame, on ne sait pourquoi, lui préparait un lait tiède comme à un nourrisson.

— C'est bien, c'est calme, répondait mécaniquement Camille en s'asseyant.

— C'est des âneries. Une femme, c'est pas fait pour aller seule. Même si les hommes, ça n'apporte que des embêtements.

— Vous voyez, Yolande. Les femmes aussi, ça n'apporte que des embêtements.

Elle avait eu cette discussion cent fois, presque mot pour mot, sans que Yolande paraisse jamais s'en souvenir. À ce stade, cette remarque plongeait la grosse femme dans un silence méditatif.

— De cette sorte, disait Yolande, on serait aussi bien chacun de son côté, si l'amour n'apporte que des embarras aux uns comme aux autres.

— C'est possible.

— Seulement mon petit, faut pas non plus trop faire la fière. Parce qu'en amour, on ne fait pas ce qu'on veut.

— Mais alors, Yolande, *qui* fait à notre place ce qu'on ne veut pas ?

Camille souriait, et Yolande reniflait en guise de réponse, sa main lourde passant et repassant sur la nappe, à la recherche d'une miette inexistante. Qui ? *Les Puissants*, complétait Camille en silence. Elle savait que Yolande voyait partout la marque des Puissants-qui-nous-gouvernent, cultivant une petite religion païenne personnelle dont elle parlait peu, de crainte qu'on ne la lui vole.

Camille ralentit à huit marches de sa porte. Les Puissants, songea-t-elle. Qui lui avaient collé un type au sourire de travers dans le placard de son palier. Pas plus beau qu'un autre, si on n'y prenait pas garde. Beaucoup plus, si on avait la mauvaise idée d'y penser. Camille s'était toujours empêtrée dans les regards flous et les voix souples, et c'est ainsi qu'elle s'était arrêtée plus de quinze ans dans les bras d'Adamsberg, se promettant de ne pas y revenir. Vers lui ou vers quiconque nanti de quelque douceur subtile et de tendresse piégeuse. Il y avait assez de gars un peu sommaires sur terre pour s'aérer sans finesse si nécessaire, et revenir chez soi dépouillée et tranquille, sans plus y penser. Camille ne se sentait le besoin d'aucune compagnie. Par quel foutu hasard fallait-il que ce type, aidé par les Puissants, embrouille ses sens avec son timbre voilé et sa lèvre en biais ? Elle posa sa main sur la tête du petit Thomas, qui dormait en bavant sur son épaule. Veyrenc. Aux cheveux roux et bruns. Grain de sable dans l'engrenage et trouble inopportun. Méfiance, vigilance, et fuite.

VII

Sitôt qu'il eut quitté Ariane, une averse de grêle noya le boulevard Saint-Marcel, émiettant ses contours, faisant ressembler l'avenue parisienne à n'importe quelle route de campagne brouillée par le déluge. Adamsberg marchait content, toujours heureux sous le fracas de l'eau et satisfait de pouvoir refermer la case du tueur du Havre après vingt-trois ans. Il regarda la statue de Jeanne d'Arc encaisser la giboulée sans courber. Il plaignait beaucoup Jeanne d'Arc, il aurait détesté avoir des voix, qui lui auraient commandé de faire ceci et d'aller par là. Lui qui avait déjà des difficultés pour obéir à ses propres consignes, et même pour les identifier, aurait sérieusement renâclé devant les ordres des voix célestes. Voix qui l'auraient conduit dans une fosse aux lions après une courte épopée de lumière, ces histoires finissent toujours mal. En revanche, Adamsberg n'avait rien contre ramasser les cailloux que le ciel déposait sur son chemin pour lui complaire. Il lui en manquait un pour la Brigade, et il le cherchait.

Quand, après ses cinq semaines de repos forcé ordonnées par le divisionnaire, il était descendu de ses sommets pyrénéens pour rejoindre la Brigade de Paris, il avait rapporté une trentaine de galets gris polis par la rivière, qu'il avait déposés sur chacune des tables de ses adjoints, en guise de presse-papiers ou de tout autre usage, à volonté. Offrande rustique que nul n'osa refuser, pas même ceux qui n'avaient aucune envie d'avoir un caillou sur leur table. Offrande qui n'aidait pas à comprendre pourquoi le commissaire avait également rapporté une alliance en or qui brillait à son doigt, allumant de porte en porte les étincelles de la curiosité. Si Adamsberg s'était marié, pourquoi n'avait-il pas prévenu son équipe ? Et surtout, marié à qui et pourquoi ? Résolument avec la mère de son fils ? Anormalement avec son frère ? Mythiquement avec un cygne ? Attendu qu'il s'agissait d'Adamsberg, toutes les solutions étaient envisagées en un murmure qui filait de bureau en bureau, de galet en presse-papiers.

On comptait sur le commandant Danglard pour éclaircir ce point, d'une part parce qu'il était le plus ancien coéquipier d'Adamsberg, évoluant avec lui dans un rapport dépouillé de pudeur et de précautions, d'autre part parce que Danglard n'endurait pas les Questions sans réponse. Questions sans réponse qui s'ingéniaient à pousser comme pissenlit sur le terreau de la vie, tournant en une myriade d'incertitudes, myriade alimentant son anxiété, anxiété minant son existence. Danglard travaillait sans relâche à anéantir les Questions sans réponse, comme un maniaque scrute et ôte les poussières tombées sur sa veste. Travail de titan qui le menait le plus souvent à l'impasse, et l'impasse à l'impuissance. Impuissance qui le propulsait vers la cave de la Brigade, qui elle-même abritait sa bouteille de vin blanc, qui elle-même savait seule dissoudre une question sans réponse trop coriace. Si Danglard avait caché sa bouteille aussi loin, ce n'était pas par crainte qu'Adamsberg ne la découvre, le commissaire étant parfaitement au courant de ce fait secret, à croire qu'il avait des voix. Simplement, descendre et remonter l'escalier à vis de la cave lui était assez pénible pour repousser l'usage de son dissolvant à plus tard. Il grignotait donc patiemment ses doutes, en même temps que les extrémités de ses crayons dont il faisait une consommation de rongeur.

Adamsberg développait une théorie inverse à celle du grignotage, posant que la somme d'incertitudes que peut porter un seul homme dans un même temps ne peut pas croître indéfiniment, atteignant un seuil maximal de trois à quatre incertitudes simultanées. Ce qui ne signifiait pas qu'il n'en existait pas d'autres, mais que seules trois à quatre pouvaient être en état de marche dans un cerveau humain. Que donc la manie de Danglard de vouloir les éradiquer ne lui servait en rien, car sitôt qu'il en avait tué deux, la place se libérait aussitôt pour deux nouvelles questions inédites, qu'il n'aurait pas connues s'il avait eu la sagesse d'endurer les anciennes.

Danglard boudait cette hypothèse. Il soupçonnait Adamsberg d'aimer l'incertitude jusqu'à la torpeur. De l'aimer au point de la créer lui-même, d'embrumer les plus claires perspectives pour le plaisir de s'y perdre en irresponsable, comme lorsqu'il marchait sous la pluie. Si l'on ne savait pas, si l'on ne savait rien, à quoi bon s'en faire ?

Les luttes sévères entre les « Pourquoi ? » précis de Danglard et les « Je ne sais pas » nonchalants du commissaire scandaient les enquêtes de la Brigade. Nul ne cherchait à comprendre l'âme de cet âpre combat entre acuité et imprécision, mais chacun se rangeait à l'esprit de l'un ou de l'autre. Les uns, les positivistes, jugeaient qu'Adamsberg faisait traîner les enquêtes, les halant langoureusement dans les brouillards, laissant à sa suite ses adjoints égarés sans feuille de route et sans consignes. Les autres, les pelleteux de nuages – ainsi nommés en mémoire d'un passage traumatique de la Brigade au Québec[1] –, estimaient que les résultats du commissaire suffisaient à justifier les tangages des enquêtes, quand bien même l'essentiel de la méthode leur échappait. Selon l'humeur, selon les aléas du moment, portant à la nervosité ou à l'indulgence, on pouvait être positiviste un matin et se retrouver pelleteux de nuages le lendemain, et vice versa. Seuls Adamsberg et Danglard, tenants des titres antagonistes, ne variaient jamais leurs positions.

Parmi les Questions sans réponse anodines brillait toujours l'alliance au doigt du commissaire. Danglard choisit ce jour de giboulée pour interroger Adamsberg d'un simple regard posé sur la bague. Le commissaire ôta sa veste trempée, s'assit en biais, puis étendit sa main. Cette main, trop grande pour son corps, alourdie au poignet de deux montres qui s'entrechoquaient, à présent enrichie de cet anneau d'or, était inadaptée au reste de sa tenue, négligée jusqu'au rudimentaire. On eût dit la main ornée de quelque ancien noble attachée au corps d'un paysan,

---

1. *Cf.*, du même auteur, *Sous les vents de Neptune*.

élégance excessive suspendue à la peau brune du montagnard.

— Mon père est mort, Danglard, expliqua tranquillement Adamsberg. On était assis tous les deux sous une palombière, on suivait des yeux une buse qui tournait sur nous. Il y avait du soleil, et il est tombé.

— Vous ne m'avez rien dit, grommela Danglard, que les secrets du commissaire offensaient sans raison.

— Je suis resté là jusqu'au soir, allongé près de lui, je tenais sa tête sur mon épaule. J'y serais sans doute encore mais une troupe de chasseurs nous a trouvés à la nuit. Avant qu'on ne ferme le cercueil, j'ai pris sa bague. Vous pensiez que je m'étais marié ? Avec Camille ?

— Je me posais la question.

Adamsberg sourit.

— Question résolue, Danglard. Vous savez mieux que moi que j'ai laissé partir Camille dix fois, pensant toujours que le train passerait une onzième fois, au jour où cela m'arrangerait. Et c'est précisément à ce moment qu'il ne passe plus.

— On ne sait jamais, avec les aiguillages.

— Les trains, comme les hommes, n'aiment pas tourner en rond. Au bout d'un temps, cela les énerve. Après qu'on eut enterré mon père, j'ai passé mon temps à ramasser des cailloux dans l'eau. C'est une chose que je sais faire. Rendez-vous compte de l'infinie patience de l'eau qui passe sur ces galets. Et eux qui se laissent faire, alors que la rivière est en train de manger toutes leurs aspérités, l'air de rien. À la fin, c'est l'eau qui gagne.

— Tant qu'à combattre, je préfère les pierres à l'eau.

— À votre idée, répondit mollement Adamsberg. À propos de pierres et d'eau, deux choses, Danglard. D'une part, j'ai un fantôme dans ma nouvelle maison. Une religieuse sanguinaire et cupide qui mourut sous les poings d'un tanneur en 1771. Il l'a écrasée. Comme cela. Elle loge à l'état fluide au grenier. Cela, c'est pour l'eau.

— Bien, dit prudemment Danglard. Et pour les pierres ?

— J'ai vu la nouvelle légiste.

— Élégante, froide et dure à la tâche, à ce qu'on en dit.

— Et surdouée, Danglard. Vous avez lu sa thèse sur les meurtriers coupés en deux bouts ?

Question inutile, Danglard avait tout lu, jusqu'aux consignes d'évacuation en cas d'incendie punaisées sur les portes des chambres d'hôtel.

— Sur les meurtriers *dissociés*, rectifia Danglard. *De part et d'autre du mur du crime*. Le bouquin a fait du bruit.

— Il se trouve qu'elle et moi nous sommes déchirés comme deux chiens il y a plus de vingt ans, dans un estaminet du Havre.

— Ennemis ?

— Du tout. Ce genre de choc fonde parfois de solides alliances. Je ne vous conseille pas de l'accompagner au café, elle pratique des mélanges à démolir un marin breton. Elle prend en charge les deux morts de la Chapelle. Selon elle, c'est une femme qui les a tués. Elle aura affiné ses premières conclusions ce soir.

— Une femme ?

Danglard redressa son corps mou, scandalisé. Il haïssait l'idée que des femmes puissent tuer.

— Elle a vu le format des gars ? C'est une plaisanterie ?

— Attention, Danglard. Le Dr Lagarde ne se trompe jamais, ou presque. Suggérez son hypothèse aux Stups, cela les calmera pour un temps.

— Mortier n'est plus contrôlable. Il se casse les dents depuis des mois sur le trafic de Clignancourt-la Chapelle. Il est en mauvaise posture, il a besoin de résultats. Il a rappelé deux fois ce matin, il est déchaîné.

— Laissez-le crier. À la fin, c'est l'eau qui gagne.

— Qu'allez-vous faire ?

— Pour la religieuse ?

— Pour Diala et La Paille.

Adamsberg jeta à Danglard un regard flou.

— Ce sont les noms des deux victimes, expliqua Danglard. Diala Toundé et Didier Paillot, dit « La Paille ». On passe à la morgue ce soir ?

— Je suis en Normandie ce soir. Il y a un concert.

— Ah, dit Danglard en se levant pesamment. Vous cherchez l'aiguillage ?

— Je suis plus humble, capitaine. Je me contente de garder l'enfant pendant qu'elle joue.

— *Commandant*, je suis commandant à présent. Souvenez-vous, vous avez assisté à ma cérémonie de promotion. Quel concert ? demanda Danglard qui avait toujours très à cœur les intérêts de Camille.

— Quelque chose d'important, sûrement. Un orchestre britannique avec des instruments anciens.

— Le Leeds Baroque Ensemble ?

— Un nom comme cela, confirma Adamsberg, qui n'avait jamais pu apprendre un mot d'anglais. Ne me demandez pas ce qu'elle joue, je n'en sais rien.

Adamsberg se leva, attrapa sa veste mouillée qu'il cala sur son épaule.

— En mon absence, veillez sur le chat, sur Mortier, sur les morts et sur l'humeur du lieutenant Noël qui ne cesse de se dégrader. Je ne peux pas être au four et au moulin, j'ai mes devoirs.

— À présent que vous êtes un père responsable, bougonna Danglard.

— Si vous le dites, capitaine.

Adamsberg accueillait volontiers les reproches grondants de Danglard, qu'il estimait presque toujours justifiés. Le commandant élevait seul comme une mère oiseau ses cinq enfants, quand Adamsberg n'avait pas encore bien saisi que le nouveau-né était le sien. Encore avait-il mémorisé son nom, Thomas Adamsberg, dit Tom. Un bon point pour lui, jugeait Danglard, qui ne désespérait jamais complètement du commissaire.

VIII

Le temps de parcourir les cent trente-six kilomètres qui le menaient au village d'Haroncourt, dans l'Eure, les habits d'Adamsberg avaient séché dans la voiture. Il n'avait eu qu'à les défroisser du plat de la main pour les réendosser, avant de trouver un bar où attendre au chaud l'heure de son rendez-vous. Calé sur une banquette usée avec une bière, le commissaire examinait le groupe qui venait d'investir bruyamment la salle, l'arrachant à un demi-sommeil.

— Veux-tu que je te dise ? demanda un grand homme blond en repoussant sa casquette d'un coup de pouce.

Que l'autre le veuille ou non, pensa Adamsberg, il le dirait.

— Des trucs comme cela, veux-tu que je te dise ? répéta l'homme.

— Cela donne soif.

— Exactement, Robert, approuva son voisin en emplissant les six verres d'un geste ample.

Donc, le grand blond taillé comme une bûche s'appelait Robert. Et il avait soif. Le temps de l'apéritif commençait, têtes rentrées dans les épaules, bras fermés autour des verres, mentons offensifs. L'heure du rassemblement majestueux des hommes quand sonne l'angélus du village, l'heure des sentences et des hochements de tête, l'heure de la rhétorique rurale, auguste et dérisoire. Adamsberg la savait sur le bout des doigts. Il était né dans son refrain, avait grandi dans sa musique solennelle, il connaissait son rythme et ses thèmes, ses variations et contrepoints, il connaissait ses protagonistes. Robert venait de donner le premier coup d'archet, et chaque instrument se mettait aussitôt en place selon un ordre immuable.

— Et je vais te dire mieux, annonça l'homme à sa gauche. Cela ne donne pas seulement soif. Cela donne le tournis.

— Exactement.

Adamsberg tourna la tête pour mieux voir celui qui avait la charge humble mais nécessaire de ponctuer, comme par un coup de basse, chaque tournant de la conversation. Petit et maigre, c'était le plus faible d'entre eux. Comme de juste, et ici comme ailleurs.

— Celui qui a fait cela, énonça un grand voûté en bout de table, ce n'est pas un homme.

— C'est une bête.

— Pire qu'une bête.

— Exactement.

Introduction du thème. Adamsberg sortit son carnet, encore gondolé par l'humidité, et entreprit de dessiner les visages de chacun des acteurs. Têtes de Normands, à n'en pas douter. Il retrouvait en eux les traits de son ami Bertin, descendant du dieu Thor, maître du tonnerre, qui tenait un café sur la place de Paris. Tous maxillaires carrés et pommettes hautes, tous cheveux clairs et regards bleu pâle qui se dérobaient. C'était la première fois qu'Adamsberg mettait les pieds dans le pays des prairies trempées de la Normandie.

— Pour moi, reprit Robert, c'est un jeune. Un obsédé.

— Un obsédé, c'est pas forcément jeune.

Contrepoint, lancé par le plus vieux de tous, celui qui tenait le haut bout de la table. Les visages se tournèrent, passionnés, vers l'aïeul.

— Parce qu'un jeune obsédé, quand ça vieillit, cela donne un vieil obsédé.

— Ça se discute, grogna Robert.

Robert avait donc le rôle difficile, mais également indispensable, du contradicteur de l'aïeul.

— Ça ne se discute pas, répliqua le vieux. Mais ce qui est vrai, c'est que celui qui a fait cela, c'est un obsédé.

— Un sauvage.

— Exactement.

Reprise du thème et développement.

— Parce qu'il y a tuer et tuer, intervint le voisin de Robert, moins blond que les autres.

— Ça se discute, dit Robert.

— Ça se discute pas, trancha l'aïeul. Le gars qui a fait cela, il voulait tuer et rien d'autre. Deux coups de fusil dans le flanc et voilà tout. Il ne s'est même pas servi sur le corps. Tu sais comment j'appelle cela ?

— Un assassin.

— Exactement.

Adamsberg avait cessé de dessiner, attentif. Le vieux se tourna vers lui et lui jeta un regard coulé.

— Après tout, dit Robert, Brétilly, ce n'est pas tout à fait chez nous, c'est tout de même à trente bornes. Alors, pourquoi on en parle ?

— Parce que ça déshonore, Robert, voilà pourquoi.

— Pour moi, c'est pas un gars de Brétilly. C'est un coup de Parisien. Angelbert, c'est pas ton avis ?

L'aïeul qui dominait la tablée se nommait donc Angelbert.

— Il faut admettre que les Parisiens sont plus obsédés que les autres, dit-il.

— Avec leur vie.

Un silence s'établit autour de la table et quelques visages se tournèrent furtivement vers Adamsberg. Il est fatal, à l'heure du rassemblement des hommes, que l'intrus soit repéré, soupesé, puis rejeté ou accueilli. En Normandie comme ailleurs et peut-être pire qu'ailleurs.

— Pourquoi serais-je parisien ? demanda Adamsberg d'un ton calme.

L'aïeul fit un signe du menton vers le livre qui traînait sur la table du commissaire, près de son verre de bière.

— Le ticket, dit-il. Avec quoi vous marquez votre page. C'est un ticket de métro parisien. On sait reconnaître.

— Je ne suis pas parisien.

— Mais vous n'êtes pas d'Haroncourt.

— Des Pyrénées, dans la montagne.

Robert leva une main, puis la laissa retomber lourdement sur la table.

— Un Gascon, conclut-il comme si une chape de plomb venait de s'effondrer sur la table.

— Un Béarnais, précisa Adamsberg.

Début du jugement, et délibération.

— Ce n'est pas faute que les montagnards aient fait des ennuis, estima Hilaire, un vieux moins vieux mais chauve, qui tenait l'autre bout de la table.

— Quand ? demanda le plus brun.

— Ne cherche pas, Oswald, c'était dans le temps.

— Les Bretons aussi, pire peut-être. Ce ne sont tout de même pas les Béarnais qui veulent nous prendre le Mont-Saint-Michel.

— Non, reconnut Angelbert.

— C'est sûr, osa Robert en l'examinant, que vous n'avez pas la mine d'un gars descendu des drakkars. Ils sont descendus d'où, les Béarnais ?

— De la montagne, répondit Adamsberg. La montagne les a crachés dans un jet de lave, puis ils ont coulé sur les flancs, puis ils se sont solidifiés, et cela a fait les Béarnais.

— Évidemment, dit celui qui avait pour rôle de ponctuer.

Les hommes attendaient, exigeant en silence de connaître les raisons de la présence d'un étranger à Haroncourt.

— Je cherche le château.

— Cela peut se faire. Ils donnent un concert ce soir.

— J'accompagne un des musiciens.

Oswald sortit le journal municipal de sa poche intérieure et le déplia proprement.

— C'est une photo de l'orchestre, dit-il.

Invitation à se rapprocher de la table. Adamsberg franchit les quelques mètres avec son verre en main, et observa la page que lui tendait Oswald.

— Ici, dit-il en posant un doigt sur le journal, l'altiste.

— La jolie fille ?

— Voilà.

Robert resservit à boire, autant pour marquer l'importance de la pause que pour avaler

58

une deuxième tournée. Un problème archaïque tourmentait à présent l'assemblée des hommes : savoir qui pouvait être cette femme pour l'intrus. Maîtresse ? Épouse ? Sœur ? Amie ? Cousine ?

— Et vous l'accompagnez, répéta Hilaire.

Adamsberg hocha la tête. On lui avait dit que les Normands ne posaient jamais de question directe, légende croyait-il, mais il avait sous les yeux une pure démonstration de cette fierté du silence. Trop questionner, c'est se dévoiler, se dévoiler, c'est cesser d'être un homme. Démuni, le groupe se tourna vers l'aïeul. Angelbert fit crisser son menton mal rasé en le grattant de ses ongles.

— Parce que c'est votre femme, affirma-t-il.

— C'était, dit Adamsberg.

— Mais vous l'accompagnez tout de même.

— Par courtoisie.

— Évidemment, dit le poncteur.

— Les femmes, reprit Angelbert à voix basse, on les a un jour, on ne les a plus le lendemain.

— On ne les veut plus quand on les a, commenta Robert, et on les reveut quand on ne les a plus.

— On les perd, confirma Adamsberg.

— Va savoir comment, hasarda Oswald.

— Par discourtoisie, expliqua Adamsberg. En ce qui me concerne, en tout cas.

Voilà un gars qui ne se dérobait pas, et à qui les femmes avaient fait des soucis, ce qui lui faisait deux bons points dans la troupe des hommes. Angelbert lui désigna une chaise.

— T'as bien le temps de t'asseoir, suggéra-t-il.

Passage au tutoiement, acceptation provisoire du montagnard dans l'assemblée des Normands de la plaine. On poussa un verre de blanc devant lui. Le rassemblement des hommes comptait ce soir un nouveau membre, ce qui serait abondamment commenté demain.

— Qui a été tué ? À Brétilly ? demanda Adamsberg après avoir bu le nombre de gorgées nécessaires.

— Tué ? Tu veux dire trucidé ? Abattu comme un malheureux ?

Oswald tira un autre journal de sa poche et le tendit à Adamsberg en pointant une photo du doigt.

— Au fond, dit Robert qui ne perdait pas son fil, il vaudrait mieux être discourtois avant, et courtois après. Avec les femmes. On aurait moins d'ennuis.

— Va savoir, dit le vieux.

— Va comprendre, ajouta le ponctueur.

Adamsberg fixait l'article du journal, sourcils froncés. Une bête rouge gisait dans son sang, avec ce commentaire : « Odieux massacre à Brétilly. » Il replia la revue pour en lire le titre : *Le Grand Veneur de l'Ouest*.

— T'es chasseur ? demanda Oswald.

— Non.

— Alors tu ne peux pas comprendre. Un cerf comme ça, un huit-cors en plus, ça ne se tue pas comme ça. C'est de la sauvagerie.

— Sept-cors, rectifia Hilaire.

— Pardon, dit Oswald en durcissant le ton, mais cette bête, c'est un huit.

— Sept.

Affrontement et danger de rupture. Angelbert prit les choses en main.

— On ne peut pas distinguer sur l'image, dit-il. Sept, ou huit.

60

Chacun but un coup, soulagé. Non que l'engueulade ne fût pas régulièrement nécessaire à la musique des hommes, mais ce soir, avec l'intrus, il y avait d'autres priorités.

— Cela, dit Robert en pointant son gros doigt sur la photo, ce n'est pas un chasseur qui l'a fait. Le gars n'a pas touché la bête, il n'a pas prélevé les pièces, ni les honneurs ni rien.

— Les honneurs ?

— Les cors et les bas de patte, l'antérieur droit. Le gars, il l'a juste éventré pour le plaisir. Un obsédé. Et les flics d'Évreux, qu'est-ce qu'ils font ? Rien. Ils s'en foutent.

— Parce que ce n'est pas un meurtre, dit un deuxième contradicteur.

— Tu veux que je te dise ? Homme ou bête, quand un gars est capable de trucider comme ça, c'est qu'il ne tourne pas rond. Qu'est-ce qui te dit qu'après, il ne va pas tuer une femme ? Ça s'entraîne, un meurtrier.

— C'est vrai, dit Adamsberg en revoyant ses douze rats sur le port du Havre.

— Mais les flics, c'est tellement con que ça ne peut pas se mettre ça dans le crâne. Bouchés comme des oies.

— Ce n'est quand même qu'un cerf, objecta l'objecteur.

— Toi aussi t'es bouché, Alphonse. Mais moi, si j'étais flic, je te garantis que je le chercherais, ce gars, et vite fait encore.

— Moi aussi, murmura Adamsberg.

— Ah tu vois. Même le Béarnais est d'accord. Parce qu'une boucherie pareille, écoute-moi bien, Alphonse, ça veut dire qu'il y a un cinglé qui se balade alentour. Et crois-moi, parce que je ne me suis jamais trompé, tu en entendras parler avant longtemps.

— Le Béarnais est d'accord, ajouta Adamsberg, pendant que le vieux lui remplissait à nouveau son verre.

— Ah tu vois. Et le Béarnais, pourtant, il n'est pas chasseur.

— Non, dit Adamsberg. Il est flic.

Angelbert suspendit son geste, arrêtant la bouteille de blanc à mi-course au-dessus du verre. Adamsberg croisa son regard. Le défi s'engageait. D'une légère poussée de la main, le commissaire fit comprendre qu'il souhaitait qu'on finisse de remplir son verre. Angelbert ne bougea pas.

— On n'aime pas trop les flics ici, énonça Angelbert, le bras toujours immobile.

— On ne les aime nulle part, précisa Adamsberg.

— Ici moins qu'ailleurs.

— Je n'ai pas dit que j'aimais les flics, j'ai dit que je l'étais.

— Tu ne les aimes pas ?

— Pour quoi faire ?

Le vieux plissa fort les yeux, rassemblant sa concentration pour ce duel inattendu.

— Et pourquoi tu l'es, alors ?

— Par discourtoisie.

La réponse, rapide, passa au-dessus de la tête de tous les hommes, y compris de celle d'Adamsberg, qui aurait été en peine d'expliquer ses propres mots. Mais pas un n'osa exprimer son incompréhension.

— Évidemment, conclut le poncteur.

Et le mouvement d'Angelbert, interrompu comme dans un film un instant bloqué, reprit son cours, la main s'inclina et le verre d'Adamsberg acheva d'être rempli.

— Ou pour cela, ajouta Adamsberg en désignant le cerf massacré. Quand était-ce ?

— Il y a un mois. Garde le journal si ça t'intéresse. Les flics d'Évreux, ils s'en foutent.

— Bouchés, dit Robert.

— Qu'est-ce que c'est ? demanda Adamsberg en montrant une tache sur le côté du corps.

— Son cœur, dit Hilaire avec dégoût. Il lui a collé deux balles dans les côtes, puis il lui a sorti le cœur au couteau et il l'a mis en bouillie.

— C'est une tradition ? De sortir le cœur du cerf ?

Il y eut un nouveau moment d'indécision.

— Explique-lui, Robert, ordonna Angelbert.

— Cela m'épate tout de même, commença Robert, que tu ne saches rien de la chasse, pour un montagnard.

— J'accompagnais les adultes en virée, reconnut Adamsberg. J'ai fait les palombières, comme tous les gosses.

— Tout de même.

— Mais rien de plus.

— Quand tu as abattu ton cerf, exposa Robert, tu décolles la peau pour faire le tapis. Là-dessus, tu prélèves les honneurs et les cuissots. Tu touches pas les entrailles. Tu le retournes, tu prends les filets. Puis tu coupes la tête, pour les bois. Quand c'est fini, tu drapes l'animal dans sa peau.

— Exactement.

— Mais tu ne touches pas au cœur, nom d'un chien. Avant, oui, certains le faisaient. Mais on a évolué. Aujourd'hui, le cœur reste à la bête.

— Qui le faisait ?

— Ne cherche pas, Oswald, c'était dans le temps.

— Celui-là, il ne voulait que tuer et mutiler, dit Alphonse. Il n'a même pas pris les cors. C'est pourtant le seul truc que les gens veulent, quand ils n'y connaissent rien.

Adamsberg leva les yeux vers de grands bois suspendus au mur du café, au-dessus de la porte.

— Non, dit Robert. Ceux-là, c'est de la marde.

De la merde, traduisit Adamsberg.

— Parle plus bas, dit Angelbert en désignant le comptoir, où le patron lançait une partie de dominos, avec deux jeunes trop inexpérimentés pour intégrer le groupe des hommes.

Robert eut un regard vers le patron, puis revint vers le commissaire.

— C'est un horsin, expliqua-t-il à voix basse.

— C'est-à-dire ?

— Il est pas d'ici. Il vient de Caen.

— Caen, ce n'est pas la Normandie ?

Il y eut des regards, des moues. Fallait-il ou non informer le montagnard d'un sujet aussi intime ? Aussi douloureux ?

— Caen, c'est la Basse-Normandie, expliqua Angelbert. Ici, t'es dans la Haute.

— Et c'est important ?

— Disons que ça ne se compare pas. La vraie Normandie, c'est la Haute, c'est ici.

Son doigt tordu montrait le bois de la table, comme si la Haute-Normandie venait de se réduire à la taille du café d'Haroncourt.

— Attention, compléta Robert, là-bas, dans le Calvados, ils vont te prétendre le contraire. Mais faudra pas les croire.

— Bien, promit Adamsberg.

— Et chez eux, les pauvres, il pleut tout le temps.

Adamsberg regarda les vitres, sur lesquelles la pluie tombait sans discontinuer.

— Il y a pluie et pluie, expliqua Oswald. Ici, ça pleut pas, ça mouille. T'as pas ça chez toi ? Des horsins ?

— Si, reconnut Adamsberg. Il y a du tirage entre la vallée du gave de Pau et la vallée d'Ossau.

— Ouais, confirma Angelbert, comme s'il connaissait déjà ce fait.

Bien qu'accoutumé à la lourde musique du rituel des hommes, Adamsberg comprenait que la conversation des Normands, conformément à leur réputation, était plus ardue qu'ailleurs. Des taiseux. Ici, les phrases peinaient, prudentes, soupçonneuses, tâtant le terrain à chaque mot. On ne parlait pas fort, on n'abordait pas les sujets de plein fouet. On tournait autour, comme si poser directement un sujet sur la table eût été aussi indélicat que d'y jeter une pièce de boucherie.

— Pourquoi est-ce de la merde ? demanda Adamsberg en désignant les bois accrochés au-dessus de la porte.

— Parce que c'est du bois de chute. C'est bon pour la décoration, pour faire le fier. Va jeter un œil si tu ne me crois pas. On voit la meule à la base de l'os.

— C'est de l'os ?

— T'y connais vraiment rien, toi, dit tristement Alphonse, semblant regretter qu'Angelbert ait introduit cet ignare dans la troupe.

— C'est de l'os, confirma le vieux. C'est le crâne de la bête qui pousse au-dehors. Y a que les cervidés qui font ça.

— Tu te figures si nos crânes poussaient au-dehors ? dit Robert, un instant rêveur.

— Avec les idées dessus ? dit Oswald avec un mince sourire.

— Ben avec toi, ça pèserait pas lourd.

— Pratique pour un flic, observa Adamsberg, mais risqué. On pourrait voir tout ce qu'on pense.

— Exactement.

Il y eut une pause, méditative, en même temps que destinée à la troisième tournée.

— En quoi tu t'y connais ? À part en flics ? demanda Oswald.

— Pose pas de questions, ordonna Robert. Il s'y connaît en ce qu'il veut. Il te le demande, à toi, en quoi tu t'y connais ?

— En femmes, dit Oswald.

— Eh ben lui aussi. Sinon, il n'aurait pas perdu la sienne.

— Exactement.

— S'y connaître en femmes et s'y connaître en amour, ça n'a rien à voir. Surtout avec les femmes.

Angelbert se redressa, comme chassant des souvenirs.

— Explique-lui, dit-il en faisant un signe à Hilaire, puis en tapant du doigt sur la photo du cerf éventré.

— Le cerf mâle, il perd ses bois tous les ans.

— Pour quoi faire ?

— Parce que ça le gêne. Il porte les bois pour combattre, pour gagner les femelles. Quand c'est fini, ça tombe.

— Dommage, dit Adamsberg. C'est beau.

— Comme tout ce qui est beau, dit Angelbert, c'est compliqué. Comprends que c'est lourd et que ça se prend dans les branches. Après la bagarre, ça dégringole tout seul.

— Comme on pose l'artillerie, si tu préfères. Il a les femmes, il lâche les armes.

— C'est compliqué, les femmes, dit Robert, suivant toujours son idée.

— Mais c'est beau.

— C'est bien ce que je disais, souffla le vieux. Plus c'est beau, plus c'est compliqué. On ne peut pas tout comprendre.

— Non, dit Adamsberg.

— Va savoir.

Quatre des hommes avalèrent une gorgée en même temps, sans se concerter.

— Ça tombe, et c'est le bois de chute, reprit Hilaire. Tu le cueilles dans la forêt comme du champignon. Au lieu que le bois de massacre, tu le coupes sur la bête que t'as chassée. Tu suis ? C'est du vif.

— Et le tueur se fout du bois vif, dit Adamsberg en revenant à l'image du cerf éventré. C'est la mort qui l'intéresse. Ou son cœur.

— Exactement.

IX

Adamsberg s'efforça de chasser le cerf de son esprit. Il ne voulait pas entrer dans sa chambre d'hôtel avec tout ce sang dans la tête. Il attendit derrière la porte, frottant ses pensées, éclaircissant son front, y introduisant en marche forcée des nuages, des billes, des ciels bleus. Parce que, dans la chambre, dormait un enfant de neuf mois. Et l'on ne sait jamais, avec les enfants. Capables de transpercer un front, d'entendre les idées gronder, de sentir la sueur de l'angoisse et, pour finir, de voir un cerf éventré dans la tête d'un père.

Il poussa la porte sans bruit. Il avait menti à l'assemblée des hommes. Accompagner, oui, courtoisement, oui, mais pour veiller seul sur l'enfant tandis que Camille jouerait de l'alto au château. Sa dernière rupture – la cinquième ou la septième, il ne savait pas au juste – avait déclenché une catastrophe imprévisible : Camille était devenue désespérément camarade. Distraite, souriante, affectueuse et familière, en bref et en un mot tragique, camarade. Et cet état neuf déconcertait Adamsberg, qui cherchait à déceler la feinte, à déloger le sentiment battant sous le masque du naturel, tel le crabe sous son rocher. Mais Camille semblait bel et bien se promener au loin, délivrée des anciennes tensions. Et, se répéta-t-il en la saluant d'un baiser courtois, tenter d'entraîner une camarade épuisée vers un regain d'amour relevait de l'impossible épreuve. Il se concentrait donc, surpris et fataliste, sur sa nouvelle fonction paternelle. Il débutait en ce domaine et faisait des efforts pour assimiler au mieux que cet enfant était son fils. Il lui semblait qu'il eût donné autant s'il avait trouvé le garçon sur un banc.

— Il ne dort pas, dit Camille en enfilant sa veste noire de concert.

— Je vais lui lire une histoire. J'ai apporté un livre.

Adamsberg tira un gros volume de son sac. La quatrième de ses sœurs semblait s'être fixé pour tâche de lui cultiver l'esprit et de lui compliquer l'existence. Elle avait fourré dans ses affaires un ouvrage de quatre cents pages sur l'architecture pyrénéenne dont il n'avait que faire, avec mission de lire et de commenter. Et Adamsberg n'obéissait qu'à ses sœurs.

— *Construire en Béarn*, lut-il. *Techniques traditionnelles du XIIe au XIXe siècle*.

Camille haussa les épaules en souriant, à la véritable manière alerte des camarades. Tant que l'enfant s'endormait – et sur ce point elle lui faisait toute confiance –, les étrangetés d'Adamsberg n'importaient guère. Ses pensées étaient toutes concentrées vers le concert du soir, un miracle certainement dû à Yolande, intercédant auprès des Puissants.

— Il aime bien cela, dit Adamsberg.

— Oui, pourquoi pas ?

Pas une critique, pas une ironie. Le néant blanc de l'authentique camaraderie.

Une fois seul, Adamsberg examina son fils qui le regardait posément, s'il pouvait employer ce mot pour un bébé de neuf mois. La concentration de l'enfant dans on ne sait quel ailleurs, son indifférence aux menus embarras, voire son absence placide de désirs, l'inquiétaient, tant tout cela lui ressemblait. Sans parler des sourcils marqués, du nez qui s'annonçait puissant, d'un visage en tous points si peu ordinaire qu'on eût pu lui donner deux ans de plus. Thomas Adamsberg prolongeait la lignée paternelle, et ce n'est pas ce que le commissaire avait espéré pour lui. Mais par cette ressemblance, le commissaire commençait à percevoir, par vaguelettes, par sursauts, que cet enfant-là procédait bien de son corps.

Adamsberg ouvrit le livre à la page marquée par le ticket de métro. Il cornait habituellement les feuilles mais sa sœur lui avait recommandé d'épargner l'ouvrage.

— Tom, écoute-moi bien, nous allons nous cultiver ensemble et nous n'avons pas le choix. Tu te rappelles ce que je t'ai lu sur les façades exposées au nord ? Tu l'as bien en tête ? Écoute la suite.

Thomas fixa tranquillement son père, attentif et indifférent.

— *L'usage des galets de rivière dans l'édification des murets, combinatoire d'une organisation adaptative aux ressources locales, est une pratique répandue sans être constante.* Cela te plaît, Tom ? *L'introduction de l'*opus piscatum *dans nombre de ces murets répond à une double nécessité compensatoire, générée par la petitesse du matériau et la faiblesse du mortier pulvérulent.*

Adamsberg reposa le livre, croisant le regard de son fils.

— Je ne sais pas ce qu'est l'*opus spicatum*, fils, et je m'en fous. Toi aussi. Nous sommes donc d'accord. Mais je vais t'apprendre comment résoudre un problème de ce type dans l'existence. Comment t'en sortir quand tu ne comprends rien. Regarde-moi faire.

Adamsberg sortit son portable et composa lentement un numéro sous les yeux vagues de l'enfant.

— Tu appelles Danglard, expliqua-t-il. Tout simplement. Souviens-toi bien de cela, aie toujours son numéro sur toi. Il t'arrange n'importe quel truc de cet ordre. Tu vas voir cela, sois bien attentif.

« Danglard ? Adamsberg. Je vous dérange, mais le petit bute sur un mot et demande des explications.

— Dites, répondit Danglard d'une voix lasse, rodé aux sorties de route du commissaire, qu'il avait la charge implicite de contenir.

— *Opus spicatum*. Il veut savoir ce que cela peut bien signifier.

— Non. Il a neuf mois, bon sang.

— Je ne plaisante pas, capitaine. Il veut savoir.

— Commandant, rectifia Danglard.

— Dites, Danglard, vous allez m'emmerder longtemps avec votre grade ? Commandant ou capitaine, qu'est-ce que cela peut bien nous faire ? Ce n'est d'ailleurs pas la question. La question, c'est l'*opus spicatum*.

— *Piscatum*, corrigea Danglard,

— C'est cela. *Opus* qui est introduit dans les murets des villages à titre compensatoire généré. Tom et moi sommes fixés sur ce truc, incapables de penser à autre chose. Sauf qu'à Brétilly, il y a un mois de cela, un gars a démoli un cerf sans même prendre les bois, mais il lui a arraché le cœur. Qu'en dites-vous ?

— Un fou furieux, un obsédé, dit Danglard d'un ton morne.

— Exactement. C'est ce que dit Robert.

— Qui est Robert ?

Danglard avait beau maugréer chaque fois qu'Adamsberg l'appelait pour des broutilles inconséquentes, il n'avait jamais su s'arracher à la conversation, faire valoir ses droits ou sa colère et couper net. La voix du commissaire, qui passait comme un vent, lente, tiède et mouvante, emportait son adhésion involontaire, comme s'il était une feuille roulant au sol, ou l'un de ces foutus galets dans sa foutue rivière, qui se laissait faire. Danglard se le reprochait beaucoup, mais il cédait. À la fin, c'est l'eau qui gagne.

— Robert est un ami que je me suis fait à Haroncourt.

Il était inutile de préciser au commandant Danglard où se trouvait le petit bourg d'Haroncourt. Disposant d'une masse de mémoire puissamment organisée, le commandant connaissait à fond tous les cantons et communes du pays, capable sur l'instant de donner le nom du flic en charge du territoire.

— Bonne soirée, donc ?

— Très.

— Toujours camarade ? hasarda Danglard.

— Désespérément. L'*opus spicatum*, Danglard, nous en étions là.

— *Piscatum*. Si vous voulez l'éduquer, tâchez de le faire correctement.

— C'est pourquoi je vous appelle. Robert estime que c'est un jeune qui a fait le coup, un jeune obsédé. Mais l'ancêtre, Angelbert, affirme que cela se discute et qu'en vieillissant, un jeune obsédé devient un vieil obsédé.

— Où s'est tenu ce colloque ?

— Au café, à l'heure de l'apéritif.

— Combien de blancs ?

— Trois. Et vous ?

Danglard se raidit. Le commissaire surveillait sa dérive alcoolique et cela l'importunait.

— Je ne vous pose pas de questions, commissaire.

— Si. Vous me demandez si Camille est toujours camarade.

— C'est bon, dit Danglard en reculant. L'*opus piscatum* est une manière de monter des pierres plates, des tuiles ou des galets oblongs en oblique alternée, formant dans la maçonnerie un dessin en arête de poisson, d'où son nom. Les Romains en usaient déjà.

— Ah bien. Et ensuite ?

— Ensuite rien. Vous me posez la question, je réponds.

— À quoi cela sert-il, Danglard ?

— Et nous, commissaire ? Nous, les hommes sur terre, à quoi sert-on ?

Quand Danglard allait mal, la question sans réponse du cosmos infini revenait le tarauder, avec celle de l'explosion du soleil dans quatre milliards d'années, et du misérable et affolant aléa qu'était l'humanité posée sur une boule de terre égarée.

— Vous avez des ennuis précis ? demanda Adamsberg, devenu soucieux.

— De l'ennui tout court.

— Les enfants dorment ?

— Oui.

— Sortez, Danglard, allez écouter Oswald ou Angelbert. Ils sont à Paris comme ici.

— Avec de tels prénoms, certainement pas. Et que m'apprendraient-ils ?

— Que les bois de chute ne valent pas les bois de massacre.

— Je le sais déjà.

— Que le front des cervidés pousse au-dehors.

— Je le sais déjà.

— Que le lieutenant Retancourt ne dort sûrement pas et qu'il serait bénéfique d'aller bavarder une heure avec elle.

— Oui, sans doute, dit Danglard après un silence.

Adamsberg entendit un peu de légèreté revenue dans la voix de son adjoint, et raccrocha.

— Tu vois, Tom ? dit-il en enveloppant le crâne de son fils de sa main. Ils mettent une arête de poisson dans le muret, et ne me demande pas pourquoi. Nous n'avons pas besoin de le savoir, puisque Danglard le sait. On va le jeter, ce livre, il nous énerve.

Sitôt qu'Adamsberg posait sa main sur la tête du petit, il s'endormait, lui ou n'importe quel autre enfant. Ou adulte. Thomas ferma les yeux après quelques instants et Adamsberg détacha sa main, examina sa paume, à peine perplexe. Un jour, il comprendrait peut-être par quels pores de sa peau le sommeil lui sortait des doigts. Cela ne l'intéressait pas tant que cela.

Son portable sonnait. La légiste, très réveillée, l'appelait de la morgue.

— Une seconde, Ariane, je pose le petit.

Quel que fût l'objet de son appel, et il n'était sûrement pas ludique, le fait qu'Ariane pense à lui le distrayait dans son dépeuplement féminin.

— L'entaille faite à la gorge – je te parle de Diala – est en axe horizontal. La main qui tenait la lame n'était donc ni trop au-dessus du point d'impact, ni trop au-dessous, ce qui nous aurait donné une blessure en biais. Comme au Havre. Tu suis ?

— Bien sûr, dit Adamsberg tout en jouant avec les doigts de pied du bébé, ronds comme des petits pois alignés dans leur gousse.

Il s'allongea sur le lit pour écouter les inflexions de la voix d'Ariane. À dire vrai, il se foutait des étapes techniques qu'avait dû suivre le médecin, il voulait simplement savoir pourquoi elle identifiait une femme.

— Diala mesure 1,86 mètre. La base de sa carotide est à 1,54 mètre du sol.

— On peut dire cela comme ça.

— Le coup sera horizontal si le poing de l'agresseur est placé sous la hauteur de son regard. Ce qui nous donne un meurtrier de 1,66 mètre. En opérant la même estimation avec La Paille, pour qui l'on observe un biais léger en angulation inférieure, on obtient un tueur de 1,64 mètre à 1,67 mètre, moyenne 1,655 mètre. Sans doute 1,62 mètre en déduisant la hauteur de ses chaussures.

— 162 centimètres, dit inutilement Adamsberg.

— Très en dessous, donc, de la moyenne générale des hommes. C'est une femme, Jean-Baptiste. Quant aux piqûres au creux des bras, elles ont précisément percé la veine, dans les deux cas.

— Tu penses au geste d'une professionnelle ?

— Oui, et avec une seringue. D'après la finesse de l'orifice et la lancée du coup, il ne s'agit pas de n'importe quelle aiguille ou épingle.

— Quelqu'un a pu leur injecter un truc avant leur mort.

— Aucune espèce de truc. Ce qu'on leur a injecté ne fait aucun doute : rien.

— Rien ? De l'air, veux-tu dire ?

— L'air est tout sauf rien. Elle ne leur a rien injecté du tout. Elle les a simplement piqués.

— Sans avoir le temps de finir ?

— Ou sans le souhaiter. Elle les a piqués après leur mort, Jean-Baptiste.

Adamsberg raccrocha, pensif. Songeant au vieux Lucio et se demandant si, à l'heure qu'il était, Diala et La Paille tentaient de gratter une piqûre inachevée sur leur bras mort.

X

Au matin du 21 mars, le commissaire prit le temps d'aller saluer chaque arbre et chaque branchette sur le nouveau parcours qui le menait de sa maison au bâtiment de la Brigade. Même sous la pluie, qui n'avait guère cessé depuis la giboulée sur Jeanne d'Arc, la date méritait cet effort et ce respect. Et même si, cette année, la Nature s'était mise en retard, suite à des rendez-vous inconnus, à moins qu'elle n'ait traîné au lit, comme Danglard un jour sur trois. La nature est capricieuse, songeait Adamsberg, on ne peut pas exiger d'elle que tout soit strictement en place pour le matin du 21, vu la quantité astronomique de bourgeons dont elle a à s'occuper, sans compter les larves, les racines et les germes, qu'on ne voit pas, mais qui doivent certainement lui manger une énergie folle. En comparaison, l'incessant travail de la Brigade criminelle était une brindille dérisoire, une simple blague. Blague qui donnait toute bonne conscience à Adamsberg pour s'attarder au long des trottoirs.

Alors que le commissaire traversait à pas lents la grande salle commune, dite salle du Concile, pour déposer une fleur de forsythia sur les tables des six agents féminins de la Brigade, Danglard se précipita à sa rencontre. Le long corps du commandant, qui semblait avoir fondu jadis comme un cierge à la chaleur, effaçant ses épaules, amollissant son torse, courbant ses jambes, n'était pas adapté à la marche rapide. Adamsberg le regardait se mouvoir avec intérêt sur les longues distances, se demandant toujours s'il allait perdre un jour un de ses membres dans la course.

— On vous cherchait, dit Danglard en soufflant.

— Je rendais hommage, capitaine, et à présent j'honore.

— Bon sang, il est plus de onze heures.

— Les morts ne sont pas à deux heures près. Je n'ai rendez-vous avec Ariane qu'à seize heures. Le matin, la légiste dort. Ne l'oubliez jamais, surtout.

— Il ne s'agit pas des morts, il s'agit du Nouveau. Il vous a attendu deux heures. C'est la troisième fois qu'il reprend rendez-vous. Mais quand il arrive, on le laisse seul sur sa chaise comme un moins que rien.

— Navré, Danglard. J'avais un rendez-vous impérieux, et pris depuis un an.

— Avec ?

— Avec le printemps, qui est susceptible. Si vous le négligez, il est capable de s'en aller bouder. Et tâchez donc de le rattraper ensuite. Au lieu que le Nouveau reviendra. Quel Nouveau, au fait ?

— Merde, le nouveau lieutenant qui remplace Favre. Deux heures d'attente.

— Comment est-il ?

— Roux.

— Très bien. Cela va nous changer un peu.

— Brun en réalité, mais avec des mèches rousses à l'intérieur. Zébré en quelque sorte. C'est du jamais vu.

— Tant mieux, dit Adamsberg en déposant sa dernière fleur sur la table de Violette Retancourt. À tant faire, autant que les Nouveaux soient vraiment nouveaux.

Danglard enfonça ses bras mous dans les poches de sa veste élégante, regardant l'énorme lieutenant Retancourt piquer la petite fleur jaune dans sa boutonnière.

— Celui-ci me semble assez nouveau, trop peut-être, dit-il. Vous avez lu son dossier ?

— Par-ci par-là. De toute façon, on l'a obligatoirement à l'essai pour six mois.

Avant qu'Adamsberg ne pousse la porte de son bureau, Danglard le retint par le bras.

— Il n'est plus là. Il est reparti prendre son poste, dans le cagibi.

— Pourquoi est-ce lui qui protège Camille ? J'avais recommandé des agents chevronnés.

— Parce que lui seul supporte ce foutu placard sur le palier. Les autres n'en peuvent plus.

— Et comme il est nouveau, les autres le lui ont refilé.

— C'est cela.

— Depuis combien de temps ?

— Trois semaines.

— Envoyez-lui Retancourt. Elle est capable, elle, de tenir le coup dans le cagibi.

— Elle s'était proposée. Mais il se pose un problème.

— Je ne vois pas quel problème pourrait gêner Retancourt.

— Un seul. Elle ne peut pas se mouvoir dans le cagibi.

— Trop grosse, dit Adamsberg pensivement.

— Trop grosse, confirma Danglard.

— C'est ce format magique qui m'a sauvé, Danglard.

— Sans doute, mais elle ne peut pas se caler dans le cagibi et c'est tout. Donc, elle ne peut pas relayer le Nouveau.

— J'ai compris, capitaine. Quel âge a-t-il, ce Nouveau ?

— Quarante-trois ans.

— Et quelle tête a-t-il ?

— À quel point de vue ?

— Esthétique, séductionnel.

— Le mot « séductionnel » n'existe pas.

Le commandant passa la main sur sa nuque, comme chaque fois qu'il était embarrassé. Tout sophistiqué que fût l'esprit de Danglard, il répugnait comme tous les hommes à commenter l'aspect physique des autres hommes, feignant de n'en avoir rien vu rien remarqué. Adamsberg, lui, préférait de beaucoup savoir à quoi ressemblait celui qu'on avait laissé camper trois semaines sur le palier de Camille.

— Quelle tête a-t-il ? insista Adamsberg.

— Relativement beau, admit Danglard à regret.

— Pas de chance.

— Non. Ce n'est pas tant Camille qui m'inquiète, c'est Retancourt.

— Sensible ?

— À ce qu'on raconte.

— Relativement beau comment ?

— Construit comme un arbre, sourire en oblique et regard mélancolique.

— Pas de chance, répéta Adamsberg.

— On ne peut quand même pas tuer tous les gars de la terre.

80

— On pourrait au moins tuer les gars au regard mélancolique.

— Colloque, dit soudain Danglard en regardant sa montre.

Danglard était évidemment responsable de l'attribution du nom de « salle du Concile » à la salle commune où se tenaient les réunions, à cette heure une assemblée générale des vingt-sept agents de la Brigade. Mais le commandant n'avait jamais avoué son forfait. De même avait-il ancré dans la tête des agents le terme de « colloque » pour remplacer celui de « réunion », qui l'attristait. L'autorité intellectuelle d'Adrien Danglard avait tant de poids que chacun absorbait ses choix sans s'interroger sur leur à-propos. Comme un médicament dont on ne doutait pas de la bienfaisance, les nouveaux mots du commandant étaient avalés sans broncher, et si rapidement intégrés qu'ils devenaient irrécupérables.

Danglard feignait de n'être pas concerné par ces petits bouleversements du langage. À l'entendre, ces termes désuets étaient remontés du fin fond des temps pour imprégner les bâtiments, telle une eau antique suintant via le réseau des caves. Explication très plausible, avait remarqué Adamsberg. Et pourquoi pas, avait répondu Danglard.

Le colloque s'ouvrait sur les meurtres de la Chapelle et le décès d'une sexagénaire par arrêt cardiaque dans un ascenseur. Adamsberg compta rapidement ses agents, il en manquait trois.

— Où sont Kernorkian, Mercadet et Justin ?

— À la Brasserie des Philosophes, expliqua Estalère. Ils finissent.

En deux ans, la somme de meurtres tombée sur la Brigade n'avait pas encore réussi à éteindre la joie étonnée qui agrandissait perpétuellement les yeux verts du brigadier Estalère, le plus jeune membre de l'équipe. Long et mince, Estalère se serrait toujours aux côtés de l'ample et indestructible lieutenant Violette Retancourt, à qui il vouait un culte quasi religieux, et dont il ne s'éloignait guère de plus de quelques mètres.

— Dites-leur d'arriver en vitesse, ordonna Danglard. Je ne pense pas qu'ils soient en train de finir un concept.

— Non, commandant, juste un café.

Pour Adamsberg, que le rassemblement se nomme réunion ou colloque ne changeait rien à l'affaire. Peu porté aux discussions collectives et peu enclin à distribuer les ordres, ces mises au point générales l'ennuyaient si intensément qu'il ne se souvenait pas en avoir suivi une seule de bout en bout. À un moment ou à un autre, ses pensées désertaient la table et, de très loin – mais d'où ? –, il entendait venir à lui des fragments de phrases dénués de sens, concernant des domiciles, des interrogatoires, des filatures. Danglard surveillait la montée du taux de flou dans les yeux bruns du commissaire et lui serrait le bras quand celui-ci atteignait la cote d'alerte. Ce qu'il venait précisément de faire. Adamsberg comprenait le signal et revenait parmi les hommes, quittant ce que certains auraient nommé un état d'hébétude, et qui était pour lui une issue de secours vitale, où il perquisitionnait en solitaire en des directions innommées. Vaseuses, décrétait Danglard. Vaseuses, confirmait Adamsberg. On concluait sur le décès de la sexagénaire, à l'honneur des lieutenants Voisenet et Maurel qui avaient décelé l'embrouille et démontré le sabotage de l'ascenseur. L'arrestation de l'époux était imminente, le drame s'achevait, laissant dans l'esprit d'Adamsberg une traînée de tristesse, comme toujours lorsque la brutalité ordinaire croisait sa route, au coin de l'escalier.

L'enquête sur la tuerie de la Chapelle entrait dans le lot commun des crimes crapuleux. Cela faisait onze jours que le grand Black et le gros Blanc avaient été retrouvés morts, chacun dans une impasse, l'un dans celle du Gué, l'autre dans celle du Curé. On savait à présent que le grand Black, Diala Toundé, vingt-quatre ans, vendait des fripes et des ceintures sous le pont à l'entrée de Clignancourt, et que le gros Blanc, Didier Paillot, dit La Paille, vingt-deux ans, arnaquait les passants au bonneteau dans la rue principale du marché aux puces. Que les deux hommes ne se connaissaient pas et que leur dénominateur commun était un calibre d'exception et des ongles sales. Motifs pour lesquels Adamsberg persistait contre toute raison à refuser de transférer le dossier aux Stups.

Les interrogatoires dans les immeubles où logeaient les deux hommes, labyrinthes de chambres glacées et de toilettes condamnées dans des couloirs obscurs, n'avaient rien appris, non plus que la visite de tous les bistrots du secteur, de la porte de la Chapelle à Clignancourt. Les mères, anéanties, avaient expliqué que leur petit était un excellent garçon, montrant l'une un coupe-ongles et l'autre un châle encore offerts le mois passé. Le brigadier Lamarre, tout gauchi de timidité, en était sorti effondré.

— Les vieilles mamans, dit Adamsberg. Si seulement le monde pouvait ressembler aux rêves des vieilles mamans.

Un silence nostalgique suspendit un moment le colloque, comme si chacun se rappelait quel avait été pour lui, pour elle, le rêve idéalisé de sa vieille mère, et si oui ou non il l'avait réalisé, et de combien au juste il s'en était écarté.

Retancourt n'avait pas plus que les autres exaucé le rêve de sa vieille mère, qui l'avait souhaitée hôtesse et blonde, séduisant et calmant les passagers dans les couloirs des avions, espoir que le 1,80 mètre et les cent dix kilos de sa fille avaient anéanti dès la puberté, et dont n'étaient restées que la blondeur des cheveux et des capacités de tranquillisation en effet hors du commun. Elle était parvenue avant-hier à faire une petite percée dans le mur qui bloquait cette enquête.

De guerre lasse en effet, après une semaine de piétinement, Adamsberg avait arraché Retancourt à un meurtre familial qu'elle clôturait dans une élégante demeure de Reims pour la balancer à Clignancourt, comme on jette en dernier recours un pouvoir magique sans trop savoir ce qu'on en attend. Il lui avait adjoint le lieutenant Noël, puissante carrure aux oreilles décollées, blindé dans un blouson de cuir, avec lequel il entretenait des rapports mitigés. Mais Noël était apte à protéger Retancourt dans ce parcours difficile. En fin de compte, et il aurait dû s'y attendre, c'était Retancourt qui avait protégé Noël, après qu'un interrogatoire de café eut dégénéré, portant l'émeute jusque dans la rue. L'intervention massive de Retancourt avait calmé la troupe des hommes enfiévrés et arraché Noël aux trois types qui souhaitaient lui faire avaler son extrait de naissance, à leur idée. Cet épilogue avait impressionné le tenancier du bistrot, lassé des combats qui explosaient dans son établissement. Oubliant la règle du silence imposée sur le marché aux puces, et peut-être mû par une révélation du même ordre que celle qui affectait Estalère, il avait couru derrière Retancourt et déposé dans ses bras son fardeau.

Avant de faire son rapport, Retancourt défit et renoua sa courte queue de cheval, seul et unique vestige de sa timidité d'enfant, pensait Adamsberg.

— Selon Emilio – c'est le patron du café –, il est vrai que Diala et La Paille ne se fréquentaient pas. Séparés par seulement cinq cents mètres, ils ne travaillaient pas sur les mêmes zones du marché. Ce maillage géographique serré génère des tribus qui ne se mélangent pas, sous risque de heurts et de règlements de compte. Emilio assure que si Diala et La Paille se sont retrouvés dans un merdier commun, ce n'est pas de leur initiative mais de celle d'un intervenant extérieur, étranger aux coutumes du marché.

— Un horsin, dit Lamarre, sortant de sa réserve.

Ce qui rappela à Adamsberg que le timide Lamarre était de Granville, Basse-Normandie donc.

— Emilio suppose que l'étranger a dû les choisir pour leur carrure : pour un coup de force, pour une manœuvre d'intimidation, pour une bagarre. En tout cas, l'affaire s'était bien terminée, car l'avant-veille des meurtres, ils sont venus boire un coup dans son bistrot. C'était la première fois qu'il les voyait ensemble. Il était presque deux heures du matin et Emilio voulait fermer. Mais il n'osait pas les brusquer, car les deux gars étaient très remontés, assez ivres et bourrés aux as.

— On n'a pas retrouvé d'argent, ni sur eux ni chez eux.

— Probable que l'assassin a dû le reprendre.

— Emilio a-t-il entendu quelque chose ?

— C'est-à-dire qu'il s'en foutait, il allait et venait pour ranger. Mais les deux hommes étant seuls, ils ne prenaient pas de précautions et bavardaient comme des pies saoules. Emilio a saisi que le boulot, très bien payé, n'avait duré que le temps de la soirée. Pas d'allusion à une bastonnade, rien de cet ordre. Cela s'était déroulé à Montrouge et le commanditaire les avait largués là-bas une fois le travail achevé. À Montrouge, Emilio en est sûr. Pour le reste, ils n'avaient pas beaucoup de conversation, à part l'idée fixe de casser la dalle. Ça les faisait rire. Emilio leur a fait deux sandwiches et ils se sont finalement barrés à trois heures du matin.

— Une livraison ou une réception de matériel lourd ? proposa Justin.

— Cela ne sent pas les stups, dit Adamsberg, obstiné.

La veille au soir en Normandie, il avait laissé défiler le énième message de Mortier sans décrocher. Il aurait pu opposer à Mortier la foi de la mère qui jurait que Diala ne touchait pas à la drogue. Mais pour le chef des Stups, le fait d'avoir une vieille maman noire constituait en soi une présomption de culpabilité. Adamsberg avait obtenu du divisionnaire un report avant la passation du dossier, qui s'achevait dans deux jours.

— Retancourt, reprit le commissaire, Emilio a-t-il remarqué quelque chose sur leurs mains, leurs vêtements ? De la terre, de la boue ?

— Je n'en sais rien.

— Appelez-le.

Danglard décréta la pause, Estalère bondit. Le brigadier nourrissait une passion pour ce qui n'intéressait personne, tel mémoriser les détails techniques propres à chacun. Il apporta vingt-huit gobelets en trois séries de plateaux, disposant devant chaque agent sa boisson personnalisée, café, chocolat, thé, long, court, avec ou sans lait, avec ou sans sucre, un morceau, deux morceaux, sans commettre une seule erreur dans sa distribution. Il savait ainsi que Retancourt buvait son café court et sans sucre, mais qu'elle aimait avoir une petite cuiller pour le tourner inutilement. Pour rien au monde il n'aurait oublié. On ne savait pas quel plaisir innocent le brigadier tirait de cet exercice, qui finissait par le transformer en un jeune page servant.

Retancourt revint avec son téléphone en main, et Estalère poussa vers elle son café sans sucre avec cuiller. Elle le remercia d'un sourire et le jeune homme se rassit, bienheureux, à ses côtés. De tous, Estalère semblait être le seul à n'avoir pas très bien compris qu'il travaillait dans une Brigade criminelle, et il paraissait évoluer dans cette troupe avec le bien-être de l'adolescent niché dans sa bande. Pour un peu, il eût dormi là.

— Ils avaient les mains sales et terreuses, dit Retancourt. Les chaussures aussi. Après leur départ, Emilio a balayé la boue séchée et les graviers qu'ils avaient laissés sous la table.

— Quelle est l'idée ? demanda Mordent, tirant sa tête hors de son dos voûté, évoquant un grand héron gris et ventru venu se poser sur le bord de la table. Ils ont bossé dans un jardin ?

— Dans de la terre en tous les cas.

— On prospecte dans les squares et terrains vagues de Montrouge ?

— Qu'est-ce qu'ils auraient fabriqué dans un square ? Avec du matériel lourd ?

— Cherchez, dit Adamsberg, lâchant prise et se désintéressant brusquement du colloque.

— Transport de coffre ? suggéra Mercadet.

— Qu'est-ce que tu veux foutre d'un coffre dans un jardin ?

— Eh bien trouve quelque chose d'autre qui soit lourd, répliqua Justin. Assez lourd pour nécessiter qu'on recrute deux gros bras pas trop regardants sur la nature de la besogne.

— Besogne assez délicate pour qu'on leur cloue le bec après, précisa Noël.

— Creuser un trou, enterrer un corps, proposa Kernorkian.

— Cela se fait tout seul, répliqua Mordent, pas avec deux inconnus.

— Un corps lourd, dit gentiment Lamarre. En bronze, en pierre, par exemple une statue.

— Et pourquoi veux-tu inhumer une statue, Lamarre ?

— Je n'ai pas dit que je voulais l'inhumer.

— Tu en fais quoi, de ta statue ?

— Je la vole dans un lieu public, énonça Lamarre en réfléchissant, je la transporte, et je la vends. Trafic d'œuvres d'art. Tu sais combien ça vaut, une statue de la façade de Notre-Dame ?

— Ce sont des fausses, intervint Danglard. Choisis Chartres.

— Tu sais combien ça vaut, une statue de la cathédrale de Chartres ?

— Non, combien ?

— Comment veux-tu que je le sache ? Des mille et des cents.

Adamsberg n'entendait plus que des fragments discontinus, jardin, statue, mille et cent. La main de Danglard appuya sur son bras.

— On va reprendre le fil par l'autre bout, dit-il en avalant une gorgée de café. Retancourt retourne voir Emilio. Elle emmène Estalère parce qu'il a de bons yeux, et le Nouveau parce qu'il doit se former.

— Le Nouveau est au cagibi.

— Nous allons l'en sortir.

— Il a déjà onze ans de police, non ? dit Noël. Il n'a pas besoin qu'on l'éduque comme un gosse.

— Le former à vous tous, Noël, ce n'est pas la même chose.

— Que cherche-t-on chez Emilio ? demanda Retancourt.

— Les restes des graviers qu'ils ont laissés au sol.

— Commissaire, cela fait treize jours que les deux hommes sont venus dans ce café.

— Le sol est en carrelage ?

— Oui, noir et blanc.

— Évidemment, dit Noël en se marrant.

— Vous avez déjà essayé de balayer du gravier ? Sans qu'un seul grain ne s'échappe, ne se sauve ? Le bistrot d'Emilio n'est pas un palace. Avec de la chance, un gravier se sera faufilé dans un angle et y sera resté, tapi, et nous attendant.

— Si je suis bien la consigne, reprit Retancourt, on part chercher un petit caillou ?

Parfois, l'ancienne hostilité de Retancourt envers Adamsberg revenait affleurer en surface de leurs relations, bien que leur contentieux se soit résolu au Québec dans un exceptionnel corps à corps, qui avait fait fusionner le lieutenant et son commissaire pour la vie[1]. Mais Retancourt, rangée du côté des positivistes, estimait que les directives estompées d'Adamsberg obligeaient les membres de sa brigade à opérer trop souvent à l'aveuglette. Elle reprochait au commissaire de maltraiter l'intelligence de ses adjoints, de ne jamais faire pour eux l'effort d'un éclaircissement, l'effort de jeter un pont pour les guider par-delà ses marécages. Pour la simple raison, elle le savait, qu'il n'en était pas capable. Le commissaire lui sourit.

— C'est cela, lieutenant. Un petit caillou patient et blanc dans la forêt profonde. Qui nous mènera droit au terrain des opérations, aussi aisément que ceux du Petit Poucet à la maison de l'Ogre.

— Ce n'est pas tout à fait cela, rectifia Mordent, spécialiste des contes et légendes et si possible des récits d'épouvante. Les petits cailloux servaient à retrouver la maison des parents, pas celle de l'Ogre.

— Sûrement, Mordent. Mais nous, nous cherchons l'Ogre. Nous procédons donc autrement. De toute façon, les six garçons ont bien échoué dans la maison de l'Ogre, non ?

— Les sept garçons, dit Mordent en levant les doigts. Mais s'ils ont trouvé l'Ogre, c'est précisément parce qu'ils avaient perdu les cailloux.

— Eh bien nous, on les recherche.

---

1. *Cf.*, du même auteur, *Sous les vents de Neptune*.

— Si les cailloux existent, insista Retancourt.

— Bien sûr.

— Et s'ils n'existent pas ?

— Mais si, Retancourt.

Sur cette évidence tombée du ciel d'Adamsberg, c'est-à-dire de cette voûte céleste privée à laquelle nul n'avait accès, s'acheva le colloque la Chapelle. On replia les chaises, jeta les gobelets, et Adamsberg appela Noël d'un signe.

— Cessez de râler, Noël, dit-il paisiblement.

— Elle n'avait pas besoin de venir à la rescousse. Je m'en serais tiré sans elle.

— Avec trois gars sur vous lestés de barres de fer ? Non, Noël.

— Je pouvais m'en défaire sans que Retancourt joue les cow-boys.

— C'est faux. Et ce n'est pas parce qu'une femme vous a tiré d'affaire que vous avez perdu l'honneur pour la vie.

— Je n'appelle pas cela une femme. Une charrue, un bœuf de labour, une erreur de la nature. Et je ne lui dois rien.

Adamsberg passa le dos de sa main sur sa joue, comme pour tester son rasage, signal d'une fêlure dans son état flegmatique.

— Rappelez-vous, lieutenant, pourquoi Favre est parti, lui et son infinie malfaisance. Ce n'est pas parce que son nid est vide qu'il faut qu'un autre oiseau vienne l'occuper.

— Je n'occupe pas le nid de Favre, j'occupe le mien et j'y fais ce qui me chante.

— Pas ici, Noël. Car si vous chantez trop fort, vous irez comme lui pousser vos vocalises ailleurs. Avec les cons.

— J'y suis déjà. Vous avez entendu Estalère ? Et Lamarre avec sa statue ? Et Mordent avec son Ogre ?

Adamsberg consulta ses deux montres.

— Je vous donne deux heures trente pour aller marcher et vous rincer le crâne. Descente vers la Seine, contemplation, et remontée.

— J'ai des rapports à finir, dit Noël en haussant les épaules.

— Vous ne m'avez pas compris, lieutenant. C'est un ordre, c'est une mission. Vous sortez, et vous revenez sain d'esprit. Et vous le referez chaque jour si nécessaire, un an si besoin est, jusqu'à ce que le vol des mouettes vous raconte quelque chose. Allez, Noël, et loin de moi.

XI

Avant d'entrer dans l'immeuble de Camille pour en déloger le Nouveau, Adamsberg examina ses yeux dans le rétroviseur d'une voiture. Bien, conclut-il en se redressant. À mélancolique, mélancolique et demi.

Il grimpa les sept étages jusqu'à l'atelier, s'approcha de la porte de Camille. Discrets bruits de vie, Camille tentait d'endormir l'enfant. Il lui avait expliqué comment poser la main sur ses cheveux, mais cela ne fonctionnait pas avec elle. Il détenait un bon avantage sur ce terrain, à défaut d'avoir conservé les autres.

En revanche, pas un son du côté du placard qui servait de loge au flic. Le Nouveau mélancolique relativement beau s'était endormi. Au lieu de veiller sur la sûreté de Camille comme c'était sa mission. Adamsberg frappa, tenté par une semonce injuste, étant entendu que rester enfermé dans ce truc pendant des heures aurait aspiré n'importe quel homme dans le sommeil, et surtout un mélancolique.

Aucunement. Le Nouveau ouvrit aussitôt la porte, cigarette aux doigts, inclina brièvement la tête en signe de reconnaissance. Ni déférent ni anxieux, il tentait seulement de faire revenir ses pensées en grande vitesse, comme on ramène un troupeau au bercail. Adamsberg lui serra la main en l'observant sans discrétion. Doux, mais pas tant que cela. De l'énergie et des colères certaines en réserve sous le fond de ses yeux, en effet mélancoliques. Quant à la beauté, Danglard avait vu les choses en noir, en pessimiste professionnel qu'il était, déjà vaincu sans avoir combattu. Relativement beau, mais plus relatif que beau, et seulement si on le voulait. D'ailleurs, l'homme était à peine plus grand que lui. Plus massif aussi, le corps et le visage enveloppés d'une matière un peu tendre.

— Désolé, dit Adamsberg. J'ai manqué notre rendez-vous.

— C'est sans gravité. On m'a dit que vous aviez une urgence.

Voix très bien placée, légère, filtrée. Agréable, relativement. Le Nouveau éteignit sa cigarette dans un cendrier de poche.

— Une grosse urgence, c'est vrai.

— Un nouveau meurtre ?

— Non, l'arrivée du printemps.

— D'accord, répondit le Nouveau après une légère pause.

— Comment se passe cette surveillance ?

— Interminable et vide.

— Sans intérêt ?

— Aucun.

Parfait, conclut Adamsberg. Il avait eu de la veine, l'homme était aveugle, incapable de repérer Camille parmi mille autres.

— On la suspend. Une équipe du 13e arrondissement va vous relayer.

— Quand ?

— Maintenant.

94

Le Nouveau jeta un regard au cagibi, et Adamsberg se demanda s'il y regrettait quelque chose. Mais non, c'était seulement cette mélancolie qu'il avait dans l'œil qui donnait l'impression qu'il s'attardait plus que d'autres sur les choses. Il ramassa ses livres et sortit sans se retourner, sans une attention non plus pour la porte de Camille. Aveugle et presque mufle, au fond.

Adamsberg bloqua la minuterie puis s'installa sur la première marche de l'escalier, désignant d'un geste à son collègue la place à ses côtés. Ses années de vie tumultueuse avec Camille lui avaient donné une grande habitude de ce palier comme de cet escalier, chacune des marches ayant presque un nom propre, impatience, négligence, infidélité, chagrin, regret, infidélité, retour, remords et le tout sans fin en colimaçon.

— Combien croyez-vous que cet escalier a de marches ? demanda Adamsberg. Quatre-vingt-dix ?

— Cent huit.

— Vous faites cela ? Vous comptez les marches ?

— Je suis un homme organisé, c'est noté dans mon dossier.

— Asseyez-vous, j'ai à peine lu votre dossier. Vous savez que vous êtes affecté à cette brigade à l'essai et que cet entretien n'y change rien.

Le Nouveau hocha la tête et prit place sur la marche en bois, sans insolence mais sans s'en faire. Sous la clarté de l'ampoule, Adamsberg aperçut les mèches rousses qui zébraient ses cheveux sombres de toutes parts, y logeant d'étranges points de lumière. Une chevelure ondulée si dense qu'il semblait difficile d'y passer un peigne.

— Il y avait beaucoup de candidatures à ce poste, dit Adamsberg. Par quelles qualités êtes-vous parvenu finaliste ?

— Par un piston. Je connais très bien le divisionnaire Brézillon. J'ai dépanné son fils cadet, en un temps.

— Dans une affaire de police ?

— Dans une affaire de mœurs, dans l'internat où j'enseignais.

— Vous n'êtes donc pas flic de naissance ?

— J'étais parti pour l'enseignement.

— Par quel mauvais hasard avez-vous bifurqué ?

Le Nouveau alluma une cigarette. Mains carrées, denses. Séduisantes, relativement.

— Sentimental, suggéra Adamsberg.

— Elle était flic, j'ai cru bien faire en la suivant. Mais c'est en la suivant que je l'ai perdue, et c'est la police qui m'est restée sur les bras.

— Dommage.

— Oui.

— Pourquoi vouliez-vous ce poste ? Pour Paris ?

— Non.

— Pour la Brigade ?

— Oui. Je m'étais informé, et cela me convenait.

— Que donnaient vos informations ?

— Abondantes et contradictoires.

— Mais moi, je ne suis pas informé. Je ne sais même pas votre nom. On vous appelle encore le Nouveau.

— Veyrenc. Louis Veyrenc.

— Veyrenc, répéta studieusement Adamsberg. Et d'où tenez-vous ces cheveux roux, Veyrenc ? Cela m'intrigue.

— Moi aussi, commissaire.

Le Nouveau avait tourné le visage, fermant rapidement les yeux. Le Nouveau avait souffert, lut Adamsberg. Il soufflait la fumée vers le plafond, cherchant à compléter sa réponse, ne s'y décidant pas. Dans cette pose figée, sa lèvre supérieure se soulevait à droite comme tirée par un fil, et cette torsion lui donnait un charme particulier. Cela et ses yeux bruns abattus en triangle, se relevant à leurs bords en une virgule de cils. Dangereuse offrande du divisionnaire Brézillon.

— Je ne suis pas forcé de répondre, dit finalement Veyrenc.

— Non.

Adamsberg, qui était venu trouver son nouvel adjoint sans autre but que de l'extirper de la proximité de Camille, sentait que la conversation grinçait, sans en déceler la cause. Et pourtant, songeait-il, elle n'était pas loin, à portée de pensée. Il laissa flotter son regard sur la rampe, le mur, puis sur les marches, une à une, en descente, en montée.

Il connaissait ce visage.

— Quel nom avez-vous dit ?

— Veyrenc.

— Veyrenc de Bilhc, corrigea Adamsberg. Louis Veyrenc de Bilhc, c'est votre nom complet.

— En effet, c'est dans le dossier.

— Où êtes-vous né ?

— À Arras.

— Par un simple hasard de voyage, je suppose. Vous n'êtes pas un homme du Nord.

— Peut-être pas.

— Sûrement pas. Vous êtes un Gascon, un Béarnais.

— C'est vrai.

— Bien sûr que c'est vrai. Un Béarnais natif de la vallée d'Ossau.

Le Nouveau cligna à nouveau des yeux, comme pour un infime moment de recul.

— Comment pouvez-vous le savoir ?

— Quand on porte le nom d'un cru de vin, on risque de se faire repérer. Le cépage de Veyrenc de Bilhc pousse sur les coteaux de la vallée d'Ossau.

— Et c'est ennuyeux ?

— Peut-être. Les Gascons ne sont pas des types faciles. Mélancoliques, solitaires, doux à l'âme, durs à l'ouvrage, ironiques et obstinés. C'est un naturel qui a son intérêt, si on peut le supporter. J'en connais qui ne le peuvent pas.

— Vous, par exemple ? Vous avez un souci avec les Béarnais ?

— Évidemment. Réfléchissez, lieutenant.

Le Nouveau se recula un peu, comme l'animal prend ses distances pour examiner l'adversaire.

— Le Veyrenc de Bilhc est un cépage peu connu, dit-il.

— Et même inconnu.

— Sauf de quelques œnologues, ou de ceux de la vallée d'Ossau.

— Ou encore ?

— Ou de ceux de la vallée voisine.

— Par exemple ?

— Ceux de la vallée du Gave.

— Vous voyez que ce n'était pas sorcier. Vous ne savez plus reconnaître un Pyrénéen quand vous l'avez en face de vous ?

— Il ne fait pas très clair sur ce palier.

— Il n'y a pas de mal.

— C'est que je ne passe pas non plus mon temps à les rechercher.

— Que pensez-vous qu'il arrive quand un type de la vallée d'Ossau travaille dans les mêmes locaux qu'un type de la vallée du Gave ?

Les deux hommes prirent un temps de réflexion, fixant ensemble le mur opposé.

— Parfois, suggéra Adamsberg, on s'entend plus mal avec son voisin qu'avec son étranger.

— Il y a eu des frictions, dans le temps, entre les deux vallées, confirma le Nouveau, le regard toujours posé sur le mur.

— Oui. On pouvait s'entretuer pour un lopin de terre.

— Pour un brin d'herbe.

— Oui.

Le Nouveau se leva et tourna sur le palier, mains dans les poches. Discussion close, estima Adamsberg. On reprendrait cela plus tard et si possible autrement. Il se leva à son tour.

— Bouclez le placard et rejoignez la Brigade. Le lieutenant Retancourt vous attend pour partir à Clignancourt.

Adamsberg le salua d'un signe et descendit la volée de marches, assez contrarié. Assez pour avoir oublié son carnet de dessins sur la marche là-haut et devoir remonter les escaliers. Au palier du sixième étage, il entendit la voix élégante de Veyrenc s'élever dans la pénombre.

— Allons, Seigneur, à moi. À peine suis-je
    entré
    Qu'un injuste courroux prépare ma
    déchéance.
    Est-ce là votre clémence qui me fut tant
    vantée,
    Et dois-je être châtié pour ma seule nais-
    sance ?

Adamsberg remonta les dernières marches sans bruit, stupéfait.

— Est-ce une faute, est-ce un crime, que
d'avoir vu le jour
Non loin de vos vallées ? Est-ce donc un
outrage
D'avoir posé mes yeux sur les mêmes
nuages ?

Veyrenc était adossé au chambranle du cagibi, tête baissée, larmes rousses brillant dans ses cheveux.

— D'avoir couru enfant au long de vos mon-
tagnes,
Que les dieux comme à vous m'ont
données pour compagnes ?

Adamsberg regarda son nouvel adjoint croiser les bras et se sourire brièvement à lui-même.

— Je vois, dit le commissaire d'une voix lente.

Le lieutenant se redressa, surpris.

— C'est dans mon dossier, dit-il en une étrange excuse.

— À quel titre ?

Veyrenc passa ses mains dans ses cheveux, embarrassé.

— Le commissaire de Bordeaux ne pouvait pas l'endurer. Ni celui de Tarbes. Ni celui de Nevers.

— Vous ne pouviez pas vous retenir ?

— Hélas je ne le puis, Seigneur, car tout m'y
porte.
Le sang de mon ancêtre à ce péché
m'exhorte.

— Vous faites cela comment ? En veille ? En sommeil ? En hypnose ?

— C'est de famille, dit Veyrenc un peu sèchement. Je n'y peux rien.

— Si c'est de famille, c'est différent.

Veyrenc tordit sa lèvre, écartant les mains en un geste fataliste.

— Je vous propose de rejoindre la Brigade avec moi, lieutenant. Ce cagibi ne vous vaut peut-être rien.

— C'est vrai, dit Veyrenc, le ventre subitement serré à l'évocation de Camille.

— Vous connaissez Retancourt ? C'est elle qui vous forme.

— Il y a eu du neuf, à Clignancourt ?

— Il y en aura, si l'on trouve un gravier sous une table. Elle vous en parlera sûrement, cela ne lui plaît pas.

— Pourquoi ne passez-vous pas l'affaire aux Stups ? demanda Veyrenc en descendant l'escalier aux côtés du commissaire, ses livres sous le bras.

Adamsberg baissa la tête sans répondre.

— Vous ne pouvez pas me le dire ? insista le lieutenant.

— Si. Mais je cherche comment le dire.

Veyrenc attendit, la main posée sur la rampe. Il avait trop entendu parler d'Adamsberg pour négliger ses étrangetés.

— Ces morts sont pour nous, dit finalement Adamsberg. Ils ont été pris dans un lacis, un filet, une toile. Dans une ombre, dans les plis d'une ombre.

Adamsberg posait son regard trouble sur un point précis du mur, semblant y chercher les mots qui lui manquaient pour vêtir son idée. Puis il renonça, et les deux hommes descendirent jusqu'à la porte de l'immeuble, où Adamsberg marqua un dernier arrêt.

— Avant que nous soyons dans la rue, dit-il, avant que nous ne devenions collègues, dites-moi d'où vous tenez ces cheveux roux.

— Je ne pense pas que l'histoire vous plaise.

— Peu de choses m'embêtent, lieutenant. Peu de choses me troublent. Certaines me choquent.

— C'est ce qu'on raconte.

— C'est vrai.

— J'ai subi une attaque quand j'étais enfant, dans le plant de vigne. J'avais huit ans, les types en avaient treize ou quinze. Une petite bande de cinq salopards. Les gars nous en voulaient.

— Nous ?

— Mon père était propriétaire du cru, son vin gagnait en renommée, cela avait fait de la concurrence. Ils m'ont collé au sol et m'ont tailladé la tête avec des morceaux de ferraille. Puis ils m'ont crevé l'estomac avec un tesson de verre.

Adamsberg, la main posée sur la porte, avait suspendu ses gestes, ses doigts se serrant sur la poignée ronde.

— Je continue ? demanda Veyrenc.

Le commissaire l'encouragea d'un signe léger.

— Ils m'ont laissé par terre avec le ventre ouvert et quatorze blessures au cuir chevelu. Sur les cicatrices de ces entailles, les cheveux ont repoussé, mais roux. Pas d'explication. C'est un souvenir.

Adamsberg regarda le sol un moment puis leva les yeux vers le lieutenant.

— Qu'est-ce qui ne devait pas me plaire, dans votre histoire ?

Le Nouveau serra les lèvres et Adamsberg observa ses yeux sombres qui tentaient, peut-être, de lui faire baisser le regard. Mélancoliques, mais pas toujours et pas avec tous. Les deux montagnards se fixèrent comme des bouquetins affrontés, immobiles, cornes emmêlées dans une poussée muette. Ce fut le lieutenant qui, après un bref mouvement qui signalait la défaite, détourna la tête.

— Finissez l'histoire, Veyrenc.

— C'est indispensable ?

— Je le crois.

— Et pourquoi ?

— Parce que c'est notre boulot, de finir les histoires. Si vous voulez les commencer, redevenez professeur. Si vous voulez les achever, restez flic.

— Je comprends.

— Bien sûr. C'est pour cela que vous êtes là.

Veyrenc hésita, souleva sa lèvre en un faux sourire.

— Les cinq gars venaient de la vallée du Gave.

— De ma vallée.

— C'est cela.

— Allons, Veyrenc. Finissez l'histoire.

— Elle est finie.

— Non. Les cinq gars venaient de la vallée du Gave. Ils venaient du village de Caldhez.

Adamsberg tourna le bouton de la porte.

— Allons-y, Veyrenc, dit-il doucement. On cherche un caillou.

XII

Retancourt laissa tomber tout son poids sur une vieille chaise en plastique dans le café d'Emilio.

— Sans vous peiner, dit Emilio en s'approchant d'elle, si on voit les flics ici trop souvent, je n'ai plus qu'à fermer le bar.

— Trouve-moi un petit caillou, Emilio, et je te laisse en paix. Et puis trois bières.

— Deux seulement, intervint Estalère. Je ne peux pas en boire, s'excusa-t-il en regardant tour à tour le Nouveau et Retancourt. Je ne sais pas pourquoi, mais cela me donne le tournis.

— Mais, Estalère, cela fait cela à tout le monde, dit Retancourt, toujours surprise par la candeur résistante de ce garçon de vingt-sept ans.

— Ah, dit Estalère. C'est normal ?

— Non seulement c'est normal mais c'est le but.

Estalère fronça les sourcils, ne voulant à aucun prix donner à Retancourt l'impression qu'il lui reprochait quoi que ce soit. Si Retancourt demandait de la bière pendant les heures de travail, c'est que non seulement ce devait être autorisé, mais même recommandé.

— Nous ne sommes pas en service, lui dit Retancourt en souriant. Nous cherchons un petit caillou. Cela n'a rien à voir.

— Tu lui en veux, affirma le jeune homme.

Retancourt attendit qu'Emilio apporte les bières. Elle leva son verre à l'adresse du Nouveau.

— Bienvenue. Je n'arrive pas à retenir ton nom.

— Veyrenc de Bilhc, Louis, dit Estalère, heureux d'avoir mémorisé si vite son nom au complet.

— On va dire Veyrenc, proposa Retancourt.

— De Bilhc, précisa le Nouveau.

— Tu tiens à la particule ?

— Je tiens au vin. C'est le nom d'un cru.

Veyrenc approcha son verre de celui de sa collègue, sans l'entrechoquer. Il avait déjà entendu beaucoup sur les aptitudes hors catégorie du lieutenant Violette Retancourt, mais il ne voyait pour le moment qu'une très grande et grosse femme blonde, assez rude assez gaie, dont rien ne lui permettait de comprendre la crainte, le respect ou la dévotion qu'elle inspirait dans la Brigade.

— Tu lui en veux, répéta Estalère à voix sourde.

Retancourt haussa les épaules.

— Je n'ai rien contre aller boire une bière à Clignancourt. Si cela l'amuse.

— Tu lui en veux.

— Quand bien même ?

Estalère inclina la tête, sombre. L'antinomie et même l'incompatibilité comportementale qui opposaient souvent le commissaire à son adjointe le divisaient douloureusement. La double vénération qu'il portait à Adamsberg et Retancourt, boussoles de son existence, n'admettait pas de compromis. Il n'aurait pas lâché l'un pour l'autre. L'organisme du jeune homme ne fonctionnait qu'à l'énergie affective, excluant tous autres fluides tels raison, calcul, intérêt intellectuel. En cela, comme un engin spécialisé ne tolérant qu'un carburant à l'état pur, Estalère était un système rare et fragile. Retancourt le savait, mais elle n'avait ni la délicatesse ni l'envie de s'y adapter.

— Ce sont ses idées, insista le jeune homme.

— C'est un dossier pour les Stups, Estalère, dit Retancourt en croisant les bras.

— Il dit que non.

— On ne trouvera pas ce caillou.

— Il dit que si.

Estalère parlait généralement du commissaire en disant « Il ». « Il », « Lui », Jean-Baptiste Adamsberg, le dieu vivant de la Brigade.

— Fais comme tu l'entends. Cherche-lui son caillou jusqu'au bout du monde, mais ne me demande pas de te suivre en rampant sous les tables.

Retancourt surprit une révolte inattendue dans les yeux du brigadier.

— Je chercherai ce caillou, dit le jeune homme en se levant maladroitement. Et pas parce que toute la Brigade me prend pour un ahuri, toi comme les autres. Mais pas Lui. Lui regarde, lui sait. Lui cherche.

Estalère reprit son souffle.

— Il cherche un caillou, dit Retancourt.

— Parce qu'il y a des trucs, dans les cailloux, il y a des couleurs, il y a des dessins, il y a des petites histoires. Et tu ne les vois pas, Violette, et tu ne vois rien.

— Par exemple ? demanda Retancourt en serrant son verre.

— Cherche, lieutenant.

Estalère quitta la table avec une violence adolescente et partit rejoindre Emilio, qui s'était réfugié dans l'arrière-salle.

Retancourt fit tourner la bière dans son verre et regarda le Nouveau.

— C'est un fil de verre, dit-elle, il lui arrive de s'exalter. Comprends qu'il vénère Adamsberg. Comment s'est passé ton entretien avec lui ? Correct ?

— Je ne dirais pas cela.

— Il t'a promené d'une idée à une autre ?

— Un peu.

— Il ne le fait pas exprès. Il a pas mal encaissé il y a quelque temps, au Québec. Que penses-tu de lui ?

Veyrenc sourit de travers et Retancourt apprécia. Elle trouvait beaucoup de charme au Nouveau, et elle le regardait souvent, détaillant son visage et son corps, perçant ses habits, inversant les rôles comme un homme dénude sans discrétion une jolie fille qui passe. À trente-cinq ans, Retancourt se comportait comme un vieux célibataire au spectacle. Sans risque aussi, ayant cadenassé son espace sentimental pour éviter toute désillusion. Jeune fille, Retancourt était déjà aussi massive qu'une colonne de temple et en avait tiré pour devise que le défaitisme la protégerait de l'espérance. Au contraire du lieutenant Froissy qui se figurait que l'amour était heureux et l'attendait à chaque coin de rue, et qui avait accumulé, selon ce principe, une pile impressionnante de chagrins variés.

— Pour moi, c'est différent, dit Veyrenc. Adamsberg a grandi dans la vallée du gave de Pau.

— Quand tu parles comme cela, tu lui ressembles.

— C'est possible. Je viens de la vallée voisine.

— Ah, dit Retancourt. On dit qu'on ne met pas deux Gascons dans le même pré.

Estalère repassa devant eux sans un regard et sortit du café en claquant la porte.

— Parti, commenta Retancourt.

— Il rentre sans nous ?

— Apparemment.

— Il t'aime ?

— Il m'aime comme si j'étais un homme, comme si j'étais ce qu'il veut devenir et ne sera jamais. Un char, une mitrailleuse, un avion Rafale. Ici, prends soin de toi et reste au loin. Tu les as vus, tu nous as vus. Adamsberg et son inaccessible errance. Danglard et son érudition immense, qui court derrière le commissaire pour empêcher le navire de verser au large. Noël, en limite de brutalité bornée, et orphelin. Lamarre, si gauche qu'il peine à regarder les autres. Kernorkian, qui craint le noir et les microbes. Voisenet, un poids lourd qui retourne à sa zoologie dès qu'on a le dos tourné. Justin le méticuleux, scrupuleux jusqu'à l'impuissance. Adamsberg ne peut toujours pas se mettre dans le crâne qui est Voisenet et qui est Justin, il confond sans cesse leurs noms et ils ne s'en vexent ni l'un ni l'autre. Froissy, plongée dans la nourriture et les afflictions. Estalère le dévot, dont tu viens de faire la connaissance. Mercadet, un génie des chiffres qui lutte contre le sommeil. Mordent, adepte du tragique, qui possède quatre cents volumes de contes et légendes. Moi, grosse vache polyvalente de la troupe, selon Noël. Qu'es-tu venu faire ici, bon Dieu ?

— C'est un projet, dit Veyrenc d'un ton vague. Ces collègues, tu ne les aimes pas ?

— Mais si.

— Pourtant, Madame,
  Vos mots sont acérés pour pourfendre les autres.
  Sont-ils tous à blâmer ou la faute est-elle vôtre ?

Retancourt sourit, puis dévisagea Veyrenc.

— Que dis-tu ?

— Que je vous entends là les peindre sans pitié,
Et je cherche une cause à votre inimitié.

— Pourquoi le dis-tu ainsi ?

— Une habitude, dit Veyrenc en souriant aussi.

— Que t'est-il arrivé ? À tes cheveux ?

— Un accident de voiture, la tête par le pare-brise.

— Ah, dit Retancourt. Toi aussi, tu mens.

Estalère rouvrit la porte du café et, tendu sur ses jambes minces, rejoignit leur table en deux pas. Il repoussa les verres vides, fouilla dans sa poche et posa trois cailloux gris au centre du plateau. Retancourt les examina sans bouger.

— Il avait dit « blanc », il avait dit « un », dit-elle.

— Ils sont trois, et ils sont gris.

Retancourt saisit les graviers et les fit rouler dans sa paume.

— Rends-les-moi, Violette. Tu serais capable de ne pas les lui donner.

Retancourt releva vivement la tête, refermant durement le poing sur les graviers.

— Ne va pas trop loin, Estalère.

— Pourquoi ?

— Parce que si je n'existais pas, Adamsberg n'existerait plus. C'est moi qui l'ai sorti des griffes des cochs canadiens. Et tu ne sais pas, et tu ne sauras jamais ce que j'ai fait pour le tirer de là. Alors, brigadier, quand tu auras accompli pour Lui ton acte de dévotion à cette hauteur, tu auras conquis le droit de me gueuler dessus. Mais pas avant.

Retancourt posa les cailloux d'un geste trop ferme dans la main tendue d'Estalère. Veyrenc vit trembler les lèvres du jeune homme et fit un signe d'apaisement à Retancourt.

— On s'arrête là, dit-elle en touchant l'épaule du brigadier.

— Pardon, chuchota Estalère. Je voulais ces cailloux.

— Tu es sûr que ce sont eux ?

— Oui.

— Cela fait treize jours qu'Emilio balaie chaque soir, treize jours que les poubelles sont enlevées chaque matin.

— Il était tard ce soir-là. Emilio a passé un coup rapide pour ôter les graviers et les a poussés par la porte, dans la rue. J'ai fouillé là où ils auraient dû atterrir, c'est-à-dire près du mur, contre la marche, là où personne ne va jamais.

— On rentre, dit Retancourt en enfilant sa veste. On n'a plus qu'un jour et demi avant que les Stups ne nous les arrachent.

XIII

Dans la petite salle qui abritait le distributeur de boissons, Adamsberg découvrit deux grands carrés de mousse drapés d'une vieille couverture, qui formaient une banquette de fortune au niveau du sol et transformaient la pièce en un refuge sommaire pour sans-abri. Initiative de Mercadet, sans doute, l'hypersomniaque de la troupe, dont l'exigence de sommeil torturait la conscience professionnelle.

Adamsberg tira un café du distributeur bienfaisant et décida de tester la banquette. Il s'y assit, releva un coussin sous son dos, allongea ses jambes.

On pouvait y dormir, à n'en pas douter. La mousse chaude enveloppait perfidement le corps, donnant presque la sensation d'une compagnie. On pouvait y réfléchir, éventuellement, mais Adamsberg ne savait réfléchir qu'en déambulant. Si on pouvait appeler cela réfléchir. Cela faisait bien longtemps qu'il avait admis que, chez lui, penser n'avait rien de commun avec la définition appliquée à cet exercice. *Former, combiner des idées et des jugements.* Ce n'était pas faute d'avoir essayé, demeurant assis sur une chaise propre, posant les coudes sur une table nette, attrapant feuille et stylo, serrant son front dans ses doigts, toutes tentatives qui n'avaient fait que déconnecter ses circuits logiques. Son esprit déstructuré lui évoquait une carte muette, un magma où rien ne parvenait à s'isoler, à s'identifier comme Idée. Tout paraissait toujours pouvoir se raccorder à tout, par des petits sentiers de traverse où s'enchevêtraient des bruits, des mots, des odeurs, des éclats, souvenirs, images, échos, grains de poussière. Et c'est avec cela seulement qu'il devait, lui, Adamsberg, diriger les vingt-sept agents de sa Brigade et obtenir, selon le terme récurrent du divisionnaire, des Résultats. Il aurait dû s'en inquiéter. Mais d'autres corps flottants occupaient en ce jour l'esprit du commissaire.

Il étendit les bras et les croisa sous sa nuque, appréciant l'initiative accueillante de l'hypersomniaque. Au-dehors, la pluie et l'ombre. Qui n'avaient rien à voir entre elles.

Danglard renonça à faire fonctionner le distributeur en trouvant le commissaire endormi. Il recula, quittant la pièce à pas silencieux.

— Je ne dors pas, Danglard, dit Adamsberg sans ouvrir les yeux. Prenez votre café.

— C'est à Mercadet qu'on doit cette litière ?

— Je le suppose, capitaine. Je l'essaie.

— Vous allez avoir de la concurrence.

— Ou une multiplication. Six banquettes tassées dans les angles, sous peu.

— Il n'y a que quatre angles, précisa Danglard en se hissant sur un des hauts tabourets de bar, jambes pendantes.

— En tous les cas, c'est plus confortable que ces foutus tabourets. Je ne sais pas qui les a fabriqués mais ils sont trop hauts. On ne peut même pas atteindre les cale-pieds. On est posé là-dessus comme des cigognes sur des clochers.

— C'est suédois.

— Eh bien les Suédois sont trop grands pour nous. Croyez-vous que cela y change quelque chose ?

— Quoi ?

— La taille. Croyez-vous que la taille change quelque chose à la réflexion, quand la tête est séparée des pieds par 1,90 mètre ? Quand le sang a tout ce chemin à faire pour monter et descendre ? Croyez-vous qu'on pense alors plus purement sans que les pieds s'en mêlent ? Ou à l'inverse, un gars minuscule penserait-il mieux que les autres, de manière plus rapide et plus concentrée ?

— Emmanuel Kant, répondit Danglard sans ardeur, ne mesurait que 1,50 mètre. Il n'était que pensée, rigoureusement structurée.

— Et son corps ?

— Il ne s'en est jamais servi.

— Cela ne va pas non plus, murmura Adamsberg en fermant à nouveau les yeux.

Danglard jugea plus prudent et plus utile de regagner son bureau.

— Danglard, la voyez-vous ? demanda Adamsberg d'un ton uni. L'Ombre ?

Le commandant revint sur ses pas, tournant les yeux vers la fenêtre et vers la pluie qui assombrissait la pièce. Mais il était trop fin connaisseur d'Adamsberg pour se figurer que le commissaire lui parlait du temps.

— Elle est là, Danglard. Elle voile le jour. Vous la sentez ? Elle nous drape, elle nous regarde.

— Humeur sombre ? suggéra le commandant.

— Quelque chose comme cela. Autour de nous.

Danglard passa la main sur sa nuque, se donnant le temps de la réflexion. Quelle ombre ? Quand, où, comment ? Depuis le choc qu'Adamsberg avait subi au Québec, qui avait nécessité un arrêt forcé de plus d'un mois, Danglard l'avait surveillé de près. Il avait guetté sa remontée rapide hors des ravages qui avaient manqué emporter son esprit. Et il semblait que tout était revenu à la normale assez vite, à la normale d'Adamsberg s'entend. Danglard sentit revenir ses craintes. Adamsberg ne s'était peut-être pas tant éloigné du gouffre où il avait manqué tomber.

— Depuis quand ? demanda-t-il.

— Peu de jours après que je suis revenu, dit Adamsberg, ouvrant brusquement les yeux, s'asseyant plus droit sur le carré de mousse. Elle guettait peut-être avant, rôdant dans nos parages.

— Nos parages ?

— Ceux de la Brigade. Ce sont ses parages. Quand je m'en vais, comme en Normandie, je ne la sens plus. Quand je reviens, elle est là, discrète et grise. C'est peut-être La Muette.

— Qui est-ce ?

— Clarisse, la religieuse écrasée par le tanneur.

— Vous y croyez ?

Adamsberg sourit.

— Je l'ai entendue l'autre nuit, dit-il d'un air assez heureux. Elle se promenait dans le grenier, frôlant le sol comme un tissu. Je me suis levé, j'ai été voir.

— Et il n'y avait rien.

— Évidemment, répondit Adamsberg en adressant une pensée au poncteur d'Haroncourt.

Le commissaire promena un regard circulaire dans la petite pièce.

— Elle vous gêne ? demanda Danglard délicatement, avec l'impression de prospecter un terrain miné.

— Non. Mais ce n'est pas une ombre faste, Danglard, retenez cela. Elle n'est pas là pour nous aider.

— Depuis votre retour, rien de nouveau n'est arrivé que le Nouveau.

— Veyrenc de Bilhc.

— Est-ce lui qui vous pèse ? A-t-il apporté l'ombre ?

Adamsberg médita la suggestion de Danglard.

— Des ennuis sans doute. Il est de la vallée voisine. Il vous en a parlé ? De sa vallée d'Ossau ? De ses cheveux ?

— Non. Pour quelle raison ?

— Quand il était môme, cinq gars lui sont tombés dessus. Ils lui ont crevé le ventre et lacéré le cuir chevelu.

— Eh bien ?

— Eh bien ces gars venaient de chez moi, de mon village. Et il le sait. Il a fait mine de le découvrir mais il était parfaitement au courant avant d'arriver. Et si vous voulez mon avis, c'est même pour cela qu'il est là.

— Pourquoi ?

— Quête de souvenirs, Danglard.

Adamsberg reprit sa pose allongée.

— Cette femme qu'on a serrée il y a deux ans, l'infirmière ? Vous vous rappelez ? Je n'avais jamais fait arrêter une vieille femme avant elle. Je déteste cette histoire.

— C'était un monstre, dit Danglard d'une voix trouble.

— C'était une dissociée, selon la légiste. Avec son bout Alpha, ordinaire, et son bout Oméga, ange de la mort. Qu'est-ce que sont, au juste, alpha et oméga ?

— Des lettres grecques.

— Bien. Elle avait soixante-treize ans. Vous rappelez-vous son regard, quand on l'a saisie ?

— Oui.

— Ce n'est pas un souvenir très revigorant, n'est-ce pas, capitaine ? Pensez-vous qu'elle nous regarde encore ? Pensez-vous qu'elle est l'Ombre ? Souvenez-vous.

Oui, Danglard se souvenait. Cela avait commencé au domicile d'une femme âgée, mort naturelle, vérification des causes du décès, routine. Le médecin traitant et le légiste, Romain, qui n'avait pas encore ses vapeurs, avaient bouclé la chose en moins de quinze minutes. Arrêt cardiaque, la télévision marchait encore. Deux mois plus tard, Danglard et Lamarre réitéraient cette opération banale chez un homme de quatre-vingt-onze ans, décédé dans son fauteuil, son livre encore en main, curieusement intitulé *De l'art d'être grand-mère*. Adamsberg était arrivé alors que les deux médecins concluaient.

« Rupture d'anévrisme, annonçait le médecin traitant. On ne sait jamais quand ça tombe. Mais quand ça tombe, ça tombe. Pas d'objection, confrère ?

— Aucune, avait répondu Romain.

— Eh bien allons-y. »

Le médecin avait sorti son stylo et le formulaire de déclaration.

« Non », avait dit Adamsberg.

Les regards s'étaient tournés vers le commissaire qui, adossé au mur, les regardait faire bras croisés.

« Un problème ? avait demandé Romain.

— Vous ne sentez rien ? »

Adamsberg s'était détaché du mur et s'était approché du corps. Il avait respiré le visage, posé une vague caresse sur les cheveux rares du vieillard. Puis il avait arpenté les deux petites pièces, le visage levé.

« C'est dans l'air, Romain. Regarde ailleurs, au lieu de fixer le corps.

— Ailleurs où ? avait demandé Romain, levant ses lunettes vers le plafond.

— Romain, ce vieux a été assassiné. »

Le médecin traitant avait eu un mouvement d'impatience, rempochant son gros stylo noir. Ce petit type aux yeux vagues qui traînait sur les lieux, les mains enfoncées dans les poches d'un pantalon usé, les bras aussi bruns que s'il passait son temps au soleil, ne lui inspirait rien de bon, rien de net.

« Mon patient était à bout, usé comme un vieux cheval. Quand ça tombe, ça tombe.

— Ça tombe, mais pas toujours du ciel. Vous sentez, docteur ? Ce n'est ni un parfum, ni un médicament. Camomille, poivre, camphre, fleur d'oranger.

— Le diagnostic est fait et vous n'êtes pas médecin, que je sache.

— Mais non, je suis flic.

— Je m'en doute. Si vous n'êtes pas satisfait, appelez le commissaire.

— Je suis le commissaire.

— Il est le commissaire, avait confirmé Romain.

— Merde », avait dit le médecin.

En homme averti, Danglard avait regardé le praticien réagir progressivement à la voix et aux manières d'Adamsberg, se faire happer par la persuasion qui s'écoulait de lui comme un souffle insidieux. Il avait vu le médecin céder, plier comme arbre sous le vent, comme il en avait vu céder tant d'autres, hommes d'airain, femmes d'acier, emmenés par cette séduction sans effet ni brillance sur laquelle on ne pouvait poser ni mot ni raison. Phénomène insolent qui laissait toujours Danglard satisfait en même temps que dépité, partagé entre son affection pour Adamsberg et sa compassion pour lui-même.

« Oui, avait ajouté Danglard, nez en l'air. C'est une huile hors de prix qui se vend dans de minuscules ampoules, censée dissiper la nervosité. On en pose une goutte sur chaque tempe et une sur la nuque, et cela conjure tous les maux. Kernorkian en a, à la Brigade.

— Vous avez raison, Danglard, c'est cela. C'est pourquoi je connais cette odeur. Et je ne pense pas, docteur, que votre patient en utilisait. »

Le médecin avait jeté un regard aux deux pauvres pièces, qui signalaient plus les bornes de la misère que les effluves d'un onguent de luxe.

« Cela ne veut rien dire, avait-il hasardé.

— Parce que vous n'étiez pas chez la femme qui est morte il y a deux mois. C'était la même odeur. Rappelez-vous, Danglard, vous y étiez.

— Je n'ai rien remarqué.

— Et vous, Romain ?

— Non, navré.

— C'était la même odeur. Et donc une même personne qui est passée là-bas et ici, peu de temps avant leur mort à tous deux. Quelle était son infirmière, docteur ?

— Une femme très compétente que je lui avais recommandée. »

Le médecin s'était frotté l'épaule, embarrassé.

« Elle avait passé la retraite. Elle travaillait donc, comment vous dire, au noir. Cela permettait à beaucoup de mes malades d'être visités chaque jour sans trop dépenser. Quand il n'y a plus d'argent, il faut bien tourner la loi.

— Comment s'appelle-t-elle ?

— Claire Langevin. Une femme très compétente, quarante années d'hôpital derrière elle, spécialisée en gériatrie.

— Danglard, appelez la Brigade. Qu'on retrouve le médecin traitant de la vieille dame. Qu'on l'appelle. Qu'on demande le nom de l'infirmière qui s'occupait d'elle. »

On avait attendu vingt minutes en parlant boutique, pendant que Danglard rejoignait la voiture de service. Le médecin avait sorti de sous le lit de son patient une bouteille de mauvais vin cuit.

« Il m'en offrait toujours un petit coup, un véritable tord-boyaux. »

Puis il l'avait remisée sous le lit, un peu désolé. Et Danglard était revenu à l'appartement.

« Claire Langevin », avait-il annoncé.

Un silence avait suivi, les regards s'accrochant au commissaire.

« Une infirmière tueuse, avait dit Adamsberg. De celles qu'on nomme les anges de la mort. Quand elles viennent sur terre, elles massacrent. Et quand elles tombent, elles tombent.

— Nom de Dieu, avait soufflé le médecin.

« — Qui sont ses autres malades, docteur ? Ceux à qui vous l'aviez recommandée ?

— Nom de Dieu. »

En moins d'un mois, la liste macabre des trente-trois victimes de l'ange meurtrier avait été établie, d'hôpital en clinique, de domicile en dispensaire. Rôdant tant en Allemagne qu'en France et en Pologne depuis près d'un demi-siècle, distribuant la mort, semant les bulles d'air, de bras en bras.

Un matin de février, Adamsberg et quatre de ses hommes avaient cerné son pavillon de banlieue, son allée de graviers, ses plates-bandes au cordeau. Quatre hommes aguerris, quatre flics rompus à des tueurs mâles de gros calibre, mais quatre hommes réduits ce jour à peu de chose, suant de malaise. Que la féminité déraille, s'était dit Adamsberg, et le monde chancelle. Au fond, avait-il confié à Danglard en remontant la petite allée, les hommes ne s'autorisent à s'entretuer que parce que les femmes ne le font pas. Mais qu'elles passent la ligne rouge et l'univers bascule. Peut-être, avait dit Danglard, aussi mal en point que les autres.

La porte s'était ouverte sur une femme très ridée, propre et droite, qui leur avait demandé de faire bien attention aux fleurs, aux peintures, au parterre. Adamsberg l'avait dévisagée mais il n'avait rien vu, ni le feu de la haine ni la fureur de mort qu'il avait parfois décelés sur d'autres. Rien qu'une inexpressive et trop maigre femme. Les flics l'avaient menottée dans un presque silence, ânonnant leurs formules, à quoi Danglard avait ajouté à voix basse : « Oh, n'insultez jamais une femme qui tombe, qui sait sous quel fardeau la pauvre âme succombe. » Adamsberg avait acquiescé, sans savoir qui Danglard appelait à leur rescousse pour un chant du crépuscule en plein jour.

— Bien sûr que je me souviens, dit Danglard en secouant les épaules dans un frisson. Mais elle est loin, à la maison d'arrêt de Freiburg. Ce n'est pas de là-bas qu'elle vous porterait ombre.

Adamsberg s'était levé. Les deux mains appuyées au mur, il regardait la pluie tomber.

— Sauf qu'il y a dix mois et cinq jours, Danglard, elle a massacré un gardien. Et passé les murs de sa prison.

— Bon sang, dit Danglard en écrasant son gobelet. Pourquoi ne l'a-t-on pas su ?

— Le Land de Bade a négligé de nous prévenir. Blocage administratif. Je ne l'ai appris qu'en revenant de la montagne.

— On l'a repérée ?

Adamsberg eut un geste vague, désignant la rue.

— Non, capitaine. Elle rôde au-dehors.

XIV

Estalère étendait la main, paume ouverte, exposant comme trois diamants les graviers gris de Clignancourt.

— Qu'est-ce que c'est, brigadier ? demanda Danglard, levant à peine les yeux de son écran.

— C'est pour lui, commandant. C'est ce qu'il m'a demandé d'aller chercher.

Lui. Il. Adamsberg.

Danglard regarda Estalère sans chercher à comprendre, et appuya rapidement sur son interphone. La nuit était tombée et les enfants l'attendaient pour dîner.

— Commissaire ? Estalère a un machin pour vous. Il vient, ajouta-t-il à l'adresse du jeune homme.

Estalère ne bougeait pas, la paume toujours ouverte.

— Repose-toi, Estalère. Le temps qu'il arrive. Il va lentement.

Quand Adamsberg entra dans la pièce cinq minutes plus tard, le jeune homme avait à peine changé de pose. Il attendait, statufié par l'espoir. Il se répétait la phrase du commissaire, tout à l'heure au colloque. « Emmenez Estalère, parce qu'il a de bons yeux. »

Adamsberg examina le trophée que lui tendait le jeune homme.

— Ils attendaient, hein ? dit-il en souriant.

— Dehors, contre la porte, à gauche de la petite marche.

— Je savais que tu me les rapporterais.

Estalère se redressa, aussi heureux qu'un enfant oiseau rentrant de son premier vol avec un ver de terre.

— Direction Montrouge, dit Adamsberg. Nous n'avons plus qu'un jour, on va donc prendre la nuit. Partez à quatre, à six si possible. Justin, Mercadet et Gardon t'accompagnent. Ils sont de garde.

— Mercadet est de garde, mais il dort, rappela Danglard.

— Alors va avec Voisenet. Et Retancourt, si elle accepte de rempiler. Si elle le veut, Retancourt peut vivre sans dormir, conduire dix nuits de suite, traverser l'Afrique à pied et rattraper l'avion à Vancouver. Conversion d'énergie, c'est magique.

— Je le sais, commissaire.

— Prospectez tous les parcs, squares, allées vertes, terrains vagues. N'oubliez pas les chantiers. Échantillonnez tous les lieux.

Estalère partit presque en courant, le poing serré sur son trésor.

— Voulez-vous que j'y aille ? demanda Danglard en éteignant son ordinateur.

— Non, allez faire dîner les enfants, et moi de même. Camille joue à Saint-Eustache.

— Je peux demander à ma voisine de venir faire le repas. On n'a plus que vingt-quatre heures.

— Grands Yeux va s'en sortir, il n'est pas seul.

— Pourquoi croyez-vous qu'il écarquille autant les yeux ?

— Il a dû voir quelque chose, enfant. Il nous est arrivé à tous de voir quelque chose, enfants. Certains en sont restés les yeux trop ouverts, d'autres en ont gardé le corps trop gros, ou la tête trop floue, ou…

Adamsberg s'interrompit et rejeta hors de ses pensées les mèches rousses du Nouveau.

— Je pense qu'Estalère a trouvé les cailloux tout seul. Je pense que Retancourt ne voulait rien savoir et qu'elle a bu un truc avec le Nouveau. Une bière peut-être.

— Peut-être.

— Il arrive encore à Retancourt de s'énerver contre moi.

— Vous énervez tout le monde, commissaire. Pourquoi pas elle ?

— Tout le monde, sauf elle. C'est cela que je voudrais. À demain, Danglard.

Adamsberg s'était étendu sur son nouveau lit, l'enfant couché sur son ventre, accroché comme le petit singe à la toison du père. Tous deux nourris, tous deux paisibles, tous deux silencieux. Tous deux enfoncés dans le vaste édredon rouge donné par la seconde sœur d'Adamsberg. Dans le grenier, pas trace de la religieuse. Lucio Velasco l'avait discrètement questionné tout à l'heure sur la présence de Clarisse, et Adamsberg l'avait rassuré.

— Je vais te raconter une histoire, fils, dit Adamsberg dans le noir. Une histoire de montagne, mais plus celle de l'*opus spicatum*. On en a assez, de ces murets. Je vais te raconter l'histoire du bouquetin qui rencontra un autre bouquetin. Il faut que tu saches que le bouquetin n'aime pas qu'un autre bouquetin entre chez lui. Il aime beaucoup tous les autres animaux, les lapins, les oiseaux, les ours, les marmottes, les sangliers, tout ce que tu veux, mais pas l'autre bouquetin. Parce que l'autre bouquetin veut lui prendre et sa terre et sa femme. Et il le frappe avec des cornes immenses.

Thomas remua, comme s'il saisissait le grave de la situation, et Adamsberg enferma ses poings dans ses mains.

— Ne t'inquiète pas, cela va bien se finir. Mais aujourd'hui, j'ai manqué être frappé par les cornes. Alors j'ai cogné à mon tour et le bouquetin roux s'est enfui. Toi aussi, tu auras des cornes, plus tard. C'est la montagne qui te les donne. Et je ne sais pas si elle fait bien ou mal. Mais c'est ta montagne, tu n'y peux rien. Demain ou un autre jour, le bouquetin roux reviendra pour une seconde attaque. Je crois qu'il est en colère.

L'histoire endormit Adamsberg avant son fils. Au milieu de la nuit, ni l'un ni l'autre n'avaient bougé d'un pouce. Adamsberg ouvrit soudainement les yeux, étendit le bras vers son téléphone, il connaissait son numéro par cœur.

— Retancourt ? Vous êtes au lit ou à Montrouge ?

— À votre avis ?

— À Montrouge, dans la boue d'un chantier.

— D'un terrain vague.

— Et les autres ?

— Dispersés. On cherche, on ramasse.

— Rappelez-les tous, lieutenant. Où êtes-vous ?

— À hauteur du 123, avenue Jean-Jaurès.

— Ne bougez pas. J'arrive.

Adamsberg se leva doucement, enfila un pantalon, une veste, accrocha l'enfant sur son ventre.

Tant qu'il gardait une main sur sa tête et l'autre sous ses fesses, il n'y avait aucun risque que Tom s'éveille. Et tant que Camille n'apprenait pas qu'il emmenait son fils dans la nuit froide de Mont-rouge, en la mauvaise compagnie des flics, tout irait bien.

— Ce n'est pas toi qui vas me dénoncer, n'est-ce pas, Tom ? murmura-t-il en l'envelop-pant d'une couverture. Tu ne lui dis pas qu'on s'en va tous les deux la nuit ? Je n'ai pas le choix, on n'a plus qu'un seul jour. Viens, petit gars, et dors.

Un taxi déposa Adamsberg avenue Jean-Jaurès vingt-cinq minutes plus tard. L'équipe attendait, groupée en paquet sur le trottoir.

— Tu es cinglé d'amener le petit, dit Retan-court en s'approchant de la voiture.

Parfois, et suite au corps-à-corps qui avait sauvé leurs vies, le commissaire et le lieutenant changeaient de registre comme un train change de voie, passant au tutoiement de la complicité intime et définitive. Ils savaient l'un et l'autre que leur fusion était irrémédiable. Amour inal-térable, comme il en va de celles qui ne sont pas consommées.

— Ne t'inquiète pas, Violette, il dort comme un ange. Tant que tu ne me dénonces pas à Dan-glard qui me dénoncerait à Camille, tout ira bien. Pourquoi le Nouveau est-il là ?

— Il remplace Justin.

— Combien avez-vous de voitures ?

— Deux.

— Prends-en une, je monte dans l'autre. On se retrouve à l'entrée principale du cimetière.

— Pourquoi ? demanda Estalère.

Adamsberg passa brièvement sa main sur sa joue.

— C'est de là que viennent vos graviers, brigadier. L'idée fixe de Diala et La Paille, rappelez-vous.

— Ils avaient une idée fixe ?

— Oui, ils en parlaient.

— De casser la dalle, dit Voisenet.

— Oui, et ça les faisait rire. Ils ne discutaient pas de nourriture, mais du sacré boulot qu'ils venaient de faire. Ils parlaient d'une dalle. D'une dalle à tirer, ou à casser. Une dalle si lourde qu'il avait fallu louer leurs bras. À Montrouge.

— Une pierre tombale, dit soudain Gardon. Au grand cimetière de Montrouge.

— Ils ont tiré une dalle, ils ont ouvert une tombe. Allons-y. Prenez toutes les torches.

Le gardien du cimetière fut difficile à réveiller mais facile à questionner. Dans ses nuits sans fin, une diversion, même policière, était toujours bonne à prendre. Oui, on avait déplacé une dalle. Et on l'avait cassée en tirant dessus. On l'avait retrouvée en deux morceaux aux côtés de la tombe. La famille avait fait reposer une pierre neuve.

— Et la tombe ? demanda Adamsberg.

— Quoi, la tombe ?

— Après que la dalle a été ôtée ? Que s'est-il passé ? On avait creusé dedans ?

— Même pas. C'était juste histoire d'emmerder le monde.

— Quand était-ce ?

— Il y a une quinzaine. Une nuit de mercredi à jeudi. Je vous cherche la date.

Le gardien tira d'une étagère un gros registre aux pages sales.

— Nuit du 6 au 7, dit-il. Je note tout. Vous voulez les identifiants de la sépulture ?

— Plus tard. Conduisez-nous d'abord.

— Non, dit le gardien en reculant dans la petite pièce.

— Conduisez-nous, bon sang. Comment voulez-vous qu'on la trouve ? Ce cimetière est grand comme un lac.

— Non, répéta l'homme. Jamais.

— Vous êtes le gardien, oui ou non ?

— À présent nous sommes deux. Alors moi, j'y fous plus les pieds.

— Deux ? Il y a un autre gardien ?

— Non. C'est quelqu'un d'autre, la nuit.

— Qui ?

— Je sais pas, je ne veux pas le savoir. C'est une silhouette. Alors moi, j'y fous plus les pieds.

— Vous l'avez vue ?

— Comme je vous vois. Ce n'est pas un homme, ce n'est pas une femme, c'est une ombre grise, et lente. Elle marchait en glissant, au bord de tomber. Mais elle ne tombait pas.

— Quand était-ce ?

— Deux ou trois jours avant que la dalle soit bougée. Alors moi, j'y fous plus les pieds.

— Mais nous oui, et vous nous accompagnez. On ne vous laissera pas seul, j'ai ici un lieutenant qui vous protégera.

— Pas le choix, hein ? Avec les flics ? Et vous emmenez un bébé dans l'expédition ? Ben vous n'avez pas peur.

— Le bébé dort. Le bébé ne craint rien. S'il y va, vous pouvez y aller. Non ?

Encadré par Retancourt et Voisenet, le gardien les mena d'un pas rapide vers la tombe, terriblement pressé de rentrer aux abris.

— Voilà, dit-il. C'était là.

Adamsberg pointa la torche sur la pierre.

— Une jeune femme, dit-il. Morte à trente-six ans, il y a plus de trois mois. Vous savez comment ?

— Un accident de voiture, c'est tout ce que j'ai su. C'est triste.

— Oui.

Estalère s'était penché dans l'allée, ratissant le sol.

— Les graviers, commissaire. Ce sont les mêmes.

— Oui, brigadier. Échantillonnez quand même.

Adamsberg tourna le faisceau de la lampe vers ses montres.

— Presque cinq heures et demie. On réveille la famille dans une demi-heure. Il nous faut l'autorisation.

— De quoi faire ? demanda le gardien, qui reprenait un peu d'assurance au milieu du groupe.

— D'ôter la dalle.

— Merde, vous allez la retirer combien de fois, cette pierre ?

— Si on ne retire pas la dalle, comment voulez-vous qu'on sache pourquoi ils l'ont fait ?

— C'est assez logique, murmura Voisenet.

— Mais ils n'ont pas creusé, protesta le gardien. Bon sang, je vous l'ai dit, ça. Il n'y avait rien, pas un trou d'épingle. Et mieux que ça : sur la terre, il restait les tiges fanées des roses, partout. C'est la preuve qu'ils n'y ont pas touché, non ?

— Peut-être, mais nous devons vérifier.

— Vous n'avez pas confiance ?

— Il y a deux gars qui sont morts pour cela, deux jours plus tard. Égorgés l'un et l'autre. C'est cher payé, juste pour tirer une dalle. Juste pour emmerder le monde.

Le gardien grattait son ventre, perplexe.

— Ils ont donc fait autre chose, reprit Adamsberg.

— Ben je vois pas quoi.

— Ben on va voir.

— Oui.

— Et pour cela, il faut ôter la dalle.

— Oui.

Veyrenc tira Retancourt à l'écart du groupe.

— Pourquoi le commissaire porte-t-il deux montres ? demanda-t-il. Parce qu'il est réglé sur l'Amérique ?

— Parce qu'il est déréglé. Je crois qu'il avait une montre et que son amie lui en a offert une autre. Alors il l'a mise aussi. Et maintenant, il n'y peut rien, il a deux montres.

— Parce qu'il ne se décide pas à choisir entre les deux ?

— Non, je crois que c'est plus simple que cela. Il possède deux montres, donc il porte deux montres.

— Je vois.

— Tu vas apprendre vite.

— Je n'ai pas saisi non plus comment il a pensé au cimetière. S'il dormait ?

— Retancourt, appela Adamsberg, les hommes vont aller se reposer. Je reviens avec une relève dès que j'ai restitué Tom à sa mère. Vous pouvez assurer la jonction ? Vous occuper des autorisations ?

— Je vais rester avec elle, proposa le Nouveau.

— Oui, Veyrenc ? demanda-t-il avec raideur. Vous croyez tenir encore debout ?

— Vous non ?

130

Le lieutenant avait fermé rapidement les paupières et Adamsberg s'en voulut. Choc des bouquetins dans la montagne, le lieutenant passait ses doigts dans sa chevelure étrange. Même dans la nuit, les veinures rousses y étaient bien distinctes.

— On a du travail, Veyrenc, et du sale travail, reprit Adamsberg plus doucement. Cela a attendu trente-quatre ans, cela attendra bien encore quelques jours. Je propose de tenter une trêve.

Veyrenc sembla hésiter, puis acquiesça en silence.

— Entendu, dit Adamsberg en s'éloignant. Je serai de retour dans une heure.

— De quoi parle-t-on ? demanda Retancourt en suivant le commissaire.

— D'une guerre, répondit sèchement Adamsberg. La guerre des deux vallées. Ne t'en mêle pas.

Retancourt s'arrêta, contrariée, faisant voler des graviers du bout de son pied.

— Elle est grave ? demanda-t-elle.

— Plutôt.

— Qu'est-ce qu'il a fait ?

— Ou que fera-t-il ? Tu l'aimes bien, n'est-ce pas, Violette ? Eh bien ne te mets pas entre l'arbre et l'écorce. Parce qu'un jour, il te faudra sans doute choisir. Ou lui, ou moi.

XV

À dix heures du matin, la dalle avait été soulevée, révélant une surface de terre lisse et tassée. Le gardien avait dit vrai, le sol était intact, partout jonché de débris de roses noircis. Les flics, fatigués et déçus, tournaient autour, démunis. Qu'aurait décidé le vieil Angelbert devant cette déroute des hommes ? se demanda Adamsberg.

— Prenez tout de même des clichés, dit-il au photographe à taches de rousseur, un gars avenant et doué dont il oubliait régulièrement le nom.

— Barteneau, lui souffla Danglard, qui se donnait aussi pour tâche de parer aux déficiences sociales du commissaire.

— Barteneau, prenez des photos. De détail aussi.

— Je vous avais bien avertis, gronda le gardien, renfrogné. Ils n'ont rien fait. Pas un trou d'épingle.

— Il y a forcément quelque chose, répliqua Adamsberg.

Le commissaire s'assit en tailleur sur la dalle déplacée, jambes croisées, menton calé sur ses bras. Retancourt s'éloigna, s'adossa contre un monument funéraire et ferma les yeux.

— Elle va dormir un peu, expliqua le commissaire au Nouveau. Elle est la seule de la Brigade à savoir faire cela, à s'endormir debout. Elle nous a expliqué un jour la manière de faire, et tout le monde s'y est mis. Mercadet a presque réussi. Mais à l'instant où il s'endormait, il est tombé.

— Cela me paraît normal, chuchota Veyrenc. Elle ne tombe pas ?

— Justement non. Et allez constater, elle dort vraiment. Vous pouvez parler à voix haute. Rien ne la réveille, si elle en a décidé ainsi.

— C'est une question de conversion, expliqua Danglard. Elle convertit son énergie en ce qu'elle veut.

— Ce qui ne nous donne pas la clef du système, ajouta Adamsberg.

— Si cela se trouve, ils ont tout simplement pissé dessus, suggéra Justin, qui s'était assis aux côtés du commissaire.

— Sur Retancourt ?

— Sur la tombe, merde.

— C'est beaucoup de travail et beaucoup d'argent, juste pour pisser.

— Oui, pardon. Je parlais au hasard, pour me délasser.

— Je ne vous le reproche pas, Voisenet.

— Justin, corrigea Justin.

— Je ne vous le reproche pas, Justin.

— Cela ne me délasse pas beaucoup, d'ailleurs.

— Il n'y a que deux choses qui délassent vraiment. Rire, ou faire l'amour. Nous ne sommes en train de faire ni l'un ni l'autre.

— J'avais remarqué.

— Et dormir ? demanda Veyrenc. Ça ne délasse pas ?

— Non, lieutenant, ça repose. Ce n'est pas pareil.

L'équipe retomba dans le silence et le gardien demanda s'il pouvait enfin quitter les lieux. Oui, il le pouvait.

— On devrait profiter que l'engin de levage est là pour replacer la dalle, proposa Danglard.

— Pas tout de suite, dit Adamsberg, le menton toujours calé sur ses bras. On regarde encore. Si on ne trouve rien, les Stups nous les prennent ce soir.

— On ne va pas rester là des jours sous prétexte de résister aux Stups.

— Sa mère a dit qu'il n'y touchait pas.

— Les mères, lâcha Justin en haussant les épaules.

— Vous vous délassez trop, lieutenant. Il faut croire aux mères.

Veyrenc allait et venait à l'écart, jetant parfois un regard intrigué à Retancourt qui dormait, en effet, profondément. De temps à autre, il parlait tout seul.

— Danglard, tâchez d'entendre ce que marmonne le Nouveau.

Le commandant fit un tour négligent dans les allées, et revint se poser aux côtés du commissaire.

— Vous tenez vraiment à le savoir ?

— Cela nous délassera un peu, j'en suis certain.

— Eh bien, le Nouveau marmonne des vers de circonstance. Cela commence par « Ô terre ».

— Et ensuite ? demanda Adamsberg, un peu découragé.

— « Ô terre quand je t'implore tu restes silencieuse,

Me taisant le secret de cette nuit odieuse.
Est-ce toi qui te refuses ou ne suis-je plus capable
D'entendre les murmures des peines qui t'accablent ? »

Et ainsi de suite, je n'ai pas tout retenu. Je ne connais pas l'auteur.

— C'est normal, c'est de lui. Il fait cela comme d'autres se mouchent.

— C'est curieux, dit Danglard en plissant son grand front.

— C'est de famille, surtout, comme tout ce qui est curieux. Redites-moi ces vers, capitaine.

— Cela ne vaut pas grand-chose.

— Au moins, ça rime. Et plus que cela, ça rime à quelque chose. Redites-les-moi.

Adamsberg écouta attentivement, puis se leva.

— Il a raison. La terre sait, et pas nous. Nous ne sommes pas capables d'entendre, et là est le problème.

Le commissaire revint devant la tombe découverte, encadré de Danglard et de Justin.

— Et s'il y a un son à entendre et qu'on ne l'entend pas, c'est que nous sommes sourds. Ce n'est pas que la terre soit muette, c'est que nous sommes inaptes. Il nous faut donc un spécialiste, un interprète, un gars qui sait entendre le chant de la terre.

— Cela s'appelle comment ? demanda Justin, assez inquiet.

— Un archéologue, dit Adamsberg en sortant son téléphone. Ou un fouilleur de merde, comme vous préférez.

— Vous avez cela dans votre compagnie ?

— J'ai, confirma Adamsberg en composant un numéro. Un excellent, un spécialiste des...

Le commissaire s'interrompit, cherchant le mot.

— Des vestiges fugaces, compléta Danglard.

— C'est cela. On ne peut pas mieux tomber.

Ce fut Vandoosler le vieux[1], un ancien flic cynique et retraité, qui décrocha. Adamsberg lui exposa rapidement la situation.

— Bloqué, coincé, acculé, si je comprends bien ? dit Vandoosler en ricanant. L'animal serait-il vaincu ?

— Non, Vandoosler, puisque j'appelle. Ne jouez pas trop avec moi, je manque de temps aujourd'hui.

— Très bien. Duquel avez-vous besoin ? De Marc ?

— Non, du préhistorien.

— Il est à la cave, englouti dans ses silex.

— Dites-lui de venir me rejoindre ventre à terre au cimetière de Montrouge. C'est urgent.

— Attendu qu'il est immergé à une profondeur de 12 000 ans avant J.-C., rien ne presse, vous dirait-il. Et rien n'arrache Mathias à ses silex.

— Moi, Vandoosler, merde ! Si vous ne m'aidez pas, vous allez faire un foutu cadeau aux Stups.

— Alors c'est différent. Je vous l'envoie.

1. *Cf.*, du même auteur, *Debout les morts* (Éd. Viviane Hamy, coll. Chemins Nocturnes, 1995 ; Éd. J'ai lu, 2005).

XVI

— Qu'est-ce qu'on attend de lui ? demanda Justin en se chauffant les mains sur une tasse de café, dans la loge du gardien.

— Ce qu'a dit le Nouveau. Qu'il fasse dire son secret à la terre. Vos volutes en douze pieds ont quelques avantages, Veyrenc.

Le gardien de jour posa un regard curieux sur Veyrenc.

— Il fait de la poésie, expliqua Adamsberg.

— Un jour comme ça ?

— Surtout un jour comme ça.

— Bon, dit le gardien, accommodant. La poésie, ça sert surtout à compliquer les choses, non ? Mais peut-être qu'en les compliquant, on les comprend mieux. Et en les comprenant, on les simplifie. Au bout du compte.

— Oui, dit Veyrenc, surpris.

Retancourt était à nouveau avec eux, le visage reposé. Le commissaire l'avait réveillée en posant simplement un doigt sur son épaule, comme on presse un bouton. À travers la vitre de la loge, elle regardait un géant blond traverser la rue, à peine vêtu, les cheveux atteignant ses épaules, et dont la ceinture du pantalon tenait avec une ficelle.

— C'est notre interprète, dit Adamsberg. Il sourit souvent, mais on ne sait pas toujours à quoi.

Cinq minutes plus tard, Mathias était agenouillé près de la tombe, observant le sol. Adamsberg fit signe à ses agents de faire silence. La terre ne parle pas fort, il faut faire attention.

— Vous n'avez touché à rien ? demanda Mathias. Personne n'a déplacé les tiges des roses ?

— Non, dit Danglard, et c'est toute la question. La famille a dispersé des fleurs sur toute la surface de la tombe, et la dalle a été plaquée dessus. Ce qui prouve que la terre n'a pas été bougée.

— Il y a tiges et tiges, dit Mathias.

Il passa rapidement la main de rose en rose, tournant à genoux autour de la tombe, palpa la terre en différents endroits, comme un tisserand teste la qualité d'une soie. Puis il releva la tête en souriant vers Adamsberg.

— Tu as vu ? dit-il.

Adamsberg secoua la tête.

— Certaines tiges se décollent dès qu'on les effleure, et d'autres sont incrustées. Toutes celles-ci sont en place, dit-il en désignant les fleurs sur la partie basse de la sépulture. Mais celles-là sont en surface, elles ont été bougées. Tu le vois ?

— Je t'écoute, dit Adamsberg en fronçant les sourcils.

— Cela signifie qu'on a creusé dans la sépulture, continua Mathias en ôtant délicatement les tiges à la tête de la tombe, mais sur une partie seulement. Ensuite, les fleurs fanées ont été

138

reposées sur le comblement, pour qu'il ne soit pas visible. Mais cela se remarque tout de même. Vois-tu, dit-il en se relevant d'un seul mouvement, qu'un homme déplace une tige de rose, et mille ans plus tard, tu pourras encore le savoir.

Adamsberg approuva, impressionné. Ainsi donc, s'il touchait le pétale d'une fleur, ce soir, à l'insu de tous et dans l'ombre, un type comme Mathias l'apprendrait dans mille ans. L'idée que tous ses gestes laissent dans son sillage leurs irrécupérables empreintes lui parut assez alarmante. Mais il se rassura en jetant un coup d'œil au préhistorien, qui sortait une truelle de sa poche arrière et polissait l'outil des doigts. Des gars comme ça ne couraient pas les rues.

— C'est très difficile, dit Mathias avec une moue. C'est un trou qu'on a aussitôt comblé avec son propre sédiment. Il est invisible. On a donc creusé, mais où ?

— Tu ne peux pas le trouver ? demanda Adamsberg, soudain inquiet.

— Pas avec les yeux.

— Et comment ?

— Avec les doigts. Quand on ne peut rien voir, on peut toujours sentir. Seulement, c'est plus long.

— Sentir quoi ? demanda Justin.

— Les limites de la fosse, le hiatus entre son bord et son remblai. Il y a un collage terre contre terre. Il existe, il faut le repérer.

Mathias promena sa main sur la surface uniforme de la terre. Puis il sembla accrocher du bout des ongles une fissure fantôme, qu'il suivit ensuite lentement. Tel un aveugle, Mathias ne regardait pas vraiment le sol, comme si l'illusion de ses yeux aurait pu altérer sa recherche, toute concentrée dans la sensibilité de ses doigts. Peu à peu, il dégagea la ligne d'un cercle imparfait, de 1,50 mètre de diamètre, qu'il redessina à la pointe de sa truelle.

— On la tient, Adamsberg. Je vais la vider moi-même pour suivre les parois du creusement, et tes hommes évacueront la terre. Nous irons plus vite.

À quatre-vingts centimètres de fond, Mathias se redressa, ôta sa chemise, et passa la main sur les parois du trou.

— Je n'ai pas l'impression que ton creuseur enfouissait quelque chose. Nous sommes trop profond à présent. Il cherchait à atteindre le cercueil. Ils étaient deux.

— C'est exact.

— L'un creusait, l'autre vidait les seaux. À cette profondeur, ils ont échangé les rôles. Personne ne pioche de la même façon.

Mathias reprit sa truelle et s'enfonça à nouveau dans la fosse. On avait emprunté pelles et seaux au gardien, et Justin et Veyrenc évacuaient les déblais. Mathias tendit des graviers gris à Adamsberg.

— En rebouchant, ils ont emporté des graviers de l'allée. Le piocheur fatigue, il entaille de moins en moins droit. Ils n'ont rien enterré dans ce trou, rien. C'est vierge.

Le jeune homme continua de creuser une heure en silence, qu'il rompit seulement par deux annonces : « Ils ont à nouveau changé de rôle » et : « Ils sont passés de la pioche au piochon. » Enfin, Mathias se releva et s'accouda au bord du trou, qui lui arrivait à présent au-dessus de la taille.

— Vu l'état des roses, dit-il, l'homme qui est là-dessous ne l'est sans doute pas depuis longtemps.

— Depuis trois mois et demi. C'est une femme.

— C'est là que nos chemins se séparent, Adamsberg. Je te laisse poursuivre.

Mathias prit appui sur le rebord et sauta hors de la fosse. Adamsberg jeta un regard au fond de l'excavation.

— Tu n'as pas atteint le cercueil. Ils se sont arrêtés avant ?

— Je suis au cercueil. Mais il est ouvert.

Les hommes de la Brigade échangèrent un regard, Retancourt s'avança, Justin et Danglard reculèrent d'un pas.

— Le bois du couvercle a été défoncé au piochon, et arraché. La terre est tombée dedans. Tu m'as appelé pour la terre, pas pour le corps. Je ne veux pas voir cela.

Mathias rempocha sa truelle et frotta ses grandes mains sur les cuisses de son pantalon.

— L'oncle t'attend toujours pour un dîner, dit-il à Adamsberg, tu le sais ?

— Oui.

— On n'a plus de fric. Préviens avant de venir, Marc ira voler une bouteille et un bon truc à manger. Tu aimes le lapin ? Ou bien des langoustines ? Cela t'irait ?

— Ce sera parfait.

Mathias serra la main du commissaire, adressa un bref sourire aux autres et s'en alla, portant sa chemise au bout du bras.

XVII

Danglard examinait son dessert, le visage fermé et blanc. Il avait les exhumations et autres atrocités du métier en horreur. Qu'un acharné de creuseur l'oblige à regarder un cercueil ouvert le mettait au bord de l'explosion psychique.

— Mangez ce gâteau, Danglard, insista Adamsberg. Il va vous falloir du sucre. Avalez votre vin.

— Il faut tout de même être sacrément enragé pour aller foutre un truc dans un cercueil, merde, gronda Danglard.

— Pour aller l'y mettre, ou pour aller l'y récupérer.

— Peu importe. Il existe assez de planques dans ce monde pour éviter celle-ci, non ?

— À moins que le type n'ait été pris de court. À moins qu'il ait dû fourrer son dépôt dans le cercueil avant qu'on en visse le couvercle.

— Dépôt assez précieux pour avoir le cran d'aller le rechercher là-dedans trois mois plus tard, dit Retancourt. Fric ou dope, on en revient toujours là.

— Ce qui ne va pas, dit Adamsberg, ce n'est pas que ce type soit un enragé. C'est qu'il ait choisi la tête du cercueil et non pas les pieds. À la tête, non seulement il y a moins de place, mais c'est beaucoup plus pénible.

Danglard approuva muettement, contemplant toujours son dessert.

— Sauf si le truc était déjà dans le cercueil, dit Veyrenc. Si le type ne l'a pas mis lui-même, s'il n'a pas pu choisir l'emplacement.

— Par exemple ?

— Un collier, ou des boucles d'oreilles, sur la défunte.

— Les affaires de bijoux m'ennuient, murmura Danglard.

— Depuis que le monde est monde, capitaine, c'est la raison pour laquelle on pille les sépultures. Il va falloir nous renseigner sur la fortune de cette femme. Qu'avez-vous relevé sur le registre ?

— Élisabeth Châtel, célibataire et sans enfants, née à Villebosc-sur-Risle, près de Rouen, débita Danglard.

— Je ne sais pas ce qu'ont les Normands par ces temps, je ne peux pas m'en défaire. À quelle heure vient Ariane ?

— Qui est Ariane ?

— La légiste.

— À dix-huit heures.

Adamsberg fit tourner son doigt sur le bord de son verre, lui arrachant un gémissement pénible.

— Il faut avaler ce foutu gâteau, commandant. Et vous n'êtes pas obligé de nous suivre pour la suite des opérations.

— Si vous restez, je reste.

— Parfois, Danglard, vous avez une mentalité médiévale. Vous voyez cela, Retancourt ? Je reste, il reste.

Retancourt haussa les épaules et Adamsberg tira une nouvelle plainte stridente de son verre. La télévision du café retransmettait un match de football bruyant. Le commissaire regarda un moment les hommes qui couraient en tous sens sur le gazon, dont les mouvements étaient passionnément suivis par les clients qui mangeaient tête levée vers l'écran. Adamsberg n'avait jamais compris cette affaire de match. Si cela plaisait à des gars de lancer un ballon dans un but, ce qu'il pouvait très bien comprendre, à quoi bon installer tout exprès une autre bande de gars en face pour vous empêcher de lancer ce ballon dans le but ? Comme s'il n'existait pas, à l'état naturel, assez de gars sur terre qui vous empêchaient sans cesse de lancer vos ballons où cela vous chantait.

— Et vous, Retancourt ? demanda Adamsberg. Vous restez ? Veyrenc rentre, lui. Il est crevé.

— Je reste, bougonna Retancourt.

— Et pour combien de temps, Violette ?

Adamsberg sourit. Retancourt dénoua et renoua sa queue de cheval, puis s'éloigna vers les toilettes.

— Pourquoi vous l'emmerdez ? demanda Danglard.

— Parce qu'elle m'échappe.

— Vers où ?

— Vers le Nouveau. Il est fort, il va l'entraîner dans sa roue.

— S'il le veut.

— Justement, on ne sait pas ce qu'il veut. Et il va falloir s'en inquiéter aussi. Il essaie de lancer son ballon quelque part, mais quel ballon et où ? Ce n'est pas le genre de match où l'on peut se laisser prendre de court.

Adamsberg sortit son carnet, dont les pages avaient collé les unes aux autres, inscrivit quatre noms et déchira le feuillet.

— Dès que vous en aurez le temps, Danglard, renseignez-vous sur ces quatre gars.

— Qui est-ce ?

— Ce sont les types qui ont taillé le crâne de Veyrenc quand il était enfant. Ça a laissé de sacrées traces dehors, mais bien plus terribles dedans.

— Qu'est-ce que je dois chercher ?

— Je veux simplement vérifier qu'ils vont bien.

— C'est sérieux ?

— Normalement non. J'espère que non.

— Vous m'aviez dit qu'ils étaient cinq.

— Oui, ils étaient cinq.

— Et le cinquième ?

— Eh bien ?

— Qu'est-ce qu'on en fait ?

— Le cinquième, Danglard, je m'en occuperai moi-même.

XVIII

Relayant l'équipe de nuit, Mordent et Lamarre achevaient d'extraire les sédiments tombés dans le cercueil, masques respiratoires plaqués sur leurs visages. Adamsberg, à genoux au bord de la fosse, passait les seaux à Justin. Danglard s'était installé à cinquante mètres des opérations, assis sur la pierre d'une haute sépulture, jambes croisées à la manière d'un lord anglais s'entraînant au détachement. Il restait sur les lieux, conformément à sa parole, mais loin. Plus la réalité se faisait oppressante et plus Danglard travaillait l'élégance, la maîtrise de soi assortie d'un certain culte du dérisoire. Le commandant avait toujours compté sur les vêtements de coupe britannique pour compenser son défaut d'allure. Son père – sans compter son grand-père –, mineur au Creusot, aurait détesté ce genre de pratique. Mais son père aurait dû faire l'effort de le créer moins moche, il ne récoltait que ce qu'il avait semé, au sens strict. Danglard brossa ses revers. S'il avait possédé un sourire en biais dans une joue tendre, comme le Nouveau, c'est lui qui aurait arraché Retancourt hors de l'attraction d'Adamsberg. Trop grosse, disaient les autres gars de la Brigade, injouable, ajoutaient-ils cruellement à la Brasserie des Philosophes. Danglard, lui, la trouvait parfaite.

De son poste d'observation, il vit la légiste descendre à son tour dans la fosse, le long d'une échelle. Elle avait endossé une combinaison verte par-dessus ses habits mais, comme l'eût fait Romain, elle ne se souciait pas de porter un masque. Ces légistes l'avaient toujours stupéfié, presque toujours sereins, tapotant les épaules des morts avec décontraction, parfois puérils et joviaux, alors qu'ils fréquentaient une abomination permanente. Mais en vérité, analysait Danglard, c'étaient là des praticiens soulagés de n'avoir pas affaire à l'angoisse des vivants. On pouvait trouver bien de la tranquillité dans cette branche de la médecine morte.

La nuit était tombée et le Dr Lagarde achevait son travail sous la lumière des projecteurs. Danglard la regarda remonter l'échelle sans effort, ôter ses gants, les jeter négligemment sur le tas de déblais, s'approcher d'Adamsberg. Il lui semblait, de loin, que Retancourt avait la mine boudeuse. La familiarité qui unissait le commissaire et la légiste l'agaçait de manière visible. D'autant que la renommée d'Ariane Lagarde n'était pas mince. Et que, même en combinaison terreuse, elle était fort belle. Adamsberg ôta son masque et entraîna le médecin en arrière de la fosse.

— Jean-Baptiste, il n'y a là rien d'autre que la tête d'une femme morte, il y a trois ou quatre mois. Il n'y a pas eu de mutilation, pas de violence post-mortem. Tout est là, et tout est intact. Rien de plus, rien de moins. Je ne t'invite pas à la faire transporter au bloc, on ne trouvera rien de plus qu'un cadavre.

— Je veux comprendre, Ariane. Les profanateurs ont été cher payés pour ouvrir cette tombe. On les a tués pour qu'ils se taisent. Pourquoi ?

— Ne cours pas après le vent. Les vœux des fous ne sont pas toujours visibles pour nos yeux. Je comparerai la terre à celle des ongles de Diala et La Paille. Tu m'as prélevé des échantillons ?

— Tous les trente centimètres.

— C'est parfait. Tu devrais aller manger et dormir, crois-moi. Je te raccompagne.

— Le tueur a voulu récupérer quelque chose sur ce corps, Ariane.

— *Elle* a voulu. C'est une femme, bon sang.

— Admettons.

— J'en suis certaine, Jean-Baptiste.

— La taille de l'agresseur ne suffit pas.

— J'ai d'autres indices convergents.

— Admettons. La tueuse a voulu récupérer quelque chose sur ce corps.

— Alors elle l'a pris. Et la piste s'arrête là.

— Si la morte avait porté des boucles d'oreilles, tu le verrais encore ? Au percement des lobes ?

— À l'heure où nous parlons, Jean-Baptiste, il n'y a plus d'oreilles.

Un des deux projecteurs explosa soudainement dans la nuit, laissant échapper un filet de fumée, et semblant signaler à tous que le spectacle macabre touchait à son terme.

— On replie tout ? demanda Voisenet.

XIX

Ariane conduisait un peu brusquement au goût d'Adamsberg qui préférait, en voiture, se laisser bercer en calant sa tête contre la vitre. Elle cherchait au hasard des avenues un restaurant où dîner.

— Tu t'entends bien avec la grosse lieutenant ?

— Ce n'est pas une grosse lieutenant, c'est une divinité à seize bras et douze têtes.

— Tiens. Je n'avais pas remarqué.

— C'est pourtant le cas. Elle s'en sert au gré de ses désirs. Vitesse, poids-masse, invisibilité, analyse sérielle, portage, mutation physique, selon nécessité.

— Bouderie aussi.

— Quand ça l'arrange. Je l'énerve souvent.

— Elle fait équipe avec le gars aux cheveux bigarrés ?

— Parce que c'est un Nouveau. Elle le forme.

— Pas seulement. Elle l'aime beaucoup. Il est séduisant.

— Relativement.

Ariane freina brutalement au feu rouge.

— Mais comme la vie est mal faite, enchaînat-elle, c'est l'élégant déglingué qui s'intéresse à ta lieutenant.

— Danglard ? À Retancourt ?

— Si Danglard est bien le grand gars raffiné qui s'était installé au plus loin de nous. Avec l'allure d'un académicien écœuré qui se serait volontiers donné du cran avec un verre.

— C'est lui, confirma Adamsberg.

— Eh bien, il aime la lieutenant blonde. Ce n'est pas en fuyant au loin qu'il pourra l'approcher.

— L'amour, Ariane, est la seule bataille qui se gagne à reculons.

— Qui est le crétin qui a dit cela ? Toi ?

— Bonaparte, qui n'était pas le dernier des stratèges.

— Et toi, que fais-tu ?

— Je recule. Et je n'ai pas le choix.

— Tu as des ennuis ?

— Oui.

— Tant mieux. J'aime beaucoup connaître les histoires des autres, et surtout leurs ennuis.

— Gare-toi ici, dit Adamsberg en désignant une place libre. On va dîner dans ce truc. Quels ennuis ?

— Il y a longtemps, mon mari est parti avec une brancardière musclée de trente ans de moins que lui, continua Ariane en effectuant sa manœuvre. C'est toujours là-dessus qu'on achoppe. Sur les brancardières.

Elle tira fermement le frein à main dans un grincement sec, en guise de seule conclusion qu'elle pouvait apporter à son histoire.

Ariane n'était pas de ces médecins qui attendent d'avoir fini leur repas pour parler travail, afin de séparer poliment les immondices de la morgue des plaisirs de la table. Tout en mangeant, elle dessinait sur la nappe en papier un croquis agrandi des blessures de Diala et La Paille, avec des angles et des flèches pour exposer la nature des coups portés, afin que le commissaire saisisse bien la problématique.

— Tu te souviens de sa taille ?

— 162 centimètres.

— Femme donc, à 90 % de probabilités. Il y a deux autres arguments : le premier est d'ordre psychologique, le second d'ordre mental. Tu m'écoutes ? ajouta-t-elle, incertaine.

Adamsberg hocha plusieurs fois la tête, tout en déchiquetant sa viande sur une brochette, et en se demandant s'il essaierait, ou pas, de coucher avec Ariane ce soir. Ariane dont le corps, par quelque miracle peut-être dû à ses mélanges de boissons expérimentaux, n'avait pas suivi la courbe de ses soixante ans. Des pensées qui le rejetaient vingt-trois ans en arrière, quand il avait déjà convoité ces épaules et ces seins de l'autre côté d'une table. Mais Ariane ne songeait qu'à ses morts. En apparence au moins, car les femmes au port aussi étudié savent dissimuler leurs désirs sous un maintien impeccable, jusqu'à presque les oublier et manquer en être étonnées. Camille en revanche, irrépressiblement portée au naturel, n'était pas douée pour ce type de feinte. Il était facile de faire trembler Camille, de voir ses joues rougir, mais Adamsberg n'espérait pas saisir de tels vacillements chez la légiste.

— Tu fais une différence entre le psychologique et le mental ? demanda-t-il.

— J'appelle « mental » une compression du psychologique sur le temps long de l'histoire, dont les effets sont si souterrains qu'ils tendent à tort à être confondus avec l'inné.

— Bien, dit Adamsberg en repoussant son assiette.

— Tu m'écoutes ?

— Oui, bien sûr, Ariane.

— Il est évident qu'un homme de 1,62 mètre, et il y en a peu, n'aurait jamais tenté d'agresser des carrures comme Diala et La Paille. Mais face à une femme, ces gars n'ont aucune raison de s'en faire. Or je peux t'assurer que lorsqu'on les a tués, ils étaient debout, et très tranquilles. Second argument, cette fois d'ordre mental et plus intéressant : dans les deux cas, une seule des blessures, la première, a suffi à mettre les hommes au sol et à les tuer à coup sûr. C'est celle que j'appelle l'entaille primaire. Ici, précisa Ariane en marquant un point sur la nappe. L'arme est un scalpel effilé et l'attaque a été mortelle.

— Un scalpel ? Tu en es certaine ?

Adamsberg remplit leurs verres en fronçant les sourcils, s'arrachant à ses questionnements érotiques inconséquents.

— Certaine. Et quand on choisit un scalpel au lieu d'un couteau ou d'un rasoir, c'est qu'on sait s'en servir et qu'on en connaît le résultat. Pourtant, Diala a reçu deux coups supplémentaires, et La Paille trois. Ce sont les entailles que j'appelle secondaires, effectuées une fois la victime à terre, et qui ne sont pas, elles, horizontales.

— Je te suis, assura Adamsberg avant qu'Ariane ne lui pose la question.

La légiste leva la main pour demander une interruption, but une gorgée d'eau, puis de vin, puis d'eau, et reprit son stylo.

— Ces entailles secondaires indiquent un luxe de précautions, un souci que le travail soit achevé, complet, et si possible irréprochable. Ce surplus de vérification, cet excès de conscience sont les vestiges vivaces de la discipline scolaire, pouvant dériver vers la névrose du perfectionnisme.

— Oui, dit Adamsberg, qui pensait qu'Ariane aurait très bien pu rédiger son livre sur les galets compensatoires dans l'architecture pyrénéenne.

— Cette tension vers l'excellence n'est jamais qu'une défense contre la menace du monde extérieur. Et elle est essentiellement féminine.

— La menace ?

— La volonté de perfection, la vérification du monde. Le pourcentage des hommes qui en présentent les symptômes est négligeable. Ainsi ai-je contrôlé ce soir que ma portière de voiture était bien fermée. Toi non. Et que les clefs étaient bien dans mon sac. Sais-tu où sont les tiennes ?

— À leur place, accrochées à un clou dans la cuisine, je suppose.

— Tu le supposes.

— Oui.

— Mais tu n'en es pas sûr.

— Merde, Ariane, je ne peux pas le jurer.

— À cela, et sans même avoir besoin de te regarder, je sais que tu es un homme, et moi une femme, occidentaux, avec une marge d'erreur de 12 %.

— C'est tout de même plus simple de regarder.

— Mais rappelle-toi que je n'ai pas eu l'occasion de regarder le meurtrier de Diala et La Paille. Qui est une femme, de 1,62 mètre, à 96 % de probabilités selon les résultats cumulés de nos trois paramètres croisés, et déduction faite d'une hauteur de talons moyenne de trois centimètres.

Ariane reposa son stylo, et prit une gorgée de vin entre deux gorgées d'eau.

— Restent les piqûres au bras, dit Adamsberg en s'emparant du stylo luxueux pour en dévisser et revisser le capuchon.

— Les piqûres sont des leurres. On peut imaginer que la meurtrière a souhaité orienter l'enquête vers une affaire de dope.

— Pas très malin, encore moins avec une piqûre unique.

— Mais Mortier y a cru.

— Et en ce cas, pourquoi ne pas injecter une bonne dose d'héro, à tant faire ?

— Parce qu'elle n'en avait pas ? Rends-moi ce stylo, tu vas le bousiller et j'y tiens.

— Un souvenir de ton ex-mari.

— Exactement.

Adamsberg fit rouler le stylo vers Ariane, qui s'immobilisa à trois centimètres du bord de la table. Le médecin le rangea dans son sac, avec ses clefs.

— Je commande des cafés ?

— Oui. Demande aussi un peu d'alcool de menthe, et du lait.

— Bien sûr, dit Adamsberg en levant le bras en direction du serveur.

— Le reste est bricoles, enchaîna Ariane. Je pense que la meurtrière est assez âgée. Une jeune femme n'aurait pas couru le risque de se retrouver seule la nuit avec deux types comme Diala et La Paille dans un cimetière désert.

— C'est juste, dit Adamsberg que cette évocation renvoya aussitôt à son idée de coucher avec Ariane séance tenante.

— Enfin, je suppose, comme toi, qu'elle a un lien avec le corps médical. Le choix du scalpel, bien sûr, l'emplacement de l'entaille, qui a tranché la carotide, et l'usage de la seringue, précisément plantée dans la veine. Presque une triple signature.

Le serveur apporta les tasses et Adamsberg regarda la légiste effectuer son mélange.

— Tu n'as pas tout dit.

— C'est vrai. J'ai une légère énigme pour toi.

Ariane réfléchit, ses doigts jouant sur la nappe.

— Je n'aime pas m'exprimer quand je ne suis pas sûre de moi.

— Et moi, c'est ce que je préfère.

— Il est possible que j'aie l'indice de sa folie, et peut-être même la nature de sa psychose. Elle est en tout cas assez folle pour séparer ses mondes.

— Cela laisse des traces ?

— Elle a posé son pied sur le torse de La Paille pour effectuer ses dernières entailles. Sache qu'elle cire le dessous de ses chaussures.

Adamsberg considéra Ariane d'un œil vide.

— Elle cire ses semelles, insista le médecin à voix plus haute, comme pour réveiller le commissaire. Il y avait des traces de cirage sur le tee-shirt de La Paille.

— J'ai entendu, Ariane. Je cherche le rapport avec ses mondes.

— J'ai vu ce cas deux fois, à Bristol et à Bern. Des hommes qui ciraient le dessous de leurs semelles plusieurs fois par jour, pour briser le contact entre eux et la saleté du sol, du monde. C'était leur manière de s'en isoler, de s'en protéger.

— De s'en dissocier ?

— Je ne pense pas toujours aux dissociés. Mais tu n'as pas tort, l'homme de Bristol n'en était pas loin. Cette isolation entre soi et le sol, cette étanchéité entre son corps et la terre, rappelle les murs internes des dissociés. Particulièrement s'il s'agit du sol où se commettent des crimes, ou bien du sol des morts, dans un cimetière. Ce qui ne veut pas dire que notre tueuse cire ses semelles tous les jours.

— Sa partie Oméga seulement, si c'est une dissociée.

— Non, tu te trompes. C'est Alpha qui désirerait être séparée du sol des crimes, pendant qu'Oméga les commettrait.

— Par du cirage, dit Adamsberg avec une moue de doute.

— Le cirage est ressenti comme une matière imperméable, un film protecteur.

— De quelle couleur est-il ?

— Bleu. Ce qui me fait encore pencher vers une femme. Les chaussures de cuir bleu sont généralement associées à des tailleurs de même teinte, pour des tenues très conventionnelles, voire austères, qu'on trouve plus spécifiquement dans certaines professions : aviation, accueil, administration, professorat religieux, hôpitaux, la liste n'est pas close.

Sous la masse d'informations qu'entassait peu à peu la légiste sur la table, Adamsberg s'assombrissait. Ariane eut l'impression que son visage se modifiait sous ses yeux, nez plus courbé, joues plus creuses, reliefs amplifiés. Elle n'avait rien vu rien compris, il y a vingt-trois ans. Pas vu cet homme qui passait, pas vu qu'il était beau, et qu'elle aurait pu l'arrêter dans ses bras sur le port du Havre. Et le port était loin et il était trop tard.

— Quelque chose ne te plaît pas ? demanda-t-elle en lâchant sa voix professionnelle. Tu veux un dessert ?

— Pourquoi pas ? dit-il. Choisis pour moi.

Adamsberg avala une tarte sans trop savoir s'il s'agissait de pomme ou de prune, sans trop savoir s'il coucherait avec Ariane ce soir, ni où il avait bien pu fourrer ses clefs de voiture en revenant de Normandie.

— Je ne crois pas qu'elles soient suspendues dans la cuisine, dit-il finalement en crachant un noyau.

Prune, déduisit-il.

— C'est cela qui te préoccupe ?

— Non, Ariane. C'est l'Ombre. Tu te souviens de la vieille infirmière aux trente-trois victimes ?

— La dissociée ?

— Oui. Tu as su ce qu'elle était devenue ?

— Forcément, j'ai été plusieurs fois la visiter. Elle a été incarcérée à la maison d'arrêt de Freiburg. Elle y est sage comme une image, repassée en mode Alpha.

— Oméga, Ariane. Elle a massacré un gardien.

— Nom de Dieu. Quand ?

— Il y a dix mois. Disjonction, et évasion.

La légiste emplit la moitié de son verre de vin, qu'elle avala sans alterner avec de l'eau.

— Réponds-moi, dit-elle. Est-ce vraiment toi qui l'as identifiée ? Toi seul ?

— Oui.

— Sans toi, elle serait libre encore ?

— Oui.

— Et elle le sait ? Elle l'a compris ?

— Je le crois.

— Comment l'as-tu repérée ?

— À son odeur. Elle utilisait du Relaxol, un élixir au camphre et à l'oranger, qu'elle déposait sur sa nuque et ses tempes.

— Alors gare à toi, Jean-Baptiste. Parce que pour elle, tu es celui qui a percé le mur qu'Alpha ne doit connaître à aucun prix. Tu es celui qui sait, tu dois disparaître.

— Pourquoi ? demanda Adamsberg en buvant une gorgée dans le verre d'Ariane.

— Pour qu'elle puisse redevenir ailleurs une Alpha tranquille dans une autre vie. Tu menaces tout son édifice. Elle te cherche, peut-être.

— L'Ombre.

— Je crois que l'ombre vient de toi, le temps que quelque chose achève de s'évaporer.

Adamsberg croisa le regard intelligent du médecin, et revit l'image d'un sentier québécois dans la nuit[1]. Il mouilla son doigt et le fit tourner sur le bord de son verre.

— Le gardien du cimetière de Montrouge l'a vue aussi. L'Ombre est passée dans le cimetière quelques jours avant que la dalle ne soit cassée. Elle ne marchait pas normalement.

— Pourquoi fais-tu grincer les verres ?

— Pour ne pas crier moi-même.

— Alors crie, j'aime autant. Tu penses à l'infirmière ? Pour Diala et La Paille ?

— Tu me décris une meurtrière âgée, avec une seringue, s'y connaissant en médecine, et possiblement dissociée. Cela fait beaucoup.

— Ou presque rien. Tu te souviens de la taille de l'infirmière ?

— Pas précisément.

— De ses chaussures ?

---

1. *Cf.*, du même auteur, *Sous les vents de Neptune*.

— Non plus.

— Vérifie cela avant de faire crier les verres. Ce n'est pas parce qu'elle est dehors qu'elle est partout. N'oublie pas sa spécialité : elle tue les vieux dans leurs lits. Elle n'ouvre pas des tombes, elle n'égorge pas des baraques à la Chapelle. Tout cela ne lui ressemble en rien.

Adamsberg acquiesça, la rationalité solide de la légiste le tirant hors de ses brumes. L'ombre ne pouvait pas être partout, à Freiburg, à la Chapelle, à Montrouge, dans sa maison. Elle était surtout dans son front.

— Tu as raison, dit-il.

— Contente-toi de bosser comme un crétin, pas à pas. Le cirage, les chaussures, la description type que je t'ai fournie, les témoins qui ont pu la voir avec Diala ou La Paille.

— Tu me conseilles de bosser logiquement, au fond.

— Oui. Tu connais autre chose ?

— Je ne connais que l'autre chose.

Ariane proposa à Adamsberg de le déposer chez lui et le commissaire accepta. La course en voiture lui offrirait les moyens de résoudre cette question érotique toujours en suspens. À l'arrivée, il dormait, ayant tout oublié de l'Ombre, de la légiste et de la tombe d'Élisabeth. Ariane, debout sur le trottoir, tenait la portière ouverte en le secouant gentiment par l'épaule. Elle avait laissé le moteur tourner, signe qu'il n'y avait strictement rien à tenter et rien à résoudre. En entrant chez lui, il passa par la cuisine pour vérifier que ses clefs étaient bien suspendues au mur. Elles n'y étaient pas.

Homme, conclut-il. Avec une marge d'erreur de 12 %, aurait précisé Ariane.

XX

Veyrenc avait quitté l'équipe de Montrouge à quinze heures et regagné aussitôt sa chambre, où il avait dormi comme une brute. Si bien qu'à vingt et une heures, il était debout, vaillant et assailli de pensées nocturnes détestables qu'il aurait préféré fuir. Fuir et où et comment ? Veyrenc savait qu'il n'y avait pas de passage tant que la tragédie des deux vallées ne trouverait pas son terme. Ensuite seulement, l'espace s'ouvrirait.

J'irai plus sûrement si j'avance sans hâte
Il n'est pas de combat que l'empressement ne gâte.

Très juste, se répondit Veyrenc, plus détendu. Il avait loué un studio meublé pour six mois et rien ne pressait. Il alluma la petite télévision et s'installa paisiblement. Documentaire animalier. Parfait, très bien. Veyrenc revit les doigts d'Adamsberg se serrant sur la poignée de la porte. *Ils venaient de la vallée du Gave.* Veyrenc sourit.

Et pour ces mots, Seigneur, je vous ai vu pâlir,
Vous qui naguère encore dominiez votre Empire,

Le parcourant vainqueur d'une mine sereine
Sans jeter un regard au soldat dans la peine.

Veyrenc alluma une cigarette, posa le cendrier sur l'accoudoir du fauteuil. Une troupe de rhinocéros passait avec fracas sur l'écran.

Il est trop tard à l'heure où votre trône tremble
Pour chercher la pitié de l'enfant du passé,
Car l'enfant a grandi et l'homme vous ressemble.

Veyrenc se releva, agacé. Quel trône au juste ? Quel prince et quel soldat ? Quelle pitié, quelle colère, et pour qui ? Et qui tremble ?

Il tourna une heure dans la pièce avant de se décider.

Aucune préparation, pas une phrase, pas un motif. Si bien que quand Camille ouvrit sa porte, il n'eut rien à dire. Il crut se rappeler, plus tard, qu'elle semblait au courant que sa surveillance était terminée, qu'elle n'avait pas paru étonnée de le voir, peut-être même soulagée, comme sachant l'inévitable, et l'accueillant avec autant d'embarras que de naturel. Ensuite, il se souvenait mieux. Il était entré, il était resté debout devant elle. Il avait posé les mains sur son visage, il avait dit – et c'était sans doute sa première phrase – qu'il pouvait s'en retourner aussitôt. Alors qu'ils savaient tous deux qu'il ne pouvait nullement s'en retourner et que ce passage était inéluctable. Que cela était dit et conclu depuis le premier jour sur le palier. Qu'il n'y avait pas la moindre chance de l'éviter. Qui avait embrassé l'autre le premier ? Lui sans doute, car Camille était aussi aventureuse qu'inquiète. Il était incapable de reconstituer avec précision ce moment initial, sauf à ressentir encore l'évidence simple d'atteindre au but. Lui encore qui avait fait les dix pas vers le lit en la tirant par la main. Il l'avait quittée à quatre heures du matin sur une étreinte plus mesurée, ne souhaitant ni l'un ni l'autre commenter au matin cette jonction prévisible, écrite et presque muette.

Quand il était rentré, la télévision bourdonnait toujours. Il l'avait éteinte et le gris de l'écran avait avalé en même temps sa plainte et son ressentiment.

Eh quoi, soldat,
Suffit-il qu'une femme s'abandonne à ta flamme
Pour te faire oublier les tourments de ton âme ?

Et Veyrenc s'était endormi.

Camille avait laissé la lampe allumée, se demandant si accomplir l'inévitable était une erreur ou une juste idée. *En amour, mieux vaut regretter ce qu'on a fait que regretter ce qu'on n'a pas fait.* Seuls les Byzantins et leurs proverbes peuvent, parfois, vous arranger presque parfaitement la vie.

XXI

Les Stups avaient été contraints de lâcher prise mais Adamsberg n'en était pas loin non plus. La marche se bloquait, les portes se refermaient sur l'enquête, où qu'il pose son regard.

On n'était pas si mal, au fond, sur ces tabourets suédois, parce qu'on ne pouvait pas s'y asseoir mais seulement s'y poser comme sur un cheval, les jambes pendantes. Adamsberg s'y était installé, assez à son aise, regardant par la fenêtre le printemps triste, aussi embourbé dans son ciel bouché que son enquête. Le commissaire n'aimait pas être assis. Après une heure d'immobilité, il éprouvait la nécessité fourmillante de se lever et de marcher, serait-ce en rond. Ce tabouret trop haut lui ouvrait des perspectives neuves, une station mixte assis-debout qui laissait les jambes libres de se balancer doucement, comme si l'on se berçait dans le vide, comme si l'on courait dans l'air, ce qui convenait très bien à un pelleteux de nuages. Dans son dos, sur les carrés de mousse, Mercadet dormait.

Bien entendu, l'humus coincé sous les ongles des deux hommes provenait de la tombe. Et après ? Cela n'aidait pas à savoir qui les avait envoyés à Montrouge, ni ce qu'ils étaient venus fouiller dans les profondeurs de la terre, acte assez tragique pour qu'ils en meurent deux jours plus tard. Adamsberg avait contrôlé la taille de l'infirmière à la première heure, 1,65 mètre. Ni trop grande ni trop petite pour l'éliminer du tableau.

Les renseignements sur la morte embrouillaient plus encore ses pensées. Élisabeth Châtel, du village de Villebosc-sur-Risle, Haute-Normandie, avait été employée dans une agence de voyages à Évreux. Il ne s'agissait pas de virées touristiques suspectes ni de pérégrinations sauvages, mais de bénins circuits en car pour personnes âgées. Elle n'avait pas emporté le moindre ornement funéraire dans la tombe. La perquisition à son domicile n'avait révélé aucun patrimoine caché, aucune passion pour une quelconque bijouterie. Élisabeth avait vécu sobrement, sans maquillage et sans parure. Ses parents l'avaient dite pieuse et, d'après ce qu'on avait pu entendre sous les mots, elle s'était toujours tenue hors de portée des hommes. Elle n'accordait pas plus de soin à elle-même qu'à son véhicule, ce qui avait causé sa mort sur la dangereuse route à trois voies qui reliait Évreux à Villebosc. Le liquide à freins épuisé, la voiture était passée sous un camion. Quant au dernier événement marquant de la famille Châtel, il remontait à la Révolution, quand la tribu s'était scindée entre constitutionnels et réfractaires, faisant un mort. Les représentants des deux branches ennemies ne se fréquentaient plus depuis lors, pas même dans la mort, les uns se faisant inhumer au cimetière de Villebosc-sur-Risle, les autres dans une concession à Montrouge.

Ce morne résumé semblait contenir toute la vie d'Élisabeth, démunie d'amis qu'elle ne recherchait pas, dénuée de secrets qu'elle ne possédait pas. Un seul fait d'exception l'avait donc atteinte, mais en sa sépulture. Ce qui, pensait Adamsberg en laissant flotter ses jambes, n'avait pas de sens. Pour cette femme que nul n'avait convoitée en sa vie, deux hommes étaient morts, après s'être efforcés de rejoindre sa tête dans son cercueil. Élisabeth avait été mise en bière à l'hôpital d'Évreux, et personne ne s'y était glissé pour fourrer quoi que ce soit dans son cercueil.

Quatorze heures, colloque rapide à la Brasserie des Philosophes, la moitié des agents n'ayant pas achevé leur déjeuner. Adamsberg n'était pas regardant sur les colloques, ni sur leur régularité, ni sur leur emplacement. Il parcourut les cent mètres qui le séparaient de la Brasserie en cherchant sur une carte qui se pliait au vent où pouvait se trouver Villebosc-sur-Risle. Danglard lui désigna un petit point sur la carte.

— Villebosc dépend de la gendarmerie d'Évreux, précisa le commandant. Pays à toits de chaume et à colombages, vous connaissez le coin, c'est à quinze kilomètres de votre Haroncourt.

— Quel Haroncourt ? demanda Adamsberg en essayant de replier la carte qui résistait comme une voile.

— Le Haroncourt du concert, où vous avez accompagné courtoisement.

— Oui, j'avais oublié le nom du village. Avez-vous remarqué qu'il en va des cartes routières comme des journaux, des chemises et des idées folles ? Une fois ces trucs dépliés, il n'y a plus jamais moyen de les refermer.

— Où avez-vous pris cette carte ?

— Dans votre bureau.

— Donnez, je vais la ranger, dit Danglard en tendant une main inquiète.

Danglard appréciait au contraire les objets – et les idées – qui lui imposaient une discipline. Un matin sur deux, il retrouvait son journal déjà consulté par Adamsberg, et donc mal replié en paquet hâtif sur sa table. Faute d'événement plus grave, c'était pour lui une cause de contrariété. Mais il ne pouvait s'insurger contre ce désordre car le commissaire arrivait au bureau à l'aube – où il feuilletait son journal –, et n'avait jamais émis un reproche sur les horaires laxistes de Danglard.

Les agents étaient tassés dans la Brasserie dans leur secteur habituel, une longue alcôve éclairée par deux grands vitraux qui jetaient sur le groupe des lumières bleues, vertes et rouges, selon leur place à table. Danglard, qui trouvait ces vitraux laids et refusait d'avoir le visage bleu, s'installait toujours dos aux fenêtres.

— Où est Noël ? demanda Mordent.

— Il est en stage le long de la Seine, expliqua le commissaire en s'asseyant.

— Qu'est-ce qu'il fait ?

— Il examine les mouettes.

— Tout arrive, dit doucement Voisenet, un positiviste indulgent, et zoologue.

— Tout arrive, confirma Adamsberg en posant un paquet de photocopies sur la table. Ces jours-ci, nous allons travailler logiquement. Je vous ai préparé des feuilles de route, avec la nouvelle description du meurtrier. Pour le moment, on table sur une femme âgée, de 1,62 mètre environ, conventionnelle, qui porte peut-être des chaussures de cuir bleu, et qui a quelques connaissances en médecine. On recommence l'enquête au marché aux puces sur ces bases, en quatre équipes. Chacun emporte un jeu de photos de Claire Langevin, l'infirmière aux trente-trois victimes.

— L'ange de la mort ? demanda Mercadet, qui avalait son troisième café avant tous les autres pour tenir le coup. Elle n'est pas en prison ?

— Elle n'y est plus. Elle est passée sur le corps d'un gardien il y a dix mois et elle s'est envolée. Elle a peut-être débarqué sur les côtes de la Manche, elle est probablement à nouveau en France. Ne montrez la photo qu'à la fin de vos interrogatoires, n'influencez pas les témoins. C'est une simple possibilité, rien de plus qu'une ombre.

Noël entra à cet instant dans la Brasserie et se fit une place – en lumière verte – entre deux agents. Adamsberg consulta ses montres. À cette heure, Noël aurait dû être en descente vers les mouettes, à la hauteur de Saint-Michel. Le commissaire hésita, puis se tut. À son air fermé et ses yeux irrités d'insomnie, il était évident que Noël cherchait quelque chose, lancer un ballon par exemple, dans un but de pacification ou de provocation, et mieux valait attendre.

— Quant à cette ombre, nous l'approchons sur la pointe des pieds, le terrain est dangereux. Il nous faut savoir si Claire Langevin portait des chaussures de cuir bleu, si possible cirées, si possibles cirées en dessous.

— En dessous ?

— C'est bien cela, Lamarre, cirées sur les semelles. Comme on met de la cire de bougie sous les skis.

— À quoi cela sert ?

— À s'isoler du sol, à glisser dessus sans le toucher.

— Ah, je ne savais pas, dit Estalère.

— Retancourt, vous irez à l'ancien pavillon de l'infirmière. Tâchez de savoir par l'agence immobilière où ont été déposées ses affaires. Jetées peut-être, ou récupérées. Allez enquêter aussi auprès des derniers malades dont elle s'est occupée.

— Ceux qu'elle n'a pas tués, précisa Estalère.

Il y eut un léger silence, comme souvent après les interventions candides du jeune homme. Adamsberg avait expliqué à tous que le cas d'Estalère s'arrangerait sûrement avec le temps et qu'il suffisait d'être patient. Chacun protégeait donc le jeune brigadier, même Noël. Car Estalère ne représentait pas pour lui un concurrent assez crédible pour qu'il le combatte.

— Passez au labo, Retancourt, et emmenez avec vous une équipe pour les prélèvements. Il nous faut une recherche fouillée au sol du pavillon. Si elle cirait ses chaussures en dessous, il est possible qu'il en soit resté des traces, sur les parquets, sur les carrelages.

— À moins que l'agence ait tout fait nettoyer.

— Bien sûr. Mais on a dit qu'on travaillait logiquement.

— On vérifie donc les traces.

— Et surtout, Retancourt, vous me protégez. C'est votre mission.

— De ?

— D'elle. Il est possible qu'elle me cherche. Elle aurait besoin, parole d'expert, de m'éliminer pour pouvoir reprendre sa route, pour restaurer le mur que j'ai brisé en la découvrant.

— Quel mur ? demanda Estalère.

— Un mur intérieur, expliqua Adamsberg en montrant son front, puis en traçant une ligne jusqu'à son nombril.

Estalère pencha la tête, concentré.

— C'est une dissociée ? demanda-t-il.

— Comment le savez-vous ? demanda Adamsberg, toujours étonné par les éclairs inattendus du brigadier.

— J'ai lu le livre de Lagarde, elle parle de « murs intérieurs ». Je m'en souviens très bien. Je me souviens de tout.

— Eh bien c'est cela, exactement. C'est une dissociée. Vous pouvez tous relire l'ouvrage, ajouta Adamsberg, qui ne l'avait toujours pas fait. Je ne me rappelle plus le titre.

— *De part et d'autre du mur du crime*, dit Danglard.

Adamsberg regarda Retancourt qui examinait en boucle les photos de la vieille infirmière, enregistrant chacun des détails.

— Je n'ai pas le temps de m'en protéger, lui dit-il, ni assez de conviction pour le faire. Je ne sais pas d'où viendra le danger, ni sous quelle forme, ni où il faut porter la défense.

— Comment a-t-elle tué le gardien de prison ?

— En lui enfonçant une fourchette dans les yeux, entre autres. Elle tuerait avec les ongles, Retancourt. Selon Lagarde, qui la connaît bien, elle est d'une dangerosité redoutable.

— Prenez des gardes du corps, commissaire. Ce serait plus raisonnable.

— J'ai plus confiance en votre bouclier.

Retancourt secoua la tête, pesant la gravité de sa mission comme l'irresponsabilité du commissaire.

— La nuit, dit-elle, je ne peux rien faire. Je ne vais pas dormir debout devant votre porte.

— Oh, dit Adamsberg avec un mouvement de main négligent, je ne me fais pas de souci pour la nuit. J'ai déjà une revenante sanguinaire à la maison.

— Ah oui ? dit Estalère.

— Sainte Clarisse, broyée sous les poings d'un tanneur en 1771, exposa Adamsberg avec un brin de fierté. On l'appelle La Muette. Elle dépouillait les vieux puis elle les égorgeait. C'est une rivale directe de notre infirmière, en quelque sorte. Si Claire Langevin s'introduit chez moi, elle aura beaucoup à faire avec elle avant de pouvoir m'approcher. Surtout que sainte Clarisse a une inclination pour les femmes, et pour les vieilles femmes. Vous voyez que je ne crains rien.

— D'où tenez-vous ce truc ?

— De mon nouveau voisin, un antique Espagnol à une seule main. Son bras droit a été emporté par la guerre civile. Il dit que le visage de la nonne ressemble à la coque d'une vieille noix.

— Combien en a-t-elle tué ? demanda Mordent, que l'histoire amusait beaucoup. Sept, comme dans les contes ?

— Précisément.

— Mais vous l'avez vue, vous ? demanda Estalère, que les sourires de ses collègues décontenançaient.

— C'est une légende, lui expliqua Mordent, en séparant bien les syllabes, comme à son habitude. Clarisse n'existe pas.

— J'aime mieux cela, dit le brigadier. L'Espagnol, il a perdu la tête ?

— Pas du tout. Il a été piqué par une araignée sur le bras qui lui manque. Cela persiste à le

170

démanger depuis soixante-neuf ans. Il se gratte dans le vide, à un point précis.

L'arrivée du serveur effaça l'inquiétude d'Estalère qui se leva d'un bond pour passer la commande collective des cafés. Retancourt, insensible au fracas des assiettes, continuait à passer en revue les photos de l'infirmière tandis que Veyrenc lui parlait. Le Nouveau ne s'était pas rasé, et il avait cette expression indulgente et détendue d'un gars qui a fait l'amour jusqu'à l'aube. Ce qui rappela à Adamsberg qu'il avait laissé filer Ariane en s'endormant comme une masse dans sa voiture. Les lumières des vitraux allumaient des points de couleur saugrenus dans la chevelure bigarrée du lieutenant.

— Pourquoi est-ce toi qui dois protéger Adamsberg ? demandait Veyrenc à Retancourt. Seule ?

— C'est une habitude.

— Bon.

C'est donc à vous, madame, qu'est confié l'honneur

De prévenir l'assaut d'un invisible tueur.

Je vous offre mon bras, j'aspire à vous servir,

À vos côtés pour vaincre, à vos pieds pour mourir.

Retancourt lui sourit, un instant distraite de son travail.

— Le souhaitez-vous vraiment, Veyrenc ? interrompit Adamsberg en tentant de modérer sa froideur. Ou est-ce un simple élan poétique ? Souhaitez-vous assister Retancourt dans sa tâche de protection ? Réfléchissez avant de répondre, mesurez le danger avant d'accepter. Il ne s'agira pas de versifier.

— Retancourt fait le poids, elle, intervint Noël.

— Ta gueule, dit Voisenet.

— Oui, dit Justin.

Et Adamsberg réalisa que, dans cette troupe, Justin remplissait parfois l'exact office du poncteur d'Haroncourt. Et Noël celui du plus agressif des contradicteurs.

Le serveur apporta les cafés, permettant une courte respiration. Estalère les répartit selon les goûts de chacun, de ses gestes studieux et appliqués. On était habitué, on laissait faire le jeune homme.

— J'accepte, dit Veyrenc, les lèvres un peu serrées.

— Et vous, Retancourt ? demanda Adamsberg. Vous l'acceptez ?

Retancourt posa sur Veyrenc un regard clair et neutre, semblant évaluer ses capacités à la seconder, à l'aide d'une jauge visiblement précise. On eût dit un maquignon appréciant la bête, et cet examen était assez gênant pour que le silence revienne autour de la table. Mais Veyrenc ne se formalisait pas de l'épreuve. Il était Nouveau, c'était le travail. Et il avait provoqué lui-même cette ironie du sort. Protéger Adamsberg.

— J'accepte, conclut Retancourt.

— C'est dit, approuva Adamsberg.

— Lui ? dit Noël entre ses dents. Mais il est Nouveau, merde.

— Il a onze ans de service, rétorqua Retancourt.

— Je suis contre, dit Noël en élevant le ton. Ce gars ne vous protégera pas, commissaire, il n'en a pas la moindre envie.

Bien vu, pensa Adamsberg.

— C'est trop tard, c'est décidé, décréta Adamsberg.

Danglard observait la scène d'un œil soucieux tout en se limant les ongles, évaluant la jalousie patente de Noël. Le lieutenant remonta la fermeture de son blouson de cuir d'un coup sec, comme il le faisait chaque fois qu'il allait passer la ligne.

— À votre choix, commissaire, dit-il en ricanant sous la lumière verte. Mais pour affronter pareil animal, c'est un tigre qu'il vous faut. Et jusqu'à nouvel ordre, ajouta-t-il avec un coup de menton vers les cheveux du Nouveau, le pelage n'a jamais fait le tigre.

Cible névralgique, eut le temps de penser Danglard avant que Veyrenc ne se lève, blême, face à Noël. Et ne retombe assis, comme sans force. Adamsberg lut sur le visage du Nouveau une souffrance telle qu'une boule de rage pure se forma dans son ventre, reléguant dans les lointains sa guerre des deux vallées. La colère était si rare chez Adamsberg qu'elle était dangereuse et Danglard le savait, qui se leva à son tour et contourna la table en un mouvement rapide, en parade. Adamsberg avait mis Noël sur ses jambes, appliqué sa main sur son torse et le repoussait pas à pas jusqu'à la rue. Veyrenc, immobile, une main involontairement posée dans ses cheveux maudits, ne regardait même pas la scène. Il sentait seulement que deux femmes l'encadraient en silence, Retancourt et Hélène Froissy. Du plus loin qu'il s'en souvienne, et chaos sentimentaux mis à part, les femmes ne lui avaient jamais fait aucun mal. Pas une atteinte, pas même une moquerie facile. Depuis ses huit ans, il n'avait marché qu'avec elles, ne comptant pas un seul compagnon mâle parmi ses relations. Il ne savait pas et n'aimait pas parler aux hommes.

Adamsberg réintégra la Brasserie six minutes plus tard, seul. La tension ne s'était pas encore éteinte, éclairant sa peau d'une lumière sourde, assez semblable à la lueur anormale que diffusaient les vitraux.

— Où est-il ? demanda prudemment Mordent.

— Avec les mouettes et loin d'ici. Et je compte qu'il vole un sacré bout de temps.

— Il a déjà pris ses congés, fit remarquer Estalère.

L'interruption consciencieuse d'Estalère eut un effet apaisant, comme on ouvre une petite fenêtre peinte en jaune dans une pièce enfumée.

— Il va en reprendre, répondit plus doucement Adamsberg. On forme les équipes, dit-il en jetant un œil à ses montres. Passez prendre les photos de l'infirmière à la Brigade. Danglard coordonne.

— Pas vous ? demanda Lamarre.

— Non, je pars en avant. Avec Veyrenc.

La situation, paradoxale, échappait partiellement à Adamsberg comme à Veyrenc, qui était incapable de déclamer le moindre vers pour rétablir son équilibre. Veyrenc se retrouvait en protection du commissaire et Adamsberg en défenseur de Veyrenc, des prévenances qu'ils n'avaient souhaitées ni l'un ni l'autre. La provocation accouche d'effets indésirables, songea Adamsberg.

Les deux hommes tournèrent deux heures dans le marché en s'arrangeant pour ne pas s'adresser directement la parole. Veyrenc se chargeait de l'essentiel des interrogatoires pendant que le commissaire furetait mollement à la recherche d'un objet non précisé. Le jour baissait, Adamsberg désigna d'un geste une caisse en bois abandonnée et décida d'y faire une pause. Ils s'assirent chacun à un bout de la caisse, laissant un espace maximal entre eux deux. Veyrenc alluma une cigarette, la fumée tenant lieu de conversation.

— Collaboration difficile, dit Adamsberg, le menton posé sur son poing.

— Oui, admit Veyrenc.

Les dieux mystérieux forment des jeux étranges
Qui ignorent nos vœux et nos desseins dérangent.

— C'est sûrement cela, lieutenant, ce sont les dieux. Ils s'ennuient, alors ils boivent, alors ils jouent, et nous nous retrouvons stupidement dans leurs jambes. Tous deux ensemble. Avec nos desseins entièrement dérangés pour leur simple plaisir.

— Vous n'êtes pas obligé de faire le terrain. Pourquoi n'êtes-vous pas resté à la Brigade ?

— Parce que je cherche un pare-feu.

— Ah. Vous avez une cheminée ?

— Oui. Et quand Tom marchera, ce sera dangereux. Je cherche un pare-feu.

— Il y en avait un dans l'allée de la Roue. Avec un peu de chance, le stand est toujours ouvert.

— Vous auriez pu le dire plus tôt.

Une demi-heure plus tard, à la nuit, les deux hommes remontaient une allée en tenant à deux un lourd et ancien pare-feu dont Veyrenc avait longuement négocié le prix pendant qu'Adamsberg en éprouvait la stabilité.

— Il est bien, dit Veyrenc en le déposant près de la voiture. Beau, solide, pas cher.

— Il est bien, confirma Adamsberg. Hissez-le sur le siège arrière, je tire de l'autre côté.

Adamsberg reprit sa place au volant, Veyrenc boucla sa ceinture à ses côtés.

— Je peux fumer ?

— Allez-y, dit Adamsberg en démarrant. J'ai longtemps fumé. Tous les gosses fumaient en cachette, à Caldhez. Je suppose que c'était la même chose chez vous, à Laubazac.

Veyrenc ouvrit la fenêtre.

— Pourquoi dites-vous « à Laubazac » ?

— Parce que c'est là que vous habitiez, à deux kilomètres de la vigne de Veyrenc de Bilhc.

Adamsberg conduisait doucement, prenant les tournants sans à-coups.

— Quelle importance ?

— Parce que c'est là, à Laubazac, que vous vous êtes fait agresser. Et non pas sur le plant de vigne. Pourquoi mentez-vous, Veyrenc ?

— Je ne mens pas, commissaire. C'était sur le plant de vigne.

— C'était à Laubazac. Sur le Haut Pré, derrière la chapelle.

— Est-ce vous ou moi qui a été attaqué ?

— C'est vous.

— Alors je sais de quoi je parle. Si je dis que c'était sur le plant de vigne, c'était sur le plant de vigne.

Adamsberg s'arrêta à un feu rouge et jeta un coup d'œil à son collègue. Veyrenc était sincère, sans aucun doute.

— Non, Veyrenc, reprit Adamsberg en redémarrant, c'était à Laubazac, sur le Haut Pré. C'est là que sont arrivés les cinq gars qui venaient de la vallée du Gave.

— Les cinq salopards qui venaient de Caldhez.

— Exactement. Mais ils n'ont jamais mis les pieds dans la vigne. Ils sont venus sur le Haut Pré, ils sont arrivés par le chemin des Rocailles.

— Non.

— Si. Le rendez-vous avait été donné à la chapelle de Camalès. C'est là qu'ils vous sont tombés dessus.

— Je ne sais pas ce que vous essayez de faire, gronda Veyrenc. C'était dans la vigne et je me suis évanoui, et mon père est venu me prendre, et on m'a conduit à l'hôpital de Pau.

— Cela, c'était trois mois avant. Le jour où vous avez lâché la jument et qu'elle vous est passée dessus. Tibia cassé, votre père vous a ramassé dans la vigne, on vous a conduit à Pau. La jument a été vendue.

— C'est impossible, murmura Veyrenc. Comment le savez-vous ?

— Vous ne saviez pas tout ce qui se passait à Caldhez ? Quand René est tombé du toit, miraculé, vous ne l'avez pas su à Laubazac ? Et quand l'épicerie a brûlé, vous ne l'avez pas su ?

— Si, bien sûr.

— Vous voyez.

— Mais merde, c'était dans la vigne.

— Non, Veyrenc. La cavalcade de la jument et l'attaque des gars de Caldhez, deux évanouissements coup sur coup à trois mois de distance, deux séjours à l'hôpital de Pau. Vous avez mélangé les deux plans. Confusion post-traumatique, dirait la légiste.

Veyrenc déboucla sa ceinture et se pencha en avant, les coudes sur ses genoux. La voiture s'enlisait dans un embouteillage.

— Je ne vois pas où vous voulez en venir, mais non.

— Qu'étiez-vous allé faire dans le plant de vigne, quand les gars sont arrivés ?

— J'étais allé voir l'état des grains, il y avait eu un gros orage la nuit.

— Eh bien c'est impossible. Car on était en février et la vigne était vendangée. Pour la jument, oui, c'était en novembre, vous alliez vérifier les grappes pour les vendanges de Noël.

— Non, répéta Veyrenc. Et à quoi cela rime ? Qu'est-ce que cela peut foutre que ce soit dans le plant de vigne ou au Haut Pré de Laubazac ? Ils ont bien attaqué, non ?

— Oui.

— Avec des coups de ferraille dans la tête et un tesson dans le ventre ?

— Oui.

— Alors ?

— Alors cela montre juste que vous ne vous souvenez pas de tout.

— Je me souviens très bien de leurs gueules, et à cela, vous n'y pouvez rien.

— Je ne le conteste même pas, Veyrenc. De leurs gueules, mais pas de tout. Réfléchissez-y, on en reparlera un jour.

— Déposez-moi n'importe où, dit Veyrenc d'une voix plate. Je vais finir à pied.

— Cela ne sert à rien. On doit bosser ensemble six mois, et c'est vous qui l'avez voulu. Nous ne risquons rien, il y a un pare-feu entre nous. Cela nous protégera.

Adamsberg eut un rapide sourire. Son portable sonna dans la voiture, interrompant la guerre des deux vallées, et il le tendit à Veyrenc.

— C'est un appel de Danglard. Décrochez pour moi, lieutenant, et approchez-le de mon oreille.

Danglard informa rapidement Adamsberg de l'échec des investigations des trois autres équipes. Aucune femme, ni vieille ni jeune, n'avait été vue avec Diala et La Paille.

— Et du côté de Retancourt ?

— Ce n'est pas fameux. Le pavillon est à l'abandon, une canalisation a explosé le mois dernier, il y a eu dix centimètres d'eau au sol.

— Elle n'a retrouvé aucun habit ?

— Rien pour le moment.

— Cela pouvait donc attendre demain, capitaine.

— C'est à cause de Binet. Le gars vous cherche en urgence, trois appels dans l'après-midi au standard.

— Qui est Binet ?

— Vous ne le connaissez pas ?

— Pas du tout.

— Eh bien lui vous connaît, très bien même. Il vous demande en personne et en urgence. Il dit qu'il a quelque chose de très important pour vous. D'après la teneur des messages, cela semble grave.

Adamsberg jeta un regard perplexe à Veyrenc, et lui fit signe de prendre le numéro en note.

— Rappelez ce Binet, Veyrenc, et passez-le-moi.

Veyrenc composa le numéro et tint l'appareil collé contre l'oreille du commissaire. On sortait des embouteillages.

— Binet ?

— Ce n'est pas facile de te trouver, Béarnais.

La voix bien trempée de l'homme résonnait dans la voiture et Veyrenc haussa les sourcils.

— C'est pour vous, Veyrenc ? lui demanda Adamsberg à voix basse.

— Connais pas, chuchota Veyrenc avec un signe négatif.

Le commissaire fronça les sourcils.

— Qui êtes-vous, Binet ?

— Binet, Robert Binet. Tu te rappelles pas, bon Dieu ?

— Non, je suis navré.

— Merde. Du café d'Haroncourt.

— Entendu, Robert, j'y suis. Comment as-tu trouvé mon nom ?

— À l'hôtel du Coq, c'est Angelbert qui a eu l'idée. Il jugeait qu'il fallait te le dire en vitesse. Et on a jugé pareil. À moins que ça ne t'intéresse pas, se renfrogna soudain Robert.

Recul rapide du Normand, tel l'escargot effleuré sur les cornes.

— Au contraire, Robert. Que se passe-t-il ?

— Il y en a eu un autre. Et comme t'avais pigé que c'était grave, on a jugé qu'il fallait que tu le saches.

— Un autre quoi, Robert ?

— Démoli tout pareil, dans les bois du Champ de Vigorne, près de l'ancienne voie ferrée.

Un cerf, nom de Dieu. Robert l'appelait d'urgence à Paris pour un cerf. Adamsberg soupira, fatigué, surveillant la circulation dense, les lumières des feux se dilatant sous la pluie. Il n'avait pas envie de peiner Robert, pas plus que l'assemblée des hommes qui l'avait accueilli ce soir-là, alors qu'il accompagnait Camille, assez douloureusement. Mais les nuits avaient été courtes, il voulait simplement manger et dormir. Il entra sous le porche de la Brigade et fit un signe muet à son collègue, signifiant que l'affaire n'avait pas d'importance et qu'il pouvait rentrer chez lui. Mais Veyrenc, qui semblait calé dans ses pensées troublées, ne bougeait pas.

180

— Donne-moi des détails, Robert, dit Adamsberg d'une voix machinale, en se garant dans la cour. Je note, ajouta-t-il sans sortir le moindre crayon.

— Comme je t'ai dit. Démoli, un véritable massacre.

— Que dit Angelbert ?

— Tu sais qu'Angelbert a ses idées là-dessus. De son avis, ce serait un jeune qui se serait gâté en vieillissant. Le grave, Béarnais, c'est que le gars est venu de Brétilly jusqu'à chez nous. Angelbert n'est plus certain que ce soit un foutu Parisien. Il dit que cela peut être un foutu Normand.

— Le cœur ? demanda Adamsberg, et Veyrenc fronça les sourcils.

— Sorti, jeté à côté, mis en bouillie. Même chose, je te dis. Sauf que c'est un dix-cors. Oswald n'est pas d'accord. Il dit que c'est un neuf. C'est pas qu'Oswald ne sait pas compter, mais il a le sens de contrarier les autres. Tu vas t'en occuper ?

— Sans doute, Robert, mentit Adamsberg.

— Tu viens ? On te paye le souper, on t'attend. T'en as quoi, pour faire la route ? Une heure trente.

— Je ne peux pas, je suis sur un double meurtre.

— Ben nous aussi, Béarnais. Si t'appelles pas ça un double meurtre, je ne sais pas ce qu'il te faut.

— Tu as prévenu la gendarmerie ?

— Ils s'en battent l'œil, les gendarmes. Bouchés, pis que des oies gavées. Ils n'ont même pas bougé leur cul pour venir voir.

— Et toi, tu y as été ?

— Ce coup-ci, oui. Le Champ de Vigorne, ça nous concernait, tu comprends.

— Et alors, c'est un neuf ou un dix ?

— Un dix, évidemment. Oswald dit que des insanités, pour faire son malin. Sa mère est d'Opportune, à deux pas du coin où ils ont trouvé le cerf. Alors tu penses qu'il en profite pour se vanter. Ben merde, tu viens le boire ce coup, ou tu viens pas le boire ? On ne va pas rester des heures à causer.

Adamsberg cherchait le meilleur moyen de dénouer la situation, difficile, attendu que Robert pesait à la même aune l'égorgement de deux hommes et l'abattage d'un cervidé. En matière d'obstination, les Normands – au moins ceux-ci – lui semblaient pouvoir rivaliser avec les Béarnais – du moins quelques-uns du gave de Pau et d'Ossau.

— Je ne peux pas, Robert, j'ai une ombre.

— Oswald aussi, il en a une. Cela ne l'empêche pas de boire le coup.

— Il a quoi ? Oswald ?

— Une ombre, je te dis. Dans le cimetière d'Opportune-la-Haute. Enfin, c'est son neveu qui l'a vue. Plus d'un mois qu'il nous fatigue avec ça.

— Passe-moi Oswald.

— Je ne peux pas, il est parti. Mais si tu viens, il sera là. Il veut te voir aussi.

— Pourquoi ?

— Parce que sa sœur le lui a demandé, à propos de la chose dans le cimetière. Dans le fond elle n'a pas tort, parce que les flics d'Évreux, ils sont bouchés.

— Mais quelle chose, Robert ?

— Ne m'en demande pas trop, Béarnais.

Adamsberg regarda ses montres. À peine dix-neuf heures.

— Je vais voir ce que je peux faire, Robert.

Le commissaire rempocha son téléphone, songeur. Veyrenc attendait toujours.

— On a une urgence ?

Adamsberg appuya sa tête contre la vitre.

— On n'a rien.

— Il parlait d'une éventration, d'un cœur en bouillie.

— D'un cerf, lieutenant. Ils ont un gars qui s'amuse à bousiller des cerfs et ça les met sens dessus dessous.

— Un braconnier ?

— Pas du tout, un tueur de cerfs. Ils ont une ombre aussi, qui passe là-bas, en Normandie.

— Cela ne nous regarde pas, si ?

— Non, pas le moins du monde.

— Alors pourquoi y allez-vous ?

— Mais je n'y vais pas, Veyrenc. Je n'en ai rien à faire.

— J'avais compris que vous vouliez y aller.

— Trop fatigué et sans intérêt, dit Adamsberg en ouvrant sa portière. Je risque de foutre la voiture en l'air et moi avec. Je rappellerai Robert plus tard.

Les portières claquèrent, Adamsberg donna un tour de clef. Les deux hommes se séparèrent cent mètres plus loin, devant la Brasserie des Philosophes.

— Si vous voulez, dit Veyrenc, je conduis, et vous dormez. On aura fait l'aller et retour dans la soirée.

Adamsberg, l'esprit vidé, considéra ses clefs de voiture, qu'il tenait toujours à la main.

XXII

Sous la pluie, Adamsberg poussa la porte du café d'Haroncourt. Angelbert s'était levé pour l'accueillir dans une posture raide, aussitôt imité par la tribu des hommes.

— Assieds-toi, Béarnais, dit le vieux en lui serrant la main. On a gardé ton plat au chaud.

— T'es deux ? demanda Robert.

Adamsberg présenta son adjoint, événement qui donna lieu à une nouvelle tournée de mains, plus méfiante, et à l'apport d'une chaise supplémentaire. Tous effleuraient d'un regard rapide la chevelure du nouvel arrivant. Mais ici, il n'y avait pas à redouter qu'une question soit posée sur ce phénomène, si perturbant soit-il. Ce qui n'empêchait pas les hommes de méditer l'étrangeté, cherchant un moyen d'en apprendre un peu plus sur l'acolyte qu'avait amené le commissaire. Angelbert examinait les similitudes de structure qui rapprochaient les deux policiers, et tirait ses conclusions.

— C'est un cousin remué, dit-il en emplissant les verres.

Adamsberg commençait à bien comprendre le mécanisme normand, hypocrite et habile, qui consistait à poser une question sans jamais paraître interroger l'interlocuteur. L'intonation de la voix baissait en fin de phrase, comme pour une fausse affirmation.

— Remué ? demanda Adamsberg qui, en tant que Béarnais, était autorisé à poser des questions directes.

— Plus haut que le cousin germain, expliqua Hilaire. Avec Angelbert, on est cousins remués au quatrième degré. Et avec lui, dit-il en désignant Veyrenc, tu es cousin au sixième ou septième degré.

— Peut-être, admit Adamsberg.

— En tout cas, il est de ton coin.

— Pas loin, en effet.

— Il n'y a que des Béarnais, dans la police, demanda Alphonse sans demander.

— Avant j'étais le seul.

— Veyrenc de Bilhc, se présenta le Nouveau.

— Veyrenc, simplifia Robert.

Il y eut des hochements de tête pour signifier que la proposition de Robert était adoptée. Ce qui ne réglait pas le problème des cheveux. L'énigme exigerait des années pour être éclaircie, on serait patient. On apporta une seconde assiette pour le Nouveau et Angelbert attendit que les deux flics aient fini leur plat pour faire signe à Robert d'en venir au fait. Robert étala solennellement les photos du cerf sur la table.

— Il n'est pas dans la même position, observa Adamsberg, pour déclencher en lui-même un intérêt qu'il ne ressentait pas.

Il n'était pas même capable de dire pourquoi il était là, ni comment Veyrenc avait compris qu'il désirait venir.

— Les deux balles l'ont atteint au poitrail. Il est posé sur le flanc, et son cœur est déposé à droite.

— Le tueur n'a pas de méthode.

— Ce qu'il veut, c'est tuer la bête et c'est tout.

— Ou sortir son cœur, dit Oswald.

— Qu'est-ce que tu comptes faire, Béarnais ?

— Aller voir.

— Maintenant ?

— Si l'un de vous m'accompagne. J'ai des torches.

La soudaineté de la proposition donna à penser.

— Ça se pourrait, dit l'aïeul.

— Oswald accompagnerait. Il verrait sa sœur.

— Ça se pourrait, dit Oswald.

— Faudrait que tu les loges. Ou que tu les ramènes ici. Il n'y a pas d'hôtel à Opportune.

— On doit rentrer à Paris ce soir, dit Veyrenc.

— À moins qu'on ne reste, dit Adamsberg.

Une heure plus tard, ils examinaient le théâtre du meurtre. Face à l'animal qui gisait sur le sentier, Adamsberg mesura à sa juste proportion la vraie douleur des hommes. Oswald et Robert baissaient la tête, choqués. C'était une bête, c'était un cerf, mais c'était aussi pure sauvagerie et massacre de beauté.

— Un mâle splendide, dit Robert avec effort. Qui n'avait pas encore tout donné.

— Il avait sa harde, expliqua Oswald. Cinq femelles. Six combats l'année dernière. Je peux te dire, Béarnais, qu'un cerf comme ça, qui luttait comme un seigneur, il aurait encore gardé ses femmes quatre ou cinq ans avant qu'on le détrône. Pas un gars d'ici n'aurait tiré sur le Grand Roussin. Il faisait des petits vaillants, tu voyais ça tout de suite.

— Il avait trois plaques rousses sur le flanc droit, et deux sur le gauche. C'est pour cela qu'on l'appelait le Grand Roussin.

Un frère, au fond, à tout le moins un cousin remué, pensa Veyrenc en croisant les bras. Robert s'agenouilla auprès du grand corps, et caressa son pelage. Dans la nuit de ce bois, sous la pluie continue, en compagnie de ces hommes mal rasés, Adamsberg devait faire un effort pour se convaincre qu'ailleurs, au même moment, des voitures roulaient dans des villes, des téléviseurs fonctionnaient. Les temps préhistoriques de Mathias se déroulaient sous ses yeux, intacts. Il n'arrivait plus à savoir si le Grand Roussin était un simple cerf ou bien un homme, ou bien une force divine abattue, volée, pillée. Un cerf qu'on peindrait sur les parois d'une grotte pour se souvenir et l'honorer.

— On l'enterrera demain, dit Robert en se relevant pesamment. On t'attendait, tu comprends. On voulait que tu le voies avec tes yeux. Oswald, passe-moi la hache.

Oswald fouilla dans sa grande sacoche de cuir et en sortit silencieusement l'outil. Robert effleura le tranchant des doigts, s'agenouilla aux côtés de la tête du cerf, puis hésita. Il se tourna vers Adamsberg.

— À toi les honneurs, Béarnais, dit-il en lui tendant la hache par le manche. Prends-lui les bois.

— Robert, interrompit Oswald, sur un ton incertain.

— C'est réfléchi, Oswald, il les mérite. Il était fatigué, il était loin, il s'est déplacé pour le Grand Roussin. À lui l'honneur, à lui les bois.

— Robert, reprit Oswald, le Béarnais n'est pas d'ici.

— Ben maintenant il l'est, dit Robert en déposant la hache dans les mains d'Adamsberg.

Adamsberg se retrouva outil en main, mené près de la tête du cerf.

— Coupe-les pour moi, dit-il à Robert, je ne veux pas l'abîmer.

— Je ne peux pas. Celui qui les prend, c'est celui qui les tranche. Tu dois le faire toi-même.

Sous la direction de Robert qui calait la tête de l'animal au sol, Adamsberg asséna six coups de hache au ras du crâne, aux emplacements que le Normand lui désignait du doigt. Robert reprit l'outil, souleva les bois et les déposa dans les mains du commissaire. Quatre kilos par bois, estima Adamsberg en les soupesant.

— Ne les perds pas, dit Robert, ça porte vie.

— Enfin, nuança Oswald, ce n'est pas certain que ça aide, mais ça ne fait pas de tort.

— Et ne les sépare jamais, compléta Robert. Tu m'entends bien ? L'un ne va pas sans l'autre.

Adamsberg acquiesça dans l'obscurité, serrant ses doigts sur les bois perlés du Grand Roussin. Ce n'était guère le moment de les laisser tomber. Veyrenc lui lança un regard ironique.

— Ne chancelez point, Seigneur, sous le poids des trophées, lui murmura-t-il.

— Je n'ai rien demandé, Veyrenc.

— On vous les a donnés, vous les avez tranchés,
Ne cherchez pas à fuir le geste de ce soir
Qui vous fait le porteur d'un lumineux espoir.

— Ça va, Veyrenc. Portez-les vous-même ou cessez de parler.

— Non, Seigneur. Ni l'un ni l'autre.

XXIII

La sœur d'Oswald, Hermance, respectait deux mécanismes censés la mettre à l'abri des dangers du monde : ne pas rester éveillée après vingt-deux heures et interdire l'entrée de sa maison à toute personne chaussée. Oswald et les deux policiers montèrent l'escalier à pas silencieux en tenant leurs chaussures terreuses à la main.

— Il n'y a qu'une seule chambre, chuchota Oswald, mais elle est grande. Cela vous ira ?

Adamsberg acquiesça, peu pressé de partager sa nuit avec le lieutenant. À l'unisson, Veyrenc fut soulagé de constater que la pièce comprenait deux hauts lits de bois, séparés par une largeur de deux mètres.

— Il faut qu'entre les couches la vallée soit profonde
Pour que âme ni corps ne jamais se confondent.

— La salle de bains est à côté, ajouta Oswald. N'oubliez pas de rester pieds nus. Si par malheur vous y alliez chaussés, vous pourriez la tuer.

— Même si elle ne le sait pas ?

— Tout se sait, et surtout ce qui se tait. Je t'attends en bas, Béarnais. On a à causer tous les deux.

Adamsberg jeta sa veste humide sur le montant du lit de gauche et déposa sans bruit les grands bois de cerf au sol. Veyrenc s'était allongé tout habillé face au mur et le commissaire rejoignit Oswald dans la petite cuisine.

— Ton cousin dort ?

— Ce n'est pas mon cousin, Oswald.

— Ses cheveux, je suppose que c'est personnel, questionna le Normand.

— C'est très personnel, confirma Adamsberg. Et maintenant raconte-moi.

— C'est pas tant moi qui veux te le raconter, c'est Hermance.

— Mais elle ne me connaît pas, Oswald.

— Faut croire qu'on lui a conseillé.

— Qui ?

— Le curé, peut-être. Ne cherche pas, Béarnais. Hermance et le raisonnable, ça fait deux. Elle a ses idées, mais on ne sait pas toujours d'où elles viennent.

La voix d'Oswald s'était attristée, et Adamsberg abandonna le sujet.

— Peu importe, Oswald. Parle-moi de cette ombre.

— Ce n'est pas moi qui l'ai vue, c'est mon neveu, Gratien.

— Il y a combien de temps ?

— Plus de cinq semaines, un mardi soir.

— C'était où ?

— Dans le cimetière, Béarnais, où veux-tu que ce soit ?

— Qu'est-ce qu'il faisait dans le cimetière, ton neveu ?

— Il n'était pas dans le cimetière, il était sur le petit chemin qui monte en surplomb. Enfin, le chemin qui monte ou qui descend, suivant comme tu le prends. Tous les mardis, tous les vendredis, il y attend sa petite amie à minuit, quand elle a fini son service. Tout le village est au courant, sauf sa mère.

— Quel âge a-t-il ?

— Dix-sept ans. Avec Hermance qui s'endort à vingt-deux heures comme une horloge, il a la partie facile. Attention, faudrait pas le trahir.

— Ensuite, Oswald ?

Oswald emplit deux petits verres de calvados et se rassit avec un soupir. Il leva ses yeux transparents vers Adamsberg et avala la dose d'un coup.

— À ta santé.

— Merci.

— Tu veux que je te dise ?

Il le dirait, pensa Adamsberg.

— C'est la première fois qu'un horsin emportera des honneurs hors du pays. On peut dire que j'aurai tout vu dans ma vie.

« Tout vu » était exagéré, pensa Adamsberg. Mais l'affaire des bois de cerf était évidemment sérieuse. *On vous les a donnés, vous les avez tranchés.* Le commissaire s'étonna, et s'en voulut, d'avoir mémorisé un vers de Veyrenc.

— Cela t'embête que je les emporte ? demanda-t-il.

Confronté à une question intime et directe, Oswald détourna sa réponse.

— Il faut que Robert t'apprécie sacrément pour te les avoir offerts. Mais il faut croire qu'il sait ce qu'il fait. D'habitude, Robert ne se trompe pas.

— Alors, tout ne va pas si mal, dit Adamsberg en souriant.

— En fin de compte, non.

— Et ensuite, Oswald ?

— Comme je t'ai dit. Ensuite, il a vu l'Ombre.

— Raconte.

— Une sorte de longue bonne femme, si on peut appeler ça une bonne femme, grise, tout enveloppée, sans visage. La mort, quoi, Béarnais. Je ne le raconterais pas comme ça devant ma sœur, mais on est entre hommes et on peut dire les choses en face. Non ?

— Si.

— Alors on le dit. La mort. Elle marchait pas comme nous autres. Elle glissait dans le cimetière, toute droite et lente. Elle était pas pressée, elle allait pas à pas.

— Il boit, ton neveu ?

— Pas encore. C'est pas parce qu'il couche avec cette fille qu'il est déjà un homme. Savoir ce qu'elle a fait, l'Ombre, je ne peux pas te le dire. Savoir qui elle venait chercher. Après, on a guetté un décès dans le village. Mais non, il ne s'est rien passé.

— Il n'a rien vu d'autre ?

— Dis plutôt qu'il a filé chez lui sans demander son reste. Mets-toi à sa place. Pourquoi est-elle venue, Béarnais ? Pourquoi chez nous ?

— Je n'en sais rien, Oswald.

— Le curé dit que cela s'est déjà produit en 1809, et justement, c'est l'année où il n'y a pas eu de pommes. Les branches étaient nues comme mon bras.

— Il n'y a pas eu d'autres conséquences ? À part les pommes ?

Oswald lança un nouveau coup d'œil à Adamsberg.

— Robert dit que toi aussi, t'as vu l'Ombre.

— Je ne l'ai pas vue, j'y ai pensé seulement. C'est comme un voile, une nuée sombre, surtout quand je suis à la Brigade. Un médecin dirait que je me fais des idées. Ou bien que je remâche un mauvais souvenir.

— Les docteurs ne veulent pas comprendre ça.

— Ils n'ont peut-être pas tort. Cela peut être une idée noire. Qui ne serait pas encore sortie de ma tête, qui serait encore dedans.

— Comme les bois de cerf avant qu'ils poussent.

— Exactement, dit Adamsberg en souriant soudainement.

Cette idée lui plaisait beaucoup, résolvant presque le mystère de son Ombre. Le poids d'une idée lourde, déjà formée dans son esprit, mais pas encore parvenue à l'extérieur. Un enfantement, en quelque sorte.

— Une idée que tu n'aurais qu'à ta Brigade, poursuivit Oswald en méditant. Pas exemple, ici, tu ne l'as pas.

— Non.

— C'est que quelque chose a dû rentrer dans ta Brigade, expliqua Oswald en mimant la scène. Et ensuite, la chose est entrée dans ton crâne, parce que tu es le chef. C'est logique, dans le fond.

Oswald vida le fond de son calva.

— Ou parce que c'est toi, ajouta-t-il. Je t'ai amené le petit. Il attend dehors.

Pas le choix. Adamsberg suivit Oswald dans la nuit.

— Tu n'as pas remis tes chaussures, observa Oswald.

— C'est bien comme cela. Les idées peuvent aussi circuler par la plante des pieds.

— Si c'était vrai, dit Oswald avec un demi-sourire, ma sœur serait bourrée d'idées.

— Et ce n'est pas le cas ?

— Pour te dire les choses, elle est gentille à faire pleurer un bœuf, mais elle n'a rien là-dedans. Et pourtant c'est ma sœur.

— Et Gratien ?

— Ce n'est pas comparable, il tient du père, qu'était fin comme une mouche.

— Et où est-il, son père ?

Oswald se ferma, rentrant les antennes dans sa coquille.

— Amédée a quitté ta sœur ? insista Adamsberg.

— Comment sais-tu son nom ?

— C'était écrit sur une photo, dans la cuisine.

— Amédée, il est mort. C'était dans le temps. On n'en parle pas ici.

— Pourquoi ? demanda Adamsberg, ignorant l'avertissement.

— En quoi ça t'intéresse ?

— On ne sait jamais. Avec l'Ombre, tu comprends ? Il faut penser à tout.

— Peut-être, concéda Oswald.

— Mon voisin dit que les morts ne partent pas s'ils n'ont pas fini de vivre. Ils viennent démanger les vivants pendant des siècles.

— Tu veux dire qu'Amédée n'avait pas fini de vivre ?

— Toi seul le sais.

— Il revenait d'une femme, une nuit, raconta Oswald avec réticence. Il a pris un bain, pour pas que ma sœur le devine. Et il s'est noyé.

— Dans la baignoire ?

— Comme je te dis. Il a eu un malaise. Et dans une baignoire, c'est toujours de l'eau, non ?

Et quand tu as la tête dessous, tu y passes aussi bien que dans une mare. C'est cela qui a achevé de lui ôter les idées, à ma sœur.

— Il y a eu une enquête ?

— Forcément. Ils ont fait suer tout le monde comme des mouches à merde pendant des semaines. Tu connais les flics.

— Ils suspectaient ta sœur ?

— Ils l'ont rendue folle, oui. La pauvre. Elle ne peut même pas soulever un panier de pommes. Alors noyer une baraque comme Amédée dans la baignoire, je te demande un peu. Surtout qu'elle en était entichée jusqu'à l'os, de cet imbécile.

— Tu disais qu'il était fin comme une mouche.

— Et toi, Béarnais, t'es pas le dernier pour comprendre, hein ?

— Explique-moi.

— C'est pas le père du petit. Gratien est né d'avant, du premier mari. Qui est mort aussi, si tu veux le savoir. Deux ans après les noces.

— Comment s'appelait-il ?

— Le Lorrain. Il était pas du coin. Il s'est foutu un coup de faux dans les jambes.

— Elle n'a pas eu de chance, ta sœur.

— Tu peux le dire. C'est pour ça qu'ici, on ne se moque pas de ses manies. Elle y a bien droit, si ça peut la consoler.

— Bien sûr, Oswald.

Le Normand fit un signe de tête, soulagé d'en finir avec ce sujet.

— Ce que je t'ai raconté, tu n'es pas forcé d'aller le crier sur les toits de ta montagne. C'est une histoire qui ne sort pas d'Opportune. On a oublié, et puis c'est tout.

— Je ne dis jamais rien, Oswald.

— Tu n'en as pas, toi, des histoires qui ne sortent pas de ta montagne ?

— J'en ai une, oui. Mais en ce moment, elle sort.

— Ce n'est pas bon, cela, dit Oswald en secouant la tête. Ça commence petit, et puis ça finit comme un dragon hors de sa grotte.

Le neveu d'Oswald, dont les joues étaient marquées de taches de rousseur comme celles de son oncle, se tenait dos voûté devant Adamsberg. Il n'osait pas refuser de répondre au commissaire de Paris, mais l'épreuve lui était pénible. Les yeux baissés vers le sol, il raconta la nuit où il avait vu l'Ombre, et son récit était conforme à celui d'Oswald.

— Tu l'as dit à ta mère ?

— Oui, bien sûr.

— Et elle voulait que tu m'en parles ?

— Oui. Après que vous êtes venu pour le concert.

— Sais-tu pourquoi ?

Le garçon se noua subitement.

— Les gens racontent des bêtises, dit-il. Ma mère a ses idées, il faut bien la comprendre, c'est tout. Et la preuve, c'est que cela vous intéresse.

— Ta mère a raison, dit Adamsberg pour pacifier le jeune homme.

— Chacun s'exprime à sa manière, insista Gratien. Et il n'y a pas une manière qui vaille mieux qu'une autre.

— Non, pas une, confirma Adamsberg. Une chose encore et je te laisse tranquille. Ferme les yeux. Et dis-moi à quoi je ressemble, et comment je suis habillé.

— Vraiment ?

— Si le commissaire te le demande, intervint Oswald.

— Vous n'êtes pas très grand, commença Gratien timidement, pas plus que mon oncle. Avec des cheveux châtains… Je dois tout dire ?

— Tout ce que tu peux.

— Pas très bien coiffés, une partie dans les yeux, les autres en arrière. Un grand nez, des yeux bruns, une veste noire, en toile, avec beaucoup de poches, les manches relevées. Le pantalon… noir aussi, assez usé, et vous êtes pieds nus.

— Chemise ? Pull ? Cravate ? Concentre-toi.

Gratien secoua la tête, serrant ses yeux clos.

— Non, dit-il fermement.

— Quoi, alors ?

— Un tee-shirt gris.

— Rouvre les yeux. Tu es un témoin parfait, c'est très rare.

L'adolescent sourit, décontracté par cet examen réussi.

— Et pourtant il fait sombre, ajouta-t-il fièrement.

— Justement.

— Vous n'aviez pas confiance en moi ? Pour l'ombre ?

— On peut déformer les souvenirs obscurs, après coup. Selon toi, que crois-tu que faisait l'ombre ? Elle se promenait ? Elle flottait au hasard ?

— Non.

— Elle regardait ? Elle déambulait, elle attendait ? Elle avait rendez-vous ?

— Non. Je dirais qu'elle cherchait quelque chose, une tombe peut-être, mais sans se dépêcher. Elle n'avançait pas vite.

— Qu'est-ce qui t'a fait peur ?

— Sa façon de marcher, sa taille. Et puis ce tissu gris. J'ai encore peur.

— Tâche de l'oublier, je vais la prendre en charge.

— Mais qu'est-ce qu'on peut faire, si c'est la mort ?

— On va voir, dit Adamsberg. On va s'arranger.

XXIV

En se réveillant, Veyrenc vit le commissaire déjà prêt. Il avait mal dormi, tout habillé, ouvrant brusquement les yeux sur le plant de vigne, ou sur le Haut Pré. Ou l'un, ou l'autre. Son père le soulevait du sol, il avait mal. En novembre, ou en février ? Avant les vendanges tardives, ou après ? Il ne voyait plus la scène nettement, un mal de tête lui serrait les tempes. Soit dû au vin rude du café d'Haroncourt, soit à l'angoissante confusion de ses souvenirs.

— On rentre, Veyrenc. N'oubliez pas, pas de chaussures dans la salle de bains. Elle a souffert.

La sœur d'Oswald leur avait servi un énorme petit déjeuner, de ceux qui permettent aux laboureurs de tenir jusqu'aux douze coups de midi. Contrairement au tableau tragique auquel s'attendait Adamsberg, Hermance était gaie et volubile, et en effet gentille à faire pleurer un cheptel entier. Une grande femme un peu étique, qui se déplaçait avec prudence, comme si elle était étonnée d'exister. Son bavardage se composait de presque riens, mêlant l'inutile et l'insane, et pouvait sûrement perdurer des heures. Ce qui tenait au fond du grand art, formant une dentelle de mots si fine qu'elle ne contenait plus que des vides.

— ... manger avant d'aller travailler, je le dis chaque jour, entendait Adamsberg. Le travail fatigue, oui, quand je pense à tout ce travail. C'est cela, oui. Vous aussi vous avez du travail, bien sûr, j'ai vu que vous étiez venus en voiture. Oswald a deux voitures, une pour le travail, il faut qu'il lave la camionnette. Cela répand des saletés et c'est encore du travail, c'est cela. Je vous ai fait les œufs pas trop cuits. Gratien ne veut pas d'œufs, oui bien sûr. C'est sa façon, et les façons des autres, cela va cela vient et c'est difficile.

— Hermance, qui vous a demandé de me parler ? demanda Adamsberg avec précaution. Pour la chose dans le cimetière ?

— N'est-ce pas ? Je l'avais dit à Oswald. C'est cela, oui, c'était beaucoup mieux, tant que cela ne fait pas de mal, si cela ne fait pas de bien, c'est cela.

— Oui c'est cela, dit Adamsberg, tentant d'entrer dans la toupie du langage d'Hermance. Quelqu'un vous a conseillé de me voir ? Hilaire ? Angelbert ? Achille ? Le curé ?

— N'est-ce pas ? On ne peut pas garder des saletés dans le cimetière, et ensuite on se demande, et je l'avais dit à Oswald, il n'y a pas de mal. Oui bien sûr.

— Nous allons vous laisser, Hermance, dit Adamsberg, en croisant le regard de Veyrenc qui lui signalait de laisser tomber.

Les deux hommes se chaussèrent dehors, ayant pris soin de laisser derrière eux la chambre aussi nette que celle d'un décor. Derrière la porte, Adamsberg entendait la voix d'Hermance qui continuait seule.

— Oui le travail, bien sûr c'est cela, le travail. On ne peut pas se laisser faire.

— Il lui manque une case, dit tristement Veyrenc en serrant ses lacets. Elle est née sans, ou bien elle l'a perdue en route.

— Perdue en route, je crois. Ses deux maris sont morts jeunes et coup sur coup. On ne peut en parler qu'ici, car il est interdit de le répéter en dehors d'Opportune-la-Haute.

— C'est pour cela qu'Hilaire laissait entendre qu'Hermance portait malheur. Les hommes craignent de mourir en l'épousant.

— Quand le soupçon vous tombe dessus, on ne peut plus jamais s'en défaire. Il se plante dans votre peau comme une tique. On arrache la tique, mais les pattes restent à l'intérieur et s'agitent.

Un peu comme l'araignée de Lucio, compléta intérieurement Adamsberg.

— Puisque vous connaissez quelques gars d'ici, qui croyez-vous qui lui a conseillé de vous voir ?

— Je ne sais pas, Veyrenc. Personne peut-être. Elle s'inquiétait de l'ombre sans doute, à cause de son fils. Je pense qu'elle a une peur bleue des gendarmes, depuis l'enquête sur la mort d'Amédée. Elle a entendu parler de moi par Oswald.

— Les gens pensent qu'elle a tué ses deux maris ?

— Ils ne le pensent pas vraiment, mais ils se le demandent. Tué par acte ou par pensée. On va passer par le cimetière avant de rentrer.

— Qu'est-ce qu'on y cherche ?

— On essaie d'y voir ce qu'a fait l'ombre d'Oswald. J'ai promis au jeune homme de la prendre en charge. Mais Robert ne parlait pas de l'ombre, il parlait de « la chose », et Hermance dit que cela fait des saletés dans le cimetière. Ou on essaie autre chose.

— Quoi ?

— Comprendre pourquoi on m'a tiré jusqu'ici.

— Si je n'avais pas pris la voiture, objecta Veyrenc, vous n'y seriez pas.

— Je le sais, lieutenant. C'est juste une impression.

Une ombre, pensa Veyrenc.

— Il paraît qu'Oswald a offert un chiot à sa sœur, dit-il. Et qu'il est mort.

Adamsberg allait et venait dans les allées herbeuses du petit cimetière, tenant un bois de cerf dans chaque main. Veyrenc lui avait proposé de l'aider en en portant un, mais Robert avait bien précisé qu'il ne fallait pas les séparer. Adamsberg fit le tour des lieux en prenant garde à ne pas les heurter contre les pierres funéraires. Le cimetière était pauvre, tout juste entretenu, l'herbe repoussait entre les graviers des allées. Ici, on n'avait pas toujours les moyens de payer une dalle et les sépultures en pleine terre étaient nombreuses, certaines surmontées d'une croix de bois portant un nom en lettres peintes en blanc. Les tombes des deux époux d'Hermance avaient bénéficié d'une mince pierre de calcaire, aujourd'hui grise et sans fleurs. Il voulait partir mais persistait à s'attarder, profitant du petit soleil volontariste qui se glissait sur sa nuque.

— Où le jeune Gratien a-t-il vu la silhouette ? demanda Veyrenc.

— Par là, indiqua Adamsberg.

— Et que doit-on regarder ?

— Je ne sais pas.

Veyrenc acquiesça, sans marquer de contrariété. Sauf à parler de la vallée du Gave, le lieutenant n'était pas homme à s'irriter ou s'impatienter. Ce cousin mêlé lui ressemblait un peu, acceptant sereinement l'improbable ou le difficile. Lui aussi tendait la nuque sous la faible chaleur, tenté de traîner le plus longtemps possible dans l'herbe mouillée. Adamsberg contournait la petite église, attentif à la clarté du printemps qui fanfaronnait en faisant briller les ardoises du toit et les marbres mouillés.

— Commissaire, appela Veyrenc.

Adamsberg revint vers lui en prenant son temps. La lumière s'amusait avec les éclats roux des cheveux de Veyrenc. Si cette bigarrure n'avait été l'effet d'une torture, Adamsberg l'aurait trouvée assez réussie. Beauté sortie du mal.

— On ne sait pas ce qu'on cherche, dit Veyrenc en désignant une tombe, mais cette femme-là non plus n'a pas eu de chance. Morte à trente-huit ans, un peu comme Élisabeth Châtel.

Adamsberg considéra la sépulture, un rectangle encore frais de pleine terre qui attendait sa dalle. Il commençait à comprendre un peu le lieutenant et celui-ci ne l'appelait certainement pas pour rien.

— Le chant de la terre, vous l'entendez ? dit Veyrenc. Et ce qu'il dit, vous le lisez ?

— Si vous parlez de l'herbe sur la tombe, je la vois. Je vois les brins qui sont courts, je vois les brins qui sont longs.

— On pourrait se figurer, mais seulement si on voulait se figurer quelque chose, que les brins plus courts ont poussé plus tard.

Les deux hommes se turent, se demandant au même instant s'ils voulaient oui ou non se figurer quelque chose.

— Nous sommes attendus à Paris, objecta Veyrenc à lui-même.

— On pourrait se figurer, reprit Adamsberg, que l'herbe à la tête de la tombe est plus tardive, et donc plus petite. Elle dessine une sorte de cercle, et cette femme est normande, comme Élisabeth.

— Mais si nous passions nos jours à visiter les cimetières, on trouverait sans doute des milliards de brins d'herbe de hauteurs différentes.

— Sûrement. Mais rien n'interdit de vérifier s'il existe une fosse sous les herbes courtes, n'est-ce pas ?

— C'est à vous de juger, Seigneur, si ces signes
Sont présents du hasard ou de la malfaisance,
Et si l'obscur chemin que ces brins vous désignent
Vous emmène au succès ou à la décadence.

— Mieux vaut le savoir tout de suite, dit Adamsberg en posant les bois de cerf au sol. Je préviens Danglard que nous nous attardons dans les prés.

XXV

Le chat se déplaçait au sein de la Brigade de point en point de sécurité, de genoux en genoux, du bureau d'un brigadier à la chaise d'un lieutenant, comme on traverse une rivière sur des pierres sans se mouiller les pieds. Il avait amorcé sa vie gros comme un poing, en suivant Camille dans les rues[1], il l'avait poursuivie sous la protection d'Adrien Danglard, qui avait été contraint d'installer l'animal à la Brigade. Car le chat était incapable de se débrouiller seul, tout à fait dénué de cette autonomie un peu méprisante qui fait la grandeur du félin. Et bien que mâle entier, il était l'incarnation de la dépendance et du sommeil permanent. La Boule, puisque tel l'avait appelé Danglard en le recueillant, était aux antipodes d'un animal totem d'une brigade de flics. L'équipe se relayait pour gérer cette masse de poils, de mollesse et de crainte, qui exigeait qu'on l'accompagne pour aller manger, boire ou pisser. Encore avait-il ses préférences, Retancourt se trouvant

---

1. *Cf.*, du même auteur, *Pars vite et reviens tard* (Éd. Viviane Hamy, coll. Chemins Nocturnes, 2001 ; Éd. J'ai lu, 2004)

nettement en tête. La Boule passait l'essentiel de ses jours à deux pas de son bureau, étendu sur le capot tiède de l'une des photocopieuses. Machine que l'on ne pouvait plus utiliser sous risque de faire sursauter mortellement l'animal. En l'absence de la femme qu'il aimait, La Boule refluait vers Danglard puis, dans un ordre invariable, vers Justin, Froissy et, curieusement, Noël.

Danglard s'estimait heureux quand le chat acceptait de parcourir à pied les vingt mètres qui le séparaient de son écuelle. Une fois sur trois, la bête déclarait forfait et s'effondrait sur le dos, et force était de la porter jusqu'à ses lieux d'alimentation et de défécation, dans la pièce du distributeur de boissons. Ce jeudi, Danglard tenait La Boule sous le bras, à la manière d'une serpillière pendant de chaque côté, quand Brézillon appela, à la recherche d'Adamsberg.

— Où est-il ? Son portable ne répond pas. Ou bien il néglige de décrocher.

— Je n'en sais rien, monsieur le divisionnaire. Certainement sur une urgence.

— Certainement, dit Brézillon dans un ricanement.

Danglard déposa le chat à terre pour que la colère du divisionnaire ne risque pas de l'effrayer. Les suites alenties de l'opération de Montrouge avaient exaspéré Brézillon. Il avait déjà sommé le commissaire de laisser choir cette piste, les profanateurs n'étant jamais des meurtriers, selon les statistiques psychiatriques.

— Vous mentez mal, commandant Danglard. Faites-lui savoir que je le veux à dix-sept heures à son poste. Et le mort de Reims ? Toujours en rade ?

— Bouclé, monsieur le divisionnaire.

— Et l'infirmière en cavale ? Qu'est-ce que vous foutez ?

— Les avis de recherche sont diffusés. On nous l'a signalée dans vingt lieux différents en une semaine. On vérifie, on contrôle.

— Et Adamsberg, il contrôle ?

— Évidemment.

— Oui ? Depuis le cimetière d'Opportune-la-Haute ?

Danglard avala deux gorgées de blanc et fit un signe négatif au chat. Il était évident que La Boule avait un tempérament d'alcoolique, à surveiller. Ses seules pulsions de déplacement autonome avaient pour but de rechercher les planques personnelles de Danglard. Il avait récemment découvert celle dissimulée sous la chaudière, à la cave. Preuve que La Boule n'était nullement l'imbécile auquel tout le monde croyait, et que son flair était exceptionnel. Mais Danglard ne pouvait informer personne de ce type de performance.

— Voyez qu'il est inutile de chercher à s'amuser avec moi, continuait Brézillon.

— On ne le cherche pas, répondit sincèrement Danglard.

— La Brigade est sur une mauvaise pente. Adamsberg la savonne et vous entraîne tous à sa suite. Si vous ne le savez pas, ce qui m'épaterait, je vais vous dire ce que fabrique votre chef : il tourne autour d'une tombe inoffensive dans le trou du cul du monde.

Et pourquoi pas ? se dit Danglard. Le commandant était le premier à critiquer les déambulations fantasques d'Adamsberg mais il opposait un bouclier impassable pour le défendre en cas d'attaque extérieure.

— Et tout cela pour quoi ? continua Brézillon.

Parce qu'un demeuré du coin a vu une ombre dans un pré.

Et pourquoi pas ? se répéta Danglard en avalant une gorgée.

— Voilà ce à quoi s'occupe Adamsberg et voilà ce qu'il contrôle.

— C'est la brigade d'Évreux qui vous a alerté ?

— C'est leur boulot, quand un commissaire déraille. Et eux le font, vite et bien. Je le veux ici à dix-sept heures, sur l'infirmière.

— Je ne crois pas que ça va le tenter, murmura Danglard.

— Quant aux deux morts de la Chapelle, vous passez la main dans l'heure. Les Stups les prennent. Prévenez-le, commandant. Je suppose que lorsque vous l'appelez, il accepte de décrocher.

Danglard vida son gobelet, ramassa La Boule, et composa d'abord le numéro de la brigade d'Évreux.

— Passez-moi le commandant, appel en urgence de Paris.

Les doigts serrés dans l'énorme fourrure du chat, Danglard attendit sans patience.

— Commandant Devalon ? C'est vous qui avez prévenu Brézillon qu'Adamsberg était sur votre secteur ?

— Quand Adamsberg divague en liberté, je préfère prévenir que guérir. Qui est en ligne ?

— Commandant Danglard. Et je vous emmerde, Devalon.

— Contentez-vous plutôt de récupérer votre patron.

Danglard raccrocha avec brusquerie, et le chat tendit ses pattes, terrifié.

XXVI

— Dix-sept heures ? Mais je l'emmerde, Danglard.

— Il le sait déjà. Rentrez, commissaire, cela risque de chauffer. Où en êtes-vous ?

— On cherche une fosse dans les brins d'herbe.

— Qui, « on » ?

— Moi et Veyrenc.

— Rentrez. Évreux est informé que vous fouinez dans un de leurs cimetières.

— Les morts de la Chapelle sont notre affaire.

— Nous sommes dessaisis, commissaire.

— Très bien, Danglard, dit Adamsberg après un silence. Je comprends.

Adamsberg replia son téléphone.

— On change de tactique, Veyrenc. Nous sommes un peu juste en temps.

— On abandonne ?

— Non, on appelle l'interprète.

Depuis une demi-heure qu'ils tâtaient la surface de la terre, Adamsberg et Veyrenc n'avaient pas repéré la moindre fissure signalant le bord d'une fosse. Vandoosler le vieux décrocha de nouveau, à croire qu'il filtrait le standard de la maison.

— Battu, acculé, vaincu ? demanda-t-il.

— Non, Vandoosler, puisque j'appelle.

— Duquel as-tu besoin cette fois ?

— Du même.

— Mauvais choix, il est sur une fouille dans l'Essonne.

— Eh bien passe-moi son numéro.

— Quand Mathias est sur une fouille, rien ne l'en fait sortir.

— Merde, Vandoosler !

Le vieux Vandoosler n'avait pas tort et Adamsberg comprit qu'il dérangeait le préhistorien. Mathias ne pouvait pas bouger, il mettait au jour un foyer magdalénien avec des pierres brûlées, des rejets de taille, des bois de renne et autres fournitures qu'il détailla pour faire comprendre la situation à Adamsberg.

— Le cercle du foyer est intact, complet, 12 000 ans avant J.-C. Qu'as-tu à me proposer en échange ?

— Un autre cercle. Des brins d'herbe courts formant un grand rond au milieu de brins longs, sur le haut d'une tombe. Si l'on ne trouve rien, les deux morts passent aux Stups. Il y a quelque chose, Mathias. Ton cercle est déjà ouvert, il peut t'attendre. Pas le mien.

Mathias ne s'intéressait pas aux enquêtes d'Adamsberg, pas plus que le commissaire ne comprenait les préoccupations paléolithiques de Mathias. Mais les deux hommes s'entendaient sur les urgences de la terre.

— Qu'est-ce qui t'amène sur cette tombe ? demanda Mathias.

— C'est une jeune femme, normande, comme celle de Montrouge, et une ombre a passé récemment dans le cimetière.

— Tu es en Normandie ?

— À Opportune-la-Haute, dans l'Eure.

— Argile et silex, résuma Mathias. Il suffit d'un lit de silex sous-jacent pour produire une herbe plus courte et clairsemée. Tu as du silex, dans le coin ? Un mur avec des fondations par exemple ?

— Oui, dit Adamsberg en revenant vers l'église.

— Regarde à la base et décris-moi la végétation.

— L'herbe est plus dense que sur la tombe, dit Adamsberg.

— Qu'y a-t-il d'autre ?

— Des chardons, des orties, du plantain, et des trucs que je ne connais pas.

— D'accord. Reviens vers la tombe. Qu'est-ce que tu vois, dans l'herbe courte ?

— Des pâquerettes.

— Rien d'autre ?

— Un peu de trèfle, deux pissenlits.

— Bon, dit Mathias après un silence. Tu as cherché le bord d'une fosse ?

— Oui.

— Et alors ?

— Et alors pourquoi crois-tu que je t'appelle ?

Mathias observa sous ses pieds le cercle du foyer magdalénien.

— J'arrive, dit-il.

Au café d'Opportune, qui faisait aussi épicerie et dépôt de cidre, on accorda à Adamsberg l'autorisation d'entreposer ses bois de cerf à l'entrée. Tout le monde savait déjà qu'Adamsberg était un flic béarnais de Paris intronisé par Angelbert à Haroncourt, mais les nobles trophées qu'il portait lui ouvraient plus largement les portes que n'importe quelle recommandation. Le patron du café, un cousin remué d'Oswald, servit les deux policiers avec diligence, à tout seigneur tout honneur.

— Mathias prend le train dans trois heures à Saint-Lazare, dit Adamsberg. Il sera à 14 h 34 à Évreux.

— Il nous faudrait l'autorisation d'exhumer avant son arrivée, dit Veyrenc. Mais on ne peut pas la demander sans l'aval du divisionnaire. Et Brézillon ne vous laissera pas l'affaire. Il ne vous aime pas, hein·?

— Brézillon n'aime personne, il aime gueuler. Il s'entend bien avec des gars comme Mortier.

— Sans son accord, pas d'autorisation. Cela ne sert donc à rien que Mathias vienne.

— À savoir au moins si on a creusé une fosse dans cette tombe.

— Mais nous serons coincés d'ici quelques heures, à moins d'opérer clandestinement. Ce que nous ne pouvons pas faire, puisque la brigade d'Évreux nous surveille. Au premier coup de pioche, on les aura sur le dos.

— C'est bien résumé, Veyrenc.

Le lieutenant fit tomber un sucre dans son café, et sourit franchement, soulevant sa lèvre dans sa joue droite.

— Il y aurait bien un truc à tenter, dit-il. Mais c'est vil.

— Dites toujours.

— Menacer Brézillon, s'il ne lève pas le blocus, de tout balancer sur ce que fit son fils il y a quatorze ans. Je suis le seul à savoir la vérité.

— C'est vil.

— Oui.

— Vous voyez cela comment ?

— Il ne s'agirait pas de mettre la menace à exécution. Je suis resté en très bons termes avec Guy, le fils, je n'ai aucune envie de lui nuire après l'avoir sorti de la catastrophe quand il était jeune.

— Cela pourrait se faire, dit Adamsberg en posant sa main sur sa joue. Brézillon craquerait au premier mot. Comme tous les durs, il n'a pas de fond. C'est le principe de la noix. Vous appuyez dessus, et cela se casse. Essayez donc de casser du miel.

— Cela me donne envie, dit brusquement Veyrenc.

Le lieutenant alla passer commande de pain et de miel au comptoir et revint s'asseoir.

— Il y a un autre moyen, dit-il. J'appelle Guy directement. Je lui expose la situation et je lui demande de prier son père de nous laisser les coudées franches.

— Cela marcherait ?

— Je le crois.

> L'enfant a toute puissance qui demande à son père
> De ne pas rompre un lien par le tranchant du fer.

— Et le fils vous doit bien un service, à ce que je comprends.

— Sans moi, il ne serait pas énarque aujourd'hui.

— Mais ce service, c'est à moi qu'il le rendrait, pas à vous.

— Je lui dirai que cette enquête est la mienne. Que c'est une occasion de faire mes preuves, avec une promotion au bout. Guy m'aidera.

> Heureux l'homme qui peut, quand l'occasion s'y prête,
> Délivrer ses épaules du fardeau de sa dette.

— Ce n'est pas ce que je voulais dire. C'est à moi que vous rendez service, pas à vous.

Veyrenc plongea sa tartine de miel dans le café, d'un geste assez réussi. Le lieutenant avait les mains aussi bien façonnées que celles qu'on voit sur les peintures anciennes, ce qui les rendait même légèrement anachroniques.

— Je suis censé vous protéger, avec Retancourt, non ? dit-il.

— Cela n'a rien à voir.

— En partie, oui. Si l'ange de la mort est dans cette affaire, on ne peut pas la laisser à Mortier.

— À part la trace de seringue, nous n'avons encore aucun lien probant.

— Vous m'avez rendu service hier. Avec le Haut Pré.

— La mémoire vous est revenue ?

— Non, elle a plutôt tendance à se brouiller. Cependant, si le décor se transforme, les cinq gars, eux, ne changent pas dans le tableau. N'est-ce pas ?

— Non. Ce sont les mêmes.

Veyrenc hocha la tête, et finit sa tartine.

— J'appelle Guy ? demanda-t-il.

— Allez-y.

Cinq heures plus tard, au centre d'une zone qu'Adamsberg avait provisoirement isolée avec des piquets et de la ficelle, prêtés par le patron du bar, Mathias tournait torse nu autour de la tombe, comme un ours tiré de son sommeil pour venir aider deux jeunots à encercler une proie. À ceci près que le géant blond avait vingt ans de moins que les deux autres, qui attendaient, confiants, l'expertise de celui qui devait écouter le chant de la terre. Brézillon avait lâché prise sans un mot. Le cimetière d'Opportune était à eux, ainsi que Diala, La Paille et Montrouge. Vaste territoire que l'appel de Veyrenc avait dégagé en quelques instants. Sitôt après, Adamsberg avait demandé à Danglard de leur envoyer une équipe, de quoi creuser et prélever, et deux sacs avec des affaires de toilette et des habits propres. Il y avait toujours à la Brigade des bagages prêts, contenant un essentiel de survie en cas de départ impromptu. Disposition pratique mais qui ne permettait pas de choisir les vêtements dont on héritait.

Danglard eût dû être satisfait de la défaite de Brézillon, mais ce ne fut pas le cas. L'importance que le Nouveau paraissait prendre auprès du commissaire allumait en lui des éclairs de jalousie mordants. Faute de goût gravissime à ses yeux, car Danglard avait l'ambition de porter son esprit très au-delà des réflexes primitifs. Mais il se trouvait pour l'heure en échec, irrité de dépit. Habitué à une préséance incontestée auprès d'Adamsberg, Danglard n'envisageait pas que son rôle et sa place puissent se modifier, tel un arc-boutant édifié pour l'éternité. L'apparition du Nouveau faisait trembler son monde. Sur la trajectoire anxieuse qu'était la vie de Danglard, deux points lui tenaient lieu de repères, d'abreuvoirs, de garde-fous, ses cinq enfants d'une part et l'estime d'Adamsberg de l'autre. Sans compter que la sérénité du commissaire se déversait partiellement dans son existence, par capillarité. Danglard n'entendait pas perdre son privilège et s'alarmait des atouts du Nouveau. L'intelligence ample et délicate de Veyrenc, diffusée par sa voix mélodique, propagée par sa gueule harmonieuse et son sourire tordu, pouvait attirer Adamsberg dans ses filets. De surcroît, ce type venait de faire sauter le cran de blocage de Brézillon. La veille, Danglard, en homme sage, avait choisi de garder secrète l'information qu'il avait recueillie deux jours plus tôt. En homme blessé, il la sortit de son carquois et la tira comme une flèche.

« Danglard, avait demandé Adamsberg, faites partir l'équipe sur l'heure, je ne peux pas retenir le préhistorique trop longtemps. Il a un foyer en route, avec des silex.

— Le préhistorien, corrigea Danglard.

— Appelez aussi la légiste, mais pas avant midi. Il nous la faut sur place dès qu'on aura atteint le cercueil. Qu'elle compte deux heures et demie de creusement.

— Je prends Lamarre et Estalère et je les accompagne. On sera à Opportune dans une heure quarante.

— Restez à la Brigade, capitaine. On va encore ouvrir une foutue tombe et vous ne nous serez d'aucune utilité à cinquante mètres. Je n'ai besoin que de piocheurs et de porteurs de seaux.

— Je les accompagne, dit Danglard sans plus s'expliquer. Et j'ai d'autres nouvelles. Vous m'aviez demandé d'enquêter sur quatre gars.

— Ce n'est pas urgent, capitaine.

— Commandant. »

Adamsberg soupira. Danglard tournait souvent autour du pot, par raffinement, mais certains jours il tournait trop, par tourment, et cette danse sophistiquée le lassait.

« J'ai un terrain à préparer, Danglard, dit Adamsberg d'une voix plus rapide, des piquets à planter et des cordes à tirer. Nous verrons cela plus tard. »

Adamsberg avait fermé son téléphone et l'avait fait tourner comme une toupie sur la table du café.

« Qu'est-ce que je fais, avait-il commenté, plus pour lui-même que pour Veyrenc, avec vingt-sept êtres humains sur le dos, quand je serais tout aussi bien et mille fois mieux tout seul, dans la montagne, assis sur une pierre et les pieds dans l'eau ?

— Les mouvements des êtres, l'agitation des âmes,
Se tordent à l'infini et frémissent à l'envi,
Mais il n'est pas un homme celui qui les condamne
Car ce flux porte un nom et ce nom est la vie.

— Je sais, Veyrenc. J'aimerais pourtant qu'on ne s'essouffle pas sans cesse dans cette agitation. Vingt-sept tourments ensemble qui se croisent et se répondent comme des bateaux dans un port surpeuplé. Il devrait y avoir un moyen de passer par-dessus l'écume.

— Hélas, Seigneur,
On ne peut vivre en homme en restant sur les berges,
Et celui qui s'y tient dans le néant s'immerge.

— On va voir de quel côté pointe l'antenne du portable, dit Adamsberg en relançant le mouvement de toupie. Vers les hommes, ou vers le vide, en désignant d'abord la porte sur la rue, puis la fenêtre donnant sur la campagne.

— Hommes, dit Veyrenc avant que l'appareil ait fini de tourner.

— Hommes, confirma Adamsberg en regardant le téléphone s'immobiliser vers la porte.

— De toute façon, la campagne n'était pas vide. Il y a six vaches dans le pré, et un taureau dans le champ d'à côté. C'est déjà le début des embrouilles, non ? »

Comme à Montrouge, Mathias avait pris place auprès de la tombe et promenait ses grandes mains sur la terre, arrêtant ses doigts puis reprenant, suivant les cicatrices imprimées dans le sol. Vingt minutes plus tard, il dégageait à la truelle le pourtour d'une fosse de 1,60 mètre de diamètre à la tête de la sépulture. Formant cercle, Adamsberg, Veyrenc et Danglard le regardaient faire, pendant que Lamarre et Estalère fermaient le secteur en ajustant une banderole de plastique jaune.

— Même chose, dit Mathias à Adamsberg en se relevant. Je te laisse, tu connais la suite.

— Mais toi seul pourras nous dire si ce sont les mêmes creuseurs. On risque de bousiller les bords de la fosse en la vidant.

— C'est probable, reconnut Mathias, surtout dans de la terre argileuse. Le comblement va coller aux parois.

Mathias acheva de vider la fosse à dix-sept heures trente, sous la lumière déclinante. Selon lui, et d'après les empreintes des outils, deux personnes s'étaient relayées au creusement, et sans doute les mêmes hommes qu'à Montrouge.

— L'un lance son piochon de très haut et entaille presque à l'aplomb, l'autre prend moins de recul et ses entames sont plus courtes.

— Étaient, dit la légiste, qui avait rejoint le groupe depuis vingt minutes.

— D'après le tassement du remblai et la hauteur de l'herbe, je suppose que l'opération a dû être menée il y a environ un mois, poursuivit Mathias.

— Un peu avant Montrouge, probablement.

— Depuis quand cette femme est-elle enterrée ?

— Quatre mois, dit Adamsberg.

— Eh bien je te laisse, dit Mathias avec une grimace.

— Comment est le cercueil ? demanda Justin.

— Le couvercle est défoncé. Je n'ai pas été voir plus loin.

Curieux contraste, songeait Adamsberg, que de voir le géant blond reculer vers la voiture qui le ramenait à Évreux, pendant qu'Ariane s'avançait pour prendre sa suite, enfilant sa combinaison sans marquer la moindre appréhension. On n'avait pas apporté d'échelle et Lamarre et Estalère descendirent la légiste au fond de la fosse. Le bois du cercueil craqua à plusieurs reprises, et les agents reculèrent sous le souffle de la puanteur qui monta vers eux.

— Je vous avais dit de mettre les masques avant, dit Adamsberg.

— Allume les projecteurs, Jean-Baptiste, dit la voix calme de la légiste, et descends-moi une torche. Apparemment, tout est intact, comme pour Élisabeth Châtel. À croire que ces cercueils n'ont été ouverts que pour voir.

— Peut-être un adepte de Maupassant, murmura Danglard qui, le masque collé au nez, s'efforçait de ne pas trop s'éloigner des autres.

— C'est-à-dire, capitaine ? demanda Adamsberg.

— Maupassant imagina un homme, hanté par la perte de celle qu'il aime, et qui se désespère de ne plus jamais revoir les traits uniques de son amie. Déterminé à les contempler une dernière fois, il creuse sa tombe jusqu'au visage aimé. Qui ne ressemble plus à celui qu'il adorait. Il l'enlace néanmoins dans la pestilence et, ne portant plus sur lui le parfum de sa maîtresse, c'est l'odeur de sa mort qui l'accompagne.

— Bien, dit Adamsberg. C'est charmant.

— C'est Maupassant.

— Mais cela reste une histoire. Et les histoires sont écrites pour les empêcher d'advenir dans la vie.

— Sait-on jamais.

— Jean-Baptiste, appela la légiste, sais-tu comment elle est morte ?

— Pas encore.

— Je vais te le dire : par un écrasement de l'arrière du crâne. On l'a assommée rudement, ou bien quelque chose lui est tombé dessus.

Adamsberg s'éloigna, songeur. Accident pour Élisabeth, accident pour celle-ci, ou meurtres. L'esprit du commissaire se brouillait. Tuer des femmes pour rouvrir leurs tombes trois mois plus tard passait l'entendement. Il attendit, assis dans l'herbe humide, qu'Ariane achève son inspection.

— Rien d'autre, dit la légiste en se faisant hisser hors du trou. On ne lui a pas pris une dent. J'ai l'impression que le déblaiement a plus insisté sur la partie supérieure de la tête. Il est possible que le creuseur ait voulu prendre une mèche de cheveux sur le cadavre. Ou un œil, ajouta-t-elle paisiblement. Mais à l'heure où l'on parle, elle...

— Je sais, Ariane, coupa Adamsberg. Elle n'a plus d'yeux.

Danglard se réfugia vers l'église, au bord de la nausée. Il s'abrita entre deux contreforts, s'obligeant à étudier l'appareil typique de la petite église, en damier de silex noir et roux. Mais les voix atténuées arrivaient malgré tout jusqu'à lui.

— S'il s'agit de prendre une mèche de cheveux, disait Adamsberg, autant la couper sur le corps avant.

— Si on y a accès.

— Je pourrais concevoir cette ferveur par-delà la mort, à la Maupassant, pour un seul cadavre de femme, mais pas pour deux, Ariane. Peux-tu voir si les cheveux ont été touchés ?

— Non, dit le médecin en enlevant ses gants. Elle portait les cheveux courts et on ne peut y déceler aucune coupe. Il est possible que tu aies affaire à une profanatrice fétichiste, à l'obsession si forcenée qu'elle n'hésite pas à louer deux creuseurs pour la satisfaire. Tu peux faire reboucher quand tu veux, Jean-Baptiste, on a tout vu.

Adamsberg s'approcha de la fosse et relut le nom de la morte. Pascaline Villemot. La demande d'informations sur les causes de son décès était en route. Il en saurait probablement beaucoup par le bruissement du village, avant que les données officielles ne lui parviennent. Il souleva les deux grands bois de cerf qui étaient restés dans l'herbe, et donna l'ordre de reboucher d'un signe.

— Qu'est-ce que tu fais avec ça ? demanda Ariane, étonnée, en se débarrassant de sa combinaison.

— Ce sont des bois de cerf.

— Je le vois, oui. Mais pourquoi tu les portes ?

— Parce que je ne peux pas les laisser là, Ariane. Ni là ni au café.

— Comme tu veux, dit la légiste sans insister.

Elle voyait aux yeux d'Adamsberg que son humeur avait décroché vers le large, il ne servait à rien de le questionner.

XXVII

La rumeur ayant fait son office, sautant d'arbre en buisson au long des routes entre Opportune-la-Haute et Haroncourt, Robert, Oswald et le ponctueur entrèrent dans le petit café où dînait l'équipe de flics. C'était à peu près ce à quoi s'attendait Adamsberg.

— Bon sang, nous sommes poursuivis par la poisse, dit Robert.

— Plus exactement devancés, dit Adamsberg. Asseyez-vous, dit-il en leur faisant place à ses côtés.

Cette fois-ci, l'assemblée des hommes était celle d'Adamsberg, et les rôles se retournaient finement. Les trois Normands jetèrent un regard discret à la très belle femme qui mangeait hardiment en bout de table, avalant gorgées de vin et d'eau alternées.

— C'est la médecin légiste, expliqua Adamsberg, pour leur éviter les pertes de temps de leurs circonvolutions.

— Qui travaille avec toi, dit Robert.

— Qui vient d'examiner le cadavre de Pascaline Villemot.

Robert indiqua d'un mouvement de menton qu'il avait compris, et qu'il désapprouvait cette activité.

— Tu savais qu'on avait touché à cette tombe ? lui demanda Adamsberg.

— Je savais juste que Gratien avait vu l'ombre. Tu dis que nous sommes devancés.

— Par le temps, Robert, depuis quelques mois. Nous arrivons loin derrière les événements.

— Ben cela n'a pas l'air de te mettre en hâte, dit Oswald.

Veyrenc, plongé dans son assiette à l'autre bout de la table, confirma d'un léger signe de tête.

— Mais prends garde au grand fleuve qui jamais ne se presse,
  Qui va dans son errance et sous les vents paresse
  Et crains qu'il ne devance l'appétence de guerre,
  Car l'eau inexorable toujours vaincra le fer.

— Qu'est-ce qu'il marmonne, le demi-rouquin ? demanda Robert à voix basse.

— Attention, Robert, ne l'appelle jamais comme cela. C'est personnel.

— D'accord, dit Robert. Mais je ne comprends pas ce qu'il dit.

— Que rien ne presse.

— Il ne parle pas comme tout le monde, ton cousin.

— Non, c'est de famille.

— Ah, si c'est de famille, c'est autre chose, dit Robert avec respect.

— Ça va de soi, murmura le ponctueur.

— Et ce n'est pas mon cousin, dit Adamsberg.

Robert ruminait une contrariété. Adamsberg le déchiffrait sans peine à sa manière de tenir son verre dans son poing, de faire aller sa mandibule de gauche à droite comme s'il mâchait du foin.

— Qu'est-ce qui ne va pas, Robert ?

— Tu es venu pour l'ombre d'Oswald, et pas pour le cerf.

— Comment peux-tu le savoir ? Les deux sont arrivés en même temps.

— Ne mens pas, Béarnais.

— Tu veux me reprendre les bois ?

Robert hésita.

— Tu les as, tu les gardes. Mais ne les sépare pas. Et ne les oublie pas.

— Je ne les ai pas quittés de la journée.

— Bon, conclut Robert, rassuré. Et c'est quoi, l'Ombre ? Oswald dit que c'est la mort.

— D'une certaine manière, oui.

— Et d'une autre ?

— C'est quelque chose ou quelqu'un qui ne me dit rien de bon.

— Et toi, chuchota-t-il, tu viens dès qu'un crétin comme Oswald te dit qu'une ombre a passé. Ou dès qu'une pauvre femme comme Hermance, qui n'a plus sa tête, demande à te parler.

— C'est qu'un crétin de gardien de cimetière, à Montrouge, en a vu une aussi. Et dans ce cimetière, un cinglé a fait aussi creuser une tombe pour y ouvrir le cercueil.

— Pourquoi dis-tu « fait creuser » ?

— Parce que deux gars ont été payés pour le faire, et ils sont morts.

— Le type, il ne pouvait pas creuser tout seul ?

— C'est une femme, Robert.

Robert ouvrit la bouche, puis avala un coup de blanc.

— C'est pas humain, dit Oswald, je veux pas y croire.

— C'est arrivé, Oswald.

— Et le gars qui éventre les cerfs, c'est une femme aussi ?

— Quel est le rapport ? demanda Adamsberg.

Oswald réfléchit, le nez dans son verre.

— Il se passe trop de choses à la fois dans le coin, dit-il enfin. C'est peut-être la même engeance.

— Les criminels ont leurs préférences, Oswald. Entre abattre un cerf et fouiller les tombes, ce n'est pas le même monde.

— Va savoir, dit le ponctueur.

— L'Ombre, reprit Oswald en osant une question, c'est la même ? Celle qui glisse et celle qui creuse ?

— Je le crois.

— Tu comptes faire quelque chose ? demanda-t-il.

— T'écouter me parler de Pascaline Villemot.

— On ne la voyait qu'aux jours de marché, mais je peux te dire qu'elle était sage comme la Madone et qu'elle a passé sans avoir profité de la vie.

— C'est une chose de mourir, dit Robert. Mais quand on n'a pas vécu, c'est pis.

Et cela démange encore soixante-neuf ans plus tard, pensa Adamsberg.

— Comment est-elle morte ?

— C'est pas chrétien à dire, mais c'est une pierre de l'église qui lui a broyé le crâne, alors qu'elle débroussaillait les bas-côtés de la nef. On l'a retrouvée par terre sur le ventre, avec la pierre encore dessus.

— Il y a eu une enquête ?

— Les gendarmes d'Évreux sont venus, et ils ont dit que c'était un accident.

— Va savoir, dit le ponctueur.

— Va savoir quoi ?

— Si ce serait pas une idée de Dieu.

— Ne dis pas de conneries, Achille. Avec le monde entier qui fout le camp, Dieu a autre chose à faire que de balancer des pierres sur le crâne de Pascaline.

— Elle travaillait ? demanda Adamsberg.

— Elle aidait à la cordonnerie de Caudebec. Celui qui pourrait te renseigner le mieux, c'est le curé. Elle était toujours fourrée dans son confessionnal. Il s'occupe de quatorze paroisses à la fois, il vient ici le vendredi, tous les quinze jours. À sept heures tapantes ces jours-là, Pascaline était dans l'église. Alors que ce devait être la seule femme d'Opportune à n'avoir jamais touché un gars. À se demander ce qu'elle pouvait bien trouver à raconter au curé.

— Où dit-il la messe demain ?

— Il n'officie plus. C'est fini.

— Mort ?

— Avec toi, tout le monde serait mort, observa Robert.

— Il n'est pas mort, mais tout comme. Il a fait une dépression. C'est arrivé au boucher d'Arbec, cela lui a tenu deux ans. Tu n'es pas malade, mais tu te couches et tu ne veux plus te lever. Et tu n'es pas foutu de dire pourquoi.

— C'est triste, ponctua Achille.

— Ma grand-mère appelait cela de la mélancolie, dit Robert. Parfois, cela se terminait dans la mare du village.

— Et le curé ne veut plus se lever ?

— Il paraît qu'il est à nouveau debout, mais tout changé. Mais pour lui, on devine pourquoi. C'est quand on lui a piqué ses reliques. Ça l'a mis sur le flanc.

— Il y tenait comme à sa prunelle, confirma le poncteur.

— Des reliques de saint Jérôme qui faisaient sa fierté dans l'église du Mesnil. Tu penses, trois bouts d'os de poule qui se battaient en duel sous une cloche en verre.

— Oswald, n'insulte pas le Seigneur, nous sommes à table.

— Je n'insulte pas, Robert. Je dis que saint Jérôme, c'était trois bricoles pour faire courir les ânes. Enfin, pour le curé, ça a dû être pire que si on lui avait arraché les tripes.

— On peut visiter tout de même ?

— Je t'ai dit qu'il n'y avait plus de reliques.

— Je te parle du curé.

— Ah je n'en sais rien. Avec Robert, on ne fréquente pas trop. Les curés, c'est un peu comme les flics. Pas le droit de ceci, pas le droit de cela, ça ne va jamais comme ils veulent.

Oswald remplit largement les verres à la ronde, comme pour témoigner de son autonomie face aux exhortations du prêtre.

— Il y en a qui disent que le curé couchait, reprit Robert en baissant le ton. Il y en a qui disent que le curé est un homme comme les autres.

— Il paraît, dit le poncteur à voix sourde.

— Racontars ? Ou preuves ?

— Que c'est un homme ?

— Qu'il couchait, dit patiemment Adamsberg.

— C'est à cause de sa dépression. Quand on s'effondre sans raison et qu'on ne dit pas pourquoi, c'est que c'est pour une femme.

— Oui, dit Achille.

— On murmure le nom de la femme ? demanda Adamsberg.

— Va savoir, dit Robert en se fermant.

Il lui jeta un coup d'œil oblique, puis un autre vers Oswald, ce qui signifiait peut-être, imagina Adamsberg, qu'il s'agissait d'Hermance. Pendant ce court échange, Veyrenc murmurait en mangeant sa tarte aux pommes.

> Les dieux me sont témoins que je luttai sans cesse,
> Repoussant les appas que m'offrait ma maîtresse,
> Mais son charme allié à ses gracieux attraits
> Firent plus pour me vaincre que la blessure d'un trait.

Les membres de la Brigade se levaient pour rejoindre Paris, tandis qu'Adamsberg, Veyrenc et Danglard rentraient au petit hôtel d'Haroncourt. Dans le hall de l'auberge, Danglard tira Adamsberg par la manche.

— Cela s'apaise avec Veyrenc ?

— C'est la trêve. On a du travail.

— Vous ne voulez pas savoir, pour ces quatre noms que vous m'aviez donnés ?

— Demain, Danglard, dit Adamsberg en décrochant la clef de sa chambre. Je ne tiens plus debout.

— Bien, dit le commandant en s'éloignant vers l'escalier de bois. Au cas où cela vous intéresserait encore, sachez que deux d'entre eux sont déjà morts. Restent trois.

Adamsberg suspendit son geste, et raccrocha sa clef au tableau.

— Capitaine, appela-t-il.

— Je prends une bouteille et deux verres, répondit Danglard en faisant demi-tour.

XXVIII

Trois fauteuils en paille et une petite table en bois formaient le coin accueil de l'auberge, dans un angle. Danglard y déposa les verres, alluma les deux bougies d'un chandelier de cuivre, et ouvrit la bouteille.

— Symbolique, pour moi, dit Adamsberg en reculant son verre.

— Ce n'est que du cidre.

Danglard se servit une ration réaliste et s'assit en face du commissaire.

— Mettez-vous de ce côté, Danglard, dit Adamsberg en lui désignant le fauteuil à sa gauche. Et parlez bas. Il est inutile que Veyrenc nous entende dans la chambre au-dessus. Lesquels sont morts ?

— Fernand Gascaud et Georges Tressin.

— Le petit teigneux et le Gros Georges, se résuma Adamsberg en tirant sur sa joue. Quand ?

— Il y a sept ans et trois ans. Gascaud s'est noyé dans la piscine d'un hôtel de luxe, près d'Antibes. Tressin, lui, n'avait pas réussi. Il vivotait dans une petite bicoque. Et la bonbonne de gaz a explosé. Tout a flambé.

Adamsberg remonta ses pieds sur le bord du fauteuil, serra ses bras sur ses genoux.

— Pourquoi dites-vous « Restent trois » ?

— Je me contente de compter.

— Danglard, êtes-vous en train de penser sérieusement que Veyrenc a démoli Fernand le teigneux et le Gros Georges ?

— Je dis que s'il se produit encore trois malheureux accidents, la bande de Caldhez aura cessé d'exister.

— Deux accidents, c'est possible, non ?

— Vous n'y croyez pas pour Élisabeth et Pascaline. Pourquoi croiriez-vous à ceux-là ?

— Pour les deux femmes, il y a une ombre au tableau, et des tas de points communs. Toutes deux du même coin, toutes deux dévotes, toutes deux vierges, toutes deux profanées.

— Et pour Fernand et Georges, même village, même bande, même forfait.

— Que sont devenus les deux autres ? Roland et Pierrot ?

— Roland Seyre a ouvert une quincaillerie à Pau, Pierre Ancenot est garde-chasse. Les quatre hommes continuaient à se voir régulièrement.

— La bande était très soudée.

— Ce qui veut dire que Roland et Pierre sont sans doute au courant que Fernand et Georges sont morts, tragiquement. Ils peuvent supposer que quelque chose cloche, avec un peu d'intelligence.

— Ce n'est pas leur meilleur terrain.

— Alors sans doute faudrait-il les prévenir. De sorte qu'ils se tiennent sur leurs gardes.

— Ce serait diffamer Veyrenc sans rien savoir, Danglard.

— Ou exposer la vie des deux autres sans lever le petit doigt. Quand le prochain sera abattu, balle perdue dans une partie de chasse ou rocher sur le crâne, vous regretterez peut-être de ne pas avoir diffamé plus tôt.

— Qu'est-ce qui vous rend si sûr de vous, capitaine ?

— Le Nouveau n'est pas venu pour rien.

— Évidemment.

— Il est venu pour vous.

— Oui.

— Nous sommes d'accord. C'est vous qui m'avez demandé de m'informer sur ces gars, c'est vous qui avez suspecté Veyrenc le premier.

— De quoi, Danglard ?

— De vouloir vous faire la peau.

— Ou d'être venu vérifier quelque chose.

— Quelle chose ?

— À propos du cinquième gars.

— Celui dont vous vous occupez personnellement.

— C'est cela.

Adamsberg s'interrompit et tendit son verre vers la bouteille.

— Symbolique, dit-il.

— Bien sûr, dit Danglard en versant trois centimètres.

— Le cinquième gars, le plus âgé, ne participait pas à l'attaque. Pendant la bagarre, il se tenait à cinq mètres en retrait, sous l'ombre du noyer, comme s'il donnait les ordres, comme s'il était le chef. Celui qui commande d'un signe et ne se salit pas les mains, vous voyez ?

— Très bien.

— D'où il était, à terre, le petit Veyrenc n'a pas pu distinguer son visage avec certitude.

— Comment le savez-vous ?

— Parce que Veyrenc a pu nommer quatre de ses agresseurs, mais pas le cinquième. Il avait des soupçons, mais pas plus. Les autres se sont fait quatre ans de redresse dans un internat spécialisé, mais le cinquième y a échappé.

— Et vous pensez que Veyrenc n'est là que pour en avoir le cœur net ? Pour savoir si vous le connaissiez ?

— Je le crois.

— Non. Quand vous m'avez demandé de vérifier ces noms, vous soupçonniez autre chose. Qu'est-ce qui vous a fait changer d'avis depuis ?

Adamsberg, silencieux, trempait un morceau de sucre dans son fond de cidre.

— Sa bonne mine ? demanda Danglard d'une voix sèche. Ses vers ? C'est facile de versifier.

— Pas tant que cela. Je le trouve plutôt bon.

— Pas moi.

— Je parle du cidre. Vous êtes irrité, capitaine. Irrité et envieux, ajouta Adamsberg avec flegme, en écrasant son sucre du doigt au fond du verre.

— Qu'est-ce qui vous a fait changer d'avis, bon sang ? demanda Danglard en haussant le ton.

— Plus bas, capitaine. Quand Noël l'a insulté, Veyrenc a voulu réagir, mais il n'a pas pu. Il n'a même pas pu lui casser la gueule, ce qui aurait été la moindre des choses.

— Et après ? Il était sous le choc. Vous avez vu son visage ? Il était blême de souffrance.

— Oui, cela lui rappelait les milliers d'insultes qu'il a subies enfant, et jeune homme encore. Non seulement Veyrenc avait la tignasse tigrée, mais sachez qu'il boitait, à cause du cheval qui lui était passé dessus, et qu'il avait peur de son ombre, depuis l'agression sur le pré.

— Je croyais que c'était dans sa vigne.

— Non, il a confondu les deux lieux, après être tombé dans les pommes.

— Preuve qu'il est cinglé, dit Danglard. Un gars qui parle en douze pieds est un cinglé.

— L'intolérance n'est pas votre habitude, capitaine.

— Parler en vers, vous trouvez cela normal ?

— Ce n'est pas de sa faute, c'est de famille.

Adamsberg ramassait son sucre fondu dans le cidre avec le bout de son index.

— Réfléchissez, Danglard. Pourquoi Veyrenc n'a-t-il pas cassé la gueule à Noël ? Il a largement la carrure pour mettre le lieutenant à terre.

— Parce qu'il est nouveau, parce qu'il n'a pas su réagir, parce qu'il y avait la table entre eux deux.

— Parce que c'est un doux. Ce gars-là ne s'est jamais servi de ses poings. Cela ne l'intéresse pas. Il laisse les enragés faire ce genre de travail à sa place. Il n'a tué personne.

— Et Veyrenc ne serait venu que pour savoir le nom du cinquième gars ?

— Je le pense. Et pour faire savoir au cinquième gars qu'il sait.

— Je ne suis pas sûr que vous ayez raison.

— Moi non plus. Disons que c'est ce que j'espère.

— Que fait-on pour les deux autres ? On ne les prévient pas ?

— Pas encore.

— Et le cinquième ?

— Je suppose que le cinquième est assez grand pour se défendre tout seul.

Danglard se mit mollement debout. Sa colère contre Brézillon, puis Devalon, puis Veyrenc, l'effroi d'une nouvelle tombe ouverte et l'excès de vin l'avaient affaibli.

— Le cinquième, dit-il, vous le connaissez, vous ?

— Oui, dit Adamsberg en replongeant son doigt dans son verre vide.

— Et c'était vous.

— Oui, capitaine.

Danglard hocha la tête et dit bonsoir. On a des certitudes, mais il est parfois intolérable qu'on vous les confirme. Adamsberg attendit que cinq minutes se soient écoulées après le départ de Danglard, puis il posa son verre sur le bar et grimpa l'escalier. Il s'arrêta devant la porte de la chambre de Veyrenc et frappa. Le lieutenant lisait sur son lit.

— J'ai quelque chose de triste à vous annoncer, lieutenant.

Veyrenc leva les yeux, attentif.

— Je vous écoute.

— Fernand le teigneux et le Gros Georges, vous vous souvenez d'eux ?

Veyrenc ferma rapidement les yeux.

— Eh bien ils sont morts. Tous les deux.

Le lieutenant fit un bref signe de tête, sans commentaires.

— Vous pouvez me demander comment ils sont morts.

— Comment sont-ils morts ?

— Fernand s'est noyé dans une piscine, Gros Georges a brûlé vif dans sa cabane.

— Des accidents, donc.

— Le destin les aurait rattrapés, en quelque sorte. Un peu comme dans Racine, non ?

— Peut-être.

— Bonne nuit, lieutenant.

Adamsberg ferma la porte, et demeura sans bouger dans le couloir. Il attendit presque dix minutes avant d'entendre s'élever la voix modulée de Veyrenc.

— À l'horreur du tombeau la cruauté destine.
Est-ce le poids de leurs crimes ou la foudre
[divine
Qui les a transformés en ces pâles gisants ?

Adamsberg enfonça les poings dans ses poches et s'éloigna en silence. Il avait forcé le trait pour apaiser Danglard. Mais les vers de Veyrenc n'avaient rien de doux. Haine vengeresse, guerre, trahison et trépas, tel était l'ordinaire de Racine.

XXIX

— On procède avec tact, dit Adamsberg en se garant devant le presbytère du Mesnil. On ne va pas bousculer un homme qui pleure les reliques de saint Jérôme.

— Je me demande, dit Danglard, si le fait que l'église d'Opportune ait lâché une pierre sur la tête d'une paroissienne n'a pas pu bouleverser le bonhomme.

Le vicaire, hostile à leur venue, les conduisit dans une petite pièce chaude et sombre où, sous un plafond de poutres très bas, le curé des quatorze paroisses ressemblait, en effet, à un homme. Il était vêtu en civil et courbé face à l'écran d'un ordinateur. Il se leva pour les saluer, homme assez laid, énergique et coloré, évoquant plus un gars en vacances qu'un dépressif. Mais l'une de ses paupières battait toute seule, comme la joue d'une grenouille, signalant qu'un trouble frémissait dans son âme, eût dit Veyrenc. Pour obtenir cette entrevue, Adamsberg avait insisté sur le vol des reliques.

— Je ne m'imagine pas la police de Paris venant jusqu'au Mesnil-Beauchamp pour un pillage de reliquaire, dit-il en serrant la main du commissaire.

— Moi non plus, reconnut Adamsberg.

— D'autant que vous dirigez la Brigade criminelle, je me suis informé. On me reproche quelque chose ?

Adamsberg était satisfait que le curé ne s'exprime pas avec la langue hermétique et tristement chantante des hommes d'Église. Cette mélopée déclenchait chez lui une irrésistible mélancolie, née des messes interminables de son enfance dans la petite nef glacée. C'était un des seuls moments où sa mère, incassable et éternelle, s'autorisait à soupirer en collant un mouchoir sur ses yeux, ce qui lui faisait entrevoir dans un spasme de gêne une intimité douloureuse qu'il aurait voulu ne jamais savoir. C'était pourtant durant ces messes aussi qu'il avait rêvé le plus intensément. Le curé leur indiqua le siège face à lui, c'est-à-dire un long banc de bois sur lequel les trois policiers s'alignèrent comme des élèves en classe. Adamsberg et Veyrenc étaient tous deux vêtus d'une chemise blanche, en raison des contenus imprévus des sacs d'urgence. Celle d'Adamsberg, trop grande, lui retombait sur les doigts.

— Votre vicaire faisait barrage, dit Adamsberg en roulant ses manches. J'ai pensé que saint Jérôme m'ouvrirait les portes du presbytère.

— Le vicaire me protège des regards extérieurs, dit le curé en surveillant une mouche précoce qui volait dans la pièce. Il ne veut pas que cela se voie. Il a honte, il me cache. Si vous voulez boire un verre, c'est dans le buffet. Je ne bois plus. Je ne sais pas pourquoi, cela ne m'amuse plus.

Adamsberg retint Danglard par un signe négatif, il n'était que neuf heures du matin. Le curé leva la tête vers eux, étonné de ne pas entendre leurs questions en retour. Celui-là n'était pas normand et semblait capable de parler ouvertement, ce qui, pour le coup, embarrassait les trois policiers. Discuter des mystères d'un curé – qu'on se figurait forcément délicats – était autrement plus difficile que de converser coudes sur la table avec un malfrat. Adamsberg avait l'impression de devoir pénétrer en bottes cloutées sur un gazon sensible.

— Le vicaire vous cache, répéta-t-il, adoptant la ruse normande de l'affirmation-qui-contient-la-question.

Le curé alluma une pipe, suivant des yeux la jeune mouche qui passait en vol rasant au-dessus de son clavier. Il prépara sa main, en forme de couvercle rond, frappa sur la table et la manqua.

— Je n'essaie pas de la tuer, expliqua-t-il, mais de l'attraper. Je m'intéresse en amateur aux fréquences des vibrations émises par les ailes des mouches. Elles sont beaucoup plus rapides et stridentes quand elles sont piégées. Vous verrez cela.

Il rejeta un gros rond de fumée et les regarda, la main toujours pliée en forme de capsule.

— C'est mon vicaire qui a eu l'idée de me mettre en dépression, reprit-il, le temps que cela s'arrange. Il m'a presque placé à l'isolement, à la demande des autorités du diocèse. Je n'ai vu personne depuis des semaines, je ne suis pas mécontent de discuter, serait-ce avec des flics.

Adamsberg hésitait face à la devinette lancée sans pudeur par le curé. L'homme avait besoin d'être entendu et compris, et pourquoi pas. Un curé passait sa vie à recueillir les angoisses de ses ouailles sans avoir jamais droit à chuchoter sa propre plainte. Le commissaire envisageait diverses hypothèses, déception amoureuse, remords charnel, perte des reliques, église assassine d'Opportune.

— Perte de vocation, suggéra Danglard.

— Voilà, dit le curé qui inclina la tête vers le commandant comme pour lui attribuer une bonne note.

— Brusque ou progressive ?

— Y a-t-il une différence ? La brusquerie d'une sensation n'est que le terme d'une progression cachée, qu'on n'a pas forcément perçue.

La main du curé s'abattit sur la mouche, qui s'échappa entre le pouce et l'index.

— Un peu comme les bois de cerf quand ils pointent hors de la peau, dit Adamsberg.

— Si vous voulez. La larve de l'idée mûrit dans sa cachette, et brusquement s'incarne et décolle. On n'égare pas soudain sa vocation comme on perd son livre. D'ailleurs, on retrouve toujours son livre et jamais sa vocation. C'est bien la preuve que cela faisait un sacré moment que la vocation dépérissait sans prévenir et sans bruit. Puis un matin tout est dit, on a passé le point de non-retour dans la nuit et sans même le savoir : on regarde au-dehors, une femme passe à vélo, il y a de la neige sur les pommiers, un écœurement vous vient, le siècle vous appelle.

— Hier encore j'aimais ce devoir missionnaire,

    Et je ne songeais point à délaisser ma chaire,

    Mais tout s'est mué soudain en stérile poussière

Et je quitte ma robe comme on laisse un cimetière.

— À peu de chose près, oui.

— En réalité, vous ne vous souciez pas de la perte des reliques ? dit Adamsberg.

— Vous souhaitez que je m'en soucie ?

— J'envisageais un échange : je vous aurais proposé de retrouver saint Jérôme et vous m'auriez livré quelque chose sur Pascaline Villemot. Je suppose que le marché ne vous intéresse pas.

— Qui sait ? Mon prédécesseur, le père Raymond, était passionné par les reliques, celles du Mesnil et tous les fétiches en général. Je n'ai pas été à la hauteur de son enseignement mais il m'en est resté beaucoup de choses. Ne serait-ce que pour lui, je cherche saint Jérôme.

Le curé se retourna pour désigner la bibliothèque dans son dos, ainsi qu'un livre épais qui trônait sur un lutrin, protégé par une vitre de plexiglas. L'antique volume captait irrésistiblement l'attention de Danglard.

— Tout cela me vient de lui. Et ce livre aussi, bien sûr, dit-il avec un geste déférent vers le lutrin. Donné au père Raymond par le père Otto, mourant sous les bombardements de Berlin. Cela vous intéresse ? ajouta-t-il en se tournant vers Danglard, dont le regard ne lâchait pas l'ouvrage.

— J'avoue que oui. S'il s'agit bien du livre auquel je pense.

Le curé sourit, flairant le connaisseur. Il tira quelques bouffées de sa pipe, faisant durer le silence, comme on prépare l'entrée d'une célébrité.

— C'est le *De sanctis reliquis*, dit-il en savourant son annonce, dans son édition non expurgée de 1663. Vous pouvez le consulter, mais utilisez la pince pour tourner les feuillets. Il est ouvert à sa page la plus fameuse.

Le curé eut un curieux éclat de rire, et Danglard alla aussitôt vers le lutrin. Adamsberg le regarda soulever la vitre et se pencher vers l'ouvrage, sachant que le capitaine n'entendrait plus un mot de leur conversation.

— Un des plus célèbres ouvrages sur les reliques, expliqua le curé au commissaire, avec un geste un peu désinvolte. Il vaut bien plus que n'importe quel os de saint Jérôme. Mais je ne le vendrai qu'en cas d'absolue nécessité.

— Vous vous intéressez donc aux reliques.

— J'ai de l'indulgence pour elles. Calvin traitait les marchands de reliques de « porteurs de rogatons » et je ne lui donne pas tort. Mais ces rogatons donnent du piquant à un lieu saint, ils aident les gens à se concentrer. C'est difficile de se concentrer dans le vide. C'est pourquoi cela ne me gêne pas que le reliquaire de saint Jérôme ait surtout contenu des os de mouton, et même un os de groin de porc. Le père Raymond s'en amusait, il ne livrait ce secret, avec son clin d'œil bien à lui, qu'à certains esprits forts capables d'endurer cette révélation prosaïque.

— Comment ? dit Adamsberg. Il y a un os, dans le groin du porc ?

— Oui, dit le curé toujours souriant. C'est un petit os élégant, régulier, un peu comme un double cœur. Peu de gens le connaissent, ce qui explique qu'on en retrouve un dans les reliques du Mesnil. On le considérait comme un os mystérieux, auquel on attribuait beaucoup de valeur. De même que la dent du narval nous a donné la licorne. L'univers fabuleux sert à entreposer ce que les hommes ignorent.

— Vous avez sciemment laissé des os d'animaux dans le reliquaire ? demanda Veyrenc.

La mouche repassait, le curé leva le bras, préparant sa main en cuillère.

— Qu'est-ce que cela peut faire ? répondit-il. Les os humains non plus n'appartiennent pas à Jérôme. À l'époque, les reliques se vendaient comme des confiseries, on fournissait n'importe quoi à la demande, si bien que saint Sébastien se retrouve avec quatre bras, sainte Anne avec trois têtes, saint Jean avec six index et ainsi de suite. Au Mesnil, nous ne sommes pas si ambitieux. Nos os de mouton datent de la fin du XVe siècle et c'est déjà bien honorable. Rogatons d'homme ou d'animal, quelle importance au fond ?

— Le pilleur de l'église se retrouve donc avec des restes de gigot, dit Veyrenc.

— Non, car figurez-vous qu'il a trié. Il n'a emporté que les fragments humains, un bas de tibia, une deuxième vertèbre cervicale et trois côtes. Un fin connaisseur, ou bien un gars du coin qui savait le honteux secret du reliquaire. C'est aussi pourquoi je le cherche, ajouta-t-il en montrant l'écran de son ordinateur. Je me demande ce qu'il a dans l'esprit.

— Il compte les vendre ?

Le curé secoua la tête.

— Je sillonne Internet pour surveiller les annonces, mais je ne vois pas un mot sur le tibia de saint Jérôme. Cela ne se négocie plus. Et vous, que cherchez-vous ? On dit que vous avez déterré le corps de Pascaline. Les gendarmes ont déjà enquêté sur la chute de cette pierre. Un accident, somme toute. Pascaline n'a jamais fait de tort à quiconque, et elle n'avait pas un sou à laisser.

Le curé abattit sa main et, ce coup-ci, la mouche se trouva prise au piège, émettant aussitôt un bourdonnement accentué.

— Vous l'entendez ? dit-il. Sa réponse au stress ?

— En effet, dit poliment Veyrenc.

— Adresse-t-elle un signal à ses semblables ? Ou met-elle en route l'énergie nécessaire à la fuite ? Ou existe-t-il un émoi chez l'insecte ? C'est la question. Vous avez déjà écouté le son d'une mouche qui agonise ?

Le curé avait approché son oreille de sa main, semblant compter les milliers de battements-seconde des ailes de la jeune mouche.

— Nous ne l'avons pas déterrée, dit Adamsberg, tentant de revenir à Pascaline. Nous cherchons à savoir pourquoi quelqu'un a pris la peine d'ouvrir son cercueil trois mois après sa mort pour en dégager la tête.

— Sang dieu, souffla le curé en relâchant la mouche, qui partit à la verticale. C'est une abomination.

— Une autre femme d'ici a subi le même sort. Élisabeth Châtel, de Villebosc-sur-Risle.

— Je la connaissais bien aussi, Villebosc fait partie de mes paroisses. Mais Élisabeth est inhumée à Montrouge, en raison d'un schisme familial.

— C'est bien là que sa tombe a été ouverte.

Le curé repoussa d'un coup son écran, puis frotta son œil gauche, pour faire cesser le battement de sa paupière. Adamsberg se demandait si, perte de vocation mise à part, l'homme n'avait pas fait une réelle dépression, si son comportement capricieux n'en signalait pas encore les effets. Danglard, tout occupé à consulter son trésor avec la pince, ne lui était d'aucune aide pour canaliser l'attention de leur hôte.

— À ma connaissance, dit le curé en tendant son pouce et son index, la profanation n'a que deux causes, aussi effroyables l'une que l'autre. Soit la haine sauvage, et dans ce cas les corps sont dévastés.

— Non, dit Adamsberg, on n'y a pas touché.

Le curé replia son pouce, abandonnant cette piste.

— Soit l'amour sauvage, ce qui n'est hélas pas bien éloigné, avec fixation sexuelle morbide.

— Élisabeth et Pascaline ont-elles déclenché des amours passionnées ?

Le curé replia son index, renonçant aussi à cette hypothèse.

— Elles étaient vierges toutes les deux, et très résistantes, croyez-moi. Une vertu d'airain à vous dissuader de la prêcher.

Danglard dressa l'oreille, se demandant comment interpréter ce « croyez-moi ». Il croisa le regard d'Adamsberg, qui lui fit signe de se taire. Le curé appuyait à nouveau son doigt sur sa paupière.

— Il existe des hommes spécialement attirés par les vierges d'airain, dit Adamsberg.

— C'est indiscutablement un défi, confirma le curé, avec l'appât d'un gain qu'on croit plus valeureux qu'un autre. Mais ni Élisabeth ni Pascaline ne se plaignait d'être pourchassée.

— Que venaient-elles vous raconter, si souvent ? demanda le commissaire.

— Secret de la confession, répondit le curé en levant la main. Je suis désolé.

— Ce qui signifie qu'elles avaient bien quelque chose à dire, intervint Veyrenc.

— Tout le monde a quelque chose à dire. Cela ne mérite pas forcément qu'on le sache, encore moins qu'on soit profané. Vous avez dormi chez Hermance ? Vous l'avez entendue ? Elle ne vit rien, au sens où on l'entend, mais elle peut en parler tout le jour.

— Vous savez comme moi, mon père, dit Adamsberg d'un ton doux, que le secret de la confession n'est ni recevable ni légal, en certaines conditions.

— En cas de meurtre seulement, objecta le curé.

— Je pense que c'est le cas.

Le curé relança le fourneau de sa pipe. On entendit Danglard tourner une page épaisse, pendant que la mouche, à peine calmée, poursuivait son vol strident en se frappant contre les vitres. Danglard savait que le commissaire amplifiait les choses pour forcer les barrages du curé. Adamsberg était un excellent passeur d'obstacles, se faufilant au cœur des résistances des autres avec la puissance perfide d'un filet d'eau. Il aurait fait un formidable curé, accoucheur, purgeur d'âmes. Veyrenc se leva à son tour et contourna la table pour aller voir l'ouvrage qui accaparait Danglard. Le commandant le lui montra de mauvaise grâce, comme un chien partage son os. *Des reliques sacrées et de tous les usages qui peuvent en être faits, tant pour la santé du corps que pour la salubrité de l'esprit, et des médications utiles qu'on en tire pour prolonger la vie, édition purgée des erreurs anciennes.*

— Qu'a-t-il de spécial, ce livre ? demanda Veyrenc à voix basse.

— Le *De reliquis* est très connu, chuchota Danglard, depuis le milieu du XIVe siècle. L'Église l'a condamné, ce qui l'a rendu aussitôt populaire. Bien des femmes ont brûlé sur le bûcher pour l'avoir consulté. Mais celui-ci, c'est l'édition de 1663, très recherchée.

— Pourquoi ?

— Parce qu'elle rétablit le texte original où figurait le remède diabolique qu'avait proscrit l'Église. Lisez-le plutôt, Veyrenc.

Danglard regarda le lieutenant peiner sur la page ouverte. Le texte, en français, était terriblement abscons.

— C'est compliqué, dit Danglard avec un fin sourire de satisfaction.

— Donc je ne peux pas comprendre et vous ne m'expliquerez rien.

Danglard haussa les épaules.

— Il y a d'autres choses qu'il faudrait vous expliquer avant.

— Je vous écoute.

— Eh bien vous feriez mieux de partir, Veyrenc, murmura Danglard. Personne n'attrape Adamsberg, pas plus qu'on n'attrape le vent. Si vous lui cherchez des emmerdements, vous me trouverez avant.

— Je m'en doute, commandant. Mais je ne cherche rien.

— Les gosses sont les gosses. Vous avez passé l'âge de vous occuper de leurs bagarres et lui aussi. Restez et bossez, ou partez.

Veyrenc ferma rapidement les yeux, et alla reprendre sa place sur le banc. La conversation avec le curé avait progressé et Adamsberg semblait déçu.

— Il n'y avait vraiment rien d'autre ? insistait le commissaire.

— Rien, hormis cette hantise de l'homosexualité chez Pascaline.

— Elles ne couchaient pas ensemble ?

— Elles ne couchaient avec personne, ni hommes ni femmes.

— Elles ne vous ont jamais parlé de cervidés ?

— Non, jamais. Pourquoi ?

— C'est Oswald, il mélange un peu tout.

— Oswald, et ce n'est pas un secret de confessionnal, est assez particulier. Pas au point d'avoir perdu la tête comme sa sœur, mais il n'a pas beaucoup de recul, si vous voyez ce que je veux dire.

— Et Hermance ? Elle venait vous voir ?

La mouche, provocante ou inconsciente, s'approchait à nouveau du capot tiède de l'ordinateur, distrayant l'attention du curé.

— Elle venait il y a longtemps, quand le village racontait qu'elle portait la poisse. Et puis elle a perdu la boule et elle ne l'a jamais retrouvée.

Comme la vocation, se dit Adamsberg, se demandant si, un matin, en regardant la neige sur les branches et une femme à vélo, il quitterait la Brigade sans jamais se retourner.

— Elle ne vient plus vous voir ?

— Si, bien sûr, dit le curé en guettant à nouveau la mouche qui allait de touche en touche sur son clavier. Ce qui me rappelle une petite chose. C'était il y a six ou sept mois. Pascaline avait plusieurs chats. L'un d'eux a été massacré et laissé en sang devant sa porte.

— Qui avait fait cela ?

— On ne l'a jamais su. C'est sans doute un truc de mômes, cela arrive dans tous les villages. J'avais oublié l'incident, mais cela l'avait beaucoup affectée. Outre qu'elle a eu du chagrin, elle a eu très peur.

— Comment cela ?

248

— Peur que quelqu'un ne la soupçonne d'homosexualité. C'était son idée fixe, je vous l'ai dit.

— Je ne vois pas le rapport, dit Veyrenc.

— Mais si, dit le curé avec un brin d'agacement. C'était un chat mâle, et on lui avait tranché les parties génitales.

— C'est violent, pour un jeu d'enfant, commenta Danglard avec une grimace.

— Élisabeth avait aussi des chats ?

— Un seul. Mais elle n'a eu aucun ennui avec lui, rien de ce genre.

Les trois hommes roulaient en silence vers Haroncourt. Adamsberg conduisait au pas d'un cheval, comme si la voiture devait marcher au même rythme alenti que ses pensées.

— Que pensez-vous de lui, capitaine ? demanda Adamsberg.

— Un peu nerveux, assez lunatique, ce qui peut se comprendre s'il est en train de faire le grand saut. Mais la visite valait la peine.

— À cause du livre évidemment. C'est un inventaire des reliques ?

— Non, c'est le plus grand traité sur leur utilisation. *Des reliques sacrées et de leur usage*. L'exemplaire du curé est en très bel état. Je ne pourrais même pas me l'offrir avec quatre ans de salaire.

— Les reliques s'utilisaient ?

— Pour tout. Pour les relâchements de ventre, les douleurs d'oreille, les fièvres, les hémorroïdes, les langueurs, les vapeurs.

— On devrait l'offrir au Dr Romain, dit Adamsberg en souriant. Pourquoi cette édition est-elle si précieuse ?

— Je l'ai dit à Veyrenc. Parce qu'elle contient la plus fameuse des médications, celle que l'Église a censurée pendant des siècles. C'est d'ailleurs assez inconvenant de la retrouver chez un curé. Et c'est à cette page, curieusement, qu'il laisse le livre ouvert. Une petite provocation sans doute.

— Après tout, il est le mieux placé pour avoir dérobé les ossements de Jérôme. Une médication pour quoi faire, Danglard ? Pour retrouver sa vocation ? Pour extirper les tentations diaboliques ?

— Pour gagner la vie éternelle.

— Sur terre ou au ciel ?

— Sur terre, pour les siècles des siècles.

— Allez-y, capitaine, dites-la-moi.

— Comment voulez-vous que je m'en souvienne ? gronda Danglard.

— Je m'en souviens, dit discrètement Veyrenc.

— Je vous écoute, lieutenant, dit Adamsberg toujours souriant. Cela nous dira peut-être ce que le curé a vraiment en tête.

— Bien, dit Veyrenc avec réticence, ne sachant pas encore distinguer chez Adamsberg ce qui relevait de l'intérêt vrai ou de la simple fantaisie. *Remède souverain pour le prolongement de la vie par la qualité qu'ont les reliques d'affaiblir les miasmes de la mort, préservé depuis les plus vrais procédés et purgé des erreurs anciennes.*

— C'est tout ?

— Non, c'est juste le titre.

— C'est après que cela se complique, dit Danglard, stupéfait et offensé.

— *Cinq fois vient le temps de jeunesse quand il te faudra l'inverser, hors de la portée de son fil,*

passe et repasse. Des reliques sacrées tu pulvéri-
seras, tu prendras trois pincées, mêleras au mâle
principe qui ne doit pas plier, au vif des pucelles,
en dextre, dressées par trois en quantités pareilles,
broieras, avec la croix qui vit dans le bois éternel,
adjacente en quantité pareille, tenues en même
lieu par le rayon du saint, dans le vin de l'année,
mettras son chef au sol.

— Vous la connaissiez déjà, Veyrenc ?

— Mais non, je viens de la lire.

— Vous la comprenez ?

— Non.

— Moi non plus.

— Il s'agit de fabriquer la vie éternelle, dit
Danglard, boudeur. Cela ne se gagne pas en deux
coups de cuiller à pot.

Une demi-heure plus tard, Adamsberg et ses
adjoints chargeaient les sacs dans la voiture,
destination Paris. Danglard râlait contre la présence du pare-feu à l'arrière, sans parler des bois
de cerf qui encombraient toute la banquette.

— Il n'y a qu'une seule solution, dit Adamsberg. On cale les bois à l'avant, et les deux passagers s'assoient à l'arrière.

— On ferait mieux de laisser les bois ici.

— Vous plaisantez, capitaine. Prenez le
volant, vous êtes le plus grand. Veyrenc et moi,
on s'installera de chaque côté du pare-feu. Cela
nous convient très bien.

Danglard attendit que Veyrenc soit monté
dans la voiture pour tirer Adamsberg à part.

— Il ment, commissaire. Personne ne peut
mémoriser un texte pareil. Personne.

— Il est surdoué, je vous l'ai déjà dit. Personne ne peut non plus versifier comme il le fait.

— C'est une chose d'inventer, c'en est une
autre de se souvenir. Il a su réciter ce foutu texte

à la virgule près. Il ment. Il connaissait déjà la médication sur le bout des doigts.

— Et pour quoi faire, Danglard ?

— Aucune idée, mais c'est une recette de damné, pour les siècles des siècles.

XXX

— Elle portait des chaussures bleues, annonça Retancourt en déposant un sachet plastique sur le bureau d'Adamsberg.

Adamsberg regarda le sac, puis le lieutenant. Elle tenait le chat sous son bras, et La Boule, béat, se laissait porter comme un chiffon, ses pattes et sa tête pendant sans réaction. Adamsberg n'espérait pas un résultat si rapide et, à vrai dire, pas le moindre résultat. Mais les chaussures de l'ange de la mort étaient à présent posées sur sa table, usées, tordues, et bleues.

— Il n'y a aucune trace de cirage sous les semelles, ajouta Retancourt. Mais c'est normal, car elles ont été beaucoup portées depuis deux ans.

— Racontez-moi, dit Adamsberg en grimpant sur le tabouret suédois qu'il avait installé dans son bureau.

— L'agence immobilière laisse le pavillon à l'abandon, sachant qu'il n'est pas vendable. Personne ne s'est chargé de nettoyer la maison après l'arrestation. Pourtant, j'ai trouvé l'endroit vide. Plus de meubles, pas de vaisselle, pas d'habits.

— Donc ? Brigandage ?

— Oui. Dans le coin, tout le monde savait que l'infirmière n'avait pas de famille et que ses affaires étaient en très bon état. Peu à peu, le pillage s'est organisé. J'ai prospecté plusieurs squats et un camp de gitans. Avec les chaussures, j'ai retrouvé un chemisier et une couverture qui lui avaient appartenu.

— Où cela ?

— Dans une caravane.

— Toujours habitée ?

— Oui. Mais on n'a pas besoin de savoir par qui, si ?

— Non.

— J'ai promis à la dame de lui remplacer ces chaussures. Elle n'en a pas d'autre paire, sauf des chaussons. Cela lui manque.

Adamsberg balança les jambes.

— L'infirmière, murmura-t-il, a démoli des vieux à la seringue pendant quarante ans, autant dire un authentique métier, une tradition incrustée sur un demi-siècle de vie. Pourquoi se serait-elle brusquement tournée vers l'occulte, louant des creuseurs à gages pour déterrer des vierges ? Je ne comprends pas cela, cette volte-face n'est pas logique.

— L'infirmière non plus.

— Si. Toute folie est rigide, toute folie suit une trajectoire.

— L'épreuve de la prison a pu la faire déraper.

— C'est aussi la suggestion de la légiste.

— Pourquoi dites-vous « des vierges » ?

— Parce que Pascaline l'était, comme Élisabeth. Et je suppose que cela a de l'importance pour la profanatrice. L'infirmière n'a jamais eu de compagnon non plus.

— Il faudrait qu'elle ait pu l'apprendre, pour Pascaline et Élisabeth.

— Oui, qu'elle ait donc séjourné en Haute-Normandie. Les infirmières reçoivent plus de confidences qu'elles n'en demandent.

— On a sa trace, là-bas ?

— Non, aucune victime dans l'Ouest, Rennes excepté. Ce qui ne veut rien dire. Elle a toujours été de bourg en ville, demeurant quelques mois puis filant comme l'ombre.

— Qu'est-ce que c'est ? demanda Retancourt en montrant les deux grands bois de cerf qui encombraient le sol du bureau d'Adamsberg.

— C'est un trophée. Un soir, on me les a donnés, et je les ai tranchés.

— Un dix-cors, tout de même, apprécia Retancourt. En quel honneur ?

— Parce qu'on m'a prié de venir le voir, et que j'y suis allé. Mais je ne suis pas sûr que ce soit pour lui qu'on m'ait fait venir. Il s'appelle le Grand Roussin.

— Qui ?

— Lui.

— Un appât ? Pour vous conduire au cimetière d'Opportune ?

— Peut-être.

Retancourt souleva l'un des bois, le soupesa, puis le remit en place délicatement.

— Il ne faut pas les séparer, dit-elle. Qu'avez-vous glané d'autre là-bas ?

— J'ai appris qu'il y avait un os dans le groin du porc.

Retancourt laissa passer la nouvelle, posant le chat sur son épaule.

— Il est en forme de double cœur, continua Adamsberg. J'ai appris qu'on pouvait soigner les vapeurs avec des reliques de saint, gagner la vie éternelle pour les siècles des siècles, et qu'il y avait du mouton parmi les restes de saint Jérôme.

— Et quoi d'autre ? demanda Retancourt, qui attendait patiemment les informations vraies qui l'intéressaient.

— Que les deux hommes qui ont creusé la tombe de Pascaline Villemot sont probablement Diala et La Paille. Que Pascaline est morte le crâne écrasé sous une pierre d'église, que l'un de ses chats avait été tué et émasculé trois mois plus tôt, déposé tel quel devant sa porte.

Adamsberg leva soudain une main, noua ses jambes autour du pied du tabouret, et composa un numéro de téléphone.

— Oswald ? Tu avais su que le chat de Pascaline avait été laissé en sang devant sa porte ?

— Narcisse ? Tout le monde l'a su à Opportune. Il était fameux pour son poids. Plus de onze kilos, il a manqué remporter un concours régional. Mais cela remonte à l'an dernier. Hermance lui avait donné un nouveau chat. Hermance aime bien les chats, parce que c'est propre.

— Sais-tu si les autres chats de Pascaline étaient des mâles ?

— Toutes des femelles, Béarnais, des filles de Narcisse. Ça a de l'importance ?

Une autre astuce des Normands, avait noté Adamsberg, consistait à poser une question en donnant à croire qu'on ne s'intéressait en rien à la réponse. Ce que venait de faire Oswald.

— Je me demandais pourquoi celui qui a tué Narcisse a pris la peine de l'émasculer.

— Celui qui t'a dit ça, il t'a raconté des conneries. Ça faisait un bout de temps que Narcisse était castré et dormait toute la journée. Onze kilos, cela ne s'invente pas.

— Tu en es certain ?

— Évidemment, puisque Hermance a choisi un chat entier pour que les femelles aient des petits.

Sourcils froncés, Adamsberg composa un autre numéro, tandis que Retancourt récupérait le sac aux chaussures d'un geste contrarié. Après douze heures d'une traque difficile, elle avait exhumé un lien spectaculaire entre l'infirmière et les morts de la Chapelle, mais le commissaire s'en allait brusquement flâner ailleurs, par de petits sentiers.

— C'est urgent de s'occuper des couilles de ce chat ? s'informa-t-elle sèchement.

Adamsberg lui fit signe de s'asseoir, il avait le curé du Mesnil en ligne.

— Oswald affirme que Narcisse était déjà castré. Il est donc impossible qu'on lui ait coupé les parties génitales.

— Je l'ai vu de mes yeux vu, commissaire. Pascaline avait apporté le cadavre à l'église dans un cageot, pour me demander une bénédiction. J'ai dû longuement parlementer avec elle pour la lui refuser. Ce chat avait été égorgé, et ses parties génitales étaient une bouillie sanglante. Que voulez-vous que je vous dise de plus ?

Adamsberg entendit un claquement bref, et se demanda si le curé ne venait pas d'abattre sa main sur une mouche.

— Alors je ne comprends pas, dit-il. Tout le monde savait à Opportune que Narcisse était un chat coupé.

— Il faut croire que celui qui l'a mutilé l'ignorait, qu'il n'était pas du coin. Et qu'il n'aimait pas les mâles, si je peux ajouter un point de vue à votre enquête.

Adamsberg replia son téléphone et recommença à balancer les jambes, perplexe.

— *Et qu'il n'aimait pas les mâles*, répéta-t-il pour lui-même. L'ennui, Retancourt, c'est que même les gens qui n'y connaissent rien savent qu'un chat ensommeillé de onze kilos est forcément coupé.

— Pas La Boule.

— La Boule est un cas, on le laisse en dehors du coup. Le problème reste entier : pourquoi le tueur de Narcisse a-t-il castré un chat déjà castré ?

— Si l'on s'occupait plutôt du tueur de Diala ?

— C'est ce qu'on fait. S'obnubiler sur les vierges et castrer un mâle n'est pas sans rapport. C'était le chat de Pascaline et seul le mâle a été tué. Comme si l'on voulait éliminer toute présence virile autour de Pascaline. Ou purifier son environnement peut-être. Purifier aussi en ouvrant les tombes, en y glissant quelque invisible philtre.

— Tant qu'on ne saura pas si les deux femmes ont été tuées, on ira dans le noir. Accidents ou meurtres, assassin ou profanateur, cela change tout. Et on n'a aucun moyen de le savoir.

Adamsberg se laissa glisser à bas du tabouret et tourna dans la pièce.

— Il y a un moyen, dit-il, si vous vous en sentez le courage.

— Dites.

— Retrouver la pierre qui a fracassé la tête de Pascaline. Selon l'hypothèse de l'accident, elle est tombée du mur de l'église. Selon celle du meurtre, elle aurait été au sol, et l'assassin s'en serait servi pour tuer. Pierre de chute, ou pierre de massacre. Dans le second cas, la pierre devrait porter les traces de son séjour à l'air

258

libre. L'accident s'est produit au flanc sud de l'église. Aucune raison donc pour qu'une pierre scellée dans le mur porte de la mousse. En revanche, si elle était déjà dans l'herbe, de la mousse se sera déposée sur sa face exposée au nord. Sous ce climat, c'est inévitable et rapide. Et connaissant Devalon, je doute qu'il ait cherché des traces de lichen sur la pierre.

— Où est cette pierre ? demanda Retancourt, posant le chat au sol, déjà prête.

— À la gendarmerie d'Évreux ou à la décharge. Devalon est un flic agressif, Retancourt, et peu compétent. Vous devrez vous tailler un chemin en force pour aller jusqu'à la pierre. Mieux vaudrait ne pas le prévenir avant, il est capable de la foutre en l'air pour nous emmerder. Surtout s'il s'est trompé dans cette enquête.

Inquiet, le chat miaula. La Boule sentait très bien l'instant où son asile privilégié était sur le départ. Trois heures plus tard, alors que le lieutenant Retancourt enquêtait à Évreux, le chat s'obstinait à pleurer, le nez collé à la porte de la Brigade, obstacle entre son petit corps et la femme disparue qui occupait tout son esprit. Adamsberg traîna l'animal de force vers Danglard.

— Capitaine, puisque vous avez de l'influence sur cette bête, faites-lui comprendre que Retancourt reviendra, donnez-lui un verre de vin ou je ne sais quoi, mais faites qu'elle cesse de se lamenter.

Adamsberg s'interrompit.

— Merde, souffla-t-il en lâchant La Boule, qui retomba brutalement au sol en geignant.

— Quoi ? demanda Danglard, préoccupé par le désespoir de l'animal qui venait de sauter sur ses genoux.

— Je viens de comprendre l'histoire de Narcisse.

— Il serait temps, maugréa le commandant.

Retancourt appela à cet instant. On entendait distinctement sa voix dans l'émetteur du portable et Adamsberg ne sut dire qui, de Danglard ou du chat, tendait l'oreille le plus attentivement.

— Devalon ne m'a pas laissée accéder à la pierre. Ce type est un acharné, il n'hésiterait pas à jouer des poings pour faire barrage.

— Il faut bien trouver un moyen, lieutenant.

— Ne vous en faites pas, la pierre est déjà dans le coffre de ma voiture. Et elle porte une couverte de lichen sur une de ses faces.

Danglard se demanda si le moyen utilisé par Retancourt n'avait pas été plus sommaire encore que les poings de Devalon.

— J'ai autre chose, dit Adamsberg. Je sais ce qui est arrivé à Narcisse.

Oui, pensa Danglard un peu découragé, tout le monde le sait depuis deux mille ans. Narcisse est tombé amoureux de son reflet dans l'eau, il s'en est approché pour le saisir et s'est noyé dans la rivière.

— On ne lui a pas coupé les couilles, on lui a coupé la verge, expliqua Adamsberg.

— Bon, dit Retancourt. Où sommes-nous, commissaire ?

— Au cœur d'une abomination. Revenez assez vite, lieutenant, le chat ne va pas très bien.

— C'est parce que je suis partie sans le prévenir. Passez-le-moi.

Adamsberg s'agenouilla et enfonça le portable dans l'oreille du chat. Il avait connu un berger qui téléphonait à sa brebis de tête pour maintenir son équilibre psychologique et, depuis, ce genre de choses ne le surprenait plus. Il se rappelait même le nom de la brebis, George Gershwin[1]. Peut-être qu'un jour les os de George se retrouveraient sanctifiés dans un reliquaire. Vautré sur le dos, le chat écoutait le lieutenant lui expliquer qu'elle reviendrait.

— Puis-je savoir ? demanda Danglard.

— Les deux femmes ont été tuées, dit Adamsberg en se relevant. On rassemble tout le monde. Colloque dans deux heures.

— Tuées ? Pour le seul plaisir d'ouvrir leur cercueil trois mois plus tard ?

— Je sais, Danglard, cela ne tient pas debout. Mais prélever la verge d'un chat non plus.

— Cela a plus de sens, contra Danglard, qui se repliait dans le temple de la connaissance dès qu'il perdait pied, comme d'autres font retraite au couvent. J'ai connu des zoologues qui y accordaient beaucoup d'importance.

— À quel titre ?

— Pour en récupérer l'os. Il y a un os, dans la verge du chat.

— Vous vous foutez de moi, Danglard.

— Il y a bien un os, dans le groin du porc.

1. *Cf.*, du même auteur, *L'Homme à l'envers* (Éd. Viviane Hamy, coll. Chemins Nocturnes, 1999 ; Éd. J'ai lu, 2002).

XXXI

Adamsberg se laissait descendre vers la Seine, suivant le vol des mouettes qu'il voyait tourner au loin. Le fleuve de Paris, si puant soit-il certains jours, était son refuge flottant, le lieu où il pouvait le mieux laisser filer ses pensées. Il les libérait comme on lâche un vol d'oiseaux, et elles s'éparpillaient dans le ciel, jouaient en se laissant soulever par le vent, inconscientes et écervelées. Si paradoxal que cela paraisse, produire des pensées écervelées était l'activité prioritaire d'Adamsberg. Et particulièrement nécessaire quand trop d'éléments obstruaient son esprit, s'entassant en paquets compacts qui pétrifiaient son action. Il n'y avait plus alors qu'à s'ouvrir la tête en deux et tout laisser sortir en pagaille. Ce qui se produisait sans effort à présent qu'il descendait les marches qui le conduisaient sur la berge.

Dans cette échappée, il y avait toujours une pensée plus coriace que les autres, telle la mouette chargée de veiller à la bonne conduite du groupe. Une sorte de pensée-chef, de pensée-flic, qui s'évertuait à surveiller les autres, les empêchant de passer les bornes du réel. Le commissaire chercha dans le ciel quelle mouette tenait aujourd'hui le rôle monomaniaque du gendarme. Il la repéra rapidement, en train de rabrouer une jeunette qui s'amusait à lutter vent debout, oublieuse de ses responsabilités. Ensuite, elle fonça vers une autre étourdie qui virevoltait au ras de l'eau sale. Mouette-flic criant sans discontinuer. Pour l'heure, sa pensée-flic, également monomaniaque, passait en vol rapide dans sa tête, en aller-retour continu, et piaillant *Il y a bien un os dans le groin du porc, il y a bien un os dans la verge du chat.*

Ces connaissances nouvelles occupaient beaucoup Adamsberg, en même temps qu'il rôdait le long du fleuve, aujourd'hui d'un vert sombre et très agité. Il ne devait pas y avoir beaucoup de gens qui savaient qu'il y avait un os dans la verge du chat. Et comment s'appelait cet os ? Aucune idée. Et quelle forme avait-il ? Aucune idée. Peut-être une forme étrange comme celle du groin de porc. Si bien que ceux qui le découvraient devaient se demander où placer cet inconnu dans le puzzle gigantesque de la nature. Sur la tête d'un animal ? Peut-être l'avaient-ils sacralisé, comme la dent du narval dressée sur le front de la licorne. Celui qui l'avait extrait de Narcisse était sans doute un spécialiste, peut-être en faisait-il collection, comme d'autres de coquillages. Et pour quoi faire ? Et pourquoi ramasse-t-on des coquillages ? Pour leur beauté ? Pour leur rareté ? Comme porte-bonheur ? Selon la leçon qu'Adamsberg avait enseignée à son fils, il sortit son portable et appela Danglard.

— Capitaine, à quoi ressemble un os de verge de chat ? Est-ce harmonieux ? Est-ce beau ?

— Pas particulièrement. C'est seulement bizarre, comme tous les os péniens.

Tous les os péniens ? se répéta Adamsberg, déconcerté à l'idée que l'anatomie des hommes lui ait elle aussi échappé. Adamsberg entendait Danglard taper sur son clavier, rédigeant probablement le procès-verbal de l'expédition d'Opportune, ce n'était pas le moment de le déranger.

— Bon sang, dit Danglard, on ne va pas parler de ce foutu chat toute la vie, si ? Même s'il s'appelait Narcisse ?

— Quelques minutes encore. Ce truc m'énerve.

— Eh bien cela n'énerve pas les chats. Et même, cela leur facilite la vie.

— Ce n'est pas ma question. Pourquoi dites-vous « tous les os péniens » ?

Résigné, Danglard se détacha de son écran. Il entendait crier les mouettes dans le téléphone, il devinait donc parfaitement où traînait le commissaire, et dans quel état il était, plus venteux que l'air sur le fleuve.

— Comme tous les os péniens de tous les carnivores, précisa-t-il en détachant les mots, comme on fait la leçon à un cancre. Tous les carnivores en possèdent un, ajouta-t-il pour bien ancrer son enseignement. Les pinnipèdes, les félidés, les viverridés, les mustélidés, etc.

— Non, Danglard, je ne vous suis plus.

— Tous les carnivores. Les morses, les genettes, les blaireaux, les fouines, les ours, les lions, etc.

— Mais pourquoi ne le sait-on pas ? demanda Adamsberg, pour une fois presque choqué de sa propre ignorance. Et pourquoi les carnivores ?

— C'est ainsi, c'est la nature. Et la nature est juste, elle donne un coup de main aux carnivores. Ils sont rares, et ils doivent beaucoup trimer pour se reproduire et survivre.

— En quoi cet os est-il bizarre ?

— Parce que c'est un os unique, qui ne répond à aucune symétrie, ni bilatérale ni axiale. Il est torse, un peu sinueux, sans articulation, ni en haut ni en bas, et il porte une échancrure à son extrémité distale.

— C'est-à-dire ?

— C'est-à-dire au bout.

— Diriez-vous bizarre comme l'os du groin de porc ?

— Si vous voulez. Comme il n'en existe pas d'équivalent dans le corps humain, la découverte d'un os pénien d'ours ou de morse plongeait les hommes du Moyen Âge dans la perplexité. Comme vous.

— Pourquoi d'ours ou de morse ?

— Parce que c'est grand, et que cela se trouve donc plus facilement. Dans une forêt, sur une grève. Mais on ne savait pas mieux identifier l'os pénien du chat. C'est un animal qu'on ne mange pas, son squelette est mal connu.

— Mais on mange du porc. Et on ne connaît pas l'os du groin.

— Parce qu'il est enserré dans les cartilages.

— Pensez-vous, capitaine, que le gars qui a volé l'os pénien de Narcisse en faisait collection ?

— Aucune idée.

— Je le formule autrement : pensez-vous que cet os puisse avoir de la valeur pour certains ?

Danglard émit un grondement de doute, ou de lassitude.

— Comme tout ce qui est rare et énigmatique, cela peut avoir de la valeur. Il existe bien des hommes qui ramassent des galets dans les rivières. Ou qui coupent les bois sur les têtes des cerfs. Nous ne sommes jamais très loin de l'obscurantisme. C'est notre grandeur et notre catastrophe.

— Ce galet ne vous plaît pas, capitaine ?

— Ce qui me soucie, c'est que vous l'ayez choisi avec une strie noire au milieu.

— À cause de la ride de tracas qui vous barre le front.

— Vous serez rentré pour le colloque ?

— Vous voyez comme vous vous tracassez. Bien sûr que je serai rentré.

Adamsberg remonta les escaliers de pierre, mains dans les poches. Danglard n'avait pas tort. Qu'avait-il voulu faire, au juste, en ramassant ces galets ? Et quelle valeur leur attribuait-il, lui, le libre-penseur qu'aucune superstition n'avait jamais effleuré ? Les seuls instants où il pensait à un dieu étaient quand il se sentait dieu lui-même. Cela lui arrivait à de rares occasions, quand il se trouvait seul sous un orage violent, et si possible la nuit. Alors il gouvernait le ciel, orientait la foudre, poussait les eaux torrentielles, réglait la musique du déluge. Crises passagères, exaltantes, éventuellement commodes pourvoyeuses de puissance virile. Adamsberg s'arrêta brusquement au milieu de la chaussée. Puissance virile. Le chat. L'os du groin. Le reliquaire. La nuée de ses pensées rejoignait brusquement la volière.

XXXII

Les agents de la Brigade disposaient les chaises dans la salle du Concile pour le colloque de dix-huit heures quand Adamsberg traversa sans un mot la grande pièce commune. Danglard lui jeta un coup d'œil rapide et, à l'éclat qui circulait sous sa peau comme matière en fusion, déduisit qu'un événement de taille s'était produit.

— Que se passe-t-il ? demanda Veyrenc.

— Il a trouvé une idée en l'air, expliqua Danglard, avec les mouettes. Une chiure d'oiseau qui lui tombe d'en haut, en quelque sorte, un battement d'ailes, entre ciel et terre.

Veyrenc eut un signe de tête admiratif en direction d'Adamsberg, qui ébranla un instant les soupçons de Danglard. Le commandant corrigea cette impression aussitôt. Admirer son ennemi ne le rend pas moins ennemi, au contraire. Le commandant demeurait convaincu que Veyrenc avait trouvé en Adamsberg une proie de choix, un adversaire de taille, petit chef de jadis dans l'ombre du noyer, chef de la Brigade aujourd'hui.

Adamsberg ouvrit la réunion en distribuant à chacun les photos, particulièrement pénibles, de l'exhumation d'Opportune. Ses gestes étaient économes et concentrés, et chacun comprit que l'enquête avait pris son tournant. Il était rare que le commissaire leur impose un colloque en fin de journée.

— Il nous manquait les victimes, l'assassin, et le mobile. Nous avons les trois.

Adamsberg passa les deux mains sur ses joues, cherchant par où poursuivre. Il n'aimait pas se résumer, il ne savait pas le faire. Le commandant Danglard le soutenait toujours dans cet exercice, un peu comme faisait le ponctueur du village, en l'aidant dans les liaisons, les virages, les reprises.

— Les victimes, proposa Danglard.

— Élisabeth Châtel et Pascaline Villemot ne sont pas mortes par accident. Elles ont été assassinées. Retancourt en a rapporté la preuve de la gendarmerie d'Évreux cet après-midi. La pierre soi-disant dégringolée du mur sud de l'église sur le crâne de Pascaline gisait au sol depuis au moins deux mois. Durant sa station dans l'herbe, un dépôt de lichen noirâtre s'est formé sur l'une de ses faces.

— Or la pierre n'a pas sauté toute seule du sol sur la tête de la femme, dit Estalère, très attentif.

— C'est exact, brigadier. On lui a fracassé la tête avec. Ce qui nous permet de déduire que la voiture d'Élisabeth a été sabotée, provoquant son accident mortel sur la nationale.

— Il ne va pas être content, Devalon, observa Mercadet. C'est ce qui s'appelle massacrer une enquête.

Danglard sourit en rongeant son crayon, satisfait que l'incurie batailleuse de Devalon l'ait conduit droit dans les ennuis.

— Comment se fait-il que Devalon n'ait pas songé à examiner la pierre ? demanda Voisenet.

— Parce qu'il est bouché comme une oie, selon l'opinion locale, expliqua Adamsberg. Et parce que Pascaline Villemot n'avait pas la moindre raison d'être assassinée.

— Comment avez-vous repéré sa tombe ? demanda Maurel.

— Par hasard, apparemment.

— Impossible.

— En effet. Je pense qu'on m'a sciemment dirigé vers le cimetière d'Opportune. L'assassin nous indique la piste, tout en se sachant très loin devant nous.

— Pourquoi ?

— Je n'en sais rien.

— Les victimes, glissa Danglard. Pascaline et Élisabeth.

— Elles avaient à peu près le même âge. Elles menaient des vies sans excès et sans hommes, elles étaient vierges toutes les deux. La tombe de Pascaline a subi le même sort que celle de Montrouge. Le cercueil a été ouvert, mais on n'a pas touché au cadavre.

— La virginité est le mobile des meurtres ? demanda Lamarre.

— Non, c'est le critère de choix des victimes, pas le mobile.

— Je ne saisis pas, dit Lamarre en fronçant les sourcils. Elle tue des vierges, mais son but n'est pas de tuer des vierges ?

L'interruption avait suffi à ébranler la concentration d'Adamsberg, qui passa le relais d'un signe à Danglard.

— Vous vous rappelez les conclusions de la légiste, dit le commandant. Diala et La Paille ont été éliminés par une femme, de 1,62 mètre environ, conventionnelle, perfectionniste, sachant manier la seringue, cibler son coup de scalpel, et portant des chaussures de cuir bleues. Ces chaussures étaient cirées sous la semelle, signalant une possible pathologie de dissociation, au moins une volonté de coupure entre elle-même et le sol de ses crimes. Claire Langevin, l'infirmière ange de la mort, présente toutes ces caractéristiques.

Adamsberg avait ouvert son carnet sans rien y noter. Il écoutait en griffonnant le résumé de Danglard qui, à son avis, aurait fait un meilleur chef de brigade que lui.

— Retancourt a rapporté des chaussures lui ayant appartenu, ajouta Danglard. Elles sont en cuir bleu. Cela ne suffit pas à fonder notre certitude, mais on continue à serrer les recherches sur l'infirmière.

— Elle rapporte tout, Retancourt, observa Veyrenc à voix basse.

— Elle convertit son énergie, expliqua farouchement Estalère.

— L'ange de la mort est une chimère, dit Mordent avec mauvaise humeur. Personne ne l'a vue discuter avec Diala ou La Paille au marché aux puces. Elle est invisible, insaisissable.

— C'est bien ainsi qu'elle a opéré toute sa vie, dit Adamsberg. Comme une ombre.

— Cela ne va pas, continua Mordent, en tirant son long cou de héron hors de son pull gris. Cette femme a assassiné trente-trois vieillards, toujours de la même manière, sans jamais rien y changer. Et soudain, elle se transforme en une autre sorte de folle, elle se met à chercher des vierges, à ouvrir des tombes, à taillader deux gars à la gorge. Non, cela ne va pas. On n'échange pas un carré contre un rond, on ne troque pas une tueuse de vieux contre une nécrophile sauvage. Chaussures ou pas chaussures.

— Cela ne va pas du tout, approuva Adamsberg. À moins qu'une secousse profonde n'ait ouvert un second cratère dans le volcan. La lave de la folie s'écoulerait alors par un autre flanc, de manière différente. Son séjour en prison peut y être pour beaucoup, ou bien le fait qu'Alpha ait pris conscience de l'existence d'Oméga.

— Je sais qui sont Alpha et Oméga, coupa vivement Estalère. Ce sont les deux morceaux d'un meurtrier dissocié, de part et d'autre de son mur.

— L'ange de la mort est une dissociée. Son arrestation a pu briser le mur intérieur. À partir de cette catastrophe, tout changement d'attitude est envisageable.

— Quand bien même, dit Mordent. Cela ne nous explique pas ce qu'elle recherche avec ses vierges ni ce qu'elle trafique dans leurs tombes.

— C'est là le gouffre, dit Adamsberg. Et pour l'atteindre, on ne peut que partir de l'aval, où il nous reste quelques éboulis de ses actes. Pascaline avait quatre chats. Trois mois avant sa mort, l'un d'eux a été tué. C'était le seul mâle de la troupe.

— Une première menace contre Pascaline ? demanda Justin.

— Je ne crois pas. On l'a tué pour prélever ses parties sexuelles. Comme le chat était déjà castré, c'est donc sa verge qu'on a ôtée. Danglard, expliquez le truc de l'os.

Le commandant réitéra son enseignement sur les os péniens, les carnivores, les viverridés, les mustélidés.

— Qui d'autre savait cela parmi vous ? demanda Adamsberg.

Seules les mains de Voisenet et de Veyrenc se levèrent.

— Voisenet, je comprends, vous êtes zoologue. Mais vous, Veyrenc, d'où le tenez-vous ?

— De mon grand-père. Quand il était jeune, un ours avait été tué dans la vallée. Sa dépouille avait été trimballée de village en village. Mon grand-père en avait conservé l'os pénien. Il disait qu'il ne fallait pas l'égarer ni le vendre, à aucun prix.

— Vous l'avez toujours ?

— Oui. Il est là-bas, à la maison.

— Savez-vous pourquoi il y tenait ?

— Il affirmait que l'os tenait la maison debout et la famille à l'abri.

— Quelle taille fait un os pénien de chat ? demanda Mordent.

— Comme ça, dit Danglard en espaçant les doigts de deux à trois centimètres.

— Ça ne tient pas une maison, dit Justin.

— C'est symbolique, dit Mordent.

— Je m'en doute, dit Justin.

Adamsberg secoua la tête, sans repousser les cheveux qui lui retombaient dans les yeux.

— Je pense que cet os de chat a une valeur plus précise pour celle qui l'a prélevé. Je pense qu'il s'agit du principe viril.

— Valeur contradictoire avec celle des vierges, objecta Mordent.

— Tout dépend de ce qu'elle cherche, dit Voisenet.

— Elle cherche la vie éternelle, dit Adamsberg. Et c'est le mobile.

— Je ne saisis pas, dit Estalère après un silence.

Et pour une fois, ce que ne saisissait pas Estalère correspondait à l'incompréhension de tous.

— À la même période que la mutilation du chat, dit Adamsberg, on trouve un pillage de reliquaire dans l'église du Mesnil, à quelques kilomètres d'Opportune et de Villeneuve. Oswald avait raison, c'est trop pour une seule région. Dans ce reliquaire, le pilleur n'a pris que les quatre os humains de saint Jérôme et a laissé sur place un os de groin de porc et quelques os de mouton.

— Un connaisseur, fit remarquer Danglard. Il n'est pas évident de reconnaître un os de groin de porc.

— Ça a un os dans le groin, le porc ?

— Il paraît, Estalère.

— Comme il n'est pas évident de savoir que le chat possède un os pénien. On a donc affaire à une connaisseuse, en effet.

— Je ne vois pas le lien, dit Froissy, entre les reliques, le chat et les sépultures. Hormis qu'il y a des os dans les trois cas.

— Ce qui n'est déjà pas si mal, dit Adamsberg. Reliques de saint, reliques de mâle, reliques de vierges. Dans le presbytère du Mesnil, à deux pas de saint Jérôme, existe un très vieux livre, exposé à la vue de tous, où ces trois éléments se retrouvent, dans une sorte de recette de cuisine.

— Plutôt une médication, un remède, rectifia Danglard.

— Pour quel usage ? demanda Mordent.

— Pour fabriquer la vie éternelle, avec des quantités de trucs. Chez le curé, le livre est ouvert à la page de cette recette. Il en est très fier, je pense qu'il le montre à tous ses visiteurs. De même le curé précédent, le père Raymond. La recette doit être connue jusqu'à trente paroisses à la ronde et depuis plusieurs générations.

— Pas ailleurs ?

— Si, dit Danglard. L'ouvrage est célèbre, et surtout cette prescription. Il s'agit du *De sanctis reliquis*, dans son édition de 1663.

— Je ne connais pas, dit Estalère.

Et ce que ne connaissait pas Estalère correspondait à l'ignorance de tous.

— Je n'aimerais pas avoir la vie éternelle, dit Retancourt à voix basse.

— Non ? dit Veyrenc.

— Imagine qu'on vive éternellement. On n'aurait plus qu'à se coucher par terre en s'ennuyant à crever.

— Réjouissons-nous, madame.

    Le temps de vie s'enfuit comme un été,
    Mais il est moins cruel qu'un brin d'éternité.

— On peut le dire comme ça, approuva Retancourt.

— Si bien que cela vaudrait la peine d'analyser ce bouquin, c'est cela ? dit Mordent.

— Je le crois, répondit Adamsberg. Veyrenc se souvient du texte de la recette.

— De la médication, corrigea une nouvelle fois Danglard.

— Allez-y, Veyrenc, mais allez-y doucement.

— *Remède souverain pour le prolongement de la vie par la qualité qu'ont les reliques d'affaiblir les miasmes de la mort, préservé depuis les plus vrais procédés et purgé des erreurs anciennes.*

— C'est le titre, traduisit Adamsberg. Dites-nous la suite, lieutenant.

— *Cinq fois vient le temps de jeunesse quand il te faudra l'inverser, hors de la portée de son fil, passe et repasse.*

— Je ne comprends pas, dit Estalère, avec cette fois une véritable alarme dans la voix.

— Personne ne comprend vraiment, le rassura Adamsberg. Je pense qu'il s'agit de l'âge de la vie où il convient d'avaler le remède. Pas quand on est jeune.

— Très possible, approuva Danglard. Quand on a vu cinq fois le temps de la jeunesse. Soit cinq fois quinze ans, si l'on choisit l'âge moyen du mariage au bas Moyen Âge en Occident. Ce qui nous donne soixante-quinze ans.

— Soit l'âge exact de l'ange de la mort aujourd'hui, dit Adamsberg avec lenteur.

Il y eut un silence, et Froissy leva gracieusement la main pour prendre la parole.

— On ne peut pas continuer dans ces conditions. J'aimerais poursuivre aux Philosophes.

Avant qu'Adamsberg ait pu dire quoi que ce soit, il y eut un mouvement général vers la Brasserie. La réflexion ne put reprendre qu'une fois chacun attablé dans l'alcôve aux vitraux, muni d'une assiette pleine et d'un verre.

— Atteindre l'âge fatidique de soixante-quinze ans, dit Mordent, aurait pu ouvrir en elle le second cratère.

— L'infirmière, dit Danglard, ne peut pas rejoindre la troupe commune des vieillards qu'elle exécute. Elle n'est plus une simple mortelle. On peut envisager qu'elle ait désiré gagner la vie éternelle et conserver sa toute-puissance.

— Et s'y préparer de longue date, dit Mordent. Donc être hors de prison coûte que coûte avant ses soixante-quinze ans pour pouvoir préparer la recette.

— La médication.

— Cela fonctionne, dit Retancourt.

— Donnez-nous la suite du texte, Veyrenc, demanda Adamsberg.

— *Des reliques sacrées tu pulvériseras, tu prendras trois pincées, mêleras au mâle principe qui ne doit pas plier, au vif des pucelles, en dextre, dressées par trois en quantités pareilles, broieras, avec la croix qui vit dans le bois éternel, adjacente en quantité pareille, tenues en même lieu par le rayon du saint, dans le vin de l'année, mettras son chef au sol.*

— Je n'ai pas compris, dit Lamarre avant Estalère.

— On reprend tout doucement, dit Adamsberg. Recommencez, Veyrenc, mais bout par bout.

— *Des reliques sacrées tu pulvériseras, tu prendras trois pincées.*

— Cela ne fait pas de difficulté, dit Danglard. Trois pincées d'os de saint réduits en poudre. Saint Jérôme par exemple.

— *... mêleras au mâle principe qui ne doit pas plier...*

— Un phallus, proposa Gardon.

— Qui ne plie jamais, poursuivit Justin.

— Une verge en os par exemple, confirma Adamsberg, c'est-à-dire l'os pénien du chat. Chat en outre doté de neuf vies, qui détient donc une petite éternité à lui tout seul.

— Oui, dit Danglard, qui prenait des notes rapides.

— *... au vif des pucelles, en dextre, dressées par trois en quantités pareilles...*

— Attention, dit Adamsberg, voici venir nos vierges.

— Dressées ? demanda Estalère. La tueuse les dresse dans leurs tombes ?

— Non. C'est comme « dresser un plat », dit Danglard. Cela signifie qu'il faut en prendre la même quantité que de reliques de saint pilées.

— Mais prendre quoi, bon sang ?

— C'est toute la question, dit Adamsberg. Qu'est-ce que le « vif des pucelles » ?

— Le sang ?

— Le sexe ?

— Le cœur ?

— Je suis pour le sang, dit Mordent. C'est logique, dans une perspective de vie éternelle. Un sang de vierge mêlé au principe mâle qui le féconde pour créer l'éternité.

— Mais du sang « en dextre » ?

— À droite, dit Danglard avec un geste évasif.

— Depuis quand y a-t-il un sang à droite et un sang à gauche ?

— Je ne vois pas, dit Danglard en distribuant une tournée de vin.

Adamsberg avait posé son menton sur ses mains.

— Tout cela ne cadre pas avec l'ouverture d'une tombe, dit-il. Le sang, le sexe, le cœur pourraient être prélevés sur le cadavre d'une vierge encore frais. Et ce n'est pas ce qui s'est passé. Quant à extraire du sang ou une quelconque partie vitale trois mois après la mort, c'est évidemment impossible.

Danglard grimaça. Il se plaisait dans cette tournure intellectuelle du débat mais son contenu l'écœurait. La sordide dissection du remède lui rendait presque odieux le grand *De sanctis reliquis* qu'il avait autrefois aimé.

— Que reste-t-il, dans la tombe, qui puisse intéresser notre ange ? reprit Adamsberg.

— Les ongles, les cheveux, proposa Justin.

— Cela ne l'obligeait pas à tuer les femmes. Ils auraient pu être récupérés sur les personnes vivantes.

— Il reste les os, dans une tombe, suggéra Lamarre.

— Par exemple les os du bassin ? dit Justin. La coupe de la fécondité ? Qui viendraient en complément du « mâle principe » ?

— Ce serait bien, Justin, mais seule la tête des cercueils a été ouverte, et la profanatrice n'a pris aucun os, pas même une lamelle.

— Impasse, dit Danglard. On tente la suite du texte.

Veyrenc se déclencha, docile.

— *… broieras, avec la croix qui vit dans le bois éternel, adjacente en quantité pareille…*

— Cela est clair au moins, dit Mordent. La *croix qui vit dans le bois éternel*, c'est la croix du Christ.

— Oui, dit Danglard. Les fragments du soi-disant bois de la vraie croix ont été vendus par milliers comme reliques sacrées. Calvin en décompte plus que trois cents hommes n'en pourraient porter.

— Ce qui nous fournit une bonne fenêtre de tir, dit Adamsberg. Que l'un de vous recherche si, depuis l'évasion de l'infirmière, un reliquaire contenant des fragments de la croix a été pillé.

— D'accord, dit Mercadet en prenant en note.

En raison de son hypersomnie, les longues missions de recherche en fichiers étaient souvent confiées à Mercadet, à qui les enquêtes de terrain étaient presque impossibles.

— Qu'on cherche aussi si elle a pratiqué dans la région du Mesnil-Beauchamp, peut-être sous un autre nom que Clarisse Langevin, et peut-être il y a longtemps. Emportez sa photo, montrez-la.

— D'accord, répéta Mercadet avec la même énergie éphémère.

— « Clarisse », souffla Danglard au commissaire, c'est votre religieuse sanguinaire. L'infirmière s'appelle Claire.

Adamsberg se tourna vers Danglard, le regard flou et étonné.

— Oui, dit-il. C'est étrange que je les aie confondues. Comme deux cerneaux d'une noix enfermés dans une même vieille coquille.

Adamsberg fit signe à Veyrenc de poursuivre.

— ... *tenues en même lieu par le rayon du saint...*

— C'est simple aussi, dit Danglard d'une voix sûre. Il s'agit du secteur géographique, qui est défini par la zone d'influence des reliques du saint. C'est l'unité de lieu qui va relier les différents composants du remède.

— On considère qu'un saint a un rayon d'action ? demanda Froissy. Comme un émetteur ?

— Ce n'est écrit nulle part mais c'est le sentiment commun. Si les gens prennent la peine de se déplacer pour un pèlerinage, c'est au nom de l'idée que, plus on s'en approche, plus l'influence du saint est forte.

— Il faut donc qu'elle prélève tous les ingrédients de la recette pas trop loin du Mesnil, dit Voisenet.

— C'est logique, dit Danglard. Au Moyen Âge, la compatibilité des constituants était décisive pour réussir une potion. La question du climat était aussi prise en compte dans l'équilibre des mélanges. Il est donc certain qu'un os de saint normand va s'associer plus aisément avec un os de vierge normande et d'un chat du même coin.

— D'accord, dit Mordent. Ensuite, Veyrenc ?

— ... *dans le vin de l'année, mettras son chef au sol.*

— Le vin, dit Lamarre, c'est pour faire passer le tout.

— Et c'est aussi le sang.

— Le sang du Christ. On boucle la boucle.

— Pourquoi « de l'année » ?

— Parce qu'à l'époque, dit Danglard, le vin ne vieillissait pas. Il était toujours de l'année. C'est l'équivalent de notre vin nouveau.

— Que nous reste-t-il ?

— … *mettras son chef au sol.*

— Au sens de « tête », dit Danglard. *Mettras sa tête au sol*, ou bien *feras tomber sa tête par terre.*

— La vaincras, résuma Mordent. Vaincras la mort, je suppose, la tête de mort.

— Si bien, dit Mercadet en repassant ses notes, que la tueuse a rassemblé tous les éléments : du vif de vierge, quel qu'il soit, des reliques de saint, un os de chat. Lui manque peut-être du bois de la croix. Elle n'a plus qu'à attendre le vin nouveau et avaler le truc.

Plusieurs verres furent vidés à cette évocation, qui semblait conclure le colloque. Mais Adamsberg ne bougeait pas, et personne n'osait s'en aller. On ne savait pas si le commissaire se préparait au sommeil, la joue calée sur sa main, ou s'il allait lever la séance. Danglard allait l'effleurer du coude quand il revint en surface, comme une éponge.

— Je pense qu'une troisième femme va être tuée, dit-il sans décoller sa joue de sa main. Je pense qu'on devrait prendre des cafés.

XXXIII

— *Au vif des pucelles, dressées par trois en quantités pareilles*, dit Adamsberg. *Par trois.* Nous devons prendre garde à cela.

— C'est le dosage, dit Mordent. *Trois pincées* d'os de saint pilés, donc trois pincées d'os pénien, puis trois pincées du bois de la croix, et trois du principe de la vierge.

— Je ne crois pas, commandant. On a déjà deux vierges déterrées. Quoi qu'on ait voulu y prélever, il semble qu'une seule aurait largement suffi pour y prendre trois pincées. De même, il aurait suffi d'écrire *en quantités pareilles*. Mais la recette précise *par trois*.

— Trois pincées, en effet.

— Non, trois pucelles. Trois pincées de trois pucelles.

— Il ne faut pas chercher ce genre de logique. C'est à la fois une recette et une sorte de poème.

— Non, dit Adamsberg. Ce n'est pas parce que le langage nous paraît compliqué qu'il est poétique. Ce n'est jamais qu'un vieux bouquin de recettes, et rien d'autre.

— C'est exact, dit Danglard, bien qu'un peu choqué par la désinvolture avec laquelle Adamsberg traitait le *De reliquis*. C'est un simple traité de médications. Son but n'est pas d'être crypté, mais d'être compris.

— Eh bien c'est raté, dit Justin.

— Pas tout à fait, dit Adamsberg. Il s'agit simplement de ne pas en manquer un mot. Dans cette mixture macabre comme dans n'importe quelle recette de cuisine, chaque mot compte. *Dressées par trois.* Là est le danger. Là est notre boulot.

— Où ? demanda Estalère.

— Avec la troisième vierge.

— Très possible, reconnut Danglard.

— On la recherche, dit Adamsberg.

— Oui ? dit Mercadet en relevant la tête.

Le lieutenant Mercadet prenait une foule de notes, comme chaque fois qu'il était bien réveillé et qu'il rattrapait alors ses carences par un zèle intensif.

— On cherche d'abord à savoir si une vierge de Haute-Normandie a été tuée récemment, par accident apparent.

— À combien estime-t-on la zone d'action du saint ? demanda Retancourt.

— Le mieux serait de se caler sur un rayon de cinquante kilomètres autour du Mesnil-Beauchamp.

— Sept mille huit cent cinquante kilomètres carrés, calcula rapidement Mercadet. Quel serait l'âge de la victime ?

— Symboliquement, répondit Danglard, nous pourrions tabler sur un âge minimal de vingt-cinq ans. C'est l'âge de sainte Catherine, quand peut commencer une virginité adulte. On pourrait le borner à quarante ans. Au-delà, hommes et femmes étaient tenus pour des vieillards.

— C'est trop large, dit Adamsberg, il nous faut avancer plus vite. On serre en un premier temps autour de l'âge des deux victimes : entre trente et quarante ans. Ce qui nous donnerait environ combien de femmes, Mercadet ?

On laissa le lieutenant calculer en silence pendant quelques instants, entouré de ses tasses de café, *dressées par trois*. Dommage, se dit Adamsberg, que Mercadet s'endorme sans cesse. Il avait un cerveau remarquable, particulièrement pour les chiffres et les listes.

— Très grossièrement, je dirais cent vingt à deux cent cinquante femmes possiblement vierges.

— C'est encore trop, dit Adamsberg en tirant sa lèvre avec ses dents. Il faut restreindre le territoire. On cible sur un rayon de vingt kilomètres autour du Mesnil. Qu'est-ce que cela donne ?

— Quarante à quatre-vingts femmes, dit Mercadet prestement.

— Et comment va-t-on repérer ces quarante vierges ? demanda sèchement Retancourt. Ce n'est pas un délit inscrit au casier judiciaire.

Vierge, se dit fugitivement le commissaire en jetant un regard à sa grosse et jolie lieutenant. Retancourt tenait sa vie au secret, hermétiquement protégée de toute inquisition. Ce colloque pointilleux sur les femmes intactes l'exaspérait peut-être.

— On va consulter les curés, dit Adamsberg. Commencez par celui du Mesnil. Faites vite, tous. En heures supplémentaires si nécessaire.

— Commissaire, dit Gardon, je ne crois pas qu'il y ait urgence. Pascaline et Élisabeth ont été tuées il y a trois mois et demi et quatre mois. La troisième vierge est sûrement déjà morte.

— Je ne pense pas, dit Adamsberg en levant son regard vers le plafond. À cause de ce vin nouveau, qui est le liant final du mélange. Le vin dans lequel seront mélangés tous les ingrédients sera donc celui de novembre.

— Ou d'octobre, précisa Danglard. On tirait le premier vin plus tôt qu'aujourd'hui.

— Entendu, dit Mordent, et ensuite ?

— Si l'on suit ce que nous dit Danglard, reprit Adamsberg, il faut respecter des équilibres harmonieux pour que le mélange soit réussi. Si j'avais à faire cette mixture, j'organiserais un échelonnement de temps régulier entre ses divers ingrédients, de sorte qu'il n'y ait pas de coupure trop longue. Comme une course de relais, si vous voulez.

— C'est même obligatoire, dit Danglard en rongeant son crayon. L'hétérogène, la rupture, est une hantise médiévale. Cela porte malheur. Quelle que soit la ligne, réelle ou abstraite, elle ne doit jamais être interrompue ou brisée. Pour toute chose, il faut suivre un développement continu et ordonné, en ligne droite et sans à-coups.

— Or, reprit Adamsberg, le massacre du chat et le pillage des reliques ont eu lieu trois mois avant la mort de Pascaline. Et les vifs des vierges ont été prélevés trois mois après leurs décès. Trois comme le nombre de pincées, trois comme le nombre de vierges, trois comme le temps d'une saison. Donc le dernier vif sera récupéré trois mois avant le vin nouveau, ou juste avant. Et la vierge sera tuée trois mois avant.

Adamsberg s'interrompit et compta sur ses doigts plusieurs fois.

— Il est donc très probable que cette femme soit encore vivante, mais que son décès soit programmé à une date inconnue entre avril et juin. Nous sommes le 25 mars.

Dans trois mois, dans quinze jours, ou dans huit. En silence, chacun estimait l'urgence et l'impossibilité de la tâche. Car à supposer qu'on parvienne à établir une liste des femmes vierges dans le cercle tracé autour du Mesnil, comment saurait-on celle que l'ange de la mort avait choisie ? Et comment la protégerait-on ?

— Ce n'est malgré tout qu'une vaste spéculation, dit Voisenet avec une secousse de tout son corps, comme s'il se réveillait après la fin d'un film, cessant brusquement de croire à une fiction qui l'aurait emporté. Comme tout le reste.

— Rien d'autre, dit Adamsberg.

Un battement d'ailes, entre ciel et terre, pensa Danglard, inquiet.

XXXIV

La longueur du colloque avait retardé Adamsberg et il dut prendre sa voiture pour rejoindre l'atelier de Camille. Il ne raconterait pas à Tom l'histoire de l'infirmière et de l'épouvantable mixture. La vie éternelle, songea-t-il en se garant sous la pluie. La toute-puissance. La recette du *De reliquis* paraissait risible, une véritable blague. Mais une blague qui enfiévrait l'humanité entière depuis ses premiers pas dans ce néant cosmique qui affolait tant Danglard. Une blague tueuse pour laquelle les hommes avaient édifié leurs croyances et s'entretuaient sans relâche. L'infirmière n'avait rien cherché d'autre, au fond, durant toute sa vie. Avoir choix de vie ou de mort sur les êtres, disposer des existences à son gré, c'était déjà être déesse et tisser la toile des destins. À présent, elle s'occupait du sien. Elle qui avait régné sur les vies des autres ne pouvait pas laisser la mort la rattraper vulgairement comme une vieille femme ordinaire. Son immense pouvoir de vie et de mort, elle allait en user pour elle-même, conquérant la puissance des Immortels, rejoignant son véritable trône, d'où elle poursuivrait son œuvre fatale. Elle avait atteint soixante-quinze ans, c'était l'heure, après que le cycle de jeunesse avait passé cinq fois. C'était l'heure, et elle le savait depuis toujours. Ses victimes étaient prévues de très longue date, les temps et les modalités d'exécution déjà réglés dans leurs moindres détails. La femme était méticuleuse, le plan s'exécutait pas à pas sans hasard. Ce n'était pas des mois d'avance qu'elle avait sur les flics, mais sûrement dix ou quinze années. La troisième vierge était condamnée d'avance. Et il ne voyait pas comment lui, Adamsberg, avec ses vingt-sept agents et même avec cent, pourrait contenir l'avancée si certaine de l'Ombre.

Non, il raconterait à Tom la suite de l'histoire du bouquetin.

Adamsberg grimpa les sept étages et sonna avec dix minutes de retard.

— Si tu y penses, mets-lui des gouttes dans le nez, dit Camille en lui tendant un flacon.

— Bien sûr que j'y pense, dit Adamsberg en fourrant le flacon dans sa poche. Va. Joue bien.

— Oui.

Élémentaire conversation de camarades. Adamsberg cala Tom sur son ventre et s'allongea sur le lit.

— Tu te souviens où nous en étions ? Tu te rappelles ce bouquetin gentil, qui aimait beaucoup les oiseaux, mais qui ne voulait pas que l'autre bouquetin roux vienne l'agacer sur son bout de montagne ? Eh bien il est venu quand même. Il s'est approché, et ses grandes cornes balayaient l'espace. Et il a dit : « Toi, tu m'as emmerdé quand j'étais môme et tu vas le regretter, mon gars. — Ce sont des blagues, a répondu le bouquetin brun, ce sont des histoires pour les gosses. Rentre donc chez toi et laisse-moi en paix. » Mais le bouquetin roux ne voulait rien savoir. Car il était venu de très loin pour se venger du bouquetin brun.

Adamsberg fit une pause et l'enfant signala par un mouvement de pied qu'il ne dormait pas.

— Alors le bouquetin qui avait beaucoup voyagé dit : « Pauvre andouille, je te prendrai ta terre, je te prendrai ton travail. » C'est alors qu'un chamois très sage qui passait par là, et qui avait lu tous les livres, dit au bouquetin brun : « Prends garde à ce gars, il a déjà tué deux bouquetins et il t'aura aussi. — Je ne veux pas t'entendre, dit le bouquetin brun au chamois sage, tu perds la tête, tu es jaloux. » Mais notre bouquetin brun n'était pas tranquille. Parce que le roux était très malin, et assez bien mis de sa personne. Le brun décida d'enfermer le Nouveau dans un pare-feu, puis de réfléchir sérieusement. Aussitôt dit aussitôt fait. Pour le pare-feu, tout alla bien. Mais le bouquetin brun avait un défaut, il ne savait pas réfléchir sérieusement.

Au poids de l'enfant, Adamsberg sut que Tom s'était endormi. Il posa la main sur sa tête, ferma les yeux, aspirant son odeur de savon, de lait, de sueur.

— Ta mère te parfume ? chuchota Adamsberg. C'est idiot, il ne faut pas parfumer les bébés.

Non, l'odeur délicate ne venait pas de Tom. Elle venait du lit. Adamsberg ouvrit ses narines dans le noir, tel le bouquetin brun sur le qui-vive. Il connaissait ce parfum. Ce n'était pas celui de Camille.

Il se leva tout doucement et posa Tom dans son lit. Il marcha dans la chambre, nez aux aguets. Le parfum était localisé, il habitait les draps. Un gars, nom de Dieu, un gars avait couché là, déposant son odeur.

Et après ? pensa-t-il en allumant la lumière. Dans combien de lits de combien de femmes t'es-tu glissé avant que Camille n'en devienne camarade ? Il souleva les draps d'un seul coup, les observant comme si mieux connaître l'intrus pouvait juguler son mécontentement. Puis il s'assit sur le lit défait, et inspira à fond. Tout cela n'avait pas d'importance. Un gars de plus ou de moins, qu'est-ce que cela pouvait faire ? Rien de grave. Aucun motif pour s'emporter. Ces torsions de l'âme à la Veyrenc n'étaient pas pour lui. Adamsberg les savait éphémères, il attendait qu'elles passent, tandis que lui refluait vers les abris de ses rivages privés, là où rien ni personne ne pouvait l'atteindre.

Posément, il replia les draps, les tira proprement d'un côté et de l'autre, lissa les oreillers du plat de la main, ne sachant trop si dans ce geste, il effaçait le gars ou sa colère déjà passée. Il y récupéra quelques cheveux qu'il examina sous la lampe. Des cheveux courts, des cheveux d'homme. Deux noirs, et un roux. Il referma les doigts brutalement.

La respiration courte, il marcha d'un mur à l'autre, les images de Veyrenc se déversant en crue dans sa tête. Un torrent de boue où il voyait défiler pêle-mêle la gueule du lieutenant sous tous ses angles, assis dans ce foutu cagibi, gueule silencieuse, gueule provocante, gueule versifiante, gueule butée comme un Béarnais. Foutu salopard de Béarnais. Danglard avait eu raison, le montagnard était dangereux, il avait attiré Camille dans son onde. Il était venu pour prendre sa vengeance et elle avait commencé ici, dans ce lit.

Thomas poussa un cri dans son sommeil, et Adamsberg posa sa main sur sa tête.

— C'est le bouquetin roux, mon petit gars, chuchota-t-il. Il a attaqué, et il a emmené la femme de l'autre. Et c'est la guerre, Tom.

Adamsberg demeura immobile pendant deux heures, assis près du lit de son fils, jusqu'au retour de Camille. Il la quitta rapidement, à peine camarade, en limite de discourtoisie, et fila sous la pluie. Une fois au volant, il repassa son plan en revue. Rien à y redire, tout en silence, tout en efficacité. À salopard, salopard et demi. Il regarda ses montres sous la lumière du plafonnier, et hocha la tête. Demain, à dix-sept heures, son dispositif serait en place.

XXXV

Le lieutenant Hélène Froissy, effacée, silencieuse et douce jusqu'à l'anonymat, visage assez banal pour un corps remarquable, avait trois particularités visibles. D'une part elle dévorait du matin au soir sans épaissir, d'autre part elle pratiquait l'aquarelle, unique fantaisie qu'on lui connaissait. Adamsberg, qui emplissait des carnets entiers de dessins pendant les colloques, avait mis plus d'un an à s'intéresser aux petites œuvres de Froissy. Une nuit du printemps dernier, il avait fouillé l'armoire du lieutenant à la recherche de nourriture. Le bureau de Froissy était considéré par tous comme une réserve alimentaire de sécurité, où l'on pouvait trouver une grande variété de produits – fruits frais, secs, biscuits, laitages, céréales, pâté de campagne, loukoums – toujours disponible en cas de faim imprévue. Froissy n'ignorait pas ces pillages et y parait en conséquence. Dans sa fouille, Adamsberg s'était interrompu pour feuilleter un paquet d'aquarelles, découvrant la noirceur des thèmes et des teintes, silhouettes désolées et paysages navrants sous des ciels sans issue. Il arrivait depuis qu'ils échangent sans mot dire quelques dessins d'un bureau à l'autre, glissés dans un rapport. En troisième caractéristique, Froissy, diplômée en électronique, avait travaillé huit années aux services d'émission-réception, autrement dit aux écoutes, y accomplissant des prodiges de vitesse et d'efficacité.

Elle rejoignit Adamsberg à sept heures du matin, à l'heure de l'ouverture du petit bar un peu crasseux qui faisait face à la Brasserie des Philosophes. Opulente et bourgeoise, la Brasserie n'ouvrait l'œil qu'à neuf heures du matin, au lieu que le café prolétaire levait son store à l'aube. Les croissants venaient d'arriver dans un cageot sur le comptoir, et Froissy en profita pour commander un deuxième petit déjeuner.

— L'opération est illégale, évidemment, dit Froissy.

— Cela va sans dire.

Froissy faisait la moue, laissant son croissant ramollir dans sa tasse de thé.

— Il faut que j'en sache plus, dit-elle.

— Froissy, je ne peux pas prendre le risque qu'un mouton noir se soit introduit dans la Brigade.

— Pour venir y faire quoi ?

— C'est ce que je ne peux vous dire. Si je me trompe, on oubliera et vous n'aurez rien su.

— Sauf que j'aurai posé des micros sans savoir pourquoi. Veyrenc vit seul. Qu'espérez-vous capter en l'écoutant ?

— Ses conversations téléphoniques.

— Et après ? S'il mijote quoi que ce soit, il ne le racontera pas au téléphone.

— S'il mijote, il s'agit de quelque chose d'extrêmement grave.

— Raison de plus pour qu'il se taise.

— Raison de moins. Vous négligez la règle d'or du secret.

— C'est-à-dire ? demanda Hélène en ramassant les miettes de croissant dans sa paume, pour laisser une table bien propre.

— Une personne qui détient un secret, un secret si important qu'elle a juré sur ses grands dieux ou la tête de sa mère de ne jamais le confier à quiconque, le dit obligatoirement à *une* autre personne.

— D'où vient cette règle ? demanda Froissy en frottant ses mains.

— De l'humanité. Personne, sauf exceptions rarissimes, ne parvient à conserver un secret pour lui seul. Plus le secret est lourd et plus la règle vaut. C'est ainsi que les secrets fuitent hors de leurs caches, Froissy, cheminant d'une personne qui le jure à une personne qui le jure et ainsi de suite. Une personne au moins est au courant du secret de Veyrenc, s'il en a un. À cette personne il en parlera, et c'est cela que je veux entendre.

Cela, et autre chose, pensa Adamsberg, embarrassé de flouer partiellement une fille aussi pure que Froissy. Sa résolution de la veille n'était pas entamée, et il lui suffisait d'imaginer les mains de Veyrenc se posant sur Camille et, pire évidemment, l'inévitable accouplement, pour sentir tout son être se transformer en engin de guerre. Auprès de Froissy, il se sentait simplement un peu sale, ce dont il pouvait s'accommoder.

— Le secret de Veyrenc, répéta Froissy en versant proprement les miettes dans sa tasse vide. Cela a à voir avec ses poèmes ?

— Pas du tout.

— Avec ses cheveux de tigre ?

— Oui, lâcha Adamsberg, conscient que Froissy ne franchirait pas les bornes de la légalité sans un peu d'aide.

— On lui a fait mal ?

— C'est possible.

— Il se venge ?

— C'est possible.

— Mortellement ?

— Je n'en sais rien.

— Je vois, dit le lieutenant, repassant sa main sur la table en balayage méthodique, un peu décontenancée qu'il n'y ait plus rien à y glaner. Ce qui reviendrait aussi à le protéger de lui-même, finalement ?

— Voilà, dit Adamsberg, ravi que Froissy ait trouvé toute seule une bonne raison de mal faire. On désamorce le dispositif et tout le monde s'en sort.

— Allons-y, dit Froissy, en sortant carnet et stylo. Les cibles ? Les objectifs ?

En un instant, la femme effacée et morale avait disparu pour laisser place au redoutable technicien qu'elle était.

— Il me suffit que vous plombiez son portable. Voici son numéro.

En même temps qu'il fouillait dans sa poche à la recherche du numéro de Veyrenc, Adamsberg avait trouvé le petit flacon confié par Camille. Contrairement à sa promesse, il n'avait pas pensé à mettre des gouttes dans le nez de l'enfant.

— Calez l'onde sur écoute et faites parvenir la réception chez moi.

— Je suis obligée de passer par le matériel de la Brigade puis, de là, de transférer chez vous.

— Où sera l'émetteur, à la Brigade ?

— Dans mon armoire.

294

— Tout le monde fouille dans votre garde-manger, Froissy.

— Je parle de l'autre garde-manger, à gauche de la fenêtre. Celui-là est fermé à clef.

— Le premier n'est donc qu'un trompe-l'œil, dit Adamsberg. Que mettez-vous dans le vrai ?

— Des loukoums qui viennent directement du Liban. Je vous passerai le double.

— Entendu. Voici les clefs de chez moi. Installez l'émetteur dans la chambre, à l'étage, loin de la fenêtre.

— Évidemment.

— Je n'ai pas seulement besoin du son. Il me faut un écran pour suivre ses déplacements.

— Loin ?

— Peut-être.

Savoir si Veyrenc emmènerait Camille quelque part. Une échappée de deux jours, une auberge forestière, et l'enfant dans l'herbe en train de jouer dans leurs pieds. Cela, jamais. Ce foutu salopard de Béarnais ne lui piquerait pas Tom.

— C'est important, ce suivi des déplacements ?

— C'est décisif.

— Alors il faut sécuriser mieux qu'avec son portable. On colle un GPS sous sa voiture. Micro aussi ? Dans la voiture ?

— Tant qu'on y est. Il vous faudra combien de temps ?

— Ce sera prêt à dix-sept heures.

XXXVI

À seize heures quarante, Hélène Froissy achevait de régler dans la chambre d'Adamsberg le bon fonctionnement de la réception. Elle entendait bien la voix de Veyrenc, mais brouillée par celles de ses collègues alentour et par les raclements des pieds de chaises, les bruits de pas, le froissement du papier. La puissance du récepteur était trop élevée, il était inutile que le portable capte à plus de cinq mètres. C'était suffisant pour couvrir la surface du studio de Veyrenc et cela lui permettait d'éliminer une bonne partie des perturbations.

À présent, les paroles de Veyrenc lui arrivaient claires et nettes. Il discutait avec Retancourt et Justin. Froissy écouta quelques instants la voix légère et tamisée du lieutenant, tout en atténuant encore l'effet parasite des bruits de fond. Veyrenc s'asseyait à son bureau. Elle entendit le cliquetis des touches du clavier et puis des mots, dits pour lui seul. *Je n'ai plus de caverne pour abriter ma peine.* Froissy jeta un regard maussade à la table d'écoute, à ces engins du diable qui déversaient sans retenue les soucis de Veyrenc dans la chambre d'Adamsberg. Il y avait quelque chose de violent dans cet appareillage lancé aux trousses de Veyrenc. Elle hésitait à enclencher le dispositif, puis bascula un à un les interrupteurs. Une lutte de brutes, pensa-t-elle en refermant la porte, à laquelle elle venait de participer, pleinement responsable.

XXXVII

Le lundi 4 avril, Danglard punaisa sur le mur de la salle du Concile une carte du département de l'Eure. Il tenait à la main une liste de vingt-neuf femmes supposées vierges, de trente à quarante ans, et vivant dans les vingt kilomètres aux alentours du Mesnil-Beauchamp. Leurs adresses avaient été répertoriées et Justin pointait avec des épingles rouges les emplacements de leurs domiciles.

— Tu aurais dû prendre des épingles blanches, dit Voisenet.

— Tu m'emmerdes, dit Justin. Je n'en ai pas.

Les hommes étaient fatigués. Ils avaient passé huit jours à fouiller les fichiers et ratisser le terrain de curé en curé. Une chose semblait acquise : aucune autre femme correspondant à leurs critères n'avait trouvé la mort par accident dans les mois passés. La troisième vierge était donc vivante. Cette certitude pesait aussi lourd sur la tête des agents que leur doute concernant le choix d'enquête de leur commissaire. On mettait en question son fondement même, c'est-à-dire le lien entre les profanations et la recette du *De reliquis*. L'opposition s'était feuilletée en plusieurs degrés. Les plus durs, les ultras, estimaient que des traces de lichen sur une pierre ne pouvaient pas constituer la preuve d'un meurtre. Que, vu sous un certain angle, l'échafaudage monté par Adamsberg était aussi évanescent qu'un rêve, rien d'autre qu'une chimère qui les avait tous emportés le temps d'un singulier colloque. D'autres, les réticents, acceptaient les meurtres d'Élisabeth et de Pascaline, reconnaissaient qu'un lien pouvait les unir à la mutilation du chat et au vol des reliques, mais refusaient de suivre le commissaire jusqu'à la médication médiévale. Et même chez les derniers adeptes de la théorie du *De reliquis*, l'interprétation de la médication était à présent sujette à caution et à glose. Le texte ne parlait pas d'un chat, et le mâle principe pouvait tout aussi bien être, au point où l'on en était, de la semence de taureau. Rien n'indiquait le contraire, comme rien ne disait expressément qu'il fallait trois vierges pour composer la mixture. Deux suffisaient peut-être et on bossait pour rien. Comme rien ne disait que la troisième vierge serait tuée trois à six mois avant le vin nouveau. Tout cela, de fil ténu en raisonnement improbable, formait un édifice sans queue ni tête plus fabuleux que réaliste.

De jour en jour, une révolte inédite et bruissante soulevait l'air de la Brigade, faisant de nouvelles recrues à mesure que passaient les heures et montait la fatigue. On se rappelait le limogeage brutal de Noël, dont on était sans nouvelles. Limogeage devenu incompréhensible tant Adamsberg se montrait déplaisant avec le Nouveau, l'évitant autant qu'il le pouvait. On murmurait que le commissaire ne s'était pas remis du drame québécois, ni de sa rupture avec

Camille, ni de la mort de son père, ni de la naissance de son fils, qui le déclassait brusquement au rang des vieux. On se rappela les galets déposés sur chacune des tables, et l'un des hommes lança la supposition qu'Adamsberg virait au mysticisme. Et c'est en dérapant dans ses boues qu'il faisait dérailler toute l'enquête et ses hommes avec lui.

Ce mécontentement n'aurait pas dépassé la grogne usuelle si le comportement d'Adamsberg était demeuré à l'identique. Mais depuis le lendemain du colloque des Trois Vierges, le commissaire était devenu inaccessible, délivrant des ordres secs et tristes, ne mettant plus un pied dans la salle du Concile. On eût dit que son eau s'était prise en glace. La rébellion relançait la querelle de fond entre positivistes et pelleteux de nuages, les troupes des pelleteux s'amenuisant face à la froideur lointaine d'Adamsberg.

Deux jours plus tôt, une discussion sévère avait encore creusé les antagonismes, à savoir si oui ou non on laissait tomber ces foutues reliques et ces affaires de rogatons. Mercadet, Kernorkian, Maurel, Lamarre, Gardon, et Estalère bien sûr, serreraient les rangs autour du commissaire, qui ne semblait pas se préoccuper de la mutinerie qui agitait sa brigade. Danglard, impérieux, tenait bon sur le pont, alors qu'il était l'un des premiers à douter de l'option d'Adamsberg. Mais face à la fronde, il se serait fait hacher menu plutôt que de l'admettre et il défendait ardemment sans y croire la thèse du *De reliquis*. Veyrenc ne prenait pas position, se contentant d'effectuer son travail en tentant de ne pas attirer l'attention. Entre lui et le commissaire, le pas de la guerre avait été violemment franchi au lendemain du colloque des Trois Vierges, et il ne comprenait pas pourquoi.

Très étrangement, Retancourt, une des positivistes les plus fermes de la Brigade, restait indifférente à cette querelle, comme un surveillant blasé continue son boulot dans une cour de récréation tumultueuse. Concentrée, plus silencieuse que d'ordinaire, Retancourt semblait absorbée par un problème connu d'elle seule. Elle n'avait pas même paru à la Brigade aujourd'hui. Alerté par l'énigme, Danglard avait questionné Estalère, considéré comme le meilleur spécialiste de la déesse polyvalente.

— Elle convertit toute son énergie en bloc, diagnostiqua Estalère. Il n'en reste plus une miette pour nous, et à peine pour le chat.

— À quoi, selon vous ?

— Ce n'est pas un effort administratif, ni familial, ni physique. Ni technique, énuméra Estalère en essayant d'éliminer les paramètres. Je pense que c'est, comment dire...

Estalère désigna son front.

— Intellectuel, proposa Danglard.

— Oui, dit Estalère. C'est une réflexion. Quelque chose l'intrigue.

Adamsberg était en réalité très conscient du climat qu'il faisait peser sur la Brigade et tentait de le contrôler. Mais les écoutes de Veyrenc l'avaient gravement touché, et il peinait à rétablir l'équilibre. Ces écoutes n'avaient pas fait avancer d'une miette sa recherche sur la guerre des deux vallées, ni sur le décès de Fernand et de Gros Georges. Veyrenc n'appelait que quelques parents et amies, sans commenter sa vie à la Brigade. En revanche et par deux fois, Adamsberg avait capté en direct l'accouplement Veyrenc-Camille, et il était sorti écrasé par le poids de ces deux corps, blessé par l'impudeur de la réalité, quand la réalité est celle des autres. Et il le regrettait. Les amours de Veyrenc et de Camille, loin de lui permettre d'entrer dans leur ronde et de la régenter, le rejetaient très loin d'eux. Il n'existait pas dans cette chambre, cet espace n'était pas le sien. Il y était entré comme un pirate et il devait en repartir. Ce sentiment déçu qu'un lieu inaccessible n'appartenait qu'à Camille et ne le concernait en rien commençait à remplacer progressivement sa rage. Il n'avait plus qu'à revenir vers ses propres terres, revenir fourbu et sali, et doté de souvenirs qu'il n'aurait plus qu'à dissoudre. Il avait marché longtemps sous les cris des oiseaux pour comprendre qu'il devait cesser d'assiéger les murs d'un but imaginaire.

Plus dispos, et comme relevant d'une fièvre qui le laissait courbatu, il traversa la salle du Concile et regarda la carte qu'achevait de compléter Justin. À son entrée, Veyrenc s'était aussitôt rétracté en posture défensive.

— Vingt-neuf, dit Adamsberg en comptant les punaises rouges.

— On n'y arrivera pas, dit Danglard. Il faut introduire un autre paramètre pour restreindre encore.

— Le mode de vie, suggéra Maurel. Celles qui vivent avec un parent, un frère, une tante, sont moins accessibles pour un meurtrier.

— Non, dit Danglard. Élisabeth a été tuée sur le chemin de son travail.

— Le bois de la croix ? Qu'est-ce que cela a donné ? demanda Adamsberg à voix assez basse, comme s'il avait toussé pendant huit jours.

— Pas une seule relique dans toute la Haute-Normandie, répondit Mercadet. Et pas un vol de ce genre sur la période considérée. Le dernier trafic observé concernait les reliques de saint Démétrius de Salonique, il y a cinquante-quatre ans.

— Et l'ange de la mort ? Vous l'avez repérée dans le coin ?

— Il y a une possibilité, dit Gardon. Mais nous n'avons que trois témoignages. Une infirmière pour soins à domicile s'était installée à Vecquigny il y a six ans. C'est à treize kilomètres du Mesnil, au nord-est. La description est très vague. Une femme de soixante à soixante-dix ans, petite, tranquille, assez bavarde. C'est elle comme c'est n'importe qui. On se souvient d'elle au Mesnil, à Vecquigny et à Meillères. Elle a exercé environ un an.

— Assez longtemps pour se renseigner, donc. On sait pourquoi elle est partie ?

— Non.

— On laisse tomber, dit Justin, passé pendant la rébellion dans le clan des positivistes.

— Quoi, lieutenant ? demanda Adamsberg d'une voix lointaine.

— Tout. Le bouquin, le chat, la troisième vierge, les rogatons, tout ce chantier. C'est foutaises et compagnie.

— Je n'ai plus besoin d'hommes sur cette affaire, dit Adamsberg en s'asseyant au milieu de la salle, au centre de tous les regards. Toutes les données sont rassemblées, on ne peut pas faire plus, ni en fichiers ni sur le terrain.

— Et comment alors ? demanda Gardon, encore espérant.

— Intellectuellement, lança Estalère, se jetant sans prudence dans la bagarre.

— Et c'est toi, Estalère, qui vas dénouer intellectuellement ? demanda Mordent.

— Ceux qui veulent quitter l'affaire le font, reprit Adamsberg du même ton lâché. Au contraire. Il faut des agents sur le décès de la rue de Miromesnil et sur la rixe à Alésia. Et une enquête sur l'empoisonnement collectif à la maison de retraite d'Auteuil. On a pris du retard sur tous les dossiers.

— Je crois que Justin n'a pas tort, dit Mordent d'un ton mesuré. Je crois que nous sommes sur une mauvaise piste, commissaire. Au fond, si on regarde le tout, ce n'est parti que d'un chat torturé par des gosses.

— D'un os pénien prélevé sur un chat, dit Kernorkian en défense.

— Je ne crois pas à la troisième vierge, dit Mordent.

— Moi, je ne crois même pas à la première, dit Justin d'une voix morne.

— Ah merde, dit Lamarre. Elle est tout de même morte, Élisabeth.

— Je te parle de la Vierge Marie.

— Je vous laisse, dit Adamsberg en enfilant sa veste. Mais la troisième vierge existe quelque part, elle boit un petit café, et je ne la laisserai pas mourir.

— Quel petit café ? demanda Estalère, alors qu'Adamsberg avait déjà quitté la salle du Concile.

— Ce n'est rien, dit Mordent. C'est sa manière de dire qu'elle vit sa vie.

XXXVIII

Francine détestait les vieux trucs du passé, toujours sales et jamais droits. Elle ne se sentait tranquille que dans l'univers immaculé de la pharmacie, où elle entretenait, lessivait, rangeait. Mais elle n'aimait pas rentrer dans la vieille maison paternelle, toujours sale et jamais droite. De son vivant, Honoré Bidault n'aurait pas toléré qu'on y touche mais, à présent, qu'est-ce que cela pouvait faire ? Depuis deux ans, Francine ruminait son projet de déménagement, loin de la vieille ferme campagnarde et dans un appartement neuf en ville. Elle laisserait tout ici, les brocs, les casseroles tordues, les armoires hautes, tout.

Vingt heures trente, c'était le meilleur moment. Elle avait fini sa vaisselle, fermé le sac-poubelle à double tour et l'avait porté sur le seuil de la porte. Les poubelles attirent des quantités de bestioles, mieux valait ne pas les laisser dans la maison la nuit. Elle contrôla l'état de la cuisine, toujours avec appréhension, craignant d'y repérer une souris, un insecte, rampant, volant, une araignée, une larve, un loir, cette maison était bourrée de toutes ces saletés qui entraient et sortaient sans crier gare, et il n'y avait aucun moyen de s'en débarrasser, à cause du champ autour, à cause du grenier au-dessus, à cause de la cave en dessous. Le seul bunker qu'elle avait réussi à presque protéger des intrusions était sa chambre. Elle avait passé des mois à obturer la cheminée, à boucher au ciment toutes les lézardes des murs, toutes les fentes sous les fenêtres et les portes, et surélevé son lit sur des briques. Elle préférait ne pas aérer que de laisser pénétrer quoi que ce soit dans cette pièce pendant son sommeil. Mais il n'y avait rien à faire pour éliminer les vrillettes qui, toute la nuit, s'enfonçaient dans le bois des vieilles poutres. Chaque soir, Francine regardait les petits trous au-dessus de son lit, craignant de voir apparaître la tête d'une vrillette. Elle ne savait pas du tout à quoi pouvaient bien ressembler ces saletés de vrillettes : à un ver ? à un mille-pattes ? à un perce-oreilles ? Et chaque matin, elle devait nettoyer d'une main dégoûtée la poussière de bois tombée sur sa couverture.

Francine versa le café chaud dans une grande tasse, ajouta un morceau de sucre et deux bouchons de rhum. Le meilleur moment. Ensuite, elle emportait sa tasse dans sa chambre, avec la petite bouteille de rhum, et elle regardait deux films de suite. Sa collection de huit cent douze films, étiquetés et classés, était rangée dans la seconde chambre, celle de son père, et un jour ou l'autre, l'humidité les abîmerait. Elle s'était résolue à quitter la ferme le jour où un spécialiste des charpentes était passé l'inspecter, cinq mois après la mort de son père. Et dans les chevrons, il avait détecté sept trous de capricorne.

Sept. Des trous énormes, inimaginables, gros comme le petit doigt. Si on prête l'oreille, on peut les entendre creuser dans la matière, avait dit le spécialiste en rigolant.

Il faut traiter, avait décrété l'homme. Mais dès qu'elle avait vu la taille des perforations du capricorne, Francine avait pris sa décision. Elle s'en irait. Elle se demandait parfois avec dégoût quelle tête pouvait avoir un capricorne. Un gros ver ? Une sorte de scarabée avec une foreuse ?

À une heure du matin, Francine examina les trous des vrillettes, vérifia grâce à des repères fixes qu'ils ne s'étaient pas trop étendus sur la poutre et éteignit sa lampe, espérant ne pas surprendre le halètement du hérisson au-dehors. Elle n'aimait pas ce bruit, on aurait cru un être humain soufflant dans la nuit. Elle se mit sur le ventre, rabattit ses couvertures sur sa tête, ne laissant qu'une petite aération pour y loger ses narines. À trente-cinq ans, tu te comportes comme une enfant, Francine, avait dit le curé. Et alors ? Dans deux mois, elle ne verrait plus ni cette maison, ni le curé d'Otton. Elle ne passerait pas un été de plus ici. L'été, c'était pire encore, avec les gros papillons de nuit qui entraient – mais par où bon sang ? – et frappaient leurs corps répugnants contre les abat-jour, avec les frelons, les mouches, les taons, les portées de rongeurs et les aoûtats. On disait que les larves des aoûtats creusaient des petits orifices dans la peau et y pondaient leurs œufs.

Pour s'endormir, Francine reprit son décompte des jours qui la séparaient de son départ, le 1er juin. On lui avait dit et redit qu'elle faisait une mauvaise affaire en troquant sa très grande ferme du XVIIIe siècle contre un deux-pièces balcon à

Évreux. Mais pour Francine, c'était la meilleure affaire de sa vie. Dans deux mois, elle serait en sécurité, avec ses huit cent douze films dans un appartement net et blanc, à soixante mètres de la pharmacie. Elle serait assise sur un coussin neuf, bleu, posé sur un lino neuf, devant sa télévision, avec le café au rhum, sans la moindre vrillette pour la terrifier. Plus que deux mois. Elle aurait un lit en hauteur, décollé du mur, avec une échelle vernie pour monter dedans. Elle aurait des draps pastel qui resteraient propres, sans que les mouches viennent déféquer dessus. Enfant ou pas, elle serait bien, enfin. Francine se contracta sous la chaleur de sa cape de couvertures, et enfonça l'index dans son oreille. Elle ne voulait pas entendre le hérisson.

XXXIX

Dès qu'il eut fermé la porte de sa maison, Adamsberg fila sous la douche. Il se lava les cheveux en frottant dur, puis s'adossa au mur carrelé et laissa couler l'eau tiède les yeux fermés, les bras ballants. À force de rester dans la rivière, disait sa mère, ça va te délaver, tu vas devenir blanc.

L'image d'Ariane traversa son esprit, vivifiante. Bonne idée, se dit-il en fermant les robinets. Il pourrait l'inviter à dîner, et on verrait bien, si oui ou si non. Il se sécha à la va-vite, enfila ses habits sur sa peau encore humide, passa devant la console d'écoute, installée au bout de son lit. Demain, il demanderait à Froissy de venir débrancher cette machine infernale et d'emporter dans ses fils ce foutu salopard de Béarnais au sourire en biais. Il attrapa la pile des enregistrements de Veyrenc et cassa les disques un à un, projetant des éclats brillants dans toute la pièce. Il rassembla le tout dans un sac qu'il ferma solidement. Puis il avala des sardines, des tomates et du fromage et, ainsi calé et purifié, il décida d'appeler Camille en témoignage de sa bonne volonté, et de demander des nouvelles du rhume de Tom.

Ligne occupée. Il s'assit sur le bord du lit, mâchant son reste de pain, et réessaya dix minutes plus tard. Occupé. Bavardage avec Veyrenc, peut-être. La table d'écoute, qui émettait un clignotement rouge régulier, lui offrait une dernière tentation. Il enclencha le bouton d'un geste brusque.

Rien, sauf le bruit de la télévision. Adamsberg monta le son. Veyrenc écoutait un débat sur la jalousie, ironie du sort, tout en passant l'aspirateur dans son studio. Entendre cette émission chez lui depuis le poste de Veyrenc, et en sa compagnie indirecte, lui parut un peu pernicieux. Un psychiatre était en train d'exposer les causes et les effets de la compulsion possessive et Adamsberg s'étendit sur son lit, soulagé de constater que, malgré sa récente embardée, il ne présentait aucun des symptômes décrits.

L'éclat de voix le réveilla instantanément. Il se redressa d'un bond pour aller couper cette télévision qui braillait dans sa chambre.

— *Tu t'avises pas de bouger, connard.*

Adamsberg fit trois pas jusqu'au bout de la pièce, ayant déjà rectifié l'erreur. Ce n'était pas la télévision, mais l'émetteur qui lui transmettait un film en direct depuis chez Veyrenc. Il chercha le bouton d'une main endormie et arrêta son geste en entendant la voix du lieutenant qui répondait au protagoniste. Et la voix de Veyrenc était trop particulière pour sortir d'un téléviseur. Adamsberg regarda ses montres, presque deux heures du matin. Veyrenc avait une visite nocturne.

— *T'as un flingue ?*

— *Mon arme de service.*

— *Où ?*

— *Sur la chaise.*

— *On te l'embarque, ça te va ?*

— *C'est cela que vous voulez ? Des armes ?*

— *À ton avis ?*

— *Je n'ai pas d'avis.*

Adamsberg composait en hâte le numéro de la Brigade.

— Maurel, qui est avec vous ?

— Mordent.

— Foncez au domicile de Veyrenc, agression armée. Ils sont deux. Ventre à terre, Maurel, il est en joue.

Adamsberg raccrocha et appela Danglard tout en laçant ses chaussures d'une main.

— *Ben creuse-toi la tête, mon gars.*

— *Ça te revient pas ?*

— *Désolé, je ne vous connais pas.*

— *Ben viens, on va te remettre la cervelle en place. Passe un froc quand même, tu seras plus correct.*

— *Où va-t-on ?*

— *En balade. Et c'est toi qui vas conduire, comme on va te dire.*

— Danglard ? Deux mecs braquent Veyrenc chez lui. Filez à la Brigade et prenez le relais de l'écoute. Ne le lâchez pas surtout, j'arrive.

— Quelle écoute ?

— Merde, l'écoute de Veyrenc !

— Je n'ai pas son numéro de portable. Comment voulez-vous que je lance une écoute ?

— Je ne vous demande pas de lancer quoi que ce soit mais de prendre le relais. La bécane est dans l'armoire de Froissy, celle de gauche. Grouillez-vous nom de Dieu, et prévenez Retancourt.

— L'armoire de Froissy est fermée, commissaire.

— Mais prenez son double dans mon tiroir, bon sang ! cria Adamsberg en dévalant ses escaliers.

— OK, dit Danglard.

Il y avait des écoutes, il y avait un braquage et, en passant sa chemise en hâte, Danglard tremblait de comprendre pourquoi. Vingt minutes plus tard, il branchait le récepteur, à genoux devant l'armoire de Froissy. Il entendit un pas de course, Adamsberg arrivait dans son dos.

— Où en sont-ils ? demanda le commissaire. Partis ?

— Pas encore. Veyrenc les a fait lanterner pour s'habiller, puis pour chercher ses clefs de voiture.

— Ils prennent sa voiture ?

— Oui. Il vient de trouver les clefs, les gars devenaient...

— Fermez-la, Danglard.

À genoux, les deux hommes penchaient le front vers l'émetteur.

— *Non, mec, tu laisses ton téléphone ici. Tu nous prends pour des connards ?*

— Ils balancent son portable, dit Danglard. On va perdre l'écoute.

— Branchez le micro, vite.

— Quel micro ?

— Celui de sa bagnole, bon sang ! Allumez l'écran, on va suivre le GPS.

— On ne capte plus rien. Ils doivent être entre l'appartement et la voiture.

— Mordent ? appela Adamsberg. Ils sont dans la rue, près de chez lui.

— On arrive seulement à son carrefour, commissaire.

— Merde.

— Il y avait un accident à la Bastille et des embouteillages. On a mis la sirène mais c'était le foutoir.

— Mordent, ils vont monter dans sa voiture avec lui. Vous allez suivre par GPS.

— Je n'ai pas sa longueur d'onde.

— Moi je l'ai. Je vous guide. Gardez la ligne constamment. Vous êtes sur quelle voiture ?

— La BEN 99.

— Je vous envoie le son sur votre radio.

— Quel son ?

— Leur conversation, dans la voiture.

— Entendu.

— Ils y sont, souffla Danglard, ils démarrent, plein est, vers la rue de Belleville.

— Je les entends, dit Mordent.

— *Tu t'avises pas de gueuler, connard. Boucle ta ceinture, garde les deux mains sur le volant. Fonce vers le périphérique. On va en banlieue. Ça te dit ?*

Tu t'avises pas de gueuler, connard. Adamsberg connaissait cette phrase. Loin, très loin sur un haut pré. Il serra les dents, posa sa main sur l'épaule de Danglard.

— Nom de Dieu, capitaine. Ils vont le bousiller.

— Qui ?

— Eux. Les gars de Caldhez.

— *Va plus vite, Veyrenc, pied au plancher. Dans une voiture de flic, t'as le droit, non ? Allume tes lumières, on n'aura pas d'emmerdes.*

— *Vous me connaissez ?*

— *Cesse de faire ton malin, on va pas jouer aux connards toute la nuit.*

— Connards, connard, c'est tout ce qu'ils savent dire, gronda Danglard, en sueur.

— Fermez-la, Danglard. Mordent, ils sont sur le périphérique sud. Ils ont mis le gyrophare, cela devrait vous guider.

— J'ai entendu. OK.

— *... nand et le Gros Georges. Ça te revient ? Ou t'as oublié que tu les avais butés ?*

— *Ça me revient.*

— *Ben c'est pas trop tôt, mon gars. Et nous, on a besoin de se présenter ?*

— *Non. Vous êtes les autres petits salopards de Caldhez. Roland et Pierrot. Et je n'ai pas tué ces deux ordures de Fernand et Gros Georges.*

— *Tu t'en tireras pas comme ça, Veyrenc. On a dit qu'on faisait pas les connards. Sors, on va à Saint-Denis. Tu les as tués, et Roland et moi, on ne va pas attendre que tu nous crèves en se tournant les pouces.*

— *Je ne les ai pas tués.*

— *Essaie pas de discuter. On a nos sources spéciales, et je crois pas que t'oserais contredire. Tourne ici et ferme ta gueule.*

— Mordent, ils passent au nord de la basilique.

— On arrive droit sur la basilique.

— Au nord, Mordent, au nord.

Adamsberg, toujours à genoux devant le

récepteur, serrait ses lèvres contre son poing, entrant ses dents dans sa gencive.

— On va les avoir, dit Danglard mécaniquement.

— Ce sont des rapides, capitaine. Ils tuent avant même de s'en rendre compte. Merde, plein ouest, Mordent ! Ils filent vers la zone en construction.

— C'est bon, commissaire, je vois le gyrophare. Deux cent cinquante mètres.

— Préparez-vous, ils vont sans doute le débarquer dans un chantier. Dès qu'ils sortiront de la voiture, je ne pourrai plus rien capter.

Adamsberg colla à nouveau son poing contre sa bouche.

— Où est Retancourt, Danglard ?

— Pas là, pas chez elle.

— Je file à Saint-Denis. Suivez le GPS, balancez l'écoute sur ma voiture.

Adamsberg quitta la Brigade en courant pendant que Danglard essayait de déplier ses genoux endoloris. Sans quitter l'écran des yeux, il tira en boitant une chaise auprès de la petite armoire. Le sang lui battait dans les tempes, faisant monter un terrible mal de tête. Lui, il allait tuer Veyrenc aussi sûr que s'il avait tiré lui-même. Lui qui avait pris la décision solitaire de prévenir Roland et Pierrot de se tenir sur leurs gardes, les informant des meurtres de leurs deux amis. Il n'avait pas donné le nom de Veyrenc, mais même des abrutis comme Pierrot et Roland n'avaient pas eu beaucoup à réfléchir pour comprendre. Pas une seconde Danglard n'avait imaginé que les deux hommes risqueraient le coup de se débarrasser de Veyrenc. Le vrai connard de l'affaire, c'était lui, Danglard. Le vrai salopard aussi. Une basse jalousie de préséance l'avait précipité vers une décision meurtrière, toute réflexion bloquée. Danglard sursauta en voyant le point lumineux se figer sur l'écran.

— Mordent, ils s'arrêtent. Rue des Écrouelles, à mi-chemin. Ils sont encore dans le véhicule. Ne vous montrez pas.

— On se bloque à quarante mètres. On termine à pied.

— *On va te le faire sans douleur, ce coup-ci. Pierrot, essuie les empreintes sur la caisse. Personne saura ce que t'es venu foutre à Saint-Denis, personne saura pourquoi t'es mort dans un chantier. Et on n'entendra plus parler de toi, Veyrenc, ni de ta foutue tignasse. Et si tu gueules, c'est tout simple, t'es mort avant.*

Adamsberg fonçait toutes sirènes en route sur le périphérique presque vide. Bon Dieu faites que. Par pitié. Il ne croyait pas en Dieu. Alors la vierge, la troisième vierge. La sienne. Faites que Veyrenc s'en sorte. Faites que. C'était Danglard, bon sang, il ne voyait pas d'autre explication. Danglard qui avait cru bon d'alerter les deux derniers de la bande de Caldhez pour les protéger. Sans le prévenir. Sans les connaître. Il aurait pu lui dire, lui, que Roland et Pierrot n'étaient pas des gars à attendre le danger sans s'en faire. Il était inévitable qu'ils réagissent, et vite, et aveuglément.

— Mordent ?

— Ils sont dans le chantier. On y entre. Bagarre, commissaire. Veyrenc a lancé son coude dans l'estomac d'un des types. Le type est à genoux. Il se relève, il a toujours son flingue. L'autre a rattrapé Veyrenc.

— Tirez, Mordent.

316

— Trop loin, trop noir. Je tire en l'air ?

— Non, commandant. Au moindre coup de feu, ils tirent aussi. Approchez-vous. Roland aime parler, il aime la ramener. Ça le retarde. À douze mètres, allumez la torche et tirez.

Adamsberg sortit du périphérique. Si au moins il n'avait pas raconté cette saleté d'histoire à Danglard. Mais il avait fait comme les autres : il avait raconté son secret à *une* personne. Une, et c'était une de trop.

— Ce que j'aurais aimé, c'est te buter sur le Haut Pré. Mais je ne suis pas con à ce point, Veyrenc, je ne vais pas aider les flics à comprendre. Et ton chef ? Tu lui as demandé ce qu'il foutait là ? T'aimerais le savoir, hein ? Tu me fais marrer, Veyrenc, tu m'as toujours fait marrer.

— Treize mètres, dit Mordent.

— Allez-y, commandant. Aux jambes.

Adamsberg entendit trois détonations éclater sur sa radio de bord. Il entrait à cent trente à l'heure dans Saint-Denis.

Roland s'était écroulé, frappé à l'arrière du genou, et Pierrot s'était retourné d'un saut. Le garde-chasse leur faisait face, arme tendue. Roland tenta un coup maladroit qui perça la cuisse de Veyrenc. Maurel visa le garde-chasse, toucha l'épaule.

— Les deux types sont tombés, commissaire. Un au bras, un au genou. Veyrenc au sol, à la cuisse. Sous contrôle.

— Danglard, envoyez deux ambulances.

— Déjà en route, répondit Danglard d'une voix morte. Hôpital Bichat.

Cinq minutes plus tard, Adamsberg pénétrait dans le terrain boueux du chantier. Mordent et

Maurel avaient tiré les trois blessés au sec, allongés sur des tôles.

— Mauvaise blessure, dit Adamsberg en se penchant vers Veyrenc. Il pisse le sang. Passez-moi votre chemise, Mordent, qu'on essaie de garrotter cela. Maurel, occupez-vous de Roland, le plus grand, immobilisez le genou.

Adamsberg déchira le pantalon de Veyrenc et banda la blessure avec la chemise, qu'il noua serrée sur la cuisse.

— Au moins, cela le réveille, dit Maurel.

— Oui, il est toujours tombé dans les pommes, et il s'est toujours réveillé. C'est sa manière. Vous m'entendez, Veyrenc ? Serrez ma main si vous m'entendez.

Adamsberg répéta trois fois sa phrase avant de sentir se crisper les doigts du lieutenant.

— C'est bon, Veyrenc, ouvrez les yeux maintenant, dit Adamsberg en lui frappant les joues. Revenez. Ouvrez les yeux. Dites oui si vous m'entendez.

— Oui.

— Dites autre chose.

Veyrenc ouvrit tout à fait les yeux. Son regard se posa sur Maurel, puis sur Adamsberg, incompréhensif, comme s'il s'attendait à voir son père l'emmener à l'hôpital de Pau.

— Ils sont venus, dit-il, les gars de Caldhez.

— Oui, Roland et Pierrot.

— À la chapelle de Camalès par le chemin des rocailles, ils sont venus sur le Haut Pré.

— On est à Saint-Denis, intervint Maurel, inquiet, on est dans la rue des Écrouelles.

— Ne vous en faites pas, Maurel, dit Adamsberg, c'est personnel. Ensuite, Veyrenc, continua-t-il en lui secouant l'épaule. Vous voyez le Haut Pré ? C'était bien là ? Cela vous est revenu ?

— Oui.

— Il y avait quatre gars. Et le cinquième ? Où est-il ?

— Debout sous l'arbre. C'est le chef.

— Ouais, dit Pierrot en ricanant. C'est le chef.

Adamsberg s'éloigna de Veyrenc pour s'approcher des deux gars, allongés et menottés à deux mètres du lieutenant.

— Comme on se retrouve, dit Roland.

— Ça t'épate ?

— Penses-tu. Il a toujours fallu que tu sois fourré dans nos jambes.

— Dis-lui la vérité sur le Haut Pré. À Veyrenc. Dis-lui ce que je foutais sous l'arbre.

— Il le sait, pas vrai ? Sinon, il serait pas là.

— Tu as toujours été un petit salopard, Roland. Ça, c'est la vérité.

Adamsberg vit les lueurs bleues des ambulances éclairer la palissade du chantier. Les ambulanciers chargèrent les hommes sur les brancards.

— Mordent, je suis Veyrenc. Accompagnez les deux autres, sous surveillance serrée.

— Commissaire, je n'ai pas de chemise.

— Prenez celle de Maurel. Maurel, ramenez la voiture à la Brigade.

Avant le départ des ambulances, Adamsberg prit le temps d'appeler Hélène Froissy.

— Froissy, désolé de vous tirer du lit. Allez démonter tout le matériel, d'abord à la Brigade, ensuite chez moi. Puis rendez-vous directement à Saint-Denis, rue des Écrouelles. Vous y trouverez la voiture de Veyrenc. Nettoyez tout.

— Cela ne peut pas attendre quelques heures ?

— Je ne vous appellerais pas à trois heures vingt du matin si cela pouvait attendre une seule minute. Faites tout disparaître.

XL

Le chirurgien entra dans la salle d'attente et chercha du regard qui pouvait être le commissaire attendant des nouvelles des trois patients blessés par balle.

— Où est-il ?

— Là, dit l'anesthésiste en désignant un petit homme brun qui dormait profondément, étendu sur la longueur de deux chaises, la tête calée sur sa veste aménagée en oreiller.

— Admettons, dit le chirurgien, en secouant Adamsberg par l'épaule.

Le commissaire se redressa, le dos noué, frotta plusieurs fois son visage, passa ses mains dans ses cheveux. Toilette faite, pensa le chirurgien. Mais lui non plus n'avait pas eu le temps de se raser.

— Ils vont bien, tous les trois. La blessure au genou demandera une rééducation, mais la rotule n'a pas été touchée. Le bras n'est presque rien, il pourra sortir dans deux jours. La cuisse a eu de la chance, ce n'est pas passé loin de l'artère. Il a de la fièvre, il parle en vers.

— Les balles ? demanda Adamsberg en secouant sa veste. Elles n'ont pas été mélangées ?

— Chacune dans sa boîte, étiquetée avec le numéro du lit. Que s'est-il passé ?

— Une attaque de distributeur de billets.

— Ah, dit le chirurgien, déçu. L'argent mène le monde.

— Où est la blessure au genou ?

— Chambre 435, avec le bras.

— Et la cuisse ?

— Chambre 441. Qu'est-ce qu'il a eu ?

— C'est la blessure au genou qui lui a tiré dessus.

— Non, je parle de ses cheveux.

— C'est naturel. Enfin, c'est de l'accidentel naturel.

— Moi, j'appelle cela une perturbation intradermique de la kératine. Très rare, exceptionnel même. Vous voulez un café ? Un petit déjeuner ? On est un peu pâle.

— Je vais trouver un distributeur, dit Adamsberg en se mettant debout.

— Le café du distributeur, c'est de la pisse d'âne. Venez avec moi. On va arranger tout cela.

Les médecins avaient toujours le dernier mot, et Adamsberg suivit l'homme en blanc docilement. On allait manger. On allait boire. On allait aller mieux. En titubant un peu, Adamsberg adressa une courte pensée à la troisième vierge. Il était midi, on devait s'apprêter à déjeuner. On ne devait pas avoir peur, tout irait bien.

Le commissaire entra dans la chambre de Veyrenc à l'heure de son repas. Une tasse de bouillon et un yaourt étaient posés sur ses genoux, qu'il considérait avec mélancolie.

— On doit le manger, dit Adamsberg en s'asseyant près du lit. On n'a pas le choix.

Veyrenc acquiesça, et prit la cuiller.

— À remuer les vieux souvenirs, Veyrenc, on prend des risques. Tous. Ce n'est pas passé loin.

Veyrenc leva sa cuiller, puis la reposa, fixant son bol de bouillon.

— Un sort cruel se plaît à diviser mon âme.
Mon honneur me presse de bénir le guerrier
Qui me sauva des coups de ces soldats infâmes.
Mais mon cœur se révolte contre ce cavalier
Par qui vint mon malheur et qu'on veut que j'acclame.

— Oui, c'est le problème. Mais je ne vous demande rien, Veyrenc. Et je ne suis pas dans une position tellement plus simple que vous. Je sauve la vie d'un homme qui peut défaire la mienne.

— Comment cela ?

— Parce que vous m'avez pris ce que j'ai de plus précieux.

Veyrenc se redressa sur un coude, grimaçant, soulevant sa lèvre en biais.

— Votre réputation ? Je n'y ai pas encore touché.

— Mais à ma femme, oui. Palier du septième étage, face à l'escalier.

Veyrenc se laissa tomber sur l'oreiller, bouche ouverte.

— Je ne pouvais pas savoir, dit-il à voix basse.

— Non. On ne sait jamais tout, souvenez-vous bien de cela.

— C'est comme dans l'histoire, dit Veyrenc après un silence.

— Laquelle ?

— Celle du roi qui envoya à la bataille et à une mort qu'il savait certaine un de ses généraux dont il aimait la femme.

— Je n'ai pas compris, dit sincèrement Adamsberg. Je suis fatigué. Qui aime qui ?

— Il était une fois un roi, reprit Veyrenc.

— Oui.

— Qui aimait la femme d'un gars.

— D'accord.

— Le roi envoya le gars à la guerre.

— D'accord.

— Le gars mourut.

— Oui.

— Et le roi prit la femme.

— Eh bien ce n'est pas moi.

Le lieutenant fixa ses mains, concentré, lointain.

— Pourtant vous auriez pu le faire.
Dans la nuit sombre, Seigneur, vint à vous la fortune
De délivrer vos jours d'une vie importune.
La mort guettait enfin celui qui vous fait mal
Que la fatalité a fait votre rival.

— D'accord, répéta Adamsberg.

— Quelle pitié, quelle pensée a freiné votre bras
Et vous a fait sauver cet homme du trépas ?

Adamsberg haussa les épaules, que la fatigue rendait douloureuses.

— Vous me surveilliez ? demanda Veyrenc. À cause d'elle ?

— Oui.

— Vous avez reconnu les gars dans la rue ?

— Quand ils vous ont fait monter en voiture, mentit Adamsberg, faisant l'impasse sur les micros.

— Je comprends.

— Il va falloir s'entendre, lieutenant.

Adamsberg se leva, et ferma la porte.

— On va laisser filer Roland et Pierrot, ni vu ni connu. Sans planton à la porte, ils saisiront la première occasion pour se tirer d'ici.

— Cadeau ? demanda Veyrenc avec un sourire fixe.

— Pas à eux, à nous, lieutenant. Si nous les poursuivons, il y aura accusation et procès, nous sommes bien d'accord ?

— J'espère bien qu'il y aura procès. Et condamnation.

— Ils se défendront, Veyrenc. Leur avocat plaidera la légitime défense.

— Et comment ? Ils m'ont braqué chez moi.

— En alléguant que vous avez tué Fernand le teigneux et Gros Georges, et que vous vous apprêtiez à les descendre à leur tour.

— Je ne les ai pas tués, dit sèchement Veyrenc.

— Et je ne vous ai pas attaqué, sur le Haut Pré, dit Adamsberg tout aussi froidement.

— Je ne vous crois pas.

— Personne n'est prêt à croire l'autre. Et aucun de nous deux n'a de preuve de ce qu'il avance, hormis la parole de l'autre. Le jury n'aura pas plus de raison de vous croire. Roland et Pierrot s'en sortiront, croyez-moi, et vous plongerez dans les ennuis.

— Non, coupa Veyrenc. Pas de preuve, pas de condamnation.

— Mais une réputation nouvelle, lieutenant, et des rumeurs. A-t-il tué les deux gars, n'a-t-il pas tué les deux gars ? Un soupçon agrippé à vous comme une tique, qui ne vous lâchera jamais. Qui vous grattera encore dans soixante-neuf ans, même si vous n'êtes pas condamné.

— Je comprends, dit Veyrenc après un moment. Mais je n'ai pas confiance. Qu'est-ce que vous y gagnez ? Vous pourriez combiner leur fuite pour les laisser frapper à nouveau plus tard.

— Vous en êtes à ce point-là, Veyrenc ? À ce compte-là, pensez-vous que c'est moi qui vous ai envoyé Roland et Pierrot cette nuit ? Que c'est pour cela que j'étais en bas de chez vous ?

— Je suis obligé de l'envisager.

— Et pourquoi vous aurais-je sauvé ?

— Pour vous couvrir lors de la seconde attaque qui, elle, sera réussie.

Une infirmière passa en coup de vent et posa deux cachets sur la table de nuit.

— Analgésique, dit-elle. À prendre avec le repas, on est raisonnable.

— On doit les avaler, dit Adamsberg en tendant les comprimés au lieutenant. Avec une gorgée de bouillon.

Veyrenc obéit, et Adamsberg reposa la tasse sur le plateau.

— Ça se tient, dit le commissaire en retournant s'asseoir, jambes étendues. Mais ce n'est pas la vérité. Il arrive souvent que le mensonge tienne debout, et pas la vérité.

— Eh bien dites-la-moi.

— J'ai une raison personnelle de souhaiter leur fuite. Je ne vous ai pas suivi, lieutenant, je vous ai écouté. J'ai fait brancher votre portable et posé un micro et un GPS dans votre voiture.

— À ce point-là ?

— Oui. Et je préférerais que cela ne se sache pas. S'il y a enquête, tout sera sur la table, les écoutes comprises.

— Qui le dira ?

— Celle qui les a installées sur mon ordre, Hélène Froissy. Elle m'a fait confiance, elle m'a obéi. Elle croyait agir dans votre intérêt. C'est une femme intègre, elle dira tout à l'enquête.

— Je vois, dit Veyrenc. On y gagnerait donc tous les deux.

— C'est cela.

— Mais ce n'est pas si simple, une évasion. Ils ne peuvent pas sortir de l'hôpital sans démolir quelques flics. Ce serait louche. Vous serez suspecté, ou au mieux attaqué pour faute professionnelle.

— Ils démoliront quelques flics. J'ai deux jeunes gens dévoués qui témoigneront que les gars les ont mis à terre.

— Estalère ?

— Oui. Et Lamarre.

— Encore faut-il que Roland et Pierrot tentent le coup. Ils n'imaginent sans doute pas qu'ils peuvent sortir de cet hôpital. On pourrait avoir posté des flics aux sorties.

— Ils sortiront, parce que je vais le leur demander.

— Et ils obéiront ?

— Évidemment.

— Et qui dit qu'ils ne réitéreront pas leur coup ?

— Moi.

— Vous les commandez toujours, commissaire ?

Adamsberg se leva et contourna le lit. Il jeta un coup d'œil à la feuille de température, 38,8°.

— On reprendra cela plus tard, Veyrenc, quand nous serons capables de nous écouter, quand la fièvre sera tombée.

XLI

À trois portes de la chambre de Veyrenc, dans la 435, Roland et Pierrot négociaient âprement avec le commissaire. Veyrenc s'était traîné mètre par mètre jusqu'au seuil et, adossé au mur, suant de douleur, il écoutait.

— Tu bluffes, dit Roland.

— Tu devrais plutôt me remercier de t'offrir l'occasion de te tirer d'ici. Ou sinon, ce sera dix ans de taule pour toi au bas mot, et trois pour Pierrot. C'est plus cher quand on tire sur un flic, ça ne pardonne pas.

— Le rouquin voulait nous flinguer, dit Pierrot. C'est de la légitime défense.

— Anticipée, précisa Adamsberg. Et tu n'as pas de preuves, Pierrot.

— Ne l'écoute pas, Pierrot, dit Roland. Le rouquin ira en taule pour meurtres et préméditation de meurtres, et nous, on s'en sortira peinards avec une indemnité, un sacré paquet de fric.

— Ce n'est pas du tout comme cela que cela va se passer, dit Adamsberg. Vous allez vous barrer, et vous allez la boucler.

— Pourquoi ? demanda Pierrot, méfiant. Et en quel honneur tu nous ferais sortir ? Ça pue l'embrouille.

— Forcément. Mais cette embrouille ne regarde que moi. Vous vous tirez, loin, et on n'entend plus parler de vous, c'est tout ce que je demande.

— En quel honneur ? répéta Pierrot.

— En l'honneur que si vous ne vous tirez pas, je lâche le nom de votre commanditaire de jadis. Et je ne pense pas qu'il sera très content que vous lui fassiez de la publicité, trente-quatre ans plus tard.

— Quel commanditaire ? dit Pierrot, sincèrement surpris.

— Demande à Roland, dit Adamsberg.

— Ne fais pas attention à lui, dit Roland, il raconte des conneries.

— L'adjoint au maire du village, chargé des travaux publics et viticulteur. Tu le connais, Pierrot. Celui qui dirige aujourd'hui une des plus grosses entreprises du bâtiment. Il a versé à toute la bande un gros acompte pour que le petit Veyrenc soit proprement démoli. La suite à venir à votre sortie de l'internat de redressement. C'est avec ce fric que Roland a monté sa chaîne de quincailleries et que Fernand a voyagé dans les palaces.

— Mais je n'ai jamais vu la couleur de ce fric, moi ! gueula Pierrot.

— Ni toi ni Gros Georges. Roland et Fernand ont tout encaissé pour eux seuls.

— Salopard, siffla Pierrot.

— Ta gueule, connard, répondit Roland.

— Dis que c'est pas vrai, ordonna Pierrot.

— Il ne peut pas, dit Adamsberg. C'est vrai. L'adjoint convoitait tout le plant de vigne de

Veyrenc de Bilhc. Il avait décidé de l'acheter en force et menaçait le père Veyrenc de représailles s'il ne calait pas. Mais Veyrenc s'accrochait à son pinard. L'adjoint a organisé l'agression contre le môme, en comptant bien que la peur ferait reculer le père.

— Tu mens, tenta Roland. Tu ne peux pas savoir tout ça.

— Je n'aurais pas dû le savoir. Puisque tu avais juré le secret à cette ordure d'adjoint. Mais on dit toujours son secret à *une* personne, Roland. Et tu l'as dit à ton frère. Et ton frère l'a dit à sa fiancée. Et sa fiancée l'a dit à sa cousine. Qui l'a dit à sa meilleure amie. Qui l'a dit à son petit ami. Qui était mon frère.

— T'es rien qu'un salopard, Roland, dit Pierrot.

— C'est exact, Pierrot, confirma Adamsberg. Et tu comprends que si vous ne m'obéissez pas, que si vous touchez à un seul cheveu de Veyrenc, brun ou roux, je balance le nom de l'adjoint au maire. Qui vous enverra tous les deux aux enfers. Que choisissez-vous ?

— On se tire, gronda Roland.

— Parfait. Inutile de démolir trop fort les deux brigadiers de garde. Ils seront au courant. Soyez crédibles, sans plus.

Dans le couloir, Veyrenc recula vers sa chambre. Il réussit à atteindre sa porte juste avant qu'Adamsberg ne sorte de la 435. Il se rejeta sur son lit, épuisé. Il n'avait jamais su pourquoi son père avait finalement accepté de vendre la vigne.

XLII

— C'est alors que le chamois sage commit
une gigantesque bêtise, par jalousie, bien qu'il
eût lu tous les livres. Il alla trouver deux gros
loups, qui par malheur étaient abrutis et
mauvais comme des teignes. Méfiez-vous du
bouquetin roux, leur dit-il, il va vous encorner.
Ni une ni deux, les deux loups se jetèrent sur le
bouquetin roux. Ils avaient grand-faim, ils l'avalèrent tout cru et l'on n'en entendit plus jamais
parler. Et le bouquetin brun put reprendre sa
vie, bien tranquille, bien débarrassé, avec les
marmottes et les écureuils. Et la bouquetine.
Mais non, Tom, ce n'est pas comme cela qu'allè-
rent les choses, car la vie est beaucoup plus com-
pliquée et l'intérieur de la tête des bouquetins
aussi. Le bouquetin brun se jeta sur les loups,
un peu en retard, et leur cassa les crocs. Les deux
bêtes s'enfuirent sans demander leur reste. Le
bouquetin roux avait été mordu à la cuisse et le
bouquetin brun fut obligé de le soigner. Il ne
pouvait pas le laisser mourir, qu'en penses-tu,
Tom ? Pendant ce temps-là, la bouquetine s'était
cachée. Elle ne voulait pas choisir entre le roux
et le brun, ça l'énervait. Alors les deux bou-

quetins s'assirent dans des fauteuils, allumèrent une bonne pipe et discutèrent le coup. Mais pour un oui pour un non, ils se frappaient avec leurs cornes, parce que l'un pensait avoir raison et croyait que l'autre avait tort, et que l'autre croyait dire la vérité tandis que l'un mentait.

L'enfant posa un doigt sur l'œil de son père.

— Oui, Tom, c'est difficile. C'est un peu comme l'*opus spicatum*, avec les arêtes qui vont dans un sens et dans un autre. C'est alors que la troisième vierge, qui vivait gentiment dans un terrier avec des gerbilles, arriva sur ces entrefaites. Elle se nourrissait de pissenlit et de plantain, et elle tremblait depuis qu'un arbre avait manqué l'écrabouiller. Troisième vierge était minuscule, elle buvait beaucoup de café, elle ne savait pas se défendre contre les esprits mauvais de la forêt. Troisième vierge appelait à l'aide. Mais certains bouquetins se fâchaient, ils prétendaient que Troisième vierge n'existait pas et qu'il ne fallait pas s'en mêler. Et le bouquetin brun dit d'accord, on n'en parle plus. Regarde, Tom. Je recommence l'expérience.

Adamsberg composa le numéro de Danglard.

— Capitaine, c'est toujours pour l'éducation du petit. Un jour, il y eut un roi.

— Oui.

— Qui aimait l'épouse d'un de ses généraux.

— D'accord.

— Il expédia son rival à la bataille en sachant qu'il l'envoyait à la mort.

— Oui.

— Danglard, comment s'appelait ce roi ?

— David, répondit Danglard d'une voix atone, et le général qu'il a sacrifié se nommait Uri. David épousa sa veuve, qui devint la reine Bethsabée, future mère du roi Salomon.

— Tu vois, Tom, comme c'est simple, dit Adamsberg à son fils, collé sur son ventre.

— C'est pour moi que vous dites cela, commissaire ? demanda Danglard.

Adamsberg réalisa que la voix de son adjoint était toujours sans vie.

— Si vous pensez que j'ai envoyé Veyrenc à la mort, continua Danglard, vous avez raison. Je pourrais affirmer que je ne l'ai pas voulu, je pourrais jurer que je ne l'ai pas pensé. Et après ? Et ensuite ? Qui saura jamais si je ne l'ai pas souhaité sans le savoir dans le fond de ma tête ?

— Capitaine, ne trouvez-vous pas que l'on se tracasse déjà assez avec ce que l'on pense réellement, sans devoir en plus se soucier de ce qu'on aurait pu penser si on l'avait pensé ?

— Même, répondit Danglard, à peine audible.

— Danglard. Il n'est pas mort. Personne n'est mort. Sauf vous, peut-être, qui allez agoniser dans votre salon.

— Je suis dans la cuisine.

— Danglard ?

Adamsberg n'obtint pas de réponse.

— Danglard, prenez une bouteille et rejoignez-moi. Je suis seul avec Tom. Sainte Clarisse est sortie faire un tour. Avec le tanneur, je suppose.

Le commissaire raccrocha pour ne pas laisser au commandant le moyen de dire non.

— Tom, dit-il, tu te souviens du chamois très sage qui avait beaucoup lu ? Et qui avait fait une gigantesque bêtise ? Eh bien le fin fond de sa tête était si compliqué qu'il s'y perdait la nuit. Et parfois le jour. Et ni la sagesse ni le savoir ne pouvaient l'aider à trouver l'issue. Il fallait alors que les bouquetins lui lancent une corde et tirent très fort pour le sortir de là.

Adamsberg leva soudain la tête vers le plafond de la chambre. Là-haut, dans le grenier, un frottement, un son feutré. Sainte Clarisse n'était donc pas allée se promener avec le tanneur, finalement.

— Ce n'est rien, Tom. Un oiseau, ou le vent, ou un tissu qui balaie le sol.

Pour purifier le fin fond de l'esprit de Danglard, Adamsberg alluma un bon feu. C'était la première fois qu'il utilisait sa cheminée et la flamme tirait haut et clair, sans enfumer la pièce. C'est ainsi qu'il devrait brûler la Question sans réponse sur le roi David, qui encrassait la tête de son adjoint, répandant le doute dans tous ses interstices. Aussitôt entré, Danglard s'installa près de la flambée aux côtés d'Adamsberg qui, bûche après bûche, réduisait son angoisse en cendres. Dans le même temps, et sans s'en ouvrir à Danglard, Adamsberg y carbonisait aussi les derniers morceaux de sa rage contre Veyrenc. Revoir les deux brutes de Caldhez en action, réentendre la voix féroce de Roland, avait sorti le passé de ses limbes, rendant à l'attaque barbare du Haut Pré toutes ses cruelles couleurs. Pleinement réactivée, la scène repassait sous ses yeux, intacte, hurlante. Le gosse à terre, les épaules écrasées sous les mains de Fernand, Roland qui s'approchait avec le tesson de verre, t'avise pas de bouger, connard. L'épouvante du petit Veyrenc, sa chevelure en sang, le coup porté au ventre, sa douleur indicible. Et lui, jeune Adamsberg, immobile sous son arbre. Il aurait donné beaucoup pour n'avoir jamais vécu cela, pour que ce souvenir inachevé cesse de le démanger trente-quatre ans plus tard, à un point précis. Pour que s'efface dans une flamme le tourment persistant de Veyrenc. Et si Camille, se prit-il à penser, pouvait le dissoudre en partie dans ses bras, qu'elle le fasse. À la condition que ce foutu salopard de Béarnais ne lui prenne pas sa terre. Adamsberg jeta une nouvelle bûchette dans les flammes et eut un vague sourire. La terre qu'il partageait avec Camille était hors de portée, il n'avait pas à s'en faire.

Avant minuit, Danglard, rasséréné sur le roi David, apaisé par la sérénité que diffusait Adamsberg en halo, achevait la bouteille qu'il avait apportée.

— Il brûle bien, ce feu, dit-il.

— Oui. C'est une des raisons pour lesquelles j'ai voulu cette maison. Vous vous souvenez de la cheminée chez la vieille Clémentine[1] ? J'ai passé des nuits devant. J'allumais le bout d'une branchette et je dessinais des cercles incandescents dans le noir. Comme cela.

Adamsberg alla éteindre le plafonnier, plongea une baguette de bois dans les flammes et traça des huit et des ronds dans la semi-obscurité.

— C'est joli, dit Danglard.

— Oui. Joli et obsédant.

Adamsberg tendit la branchette à son adjoint, et cala ses pieds contre la sole en brique, balançant sa chaise en arrière.

— Je vais laisser choir la troisième vierge, Danglard. Personne n'y croit, personne n'en veut. Et je n'ai pas la première idée pour trouver cette femme. Je l'abandonne à son sort, et à son café.

— Je ne crois pas, dit Danglard en soufflant doucement sur l'extrémité de la baguette pour relancer la combustion.

---

1. *Cf.*, du même auteur, *Sous les vents de Neptune*.

— Non ?

— Non. Je pense que vous n'allez pas la laisser choir. Ni moi. Je pense que vous persisterez à la chercher. Que les autres soient d'accord ou non.

— Croyez-vous qu'elle existe ? Croyez-vous qu'elle est en danger ?

Danglard dessina quelques huit dans l'air.

— L'hypothèse du *De reliquis* est aussi fragile qu'une vision, dit-il. Elle tient sur un fil, mais ce fil existe. Et il relie tous les éléments les plus disparates de l'histoire. Il relie même cette histoire de semelles cirées et de dissociation.

— Comment cela ? demanda Adamsberg en reprenant la baguette.

— Dans toutes les cérémonies incantatoires médiévales, on dessinait un cercle au sol. Au centre duquel dansait la femme qui appelait le diable. Ce cercle, c'est une manière de séparer un morceau de sol du reste de la terre. Notre tueuse agit sur un bout de terre à part qui n'appartient qu'à elle, sur son fil, dans son cercle.

— Retancourt ne m'a pas suivi sur ce fil, dit Adamsberg d'une voix maussade.

— Je ne sais pas où est Retancourt, dit Danglard avec une grimace. Elle n'a pas réapparu à la Brigade aujourd'hui. Et cela ne répond toujours pas chez elle.

— Vous avez appelé chez ses frères ? demanda Adamsberg en fronçant les sourcils.

— Chez ses frères, chez ses parents, chez deux de ses amies que je connais. Personne ne l'a vue. Elle n'avait pas prévenu qu'elle s'absentait. Aucun des membres de la Brigade n'était au courant.

— Sur quoi était-elle ?

— Elle devait s'occuper du meurtre de Miromesnil avec Mordent et Gardon.

— Vous avez écouté son répondeur ?

— Oui, aucun rendez-vous particulier.

— Il manque une voiture ?

— Non.

Adamsberg jeta la brindille dans le feu et se leva. Il fit quelques pas dans la pièce, bras croisés.

— Donnez l'alerte, capitaine.

XLIII

La nouvelle de la disparition du lieutenant Violette Retancourt était tombée sur la Brigade comme un avion qui s'écrase, anéantissant toute tentation frondeuse. Dans la sourde panique qui commençait à s'épandre, chacun réalisait que l'absence du gros et blond lieutenant privait l'édifice de l'un de ses piliers centraux. Le désarroi du chat, tassé en boule entre le mur et la photocopieuse, rendait à peu près compte de l'état moral de tous, à ceci près que les hommes poursuivaient les recherches, s'étendant à tous les hôpitaux et postes de gendarmerie du pays, avec diffusion de son signalement.

Le commandant Danglard, juste remis de sa crise morale dite « du roi David » et tenaillé par son pessimisme récurrent, s'était réfugié sans pudeur dans la cave, installé sur une chaise en plastique face à la haute chaudière, éclusant du vin blanc au su et au vu de tous. Estalère, à l'opposé du bâtiment, avait grimpé jusqu'à la salle du distributeur de boissons et, un peu à la manière de La Boule, s'était roulé sur les coussins en mousse du lieutenant Mercadet.

La jeune et timide réceptionniste, Bettina, tout récemment engagée au standard, traversa la salle du Concile presque en deuil, où l'on n'entendait que le cliquetis des téléphones et des paroles rares et répétitives, oui, non, merci de nous rappeler. Dans un angle, Mordent discutait avec Justin à voix basse. Elle frappa doucement à la porte du bureau d'Adamsberg. Le commissaire, assis voûté sur le tabouret haut, regardait le sol sans bouger. La jeune fille soupira. Il devenait urgent qu'Adamsberg prenne quelques heures de sommeil.

— Monsieur le commissaire, dit-elle en s'asseyant discrètement, quand pensez-vous que le lieutenant Retancourt a disparu ?

— Elle n'est pas venue lundi, Bettina, c'est tout ce qu'on sait. Mais elle a pu disparaître tout aussi bien samedi, dimanche, ou même vendredi soir. Depuis trois jours ou depuis cinq jours.

— La veille du week-end, le vendredi après-midi, elle fumait une cigarette à l'accueil avec le nouveau lieutenant, celui qui a les jolis cheveux de deux couleurs. Elle lui disait qu'elle quitterait la Brigade assez tôt, qu'elle avait une visite à faire.

— Une visite ou un rendez-vous ?

— Il y a une différence ?

— Oui. Réfléchissez, Bettina.

— Je crois vraiment qu'elle a parlé d'une visite.

— Vous en avez su plus ?

— Non. Ils se sont éloignés ensemble vers la grande salle et je n'ai rien entendu de plus.

— Merci, dit Adamsberg dans un battement de paupières.

— Vous devriez dormir, commissaire. Ma mère dit que si l'on ne dort pas, le moulin moud sa propre pierre.

— Elle ne dormirait pas, elle. Elle me cher-
cherait jour et nuit, un an s'il le faut sans manger
sans dormir, jusqu'à ce qu'elle me retrouve. Et
elle me retrouverait, elle.

Adamsberg enfila lentement sa veste.

— Si on me demande, Bettina, je suis à l'hôpital Bichat.

— Demandez à un agent de vous conduire.
Cela vous fera toujours vingt minutes de sommeil dans la voiture. Ma mère dit qu'une sieste
par-ci par-là, c'est le secret.

— Tous les agents la cherchent, Bettina. Ils
ont mieux à faire.

— Pas moi, dit Bettina. Je vous accompagne.

Veyrenc faisait ses premiers pas prudents
dans le couloir, soutenu par une infirmière.

— On se remet, expliqua l'infirmière. On a
moins de fièvre ce matin.

— On le ramène dans sa chambre, dit Adams-
berg en attrapant le lieutenant par l'autre bras.
Comment va la cuisse ? demanda-t-il, une fois
Veyrenc recouché.

— Bien. Mieux que vous, dit Veyrenc, frappé
par le visage épuisé d'Adamsberg. Que se passe-
t-il ?

— Elle a disparu. Violette. Depuis trois ou
cinq jours. Elle n'est nulle part, elle n'a donné
aucun signe de vie. Ce n'est pas un départ volon-
taire, toutes ses affaires sont là. Elle avait juste
sa veste et son petit sac à dos.

— Le bleu foncé.

— Oui.

— Bettina m'a dit que vous discutiez avec elle
vendredi après-midi, à l'accueil. Violette vous
parlait d'une visite à faire, elle voulait quitter la
Brigade assez tôt.

Veyrenc fronça les sourcils.

— Elle me parlait d'une visite ? À moi ? Mais je ne connais pas les amis de Retancourt.

— Elle vous en parlait, et puis vous êtes allés tous les deux dans la salle du Concile. Cherchez, lieutenant, vous êtes peut-être la dernière personne qu'elle a vue. Vous fumiez une cigarette.

— Oui, dit Veyrenc en levant la main. Elle avait promis au Dr Romain de passer le voir. Elle y allait presque une fois par semaine, m'a-t-elle dit. Pour essayer de le distraire. Elle le tenait au courant des enquêtes, elle lui apportait des photos, histoire qu'il reste un peu dans le coup.

— Des photos de quoi ?

— Des photos de morts, commissaire. C'est ce qu'elle lui apportait.

— D'accord, Veyrenc, je comprends.

— Vous êtes déçu.

— Je vais tout de même aller voir Romain. Mais il est totalement dissous dans ses vapeurs. S'il y avait eu quoi que ce soit à remarquer ou à entendre, il serait le dernier à réagir.

Adamsberg resta un moment sans bouger, calé dans le fauteuil capitonné de l'hôpital. Quand l'infirmière entra avec le plateau du dîner, Veyrenc posa un doigt sur ses lèvres. Le commissaire dormait depuis une heure.

— On ne le réveille pas ? murmura l'infirmière.

— Il n'était pas capable de tenir debout cinq minutes de plus. On lui laisse encore deux heures.

Veyrenc appela la Brigade, tout en examinant le contenu de son plateau.

— Qui est en ligne ? demanda-t-il.

340

— Gardon, dit le brigadier. C'est vous, Veyrenc ?

— Danglard n'est plus là ?

— Si, mais presque hors d'usage. Retancourt a disparu, lieutenant.

— Je suis au courant. Il me faudrait le numéro d'appel du Dr Romain.

— Je vous le donne tout de suite. On comptait venir vous voir demain. Vous avez besoin de quelque chose de particulier ?

— De bouffe, brigadier.

— Cela tombe bien, c'est Froissy qui vient.

Bonne nouvelle au moins, se dit Veyrenc en composant le numéro du docteur. Une voix très détachée lui répondit. Veyrenc ne le connaissait pas, mais Romain avait incontestablement des vapeurs.

— Le commissaire Adamsberg sera chez vous à vingt et une heures, docteur. Il m'a chargé de vous prévenir.

— Bon, dit Romain, qui semblait s'en foutre éperdument.

Adamsberg ouvrit l'œil à vingt heures passées.

— Merde, dit-il, pourquoi m'avez-vous laissé dormir, Veyrenc ?

— Même Retancourt vous aurait laissé dormir. La victoire ne vient qu'à l'homme qui sommeille.

XLIV

Le Dr Romain alla ouvrir la porte d'un pas languissant et rejoignit son fauteuil de même, semblant se traîner à skis sur du terrain plat.

— Ne me demande pas comment je vais, Adamsberg, cela m'énerve. Tu veux boire un coup ?

— Je veux bien un café.

— Ben prépare-le tout seul, j'ai pas le courage.

— Tu me tiens compagnie dans la cuisine ?

Romain soupira et se traîna à skis jusqu'au siège de sa cuisine.

— Tu en veux une tasse ? demanda Adamsberg.

— Autant que tu veux, rien ne m'empêche de dormir, vingt heures sur vingt-quatre. C'est fort, non ? Même pas le temps de m'emmerder, mon vieux.

— Comme le lion. Tu sais que le lion dort vingt heures sur vingt-quatre ?

— Il a ses vapeurs ?

— Non, c'est naturel. Cela ne l'empêche pas d'être le roi des animaux.

— Mais roi destitué. Tu m'as remplacé, Adamsberg.

— Je n'avais pas le choix.

— Non, dit Romain en fermant les yeux.

— Tes médicaments ne te font rien ? demanda le commissaire en regardant un amas de boîtes sur la table.

— Ce sont des excitants. Cela me réveille un quart d'heure, le temps de savoir quel jour nous sommes. Quel jour sommes-nous ?

Le médecin parlait d'une voix empâtée, qui ralentissait sur les voyelles, comme si un bâton coincé dans les roues bloquait son élocution.

— Nous sommes jeudi. Et vendredi soir, il y a six jours, tu as eu la visite de Violette Retancourt. Tu te souviens ?

— Je n'ai pas perdu la tête, j'ai perdu l'énergie. Et le goût des choses.

— Mais Retancourt t'apporte des trucs qui te font tout de même plaisir. Des photos de cadavres.

— C'est vrai, dit Romain en souriant. Elle a des attentions.

— Elle sait ce qui plaît, dit Adamsberg en poussant un bol de café vers lui.

— Tu sembles crevé, mon vieux, diagnostiqua le médecin. Épuisement physique et psychique.

— Tu n'as pas perdu l'œil. Je suis sur une enquête d'épouvante qui me file entre les doigts, j'ai une ombre qui ne me lâche pas, une religieuse à la maison et un nouveau lieutenant qui ronge son frein en attendant d'avoir ma peau. J'ai passé toute une nuit à le tirer de justesse d'un règlement de compte. Le lendemain, j'apprends que Retancourt s'est évaporée.

— Évaporée ? Elle a ses vapeurs ?

— Elle a disparu, Romain.

— J'avais compris, mon vieux.

— Elle t'a dit quelque chose vendredi dernier ? Qui pourrait nous aider ? Elle t'a confié un problème ?

— Aucun. Je ne vois pas tellement quel problème pourrait perturber Retancourt et, plus j'y pense, plus je me dis que j'aurais dû lui confier mes vapeurs à résoudre. Non, mon vieux, on a parlé boutique. Enfin, on a fait semblant. Au bout de trois quarts d'heure au mieux, je pique du nez.

— Elle t'a parlé de l'infirmière ? De l'ange de la mort ?

— Oui, elle m'a raconté tout cela, et les profanations. Elle vient souvent, tu sais. Une fille en or. Elle m'a même laissé des jeux de photos, pour m'occuper, au cas où.

Romain étendit un bras sans force au-dessus du fatras qui couvrait la table de la cuisine, et en tira une liasse qu'il fit glisser vers Adamsberg. Des photos couleur grand format montrant les visages de La Paille et de Diala, les détails de leurs blessures à la gorge, les traces de piqûre sur les saignées des bras, et des clichés des deux cadavres de Montrouge et d'Opportune. Adamsberg grimaça devant les deux derniers et les fit passer sur le dessous de la pile.

— Des tirages de qualité, comme tu vois. Retancourt me dorlote. C'est un épouvantable merdier que tu as sur les bras, ajouta le médecin en tapotant la pile de photos.

— Je me suis rendu compte, Romain.

— Rien de plus dur à coincer que ces cinglés méthodiques, tant qu'on n'a pas saisi leur idée. Et comme leur idée est une idée de cinglé, tu peux toujours courir.

— C'est ce que tu as dit à Retancourt ? Tu l'as découragée ?

— Je ne me risquerais pas à décourager ta lieutenant.

Le commissaire vit les yeux de Romain papillonner, et il lui remplit aussitôt son bol.

— Passe-moi deux excitants aussi. La boîte jaune et rouge.

Adamsberg fit tomber deux gélules dans le creux de sa main, et le médecin avala le tout.

— OK, dit Romain. Où en étions-nous ?

— Ce que tu avais dit à Retancourt, la dernière fois que tu l'as vue.

— Ce que je te dis. La tueuse que tu cherches est une véritable cinglée, excessivement dangereuse.

— Tu es d'accord aussi pour une femme ?

— Évidemment. Ariane est une championne. Tu peux la croire les yeux fermés.

— Je connais l'idée cinglée de la tueuse, Romain. Elle veut le pouvoir absolu, la puissance divine, la vie éternelle. Retancourt ne te l'a pas dit ?

— Si, elle m'a lu la vieille médication. C'est bien cela, dit Romain en tapotant à nouveau les photos. Le vif des pucelles, tu as mis dans le mille.

— *Le vif des pucelles*, murmura Adamsberg. Elle n'a pas pu t'en parler, c'est le seul truc qu'on n'ait pas compris.

— Tu ne l'as pas compris ? demanda Romain, le regard sidéré, semblant reprendre un peu corps à mesure que le travail revenait. Mais c'est gros comme ta montagne.

— Laisse ma montagne en ce moment, je t'en prie. Et parle-moi de ce vif.

— Mais que veux-tu que ce soit, tête de bois ? Le *vif*, c'est ce qui demeure vivant même après la mort, c'est ce qui défie la mort, et même la vieillesse. C'est le cheveu, nom de nom. Quand on est adulte, quand tout a fini de grandir et que plus rien ne bouge, la seule chose qui continue de pousser, tout beau tout neuf, ce sont les cheveux.

— À moins qu'ils ne tombent.

— Pas chez les femmes, crétin. Le cheveu, ou les ongles. C'est la même chose de toute façon, c'est de la kératine. Ton *vif des pucelles,* ton *vif de la vierge,* ce sont leurs cheveux. Parce que dans la tombe, c'est la seule partie du corps qui résiste aux dégâts de la mort. C'est de l'anti-mort, de la contre-mort, de l'antidote. Ce n'est franchement pas sorcier. Tu me suis, Adamsberg, ou t'as tes vapeurs ?

— Je te suis, dit Adamsberg, stupéfait. C'est malin, Romain, et c'est plus que probable.

— Probable ? Tu te fous de moi ? C'est sûr et certain, oui. C'est sur ta photo, merde.

Romain attrapa la pile de clichés, puis bâilla largement et se frotta les yeux.

— Prends de l'eau froide au robinet, et le torchon. Et frictionne-moi la tête.

— Le torchon est dégueulasse.

— Je m'en fous. Active-toi.

Adamsberg s'exécuta et passa la tête de Romain à l'eau froide, en frottant dur, comme on brique un cheval. Romain en sortit le visage rougi.

— Ça va mieux ?

— Ça va aller. Donne-moi le fond de café. Passe-moi la photo.

— Laquelle ?

— Celle de la première femme, Élisabeth Châtel. Et va chercher la loupe sur mon bureau.

Adamsberg déposa la loupe et le cliché morbide sous les yeux du médecin.

— Là, dit Romain en posant son doigt sur la tempe droite du crâne d'Élisabeth. On lui a coupé des mèches de cheveux.

— Tu es certain ?

— Cela ne fait même pas de doute.

— *Le vif des pucelles*, répéta Adamsberg en scrutant la photo. Cette folle les a tuées pour venir prendre leurs cheveux.

— Qui avaient résisté à la mort. À la droite du crâne, tu remarqueras. Tu te souviens du texte ?

— *Au vif des pucelles, en dextre, dressées par trois en quantités pareilles.*

— En *dextre*, à droite. Parce qu'à gauche – *sinister* en latin – c'est la partie sinistre, la partie sombre. Au lieu que la partie droite est la lumière. La main droite conduit la vie. Tu suis, mon vieux ?

Adamsberg acquiesça en silence.

— Ariane avait pensé aux cheveux, dit-il.

— Il paraît que tu l'aimes bien, Ariane.

— Qui te l'a dit ?

— Ta lieutenant.

— Pourquoi Ariane n'a-t-elle pas remarqué les cheveux coupés ?

Romain ricana, assez heureux.

— Parce qu'il n'y a que moi qui pouvais le voir. Ariane est une championne mais son père n'était pas coiffeur. Moi si. Je sais reconnaître une mèche coupée de frais. Les pointes sont différentes, nettes et raides, sans usure. Tu ne le vois pas ? Ici ?

— Non.

— C'est que ton père n'était pas coiffeur.

— Non.

— Ariane a une autre excuse. Élisabeth Châtel, à ce que je suppose, n'accordait pas beaucoup de soin à sa toilette. Je me trompe ?

— Non. Elle n'avait ni bijoux, ni maquillage.

— Et pas de coiffeur. Elle se coupait les cheveux elle-même, et à la diable. Quand une mèche lui tombait dans les yeux, elle passait un coup de ciseaux et voilà tout. Ce qui lui donne une coiffure très désordonnée, tu le vois ? Des mèches longues, des moyennes, des courtes. Il était impossible pour Ariane de repérer des mèches coupées de frais dans ce micmac d'amateur.

— On travaillait sous projecteurs.

— En plus. Et sur Pascaline, on ne distingue rien.

— Tout cela, tu l'as dit à Retancourt vendredi ?

— Bien sûr.

— Qu'a-t-elle répondu ?

— Rien. Elle s'est mise à réfléchir, comme toi. Je n'ai pas l'impression que cela change grand-chose à ton enquête.

— Sauf qu'on sait maintenant pourquoi elle ouvre les tombes. Pourquoi il lui faut tuer une troisième vierge.

— Tu crois cela ?

— Oui. *Par trois*. C'est le nombre de femmes.

— C'est possible. Tu as identifié la troisième ?

— Non.

— Alors cherche une femme qui ait de beaux cheveux. Élisabeth et Pascaline avaient une très belle qualité de cheveux. Conduis-moi à mon lit, mon vieux. Je n'en peux plus.

— Pardon, Romain, dit Adamsberg en se levant brusquement.

348

— Il n'y a pas de mal. Mais tant qu'à fouiner dans les vieilles médications, trouve-m'en une contre les vapeurs.

— Je te le promets, dit Adamsberg en conduisant Romain jusqu'à sa chambre.

Romain tourna la tête, intrigué par le ton d'Adamsberg.

— Tu es sérieux ?

— Oui, je te le promets.

XLV

La disparition de Retancourt, le café nocturne avalé chez Romain, le tendre accouplement de Camille et Veyrenc, le vif des pucelles, la physionomie féroce de Roland avaient secoué la nuit d'Adamsberg. Entre deux tressaillements, il avait rêvé que l'un des deux bouquetins – mais lequel, le roux, le brun ? – s'était cassé la gueule du haut de la montagne. Le commissaire s'était réveillé endolori et nauséeux. Un colloque informel, ou plutôt une sorte de session funèbre, s'était ouvert spontanément à la Brigade dès le matin. Les agents étaient courbés sur leurs chaises, repliés sur leur anxiété.

— Aucun de nous ne l'a formulé, dit Adamsberg, mais chacun de nous le sait. Retancourt n'est ni perdue, ni hospitalisée, ni amnésique. Elle est aux mains de la folle. Elle est sortie de chez Romain en sachant quelque chose que nous ne savions pas : que le *vif des pucelles* était les cheveux des vierges, et que la meurtrière avait ouvert les tombes pour couper sur les cadavres cette matière qui avait résisté à la décomposition. Sur la partie *dextre* des crânes, plus positive que la partie gauche. Ensuite, on ne l'a plus vue. On peut donc supposer qu'en quittant Romain, elle avait compris quelque chose qui l'a menée droit chez la tueuse. Ou qui a assez inquiété l'ange de la mort pour qu'elle décide de faire disparaître Retancourt.

Adamsberg avait choisi le mot « disparaître », plus évasif et optimiste que celui de « tuer ». Mais il ne se faisait aucune illusion sur les intentions de l'infirmière.

— Avec ce *vif*, résuma Mordent, et rien qu'avec cela, Retancourt a compris quelque chose que nous n'avons toujours pas compris.

— C'est ce que je crains. Où a-t-elle été ensuite, et qu'a-t-elle fait pour donner l'alerte à la meurtrière ?

— L'unique solution serait de trouver ce qu'elle a compris, dit Mercadet en se frottant le front.

Il y eut un silence découragé, certains regards espérants se tournant vers Adamsberg.

— Je ne suis pas Retancourt, dit-il avec un signe négatif. Je ne peux pas réfléchir comme elle, ni aucun d'entre vous. Même sous hypnose, en catalepsie, dans le coma, on ne pourrait pas fusionner avec elle.

Cette idée de « fusion » renvoya la pensée d'Adamsberg vers les terres québécoises où s'était opéré son amalgame salvateur avec le corps impressionnant de l'immense lieutenant. Le souvenir lui donna une secousse de chagrin. Retancourt, son arbre. Il avait perdu son arbre. Il releva brusquement la tête vers ses adjoints immobiles.

— Si, dit-il à mi-voix. Un seul d'entre nous peut fusionner. Fusionner jusqu'à savoir où elle est.

Adamsberg s'était levé, encore hésitant, la lumière sourde se répandant sur son visage.

— Le chat, dit-il. Où est le chat ?

— Derrière la photocopieuse, dit Justin.

— Grouillez-vous, dit Adamsberg d'une voix agitée, en passant de chaise en chaise, secouant chacun comme s'il réveillait les soldats de son armée titubante. Nous sommes des imbéciles, je suis un imbécile. La Boule va nous mener à Retancourt.

— La Boule ? dit Kernorkian. Mais La Boule est un chiffon apathique.

— La Boule, plaida Adamsberg, est un chiffon apathique qui aime Retancourt. La Boule ne vit plus que pour la retrouver. La Boule est un animal. Avec des narines, des antennes, un cerveau gros comme un abricot et la mémoire de cent mille odeurs.

— Cent mille ? murmura Lamarre, sceptique. Il y a cent mille odeurs enregistrées dans La Boule ?

— Parfaitement. Et quand bien même n'en aurait-il qu'une seule en mémoire, ce serait celle de Retancourt.

— J'ai le chat, dit Justin, et chacun se sentit saisi par le doute en découvrant l'animal plié comme une toile à laver sur l'avant-bras du lieutenant.

Mais Adamsberg, qui allait et venait à presque grande vitesse dans la salle du Concile, ne lâchait pas son idée et lançait son branle-bas de combat.

— Froissy, posez un émetteur au cou du chat. Vous n'avez pas encore rendu le matériel ?

— Non, commissaire.

— Alors allez-y. À fond de train, Froissy. Justin, réglez deux voitures et deux motos sur la fréquence. Mordent, prévenez la préfecture, qu'ils nous envoient un hélico dans la cour, avec tout le matériel nécessaire. Voisenet et Maurel, dégagez toutes les voitures pour qu'il puisse atterrir. Un médecin avec nous, une ambulance derrière.

Adamsberg regarda ses montres.

— Nous devrons être partis dans une heure. Moi, Danglard et Froissy dans l'hélico. Deux équipes dans les voitures, Kernorkian-Mordent, Justin-Voisenet. Emportez à manger, on ne s'arrêtera pas en route. Deux hommes à moto, Lamarre et Estalère. Où est Estalère ?

— Là-haut, dit Lamarre en désignant le plafond.

— Descendez-le, dit Adamsberg comme s'il s'agissait d'un paquet.

Une agitation animale, faite de secousses et d'ordres brefs, d'appels nerveux, de pas entremêlés dans les escaliers, transformait la Brigade en champ de bataille avant l'assaut. Souffles, reniflements et cavalcades, couverts par le ronflement des moteurs des quatorze voitures qu'on évacuait peu à peu hors de la grande cour pour laisser place à l'hélicoptère. Le vieil escalier de bois qui menait à l'étage présentait dans son tournant une marche de deux centimètres de moins que les autres. Cette anomalie avait causé de nombreuses chutes aux débuts de la vie de la Brigade, mais chacun avait fini par s'y adapter. Mais ce matin, dans leurs mouvements impatients, deux hommes, Maurel et Kernorkian, heurtèrent la contremarche.

— Mais qu'est-ce qu'ils foutent ? demanda Adamsberg en entendant le fracas à l'étage.

— Ils se cassent la gueule dans l'escalier, dit Mordent. L'hélico se pose dans un quart d'heure. Estalère descend.

— Il a mangé ?

— Pas depuis hier. Il a dormi là.

— Nourrissez-le. Trouvez quelque chose dans le placard de Froissy.

— Pourquoi avez-vous besoin d'Estalère ?

— Parce qu'il est spécialiste de Retancourt, un peu comme le chat.

— Estalère l'avait dit, confirma Danglard. Qu'elle cherchait quelque chose, quelque chose d'*intellectuel*.

Le jeune brigadier s'approchait du groupe, un peu tremblant. Adamsberg lui posa la main sur l'épaule.

— Elle est déjà morte, dit Estalère d'une voix creuse. Normalement, elle est déjà morte.

— Normalement oui. Mais Violette n'est pas normale.

— Mais elle est mortelle.

Adamsberg se mordit les lèvres.

— Pourquoi prend-on l'hélico ? demanda Estalère.

— Parce que La Boule ne suivra pas les routes. Il va passer à travers les immeubles et les cours, à travers les routes, les champs et les bois. On ne pourra pas le suivre depuis les voitures.

— Elle est loin, dit Estalère. Je ne la sens plus. La Boule ne sera pas capable de faire tout ce chemin. Il n'a pas de muscles, il claquera en route.

— Allez manger, brigadier. Vous sentez-vous la force de prendre la moto ?

— Oui.

— C'est bien. Nourrissez le chat aussi. À bloc.

— Il y a une autre possibilité, dit Estalère d'une voix vide. Il n'est pas certain que Violette ait compris quelque chose. Il n'est pas certain que la folle l'ait enlevée pour la faire taire.

— Pour quoi alors ?

— Je pense qu'elle est vierge, murmura le brigadier.

— Je le pense aussi, Estalère.

— Et elle a trente-cinq ans, et elle est née en Normandie. Et elle a de beaux cheveux. Je pense qu'elle pourrait être la troisième vierge.

— Pourquoi elle ? demanda Adamsberg, anticipant déjà la réponse.

— Pour nous punir. En prenant Violette, la tueuse se procure la…

Estalère buta sur le mot, et baissa la tête.

— … la matière dont elle a besoin, acheva Adamsberg. Et en même temps, elle nous frappe au cœur.

Maurel, qui frottait son genou meurtri par sa chute dans l'escalier, se boucha le premier les oreilles à l'arrivée de l'hélicoptère qui survolait le toit de la Brigade. Tous les agents se rangèrent derrière les fenêtres, les doigts pressés sur leurs tempes, pour regarder atterrir le gros engin bleu et gris qui descendait lentement en sur-place. Danglard se rapprocha du commissaire.

— Je préfère aller en voiture, dit-il, embarrassé. Je ne vous servirai à rien dans l'hélico, je serai malade. J'ai déjà des difficultés dans les ascenseurs.

— Permutez avec Mordent, capitaine. Les hommes sont prêts dans les voitures ?

— Oui. Maurel attend votre ordre pour ouvrir la porte au chat.

— Et s'il allait juste pisser au coin de l'immeuble ? demanda Justin. C'est son genre.

— Il retrouvera son genre quand il retrouvera Retancourt, affirma Adamsberg.

— Je suis désolé, dit Voisenet après une hésitation, mais si Retancourt est déjà morte, le chat peut-il encore la repérer à l'odeur ?

Adamsberg ferma les poings.

— Je suis désolé, répéta Voisenet. Mais c'est important.

— Il reste ses vêtements, Justin.

— Voisenet, corrigea Voisenet mécaniquement.

— Ses vêtements porteront son odeur longtemps.

— C'est vrai.

— C'est peut-être la troisième vierge. C'est peut-être pour cela qu'on nous l'a prise.

— J'y avais pensé. Auquel cas, ajouta Voisenet après un silence, vous pouvez arrêter vos recherches en Haute-Normandie.

— C'est déjà fait.

Mordent et Froissy rejoignaient Adamsberg, prêts au départ. Maurel portait La Boule sur son avant-bras.

— Il ne peut pas endommager l'émetteur avec ses griffes, Froissy ?

— Non. Je l'ai sécurisé.

— Maurel, tenez-vous prêt. Dès que l'hélico a pris de la hauteur, lâchez le chat. Et dès que le chat se met en route, donnez le signal aux véhicules.

Maurel regarda l'équipe s'éloigner, se plier sous les pales de l'hélicoptère qui lançait son moteur. L'appareil s'éleva en vacillant. Maurel posa La Boule à terre pour protéger ses oreilles du vacarme du décollage, et l'animal s'écrasa

aussitôt au sol comme une flaque de poils.
« Lâchez le chat », avait commandé Adamsberg
comme on dit « Lâchez la bombe ». Le lieutenant, sceptique, récupéra la bête et la porta vers
la sortie de la Brigade. Ce qu'il tenait sous le bras
n'était pas exactement un missile de guerre.

XLVI

Francine ne se levait pas avant onze heures. Elle aimait rester un long moment éveillée sous les couvertures au matin, quand toutes les bestioles de la nuit avaient réintégré leurs trous.

Mais un bruit l'avait dérangée cette nuit, elle s'en souvenait. Elle repoussa le vieil édredon – dont elle se débarrasserait aussi, avec les acariens qui devaient l'infester sous la soie jaune – et examina sa chambre. Elle repéra aussitôt l'incident. Sous la fenêtre, la ligne de ciment qui obturait la fissure était tombée et gisait au sol en plusieurs morceaux. La lumière du jour brillait entre le mur et le châssis de bois.

Francine alla scruter les dégâts de plus près. Non seulement elle aurait à reboucher cette foutue fissure, mais elle aurait à réfléchir. Savoir pourquoi et comment le ciment était tombé. Est-ce qu'une bête avait pu pousser avec son mufle sur le mur extérieur, essayant de rentrer en force, jusqu'à démolir le comblement ? Et si oui, quelle sorte de bête ? Un sanglier ?

Francine se rassit sur son lit, les larmes aux yeux, les pieds relevés loin du sol. L'idéal aurait été de s'installer à l'hôtel jusqu'à ce que l'appartement soit prêt. Mais elle avait fait ses comptes et c'était bien trop cher.

Francine frotta ses yeux, et enfila ses chaussons. Elle avait tenu trente-cinq ans dans cette saleté de ferme, elle tiendrait bien encore deux mois. Elle n'avait pas le choix. Attendre et compter les jours. Tout à l'heure, se dit-elle pour se revigorer, elle serait à la pharmacie. Et ce soir, après avoir bouché le trou sous la fenêtre, elle monterait sur son lit avec le café au rhum pour regarder un film.

XLVII

Dans l'hélicoptère qui se maintenait en surplomb au-dessus des toits de la Brigade, Adamsberg retenait son souffle. Le point rouge que formait l'émetteur du chat était parfaitement visible sur l'écran, mais il ne se déplaçait pas d'un pouce.

— Merde, dit Froissy entre ses dents.

Adamsberg décrocha sa radio.

— Maurel ? Vous l'avez lâché ?

— Oui, commissaire. Il est assis sur le trottoir. Il a fait quatre mètres à droite de la porte, et puis il s'est posé là. Il regarde passer les voitures.

Adamsberg laissa tomber son micro sur ses genoux, mordant sa lèvre.

— Il bouge, annonça soudain le pilote, Bastien, un homme presque obèse qui maniait l'appareil avec la décontraction d'un pianiste.

Le commissaire se pencha vers l'écran, le regard rivé au petit point rouge qui commençait, en effet, à se mouvoir lentement.

— Il va vers l'avenue d'Italie. Suivez-le, Bastien. Maurel, donnez le signal aux voitures.

À dix heures dix, l'hélicoptère prenait son envol au-dessus de Paris, direction plein sud, énorme bête rivée aux mouvements d'un chat rond et mou, quasiment inapte à la vie extérieure.

— Il oblique sud-ouest, il va traverser le périphérique, dit Bastien. Et le périphérique est embouteillé à fond.

Faites que La Boule se démerde pour ne pas se faire écraser, pria rapidement Adamsberg, s'adressant à on ne sait qui, dès lors qu'il avait perdu de vue sa troisième vierge. Faites qu'il soit un animal.

— Il est passé, dit Bastien. Il est dans la zone. Il a pris son train, il court presque.

Adamsberg jeta un regard vaguement émerveillé à Mordent et Froissy, qui se penchaient par-dessus son épaule pour suivre le déplacement du point.

— Il court presque, répéta-t-il, comme pour se convaincre de l'improbable événement.

— Non, il s'est arrêté, dit Bastien.

— Les chats ne peuvent pas courir longtemps, dit Froissy. Il fera une pointe de temps à autre, mais pas plus.

— Il repart, petite vitesse de croisière.

— Combien ?

— Deux à trois kilomètres-heure environ. Il va sur Fontenay-aux-Roses, au petit pas.

— Véhicules, rejoignez la D 77, Fontenay-aux-Roses, sud-ouest, toujours.

— Quelle heure est-il ? demanda Danglard en s'engageant sur la départementale 77.

— Onze heures un quart, dit Kernorkian. Peut-être qu'il cherche sa mère, tout simplement.

— Qui ?

— La Boule.

— Les chats adultes ne reconnaissent plus leur mère, ils s'en foutent.

— Je veux dire que La Boule va peut-être n'importe où. Peut-être va-t-il nous emmener en Laponie.

— Il n'en prend pas la direction.

— Bon, dit Kernorkian, je veux juste dire...

— Je sais, coupa Danglard. Tu veux juste dire qu'on ne sait pas où va ce foutu chat, qu'on ne sait pas s'il cherche Retancourt, qu'on ne sait pas si Retancourt est morte. Mais on n'a pas le choix, merde.

— Direction Sceaux, annonça la voix d'Adamsberg sur la radio de bord. Prenez la D 67 par la D 75.

— Il ralentit, dit Bastien, il s'arrête. Il se repose.

— Si Retancourt est à Narbonne, bougonna Mordent, on n'a pas fini.

— Ah merde, Mordent, dit Adamsberg. On ne sait pas si elle est à Narbonne.

— Pardon, dit Mordent. Je suis sur les nerfs.

— Je sais, commandant. Froissy, vous auriez quelque chose à manger ?

Le lieutenant fouilla dans son sac à dos noir.

— Qu'est-ce que vous voulez ? Du sucré, du salé ?

— Qu'est-ce qu'il y a, en salé ?

— Du pâté, devina Mordent.

— J'en veux bien.

— Il dort toujours, dit Bastien.

Dans l'habitacle de l'hélicoptère, qui décrivait des ronds dans le ciel en surveillant le sommeil du chat, Froissy prépara des tartines de pâté, foie de canard et poivre vert. Puis chacun mâcha en silence, le plus lentement possible pour suspendre le temps. Tant qu'on a quelque chose à faire, tout peut arriver.

— Il reprend son petit pas, dit Bastien.

Estalère, à l'arrêt, poings serrés sur le guidon de sa moto, écoutait les indications radio avec l'impression d'être pris dans un répugnant suspense. Mais l'avancée continue et entêtée du petit animal l'encourageait mieux que toute pensée. La Boule filait vers un but inconnu sans se poser de question et sans faiblir, traversant zones industrielles, ronciers, herbages, voies ferrées. Estalère admirait le chat. Cela faisait six heures à présent qu'il était lancé sur son erre, on avait parcouru dix-huit kilomètres. Les véhicules avançaient au ralenti, faisant de longues pauses sur les bas-côtés, avant de rejoindre les points annoncés par l'hélicoptère, se calant au plus proche des déplacements du chat.

— Redémarrez, disait Adamsberg aux voitures. Palaiseau, D 988. Il se dirige vers l'École polytechnique, flanc sud.

— Il va se cultiver, dit Danglard en mettant le contact.

— Il n'y a que du mou dans la tête de La Boule.

— On verra cela, Kernorkian.

— Au train où l'on file, on pourrait s'arrêter au prochain bistrot.

— Non, dit Danglard, la tête encore lourde du vin blanc éclusé la veille dans la cave. Soit je bois comme un trou, soit je ne bois pas. Je n'aime pas me rationner. Aujourd'hui, je ne bois pas.

— J'ai l'impression que La Boule boit, dit Kernorkian.

— Il a une tendance, confirma Danglard. Il faudra le surveiller.

— S'il ne crève pas en route.

Danglard jeta un regard au tableau de bord. Seize heures quarante. Le temps se traînait en rampant, portant les nerfs de tous à un degré d'irritation explosif.

— On va faire le plein à Orsay et on revient, annonça la voix de Bastien dans la radio.

L'hélicoptère prit de la vitesse, laissant derrière lui le point rouge. Adamsberg eut la brève impression d'abandonner La Boule dans sa quête.

À dix-sept heures trente, après sept heures de marche, le chat tenait toujours, obstinément fixé sur sa direction sud-ouest, faisant une pause toutes les vingt minutes. Le train de véhicules suivait de bond en bond. À vingt heures quinze, ils passaient Forges-les-Bains par la D 97.

— Il va claquer, dit Kernorkian, qui alimentait le pessimisme de Danglard. Il a trente-cinq kilomètres dans les pattes.

— Ta gueule. Pour le moment, il avance toujours.

À vingt heures trente-cinq, à la nuit tombée, Adamsberg reprit le micro.

— Il s'est arrêté. Cantonale C 12 entre Chardonnières et Bazoches, à deux kilomètres cinq cents de Forges. Plein champ, côté nord de la route. Il reprend. Il tourne sur lui-même.

— Il va claquer, dit Kernorkian.

— Ah merde, cria Danglard.

— Il hésite, dit Bastien.

— Il va peut-être stopper là pour la nuit, dit Mordent.

— Non, dit Bastien, il cherche. Je vais me rapprocher.

L'appareil descendit d'une centaine de mètres en tournant, pointant au-dessus du chat immobilisé.

— Hangar, dit Adamsberg en désignant de longs toits de tôle ondulée.

— Une casse de voitures, dit Froissy. Désaffectée.

Adamsberg serra les doigts sur ses genoux. Froissy lui passa sans commentaires une pastille de menthe, que le commissaire avala sans poser de question.

— Ouais, dit Bastien. Il doit y avoir une troupe de clébards là-dedans, et le chat a les jetons. Mais je pense que c'est bien là qu'il veut aller. J'en ai eu huit, des chats.

— Casse de voitures, signala Adamsberg aux véhicules, rejoignez par la cantonale 8, au croisement avec la C 6. On se pose.

— C'est bon, dit Justin en redémarrant. Regroupement.

Collés à l'hélicoptère, dans un champ en jachère, Bastien, les neuf policiers et le médecin examinaient dans la nuit la zone du vieux hangar, les carcasses de voitures, la végétation sauvage qui poussait dru entre les déchets. Les chiens avaient repéré l'intrusion et se rapprochaient en aboyant rageusement.

— Ils sont trois ou quatre, estima Voisenet. Gros.

— C'est peut-être à cause d'eux que La Boule n'avance plus, dit Froissy. Il ne sait pas comment passer l'obstacle.

— On neutralise les chiens et on guette la conduite du chat, décida Adamsberg. N'approchez pas trop de lui, ne détournez pas son attention.

— Il semble dans un drôle d'état, dit Froissy qui avait balayé le champ avec ses jumelles de nuit et repéré La Boule à quarante mètres d'eux.

— J'ai peur des chiens, dit Kernorkian.

— Restez en arrière, lieutenant, et ne tirez pas. Un coup de crosse sur la tête.

Trois bêtes d'envergure, survivant à l'état semi-sauvage dans l'immense bâtiment, se jetèrent en hurlant vers les policiers, bien avant qu'ils aient pu atteindre les portes du hangar. Kernorkian recula près du ventre chaud de l'hélico et de la masse rassurante du gros Bastien, qui fumait adossé à son engin, pendant que les agents mettaient les animaux à terre. Adamsberg considéra le hangar, les fenêtres opaques et crevées, les portes métalliques rouillées à moitié soulevées. Froissy fit un pas en avant.

— N'avancez pas à plus de dix mètres, dit Adamsberg. Attendez que le chat fasse mouvement.

La Boule, noir de terre jusqu'au plastron, aminci par sa fourrure aux poils collés, reniflait un des chiens à terre. Puis il se lécha une patte, entamant sa toilette, comme s'il n'avait plus que cela à faire.

— Qu'est-ce qu'il fout ? demanda Voisenet en l'éclairant au loin de sa torche.

— Possible qu'il ait une épine dans la patte, dit le médecin, un homme patient et entièrement chauve.

— Moi aussi, dit Justin en montrant sa main, éraflée par la dent d'un chien. Ce n'est pas pour cela que j'arrête de bosser.

— C'est un animal, Justin, dit Adamsberg.

La Boule acheva le nettoyage de sa patte, puis de l'autre, et se dirigea vers le hangar, partant brusquement en course rapide, pour la deuxième fois de la journée. Adamsberg serra son poing dans sa main.

— Elle est là, dit-il. Quatre hommes par-derrière, les autres avec moi. Docteur, suivez-nous.

— Docteur Lavoisier, précisa le médecin. Lavoisier, comme Lavoisier, tout simplement.

Adamsberg lui jeta un regard vide. Il ne savait pas qui était Lavoisier, et il s'en foutait.

XLVIII

Dans l'ombre du bâtiment industriel, chacun des deux groupes avançait en silence, les torches éclairant des tables dévastées, des piles de pneus, des monceaux de chiffons. La bâtisse, probablement abandonnée depuis près de dix ans, empestait encore le caoutchouc brûlé et le diesel.

— Il sait où il va, dit Adamsberg en éclairant les empreintes rondes que La Boule avait laissées dans la poussière épaisse.

Tête basse, respirant mal, il suivit les traces de pattes avec une lenteur extrême, sans qu'aucun des agents tente de le dépasser. Après onze heures de chasse, plus personne n'était impatient de parvenir au but. Le commissaire mettait un pied devant l'autre comme s'il avançait dans la boue, décollant ses jambes raides à chaque pas. Ils rejoignirent la seconde équipe devant un long couloir noir, seulement éclairé par une verrière haute où passait l'éclat de la lune. Le chat s'y était arrêté à douze mètres, posté devant une porte. Adamsberg éclaira ses yeux lumineux d'un mouvement de torche. Sept jours et sept nuits que Retancourt avait été conduite ici, dans ce cul de basse-fosse où survivaient trois chiens.

Le commissaire s'avança pesamment dans le couloir, et se retourna après quelques mètres. Aucun de ses agents ne le suivait, tous massés à l'entrée de la galerie, groupe figé qui n'avait plus la force de franchir la dernière longueur.

Lui non plus, se dit Adamsberg. Mais ils ne pouvaient pas rester là, collés aux murs, abandonnant Retancourt, incapables de faire face à son corps. Il stoppa devant la porte en fer que gardait le chat, qui glissait son nez au ras du sol, insensible à l'odeur excrémentielle qui s'en dégageait. Adamsberg prit une inspiration, posa ses doigts sur le crochet qui tenait le battant au mur, et le tira. Puis en courbant sa nuque dans un geste forcé, il s'obligea à regarder ce qu'il devait voir, le corps de Retancourt effondré au sol d'un réduit obscur, calé contre de vieux outils et des bidons de métal. Il demeura sans bouger à l'observer, laissant les larmes dévaler de ses yeux. C'était la première fois, lui semblait-il, qu'il pleurait pour un autre que son frère Raphaël ou Camille. Retancourt, son arbre, était à terre, foudroyé. Il l'avait éclairée rapidement et aperçu son visage souillé de poussière, les ongles déjà bleus de sa main, sa bouche ouverte, ses cheveux blonds sur lesquels courait une araignée.

Il recula contre le mur de briques noires pendant que le chat, impudent, pénétrait dans le placard et grimpait d'un bond sur le corps de Retancourt, s'allongeant posément sur ses vêtements crasseux. L'odeur, pensa Adamsberg. Il ne percevait que la puanteur du diesel, des huiles de moteur, de l'urine et des excrétions. Des effluves seulement mécaniques et animaux, sans relent de décomposition. Il fit deux pas pour se rapprocher à nouveau du corps et s'agenouilla sur le ciment poisseux. Braquant sa lampe d'un coup vers le visage de statue sale de Retancourt, il ne vit que l'immobilité de la mort, les lèvres ouvertes et fixes qui ne réagissaient pas sous les pattes de la petite araignée. Il approcha lentement la main et la posa sur son front.

— Docteur, dit-il avec un signe du bras.

— Il vous appelle, docteur, dit Mordent sans bouger d'un pouce.

— Lavoisier, comme Lavoisier, tout simplement.

— Il vous appelle, répéta Justin.

Toujours à genoux, Adamsberg se recula pour faire place au médecin.

— Elle est morte, dit-il. Et elle n'est pas morte.

— C'est l'un ou c'est l'autre, commissaire, dit Lavoisier en ouvrant sa mallette. Je ne vois rien.

— Des torches, lança Adamsberg.

Le groupe se rapprochait peu à peu, Mordent et Danglard allant en avant avec leurs lampes.

— Tiède encore, dit le médecin après une rapide palpation. Elle a décédé il y a moins d'une heure. Je ne trouve pas le pouls.

— Elle vit, affirma Adamsberg.

— Une seconde, mon vieux, ne vous énervez pas, dit le médecin en sortant un miroir, qu'il plaça devant la bouche de Retancourt.

« Vu, ajouta-t-il après de longues secondes. Amenez le brancard, elle vit. Je ne sais pas comment, mais elle vit. État paralétal, sous-tempérée, je n'ai jamais vu cela de ma vie.

— Vu quoi ? demanda Adamsberg. Qu'est-ce qu'elle a ?

— Les fonctions métaboliques roulent à leur minimum, dit le médecin en poursuivant son examen. Pieds et mains gelés, la circulation est au ralenti, les intestins vidés, les yeux révulsés.

Le médecin relevait les manches du pull-over, examinait les bras.

— Même le bas des membres est déjà refroidi.

— Coma ?

— Non. Léthargie en deçà des seuils vitaux. Elle peut mourir d'un instant à l'autre, avec tout ce qu'on lui a injecté.

— Quoi ? demanda Adamsberg, dont les deux mains s'étaient accrochées au gros bras de Retancourt.

— D'après ce que je peux en voir, une dose de calmants à tuer dix chevaux, en intraveineuse.

— La seringue, siffla Voisenet entre ses dents.

— Elle a été durement assommée avant, dit le médecin en fouillant dans la chevelure. Possible traumatisme crânien. On l'a ligotée serré, aux chevilles et aux poignets, la corde est entrée dans la peau. Je pense que c'est ici qu'on lui a administré le poison. Elle aurait dû mourir dans l'heure. Mais d'après la déshydratation et les excrétions, cela fait six ou sept jours qu'elle résiste. Ce n'est pas normal, j'avoue que cela me dépasse.

— Elle n'est pas normale, docteur.

— Lavoisier, comme Lavoisier, dit mécaniquement le médecin. J'ai vu, commissaire, mais sa taille et son poids n'y sont pour rien. Je ne sais pas comment son organisme a lutté contre l'empoisonnement, la faim, et le froid.

Les brancardiers posaient la civière au sol, essayant d'y faire rouler Retancourt.

— Doucement, dit Lavoisier. Ne la faites pas respirer trop fort, cela pourrait être fatal. Passez des courroies, et tirez-la centimètre par centimètre. Lâchez-la, mon vieux, ajouta-t-il en regardant Adamsberg.

Adamsberg détacha ses mains du bras de Retancourt et fit reculer les hommes dans le couloir.

— C'est une conversion d'énergie, récita Estalère qui suivait des yeux le lent déplacement du gros corps. Elle a converti son énergie contre l'invasion du neuroleptique.

— Si tu veux, dit Mordent. On ne saura jamais.

— Chargez le brancard dans l'hélico, ordonna Lavoisier. Il faut gagner du temps.

— Où l'emmène-t-on ? demanda Justin.

— À Dourdan.

— Kernorkian et Voisenet, occupez-vous de trouver un hôtel pour tout le monde, dit Adamsberg. On passera le hangar au peigne fin demain. Elles ne peuvent pas ne pas avoir laissé de traces dans cette poussière collante.

— Il n'y en avait pas dans le couloir, dit Kernorkian. On ne voyait que les pattes du chat.

— C'est qu'elles sont arrivées par l'autre bout. Lamarre et Justin restent ici pour garder les accès en attendant que les flics de Dourdan viennent relayer pour la nuit.

— Où est le chat ? demanda Estalère.

— Sur la civière. Prenez-le, brigadier. Remettez-le sur pied.

— Il y a un très bon restaurant à Dourdan, dit calmement Froissy, la Rose des Vents. Poutres et bougies, spécialités de crustacés, cave de premier choix, bar en croûte de sel, selon arrivage. Mais c'est cher, évidemment.

Les hommes se tournèrent vers leur discrète collègue, toujours stupéfaits que Froissy ne pense qu'à manger, même lorsque l'une des leurs agonisait. Au-dehors, le vacarme de l'hélicoptère annonçait l'envolée imminente de Retancourt. Le médecin pensait qu'elle ne reviendrait pas de ses limbes, Adamsberg l'avait lu dans ses yeux.

Adamsberg parcourut les visages exténués que les torches éclairaient de blanc. La perspective incongrue d'un dîner de luxe dans un lieu raffiné leur semblait aussi inaccessible que désirable, logée dans une autre vie, bulle éphémère où l'artifice aurait le pouvoir de suspendre l'horreur.

— D'accord, Froissy, dit-il. On se retrouve tous là-bas, à la Rose des Vents. Venez, docteur, on part avec Retancourt.

— Lavoisier, comme Lavoisier, tout simplement.

XLIX

Veyrenc n'était pas venu à Paris pour s'intéresser aux démêlés de la Brigade. Mais à neuf heures et demie du soir, le dîner de l'hôpital depuis longtemps avalé, il n'arrivait pas à fixer son attention sur le film. Agacé, il attrapa la télécommande et ferma le poste. Soulevant sa jambe, il se redressa sur le bord du lit, saisit sa béquille et avança à pas mesurés jusqu'au téléphone fixé au mur du couloir.

— Commandant Danglard ? Veyrenc de Bilhc. Donnez-moi des nouvelles.

— On l'a retrouvée, à trente-huit kilomètres de Paris, en suivant le chat.

— Je ne comprends pas.

— Le chat qui voulait rejoindre Retancourt, bon sang.

— D'accord, dit Veyrenc, sentant le commandant à bout de nerfs.

— Elle est entre la vie et la mort, nous sommes sur la route de Dourdan. En léthargie paralétale.

— Essayez de m'expliquer un peu, commandant. Il faut que je sache.

Pourquoi ? se demanda Danglard.

Veyrenc écouta l'exposé du commandant, beaucoup moins organisé qu'à l'ordinaire, puis raccrocha. Il posa la main sur la blessure de sa cuisse, expérimentant la douleur du bout de ses doigts, imaginant Adamsberg penché au-dessus de Retancourt, cherchant désespérément le moyen de haler son résistant lieutenant vers la vie.

Celle qui vous arracha naguère à la souffrance,
Vous la voyez couchée aux bornes de l'absence.
Ne cédez pas, Seigneur, à la désespérance,
Les dieux cléments retiendront leur vengeance
Et leurs bras apaisés feront don d'indulgence
Pour celui qui saura l'enlever à l'errance.

— On n'est pas encore endormi ? On n'est pas raisonnable, dit l'infirmière en le prenant par le bras.

L

Les mains serrées sur les draps, Adamsberg restait debout près du lit de Retancourt, qu'il ne voyait toujours pas respirer. Les médecins avaient injecté, nettoyé, pompé, mais il ne notait pas le moindre changement chez le lieutenant. Hormis le fait que les infirmières l'avaient lavée de fond en comble et lui avaient coupé et traité les cheveux, infestés de puces. Les chiens, évidemment. Au-dessus du lit, un écran émettait de faibles signaux vitaux, qu'Adamsberg préférait ne pas regarder, au cas où la ligne verte deviendrait brusquement plate.

Le médecin tira Adamsberg par le bras et l'éloigna du lit.

— Allez les rejoindre, allez vous restaurer, allez penser à autre chose. Vous ne pouvez rien faire de plus ici, commissaire. Il faut qu'elle se repose.

— Elle n'est pas en train de se reposer, docteur. Elle est en train de mourir.

Le médecin détourna les yeux.

— Ça ne va pas fort, admit-il. Le calmant, du Noxavon injecté à haute dose, a paralysé tout l'organisme. Le système nerveux est au plancher, le cœur résiste on ne sait comment. Je ne comprends même pas qu'elle soit toujours là. Même si on la sauve, commissaire, je ne suis pas sûr qu'elle retrouve ses facultés mentales. Le sang, disons, irrigue le cerveau a minima. C'est le destin, tâchez de comprendre.

— Il y a huit jours, dit Adamsberg qui avait du mal à desserrer les mâchoires, j'ai sauvé un gars dont le destin était de mourir. Il n'y a pas de destin. Elle a résisté jusqu'ici, elle tiendra encore. Vous verrez, docteur, c'est un cas qui restera dans vos annales.

— Allez les rejoindre. Elle peut durer des jours encore dans cet état. Je vous appelle s'il y a quoi que ce soit.

— On ne peut pas tout retirer, tout nettoyer et tout remettre ?

— Non, on ne peut pas.

— Pardon, docteur, dit Adamsberg en lâchant son bras.

Adamsberg revint vers le lit, passa ses doigts dans les cheveux coupés du lieutenant.

— Je reviens, Violette, dit-il.

C'est ce que Retancourt disait toujours au chat avant de partir, pour qu'il ne s'inquiète pas.

La gaieté explosive et stupide qui régnait dans la salle de restaurant évoquait plus une fête d'anniversaire qu'une troupe de flics plongée dans les angoisses. Adamsberg les regarda un moment depuis la porte de la salle, à travers la lueur des bougies qui les rendait tous fallacieusement beaux, leurs coudes posés sur la nappe blanche, les verres circulant de main en main, les plaisanteries roulant à ras du sol. Très bien, tant mieux, c'était ce qu'il avait espéré, cette pause hors du temps dont ils usaient avec excès, sachant très bien qu'elle serait courte. Il craignait que son arrivée ne fasse tomber cette joie fragile, derrière laquelle les inquiétudes se profilaient comme à travers une vitre. Il se força à sourire en les rejoignant.

— Elle va mieux, dit-il en s'asseyant. Passez-moi une assiette.

Même à lui, dont l'esprit était resté agrippé au corps de Retancourt, le dîner, le vin et leurs rires faisaient un peu de bien. Adamsberg n'avait jamais su participer correctement à un repas collectif, encore moins festif, incapable de reparties ou de blagues rapides. Tel un bouquetin regardant passer le train à grande vitesse dans la vallée, il assistait en auditeur étranger et conciliant à la turbulence de ses adjoints. Froissy, curieusement, donnait le meilleur d'elle-même en ces moments, aidée par la pitance et un humour féroce, insoupçonnable en temps de travail. Adamsberg se laissait porter, guettant constamment l'écran de son portable. Qui sonna à vingt-trois heures quarante.

— Elle décline, annonça le Dr Lavoisier. On opte pour une transfusion complète, c'est notre dernière chance. Mais elle est du groupe A moins et, bon Dieu, les réserves ont été vidées hier pour un accidenté de la route.

— Et les donneurs, docteur ?

— On n'en a qu'un seul quand il nous en faudrait trois. Les deux autres sont en vacances. C'est Pâques, commissaire, la moitié de la ville s'est barrée. Je suis désolé. Le temps qu'on trouve des donneurs sur d'autres centres, il sera trop tard.

Un silence brutal s'était fait à la table, à la vue du visage défait d'Adamsberg. Le commissaire quitta la salle en courant, aussitôt suivi par Estalère. Le jeune homme revint quelques instants après et s'assit comme une masse.

— Transfusion d'urgence, dit-il. Groupe A moins, mais ils n'ont pas de donneurs.

Adamsberg entra en sueur dans la salle blanche où le seul donneur A moins de Dourdan achevait sa transfusion. Il lui semblait que les joues de Retancourt avaient viré au bleu.

— Groupe O, annonça-t-il au médecin en ôtant déjà sa veste.

— Très bien, vous prenez la suite.

— J'ai bu deux verres de vin.

— On s'en fout, elle n'est plus à cela près.

Un quart d'heure plus tard, le bras engourdi par le garrot, Adamsberg sentait son sang filer vers le corps de Retancourt. Allongé sur le dos à ses côtés, il fixait le visage de son adjointe, guettant les signes du retour à la vie. Faites que. Mais il avait beau se concentrer et prier la troisième vierge, il ne donnerait pas plus de sang qu'un autre. Et le médecin avait dit trois. Trois donneurs. Comme les trois pucelles. Trois. Trois.

La tête commençait à lui tourner, il avait à peine mangé. Il acceptait le vertige sans déplaisir, sentant que le fil de ses pensées commençait à lui échapper. Il s'obligeait à fixer le visage de Retancourt, notant que la racine de ses cheveux était plus blonde que les mèches qui tombaient sur sa nuque. Il n'avait jamais remarqué, avant, que Retancourt avait teint ses cheveux dans un blond plus soutenu que sa couleur naturelle. Drôle d'idée que ce souci esthétique. Il connaissait mal Retancourt.

— Vous tenez ? demanda le médecin. Pas de tournis ?

Adamsberg fit un signe négatif et retourna à ses vertiges. Blond clair et blond vénitien, dans les cheveux de Retancourt, dans le vif de la vierge. Donc le lieutenant, calcula-t-il péniblement, s'était fait teindre en décembre, ou en janvier, puisque ses cheveux clairs avaient repoussé sur deux à trois centimètres, quelle curieuse idée en plein hiver, et il n'en avait rien vu. Lui, il avait perdu son père et cela n'avait rien à voir. Il lui semblait que les lèvres de Retancourt avaient bougé, mais il n'y voyait pas très bien, peut-être le lieutenant voulait-elle lui dire quelque chose, lui parler de ce vif qui lui repoussait sur la tête, qui lui sortait du crâne, comme les cornes du bouquetin. Nom de Dieu, le vif. Loin, il entendit le médecin parler.

— Stop, disait la voix, celle de ce Dr Lariboisier ou Dieu sait quoi. On ne va pas avoir deux morts au lieu d'un. On ne peut pas lui en prendre plus.

Dans le hall de l'hôpital, un homme questionnait la réceptionniste de l'accueil.

— Violette Retancourt ? Où est-elle ?

— On ne peut pas la voir.

— Je suis groupe O, donneur universel.

— Elle est en salle de réanimation, dit la femme en se levant aussitôt. Je vous emmène.

Adamsberg parlait tout seul pendant qu'on lui retirait son garrot. Des mains le redressaient, lui faisaient avaler de l'eau sucrée, une piqûre se

380

plantait dans son autre bras. La porte de la pièce s'ouvrait, un grand gabarit vêtu de cuir entrait dans la pièce en hâte.

— Lieutenant Noël, disait le grand gabarit. Groupe O.

LI

Devant la façade du centre hospitalier, tranchant sur l'univers désolé des pavages en béton, on avait aménagé un minuscule espace de verdure qui semblait signaler que, tout de même, il fallait bien quelques fleurs quelque part. Dans ses allers et retours, Adamsberg avait repéré cette concession végétale de quinze mètres carrés, où deux bancs et cinq jardinières se serraient autour d'une fontaine. Il était deux heures du matin et le commissaire, restauré et surchargé de sucre, se reposait à l'écoute du clapotis des gouttes d'eau, un son bénéfique que les moines du Moyen Âge, savait-il, avaient utilisé avant lui pour ses vertus lénifiantes. Après que Noël avait achevé la dernière transfusion, les deux hommes avaient regardé la masse allongée de Retancourt, chacun posté de part et d'autre du lit, comme on surveille une expérience chimique hasardeuse.

— Ça vient, disait Noël.

— Pas encore, répondait le médecin.

De temps à autre, l'impatient Noël secouait inutilement Retancourt par le bras, pour activer le processus, agiter le sang, remuer le système, relancer l'engin.

— Allons merde, la grosse, disait-il, bouge-toi, fais un effort.

Agité, incapable de demeurer sans gestes et sans commentaires, il allait d'un bout à l'autre du lit, frottait les pieds de Retancourt pour les réchauffer, passait aux mains, vérifiait le goutte-à-goutte, frictionnait sa tête.

— Cela ne sert à rien, finit par dire le médecin agacé.

Le rythme cardiaque s'accéléra sur l'écran.

— La voilà, dit le médecin, comme on annonce l'arrivée d'un train en gare.

— Allez ma grosse, du nerf, répéta Noël pour la dixième fois.

— Reste à espérer, dit Lavoisier avec cette brutalité involontaire des médecins, qu'elle ne va pas se réveiller idiote.

Retancourt ouvrait faiblement les yeux, posant un regard bleu et stupide vers le plafond.

— Son prénom ? C'est comment ? demanda Lavoisier.

— Violette, dit Adamsberg.

— Comme la petite fleur, confirma Noël.

Lavoisier s'assit sur le bord du lit, tourna le visage de Retancourt vers lui, saisit sa main.

— Violette, c'est votre prénom ? lui dit-il. Si oui, clignez des yeux.

— Allez ma grosse, dit Noël.

— Ne lui soufflez pas, Noël, dit Adamsberg.

— Cela n'a rien à voir avec souffler ou pas souffler, dit Lavoisier, excédé. Elle doit piger la question. Taisez-vous, bon sang, il faut qu'elle se concentre. Violette, c'est votre prénom ?

Il s'écoula une dizaine de secondes avant que Retancourt ne cligne des yeux, sans ambiguïté.

— Elle comprend, dit Lavoisier.

— Bien sûr qu'elle comprend, dit Noël. Vous ne pourriez pas essayer une question plus difficile, doc ?

— C'est déjà une question très difficile, quand on revient de là-bas.

— Je crois qu'on gêne, dit Adamsberg.

Le lieutenant Noël n'était pas capable, comme Adamsberg, d'écouter le bruit de la fontaine. Le commissaire le regardait aller et venir dans le jardinet, où les deux flics semblaient disposés comme dans l'arène d'un petit cirque, éclairée au ras du sol par des lumières bleues.

— Qui vous a prévenu, lieutenant ?

— Estalère m'a appelé du restaurant. Il savait que j'étais donneur universel. C'est le genre de gars qui se souvient des détails personnels. Si on met du sucre dans son café, si on est A, B, O. Racontez-moi, commissaire, j'ai manqué des bouts.

Adamsberg résuma à sa manière et dans le désordre les éléments qui avaient échappé à Noël depuis qu'il était parti voler avec les mouettes. Curieusement, le lieutenant, en principe un positiviste primaire, se fit réciter deux fois la recette du *De sanctis reliquis* et s'opposa à l'idée d'Adamsberg d'abandonner la troisième vierge, sans faire aucune plaisanterie sur l'os du chat ni sur le vif des pucelles.

— On ne va pas laisser cette fille se faire seringuer sans lever le petit doigt, commissaire.

— Je me suis sans doute trompé en pensant que la troisième vierge était déjà choisie.

— Pourquoi ?

— Parce que je crois que la tueuse a finalement jeté son dévolu sur Retancourt.

— Mais ça n'aurait plus de sens, dit Noël en arrêtant sa ronde.

— Pourquoi ? Elle correspond aux exigences de la recette.

Noël regarda Adamsberg dans l'obscurité.

— Encore faudrait-il, commissaire, que Retancourt soit vierge.

— Mais je crois qu'elle l'est.

— Pas moi.

— Vous seriez le seul à le penser, Noël.

— Je ne le pense pas, je le sais. Elle n'est pas vierge. Du tout.

Noël s'assit sur le banc, satisfait, tandis qu'Adamsberg prenait le relais en tournant dans le jardinet.

— Retancourt ne vous fait pas de confidences, dit-il.

— À force de s'engueuler, on finit par se raconter beaucoup. Elle n'est pas vierge et c'est tout.

— Ce qui signifie que la troisième vierge existe. Ailleurs. Et que Retancourt avait en effet compris quelque chose qu'on n'avait pas compris.

— Et avant de savoir quoi, dit Noël, il va couler de l'eau.

— Un mois d'attente avant qu'elle ne récupère toutes ses facultés, selon Lariboisier.

— Lavoisier, rectifia Noël. Un mois pour une personne normalement constituée, huit jours pour Retancourt. Cela fait drôle, quand j'y songe, de penser que mon sang et le vôtre circulent dans son corps.

— Avec celui du troisième donneur.

— Qu'est-ce qu'il fait, le troisième donneur ?

— Il élève des troupeaux de bœufs, à ce que j'ai compris.

— Je ne sais pas ce que cela va donner, comme mélange, dit Noël d'un ton pensif.

Dans le lit un peu froid de l'hôtel, Adamsberg ne pouvait pas fermer les yeux sans se revoir étendu et garrotté aux côtés de Retancourt, reprenant les fils des pensées vertigineuses qui s'étaient embrouillées pendant la transfusion. La teinture de Retancourt, le vif de la pucelle, les cornes du bouquetin. Il y avait au cœur de cette pelote une alarme qui ne voulait pas se taire. Cela avait à voir avec le sang qui passait de lui à elle, relançant les battements du cœur du lieutenant, l'arrachant à la mort. Cela avait à voir avec les cheveux de la vierge, évidemment. Mais qu'est-ce que le bouquetin venait foutre là-dedans ? Ce qui lui rappela que les cornes des bouquetins n'étaient jamais que des cheveux très compressés ou, dans l'autre sens, que les cheveux n'étaient jamais que des cornes très aérées. Tout cela, c'était la même chose. Et après, et ensuite ? Il faudrait qu'il s'en souvienne demain.

LII

Les cloches de l'église sonnant à la volée réveillèrent Adamsberg à midi. *Point de salut pour les sommeilleux,* lui disait sa mère. Il appela aussitôt l'hôpital et écouta Lavoisier lui faire son rapport, positif.

— Elle parle ? demanda Adamsberg.

— Elle dort pour de bon, dit le médecin, et elle va continuer comme cela un sacré bout de temps. Je vous rappelle qu'elle souffre aussi d'un traumatisme crânien.

— Retancourt parle dans son sommeil.

— Oui, elle bougonne des trucs de temps à autre. Rien de conscient ni de très intelligible. Ne vous énervez pas.

— Je suis calme, docteur. J'aimerais simplement savoir ce qu'elle bougonne.

— Un peu la même rengaine. Ces vers très connus, vous savez.

Des vers ? Retancourt rêvait-elle de Veyrenc ? Ou ce gars l'avait-il contaminée ? Attrapant toutes les femmes de son entourage les unes après les autres ?

— Quels vers ? demanda Adamsberg, mécontent.

— Ceux de Corneille, que tout le monde connaît. *Voir le dernier Romain à son dernier soupir, Moi seule en être cause et mourir de plaisir.*

Les deux seuls et uniques vers qu'Adamsberg savait lui aussi par cœur.

— Ce n'est pas du tout son style, dit-il. C'est vraiment cela qu'elle marmonne ?

— Si vous saviez ce que les gens racontent sous neuroleptiques ou sous anesthésie, vous seriez épaté. J'ai entendu des rosières débiter des obscénités à ne pas le croire.

— Elle débite des obscénités ?

— Je viens de vous dire qu'elle débitait du Corneille. Ça n'a rien d'étonnant. Le plus souvent, ce sont des souvenirs d'enfance qui remontent, et particulièrement des souvenirs d'école. Elle repasse ses récitations, voilà tout. J'ai eu un ministre qui, en trois mois de coma, m'a refait toute sa classe de cours élémentaire. Les tables de soustraction, une par une. Il les savait encore pas mal.

En même temps qu'il écoutait le médecin, Adamsberg fixait un petit tableau assez laid suspendu face à son lit, une scène forestière représentant une biche suivie de son petit sous les frondaisons. Une « femelle suitée », aurait dit Robert.

— Je rentre sur Paris aujourd'hui, disait le médecin. Elle est en état de voyager, je l'embarque avec moi dans l'ambulance. Si vous nous cherchez, nous serons à l'hôpital Saint-Vincent-de-Paul dans la soirée.

— Pourquoi l'emmenez-vous ?

— Je ne la lâche plus, commissaire. C'est un cas.

Adamsberg raccrocha, le regard toujours posé sur le tableau. Elle était là, la pelote emmêlée, avec le vif des pucelles et la croix dans le bois éternel. Il resta un long moment à contempler la biche suitée, hypnotisé, saisissant du bout des doigts l'élément qui lui avait manqué jusqu'ici. *Il y a un os, dans le groin du porc. Il y a un os, dans la verge du chat.* Et s'il ne se trompait pas, et si impossible que cela soit, il y avait un os, dans le cœur du cerf. Un os en forme de croix, qui le mènerait droit à la troisième vierge.

LIII

L'équipe travaillait au hangar depuis dix heures du matin, avec l'aide de deux techniciens et d'un photographe recrutés à la brigade de Dourdan. Lamarre et Voisenet avaient pris en charge les abords de la zone, à la recherche de traces de pneus laissées dans le champ en jachère. Mordent et Danglard s'étaient partagé le hangar par moitié, Justin s'occupait du réduit où avait été enfermée Retancourt. Adamsberg les rejoignit alors qu'ils entamaient le déjeuner assis dans le champ, sous un acceptable soleil d'avril, sortant sandwiches, fruits, bières et thermos, repas parfaitement organisé par Froissy. On n'avait pas trouvé de chaises dans le hangar et tous étaient assis sur des pneus, formant un curieux salon circulaire dans le pré. Le chat, quant à lui, interdit d'accès dans l'ambulance de Retancourt, était enroulé aux pieds de Danglard.

— Le véhicule est entré dans le champ par ici, expliqua Voisenet la bouche pleine, en désignant un point de la route cantonale. Il s'est garé près de la porte latérale, au bout du hangar, après avoir effectué une marche arrière pour orienter le coffre face à l'entrée. Les plantes ont poussé partout, il n'y a pas un espace de terre où trouver des empreintes. Mais d'après l'écrasement des herbes, c'est un fourgon, probablement un 9 mètres cubes. Je ne pense pas que la vieille dispose d'un tel engin. Elle a dû le louer. On pourrait peut-être retrouver sa trace dans les agences spécialisées en véhicules de fret. Une vieille dame qui loue un fourgon, cela ne doit pas être si fréquent.

Adamsberg s'était assis jambes croisées dans l'herbe tiède, et Froissy avait disposé un repas copieux à ses côtés.

— Transport du corps très organisé, enchaîna Mordent qui, posé sur son pneu, prenait vraiment les allures d'un héron sur son nid. La vieille avait emporté un diable, ou bien elle l'avait loué avec le camion. D'après les traces, le camion disposait d'une passerelle inclinée. L'infirmière n'a eu qu'à faire rouler le corps sur la pente et le recevoir sur le diable. Ensuite, elle l'a poussé dans le hangar jusqu'au réduit à outils.

— On a les traces des roues ?

— Oui, elles traversent tout le hall. C'est là qu'elle a neutralisé les chiens, avec de la viande bourrée de Novaxon. Puis les traces prennent le tournant et on les suit tout au long du couloir. Elles sont en partie recouvertes par les traces du retour.

— Et ses pas ?

— Cela va vous plaire, dit Lamarre avec le sourire d'un gosse ayant caché son cadeau pour augmenter son plaisir. Le tournant du couloir n'a pas été facile à négocier, elle a dû appuyer sur le diable pour pouvoir pivoter, en prenant fortement appui sur la plante de ses pieds. Vous voyez le mouvement ?

— Oui.

— Et le sol de ciment est râpeux.

— Oui.

— Et à cet endroit, on a des traces.

— De cirage bleu, dit Adamsberg.

— Voilà.

— Isolée du sol de ses crimes, dit lentement le commissaire, mais y déposant sa traînée. Nul n'est complètement une ombre. On l'aura à son sillage bleu.

— Les empreintes ne sont complètes nulle part, on ne peut pas être fixés sur la pointure. Mais il s'agit probablement de chaussures de femme, solides, à talons plats.

— Reste le placard, dit Justin. C'est là qu'elle lui a injecté la dose de Novaxon, avant de refermer la porte au crochet sur elle.

— Rien à relever, dans le placard ?

Un petit silence suspendit le rapport de Justin.

— Si, dit-il, la seringue.

— Vous plaisantez, lieutenant. Elle n'a pas laissé sa seringue ?

— Mais parfaitement. Elle l'a laissée par terre, sans aucune empreinte, évidemment.

— Alors elle signe, maintenant ? dit Adamsberg en se levant, comme si l'infirmière le défiait ouvertement.

— C'est ce qu'on pense.

Le commissaire fit quelques pas dans la jachère, les mains dans le dos.

— Très bien, dit-il. Elle vient de franchir un seuil. Elle se figure invincible, et elle le dit.

— C'est un peu logique, dit Kernorkian, pour quelqu'un qui va avaler la vie éternelle.

— Encore faut-il qu'elle se saisisse d'abord de la troisième vierge, dit Adamsberg.

Estalère fit le tour des agents en versant le café dans les gobelets tendus. La précarité du

campement et l'absence de lait ne lui permet-
taient pas de conduire correctement sa cérémonie.

— Elle l'aura avant nous, dit Mordent.

— Pas sûr, dit Adamsberg.

Il revint dans le cercle des agents et s'assit en
tailleur en son centre.

— *Le vif des pucelles*, dit-il, ce n'est pas la chevelure de la morte.

— Romain avait résolu ce truc, dit Mordent.
La folle a bel et bien coupé des mèches de cheveux.

— Elle a coupé des mèches pour se dégager
l'accès.

— À quoi ?

— Aux vrais cheveux de la mort. Aux cheveux
qui continuent de pousser *après la mort*.

— Évidemment, dit Danglard dans une excla-
mation de regret. *Le vif*. Ce qui persiste à croître
et à vivre, même après la mort.

— C'est pour cela, dit Adamsberg, qu'il était
indispensable pour l'infirmière de revenir déterrer ses victimes plusieurs mois après. Il fallait que
le *vif* ait eu le temps de pousser. C'est cela qu'elle
récupère, les deux à trois centimètres de cheveux
qui ont poussé à la racine, dans la tombe. Ce *vif*
est plus qu'un emblème de vie éternelle. C'est la
concrétisation de la résistance vitale, c'est ce qui
refuse de s'arrêter après la mort.

— Écœurant, dit Noël, résumant la sensation
générale.

Froissy repliait la nourriture, à laquelle plus
personne ne touchait.

— En quoi cela aiderait-il à identifier la troisième pucelle ? demanda-t-elle.

— Quand on a compris cela, Froissy, on
attrape la suite en ligne logique : *broieras, avec*

la croix qui vit dans le bois éternel, adjacente en quantité pareille.

— On était tous d'accord là-dessus, dit Mordent. C'est le bois de la Sainte Croix.

— Non, dit Adamsberg, cela ne va pas. Comme tout le reste, ce passage doit être lu à la lettre. La croix du Christ ne vit pas dans la croix du Christ, c'est idiot.

Danglard, posé de biais sur son pneu, plissa les yeux, en alerte.

— La recette dit, continua Adamsberg, que c'est une croix *qui vit.*

— C'est maintenant que cela n'a plus de sens, dit Mordent.

— Une croix qui vit dans un corps qui représente l'éternel, énonça Adamsberg, en détachant bien les mots. Un corps avec du bois.

— Au Moyen Âge, murmura Danglard, l'animal qui symbolise l'éternité est le cerf.

Adamsberg, qui n'était pas jusqu'ici tout à fait sûr de lui, sourit à son adjoint.

— Et pourquoi, capitaine ?

— Parce que les grands bois des mâles s'élancent vers le ciel. Parce que ces bois meurent, tombent, mais repoussent tous les ans comme les feuilles des arbres, avec une pointe supplémentaire, plus puissants d'année en année. Phénomène stupéfiant, associé à la pulsion vitale de l'animal. On le considérait comme une représentation de la vie éternelle, toujours recommencée, toujours grandie, à l'image de ses bois. On le représentait parfois avec le Christ sur le front, en cerf crucifère.

— Dont les bois poussent sur le crâne, dit Adamsberg. Comme les cheveux.

Le commissaire passa sa main dans les jeunes herbes.

— C'est cela, dit-il, le *bois de l'éternel.* C'est le bois du cerf.

— Il faut en ajouter dans la mixture ?

— Si c'était le cas, il nous manquerait alors la croix. Et chaque mot de la recette compte, on l'a déjà dit. *La croix qui vit dans le bois éternel.* Cette croix, c'est donc la croix du cerf. Elle est en os, comme les bois, matière incorruptible.

— Peut-être l'empaumure au bout des bois, dit Voisenet. Ou la chevillure, qui forme un angle avec l'axe du bois.

— Je ne trouve pas que les bois de cerf aient l'air de former une croix, dit Froissy.

— Non, dit Adamsberg. Je pense que la croix est ailleurs. Je crois qu'il faut chercher un os secret, comme l'os du chat. L'os pénien interne concentre le *mâle principe.* Il nous faut trouver la même chose chez le cerf. Un os, en forme de croix, qui résumerait le principe d'éternité du cerf, enfoui dans son corps. Un os qui *vit.*

Adamsberg regarda tour à tour ses adjoints, attendant leurs réponses.

— Je ne vois pas, dit Voisenet.

— Je crois, reprit Adamsberg, qu'on trouvera cet os dans le cœur du cerf. Le cœur est le symbole de la vie qui bat. Une croix *qui vit,* une croix en os dans le cœur du cerf aux bois éternels.

Voisenet tourna la tête vers Adamsberg.

— Certes, commissaire, dit-il. Le seul problème, c'est qu'il n'y a pas d'os dans le cœur du cerf. Ni du cerf ni de personne d'autre. Ni en croix, ni en long ni en large.

— Il faut qu'il y ait quelque chose, Voisenet.

— Pourquoi ?

— Parce que dans la forêt de Brétilly, puis dans celle d'Opportune, deux cerfs mâles ont été tués le mois dernier et laissés intacts au sol.

Seule chose : on leur a extirpé le cœur, et on l'a ouvert. Ces massacres sont l'œuvre de la même main. Ils ont été réalisés dans un même lieu, celui tenu *par le rayon du saint,* et ils ont été tués au plus près des deux femmes sacrifiées. C'est notre ange de la mort qui les a abattus.

— Ça se tient, dit Lamarre.

— Ces cerfs ont été ouverts après leur mort à un endroit déterminé de leur corps. C'est exactement ce qui s'est passé pour le chat Narcisse. On les a opérés, en quelque sorte, dans un but bien défini, pour en extraire quelque chose de précis. Quoi ? *La croix qui vit dans le bois éternel.* Elle est donc dans le cœur du cerf, d'une manière ou d'une autre.

— C'est impossible, dit Danglard en secouant la tête. On le saurait.

— On ne le savait pas, pour l'os du chat, fit remarquer Kernorkian. Ni pour le groin du porc.

— Moi je le savais, dit Voisenet. Comme je sais aussi qu'il n'y a pas d'os dans le cœur du cerf.

— Eh bien, lieutenant, il faudra qu'il y en ait un.

Il y eut des grognements, des moues de doute, tandis qu'Adamsberg se levait pour se dégourdir les jambes. Il ne paraissait pas évident aux positivistes que la réalité doive se plier aux idées flottantes du commissaire, et jusqu'à fourrer un os dans le cœur du cerf.

— C'est l'inverse, commissaire, insista Voisenet. Il n'y a pas d'os dans le cœur. Et il faut s'adapter à cette vérité en conséquence.

— Voisenet, il y en aura un, ou plus rien n'a de sens. Et s'il y en a un, il nous reste à guetter le prochain abattage d'un cerf. La troisième vierge que l'infirmière a choisie sera dans son immédiate proximité. La croix du cœur doit être le plus près possible du vif de la pucelle. *Adjacente en quantité pareille*. Cela ne veut pas dire « adjointe » en même quantité, cela a à voir avec le lieu.

— *Adjacente*, dit Danglard, signifie « qui gît à côté », « qui est posé contre ».

— Merci, Danglard. Il est assez naturel que la pucelle doive vivre contre le cerf. Essences femelle et mâle accouplées, donnant naissance à la vie, et ici à la vie éternelle. Quand on aura le cœur du prochain cerf, on aura le nom de la vierge, parmi toutes celles que vous avez relevées.

— Bien, admit Justin. Comment s'y prend-on ? On surveille les forêts ?

— Quelqu'un le fait déjà pour nous.

LIV

Adamsberg attendit sous la pluie que l'angélus sonne au clocher de l'église d'Haroncourt pour pousser la porte du café. Ce dimanche soir, il y trouva l'assemblée des hommes au complet, réunie pour la première tournée.

— Béarnais, dit Robert, sans marquer sa surprise, tu viens boire le coup ?

Un rapide regard à Angelbert confirma que le montagnard était toujours le bienvenu, bien qu'il ait défoncé une tombe à Opportune-la-Haute dix-huit jours plus tôt. Comme l'autre fois, on lui fit une place à la gauche du vieux, et on lui avança un verre.

— Toi, tu t'es démené, affirma Angelbert en versant le vin blanc.

— Oui, j'ai eu des ennuis, des ennuis de flic.

— C'est la vie, dit Angelbert. Robert, il est couvreur, il a des ennuis de couvreur. Hilaire a des ennuis de charcutier, Oswald a des ennuis d'agriculteur, et moi, j'ai des ennuis de vieux. Crois-moi, c'est pas mieux. Bois un coup.

— Je sais pourquoi les deux femmes ont été tuées, dit Adamsberg en obéissant, et je sais pourquoi on a ouvert leurs tombes.

— Alors t'es content.

— Pas vraiment, dit Adamsberg avec une grimace. La meurtrière est une créature d'épouvante et elle n'a pas fini son boulot.

— Et elle va le finir, dit Oswald.

— Tu penses bien que oui, ponctua Achille.

— Oui, elle va le finir, dit Adamsberg. Elle va le finir en tuant une troisième vierge. Je la cherche. Et je veux bien un coup de main.

Adamsberg vit tous les visages se tourner vers lui, tous surpris par une réclamation aussi peu circonspecte.

— Sans t'offenser, Béarnais, dit Angelbert, c'est un peu tes oignons.

— C'est pas les nôtres, ponctua Achille.

— Si. Parce que c'est la même femme qui a massacré vos cerfs.

— Je l'avais dit, souffla Oswald.

— Et comment le sais-tu ? demanda Hilaire.

— C'est ses affaires, coupa Angelbert. S'il te dit qu'il le sait, c'est qu'il le sait, c'est tout.

— Exactement, dit Achille.

— À chacune des deux victimes a été associée la mort d'un cerf, reprit Adamsberg. Plus exactement le cœur d'un cerf.

— Pour en faire quoi, va savoir, demanda Robert.

— Pour y prendre l'os qui est dedans, l'os en forme de croix, dit Adamsberg, risquant son va-tout.

— C'est bien possible, dit Oswald. Et c'est ce que pensait Hermance. Elle a un os, Hermance.

— Dans le cœur ? demanda Achille, un peu étonné.

— Dans le tiroir du buffet. Un os de cœur de cerf.

— Faut être sacrément dérangé pour aller chercher la croix du cerf, dit Angelbert. C'est des trucs des temps anciens, ça.

— Il y avait des rois de France qui les collectionnaient, quand même, dit Robert. Pour se porter bonne santé.

— C'est bien ce que je dis, c'est de l'ancien temps. On ne les prend plus maintenant.

Adamsberg vida son verre à sa propre santé, fêtant intérieurement l'existence bien réelle d'un os en forme de croix dans le cœur des cerfs.

— Tu sais pourquoi il prend la croix, ton tueur, questionna Robert.

— Je t'ai dit que c'était une femme.

— Ouais, dit Robert avec une moue. Mais tu sais pourquoi.

— Pour mettre cette croix avec les cheveux des vierges.

— Bon, dit Oswald. C'est une dérangée. À quoi cela lui sert, va savoir.

— À fabriquer une mixture pour vivre éternellement.

— Ben merde, souffla Hilaire.

— D'un côté ce n'est pas mal, observa Angelbert, d'un autre ça se discute.

— En quoi cela se discute ?

— Tu te figures, mon pauvre Hilaire, si tu devais vivre toujours ? Qu'est-ce que tu ferais de tes jours ? On ne va quand même pas boire des coups pendant cent mille ans, si ?

— C'est vrai que ça fait beaucoup, observa Achille.

— Elle tuera la prochaine femme, reprit Adamsberg, quand elle aura tué le prochain cerf. Ou le contraire, je n'en sais rien. Mais je n'ai pas d'autre solution que de suivre la croix du cœur.

Je voudrais que vous m'alertiez dès qu'un autre cerf sera massacré.

Il se fit un silence de plomb, un silence compact comme seuls savent en créer et en supporter les Normands. Angelbert versa la deuxième tournée, faisant tinter le goulot de la bouteille sur chaque verre.

— Ben c'est déjà fait, dit Robert.

Il y eut un nouveau silence, et chacun avala une gorgée, sauf Adamsberg qui regardait Robert, saisi.

— Quand ? demanda-t-il.

— Ça ne fait pas six jours.

— Pourquoi ne m'as-tu pas appelé ?

— Ça n'avait plus l'air de t'intéresser, dit Robert, renfrogné. Tu ne pensais qu'à l'ombre d'Oswald.

— Où cela s'est-il produit ?

— Au Bosc des Tourelles.

— Tué comme les autres ?

— Tout pareil. Le cœur à côté.

— Quels sont les villages les plus proches ?

— Campenille, Troimare et Louvelot. Plus loin, tu vas vers Longeney d'un côté, ou Coucy de l'autre. T'as le choix.

— Il n'y a eu aucune femme accidentée depuis ?

— Non.

Adamsberg respira, et but une gorgée.

— Il y a bien eu la vieille Yvonne qui s'est foutue par terre au vieux pont, dit Hilaire.

— Morte ?

— Avec toi, tout le monde serait mort, dit Robert. Elle s'est cassé le fémur.

— Tu peux m'emmener demain ?

— Voir Yvonne ?

— Voir le cerf.

— On l'a déjà enterré.

— Qui a les bois ?

— Personne. Il les avait déjà perdus.

— Je voudrais voir les lieux.

— Ça se pourrait, dit Robert en tendant son verre pour la troisième et dernière tournée. Où vas-tu dormir ? À l'hôtel ou chez Hermance ?

— Il vaudrait mieux qu'il dorme à l'hôtel, dit Oswald à voix basse.

— Vaudrait mieux, ponctua le ponctueur.

Et personne n'expliqua pourquoi on ne pouvait plus loger chez la sœur d'Oswald.

LV

Pendant que ses agents exploraient la région du Bosc des Tourelles, Adamsberg avait fait sa tournée des hôpitaux. Il avait été voir Veyrenc boitiller à Bichat et Retancourt dormir à Saint-Vincent-de-Paul. Veyrenc sortait le lendemain et le sommeil de Retancourt commençait à ressembler à un état plus naturel. Elle remonte à toute allure, avait dit Lavoisier, qui prenait des quantités de notes sur le cas de la déesse polyvalente. Veyrenc, une fois mis au courant du repêchage du lieutenant et de la croix du cerf, avait formulé un avis qu'Adamsberg remâchait en revenant à pied vers la Brigade.

« *Tandis que par sa force l'une échappe au tombeau*
La faiblesse d'une autre la prépare au bourreau.
Hâtez-vous, il est temps. Le grand cerf est blessé
Et la vierge suivra si tantôt n'agissez. »

— Francine Bidault, trente-cinq ans, dit Mercadet en tendant sa fiche à Adamsberg. Elle habite à Clancy, deux cents âmes, à sept kilomètres de la lisière du Bosc des Tourelles.

Les deux autres femmes les plus proches sont à quatorze et dix-neuf kilomètres, et chacune plus près de la grande Châtaigneraie, assez vaste pour abriter d'autres cervidés. Francine vit seule, sa ferme est isolée, à plus de huit cents mètres de ses voisins. Le mur de clôture s'escalade d'un bond. Quant à la maison, elle est ancienne, les portes en bois sont minces et les serrures s'ouvrent d'un coup de coude.

— Bien, dit Adamsberg. Elle travaille ? Elle a une voiture ?

— Elle fait le ménage à mi-temps dans une pharmacie d'Évreux. Elle s'y rend en car tous les jours, sauf le dimanche. Il est probable que l'agression aura lieu chez elle, entre dix-neuf heures et treize heures le lendemain, heure à laquelle elle quitte sa maison.

— Elle est vierge ? On en est sûrs ?

— D'après le curé d'Otton, oui. Un « petit angelot », selon ses mots, jolie, puérile, presque retardée, disent quelques autres. Mais selon le curé, elle a toute sa tête. Seulement, tout l'effraie, et particulièrement les bêtes. Elle a été élevée par son père, veuf, qui l'a tyrannisée comme une brute. Il est mort il y a deux ans.

— Il y a un problème, dit Voisenet, dont les assises positivistes s'étaient effondrées depuis qu'Adamsberg avait deviné l'existence d'un os dans le cœur des cerfs uniquement en pelletant des nuages. Devalon a appris qu'on était à Clancy, et il a su pourquoi. Il est en mauvaise posture depuis qu'il a manqué les meurtres d'Élisabeth et de Pascaline. Il exige que ce soit sa brigade qui assure la surveillance de Francine Bidault.

— Tant mieux, dit Adamsberg. Tant que Francine est protégée, c'est tout ce qu'on demande.

Appelez-le, Danglard. Que Devalon y affecte trois hommes en roulement, armés, de dix-neuf heures à treize heures, chaque jour, sans un manquement. On commence dès ce soir. Le surveillant doit être posté dans la maison, si possible dans sa chambre. On envoie à Évreux le portrait de l'infirmière. Qui s'est chargé de faire le tour des loueurs de camions ?

— Moi, dit Justin, avec Lamarre et Froissy. Rien sur l'Île-de-France pour le moment. Aucun des employés ne se souvient d'une femme de soixante-quinze ans réclamant un 9 mètres cubes. Ils sont positifs.

— La trace de bleu dans le hangar ?

— C'est bien du cirage.

— Retancourt a parlé cet après-midi, dit Estalère. Mais elle n'a pas parlé longtemps.

Des visages intrigués se tournèrent vers lui.

— Elle a parlé de Corneille ? demanda Adamsberg.

— Elle n'a pas parlé de corneilles, elle a parlé de chaussures. Elle a dit qu'il fallait *envoyer des chaussures à la caravane*.

Les hommes échangèrent des regards perplexes.

— Elle est diminuée, la grosse, dit Noël.

— Non, Noël. Elle avait promis à la dame de la caravane de lui remplacer la paire de chaussures bleues. Lamarre, occupez-vous de cela, vous trouverez l'adresse dans les dossiers de Retancourt.

— Après tout ce qu'elle a subi, c'est la première chose qu'elle pense à nous dire ? dit Kernorkian.

— Elle est comme cela, dit Justin, fataliste. Elle n'a rien dit d'autre ?

— Si. Elle a ajouté : *On s'en fout. Dis-lui qu'on s'en fout*.

— De la dame ?

— Non, dit Adamsberg. Elle ne se foutait pas du tout de la dame.

— Qui est-ce, « lui » ?

Estalère désigna Adamsberg d'un mouvement de menton.

— Sans doute, dit Voisenet.

— De quoi ? murmura Adamsberg. Je dois me foutre de quoi ?

— Elle est diminuée, répéta Noël, inquiet.

LVI

Pour la première fois de sa vie et depuis vingt-deux jours, Francine n'avait pas rabattu ses couvertures sur son visage. Elle s'endormait la tête à découvert, tranquillement posée sur l'oreiller, et c'était infiniment plus facile que d'étouffer sous les draps en collant son nez au trou d'aération. De même, elle n'avait effectué que des vérifications rapides sur les trous des vrillettes, sans dénombrer les perforations nouvelles qui s'étendaient vers le sud de la poutre, et sans trop s'imaginer la tête que pouvait bien avoir une de ces saletés de vrillettes.

Cette surveillance policière était un véritable cadeau du ciel. Trois hommes se relayaient chez elle toutes les nuits, et la gardaient même le matin jusqu'à ce qu'elle parte au travail, que rêver de mieux ? Elle n'avait pas posé de questions sur les raisons pour lesquelles on voulait absolument la garder, de crainte que sa curiosité n'indispose les gendarmes et qu'ils ne renoncent à leur bonne idée. D'après ce qu'on lui avait laissé entendre, il y avait des cambriolages ces derniers temps, et Francine ne trouvait pas étrange que des gendarmes soient postés un peu partout chez les femmes seules de la région. D'autres auraient protesté, mais sûrement pas elle, qui préparait chaque soir avec gratitude un repas pour le gendarme de service, bien plus élaboré qu'elle n'en avait jamais fait pour son père.

La rumeur de ces dîners fins – et du charme de Francine – s'était répandue dans la brigade d'Évreux et, sans que Devalon sache pourquoi, il n'avait aucune difficulté à trouver des volontaires pour assurer la garde de Francine Bidault. Devalon se moquait éperdument de l'enquête fumeuse d'Adamsberg, qui n'était pour lui qu'un amas d'inepties. Mais il était hors de question que ce type, qui avait déjà fait voler en éclats ses enquêtes sur Élisabeth Châtel et Pascaline Villemot pour trois pousses de lichen sur une pierre, s'empare de son territoire. Ses hommes garderaient la ferme, et pas un des gars d'Adamsberg n'y mettrait un seul pied. Adamsberg avait eu le front d'exiger que les agents en roulement effectuent la garde éveillés. Foutaises. Il n'allait pas dégarnir son équipe pour une pareille fumisterie. Il envoyait ses brigadiers chez Francine après leur journée normale de travail, avec pour mission d'y manger et d'y dormir sans état d'âme.

Dans la nuit du 3 mai à trois heures trente-cinq du matin, seules les vrillettes étaient au travail dans les chambres de Francine et du brigadier Grimal, nullement freinées par la présence d'un homme armé dans la maison, dévorant chacune un millième de millimètre de bois. Elles ne réagirent pas au grincement de la porte de l'arrière-cuisine, parce que les vrillettes sont sourdes. Grimal, logé dans la chambre du père défunt, enfoncé sous un édredon pourpre, se redressa dans l'obscurité, incapable d'analyser le bruit qui l'avait réveillé, incapable de savoir s'il avait posé son arme à droite ou à gauche du lit, ou sur la commode, ou par terre. Il palpa la table de nuit au hasard, traversa la pièce en tee-shirt et en slip, ouvrit la porte qui le séparait de la chambre de Francine. Mains nues, il regarda venir vers lui une ombre grise, longue, anormalement silencieuse et lente, qui n'avait pas même suspendu son avance en voyant la porte s'ouvrir. L'ombre ne marchait pas de manière ordinaire, elle glissait et trébuchait, passant sur le sol dans une pose indécise, mais imperturbable dans sa progression. Grimal eut le temps de secouer Francine, ne sachant pas s'il voulait la sauver ou chercher son secours.

— L'Ombre, Francine ! Lève-toi ! Cours !

Francine hurla et Grimal, terrifié, s'approcha de la silhouette grise pour couvrir la fuite de la jeune femme. Devalon ne l'avait pas préparé à l'attaque, et il le maudit dans sa dernière pensée. Qu'il parte aux enfers, avec le spectre.

LVII

Adamsberg reçut l'appel de la brigade d'Évreux à huit heures vingt du matin, dans le petit café crasseux qui défiait la Brasserie des Philosophes endormie. Il y buvait un café en compagnie de Froissy, qui prenait son second petit déjeuner. Le brigadier Maurin, qui arrivait pour la relève à Clancy, venait de découvrir le corps de son collègue Grimal, traversé de deux balles à la poitrine, l'une d'elles ayant touché le cœur. Adamsberg suspendit son geste, reposa bruyamment sa tasse dans sa soucoupe.

— La vierge ? demanda-t-il.

— Disparue. Il semble qu'elle ait eu le temps de filer par la fenêtre de la chambre du fond. On la cherche.

La voix de l'homme tremblait de sanglots. Grimal avait quarante-deux ans, et s'était toujours plus occupé de tailler sa haie à la cisaille que d'emmerder le monde.

— Son arme ? demanda Adamsberg. Il a tiré ?

— Il était au lit, commissaire, il dormait. Son arme était posée sur la commode de la chambre, il n'a même pas eu le temps de la prendre.

— Impossible, murmura Adamsberg. J'avais demandé que le garde soit assis, habillé, réveillé, et l'arme prête.

— Devalon s'en moquait, commissaire. Il nous envoyait là-bas après le boulot. On ne pouvait pas tenir éveillés.

— Dites à votre chef qu'il aille griller aux enfers.

— Je sais, commissaire.

Deux heures plus tard, les dents serrées, Adamsberg entrait avec son escorte dans la maison de Francine. On avait retrouvé la jeune femme en larmes, pieds écorchés, réfugiée dans la grange à foin des voisins, calée entre deux rouleaux de paille. Une silhouette grise qui chancelait comme une flamme de bougie, c'est tout ce qu'elle avait vu, et le bras du gendarme qui l'avait tirée hors du lit puis poussée vers la pièce arrière. Elle courait déjà vers la route quand les deux coups de feu avaient claqué.

Le commissaire avait posé sa main sur le front froid de Grimal, s'agenouillant à sa tête pour ne pas marcher dans son sang. Puis il avait composé un numéro, entendu une voix endormie dans le récepteur.

— Ariane, je sais qu'il n'est pas onze heures mais j'ai besoin de toi.

— Où es-tu ?

— À Clancy, en Normandie. Chemin des Biges, n° 4. Dépêche-toi. On ne touche à rien avant ton arrivée.

— C'est quoi, cette équipe technique ? demanda Devalon avec un geste vers la petite troupe qui entourait Adamsberg. Et qui faites-vous venir ? ajouta-t-il en désignant le téléphone.

— Je fais venir ma légiste, commandant. Et je ne vous conseille pas de vous y opposer.

— Allez vous faire foutre, Adamsberg. Il s'agit d'un de mes hommes.

— D'un de vos hommes que vous avez jeté à la mort.

Adamsberg regarda les deux gendarmes qui escortaient Devalon. Leur posture témoignait de leur approbation.

— Gardez le corps de votre collègue, leur dit-il. Que personne ne s'en approche avant l'arrivée de la légiste.

— Vous ne donnez pas d'ordres à mes brigadiers. On n'en a rien à foutre ici, des flics de Paris.

— Je ne suis pas de Paris. Et vous n'avez plus de brigadiers.

Adamsberg sortit, oubliant le sort de Devalon dans l'instant.

— Où en êtes-vous ?

— Cela se dessine, dit Danglard. La tueuse a passé par-dessus le mur nord, elle a traversé les cinquante mètres d'herbage jusqu'à la porte de l'arrière-cuisine, celle qui est la plus délabrée.

— L'herbe n'est pas haute, il n'y a pas de traces.

— Il y en a sur le mur de clôture, qui est en terre. Une motte d'argile est tombée à son passage.

— Ensuite ? demanda Adamsberg en s'asseyant, s'accoudant à la table dans une pose presque allongée.

— Elle a fracturé la porte, elle a traversé l'arrière-cuisine puis la cuisine, elle est entrée dans la chambre par cette porte. Pas de traces non plus, il n'y a pas un grain de poussière sur le carrelage. Grimal arrivait de la chambre du fond, l'assaut a eu lieu près du lit de Francine. Tué à bout portant, apparemment.

Devalon avait dû quitter la ferme mais il refusait d'abandonner les lieux à Adamsberg. Il marchait en fulminant sur la route, attendant l'arrivée du médecin de Paris, fermement décidé à imposer son propre légiste pour l'autopsie. Il regarda la voiture se garer assez brutalement devant le vieux portail en bois, la femme en sortir et se retourner vers lui. Et encaissa son dernier choc en reconnaissant Ariane Lagarde. Il recula sans un mot, avec un salut muet.

— À bout portant, confirma Ariane, entre trois heures trente et quatre heures trente du matin, en première estimation. Les coups ont été tirés pendant la bagarre, au corps-à-corps. Il n'a pas eu le temps de lutter vraiment. Et je crois qu'il a eu très peur, c'est encore sur ses traits. En revanche, dit-elle en s'asseyant près d'Adamsberg, la meurtrière a gardé tout son sang-froid, et elle a pris le temps de signer.

— Elle l'a piqué ?

— Oui. À la saignée du bras gauche et c'est presque invisible. On vérifiera, mais je pense qu'il s'agit, comme pour Diala et La Paille, d'une piqûre fictive, sans injection de quoi que ce soit.

— Sa marque de fabrique, dit Danglard.

— Tu as une idée de sa taille ?

— Je dois examiner la trajectoire des balles. Mais à première vue, ce n'est pas quelqu'un de grand. L'arme n'est pas non plus un gros calibre. Discret, mortel.

Mordent et Lamarre revenaient de la chambre.

— C'est bien cela, commissaire, dit Mordent. Pendant la lutte, ils ont piétiné l'un contre l'autre, arc-boutés. Grimal était pieds nus, il n'a laissé aucune trace. Elle, oui. C'est infime, mais il y a une légère traînée de bleu.

— Vous en êtes certain, Mordent ?

— Ce n'est pas perceptible si on ne la cherche pas, mais c'est indiscutable quand on s'y attend. Venez voir vous-même, prenez le compte-fils. Sur ce vieux carrelage, ce n'est pas facile à voir.

Sous l'éclairage supplémentaire fourni par le technicien, Adamsberg, l'œil collé au compte-fils, examina la traînée de bleu laissée sur le carreau de terre cuite, longue de cinq à six centimètres. Une parcelle de cirage plus vive était mieux visible sur le joint. Une autre trace, plus petite, était décelable sur le carreau adjacent. Adamsberg revint silencieusement dans la salle à manger, le visage contrarié. Il ouvrit placards et buffets, passa dans la cuisine et, sur une tablette, trouva une boîte de cirage et un vieux chiffon.

— Estalère, dit-il, prenez cela. Allez jusqu'au mur nord, à l'endroit exact où elle est passée. Là, cirez bien les semelles de vos chaussures. Puis revenez jusqu'ici.

— Mais le cirage est marron.

— On s'en fout, Estalère. Allez-y.

Cinq minutes plus tard, Estalère entrait par la porte de la cuisine.

— Stop, brigadier. Ôtez vos chaussures et passez-les-moi.

Adamsberg examina les semelles à la lumière de la petite fenêtre puis, glissant sa main dans une des chaussures, l'appuya sur le sol en la faisant pivoter. Il examina la trace avec le compte-fils, recommença l'opération avec l'autre chaussure, et se redressa.

— Rien, dit-il, l'herbe trempée a tout lessivé. Il reste quelques taches de cirage sur la semelle,

mais pas assez pour en déposer sur le carrelage.
Vous pouvez vous rechausser, Estalère.

Adamsberg revint s'asseoir dans la salle,
entouré de ses trois adjoints et d'Ariane. Ses
doigts caressaient la toile cirée, semblant chercher à rassembler l'invisible.

— Cela ne va pas, dit-il. C'est trop.

— C'est trop de cirage ? demanda Ariane.
C'est cela que tu veux dire ?

— Oui. C'est trop et c'est même impossible.
Et pourtant, c'est bien son cirage. Mais il ne
vient pas de ses semelles.

— Vous croyez qu'elle signe ? demanda Mordent, sourcils bas. Comme avec la seringue ? En
étalant du cirage volontairement ? Pour laisser
la marque de son sillage ?

— Pour nous entraîner dans un sillage. Pour
nous guider.

— Jusqu'à ce qu'on se fourvoie, dit la légiste,
les yeux à moitié clos.

— Exactement, Ariane. Comme le faisaient
les naufrageurs en allumant de faux phares pour
égarer les bateaux et les fracasser contre les
rochers. C'est un faux phare qui nous attire au
loin.

— Un phare qui entraîne continûment vers la
vieille infirmière, dit Ariane.

— Oui. Et c'est ce que voulait dire Retancourt : « Dis-lui qu'on s'en fout. » Des chaussures
bleues. On s'en fout.

— Comment va-t-elle ? demanda Ariane.

— Elle remonte à vive allure. Assez pour nous
dire « On s'en fout ».

— Des chaussures et du reste, dit Ariane.

— Oui, des traces de piqûre, du scalpel, des
traînées de cirage. Une belle carte d'identité,
mais une fausse. Un véritable leurre. Cela fait

des semaines qu'on s'amuse avec nous comme avec des pantins. Et nous, et moi, comme des abrutis, on a couru comme un seul homme vers la lumière qu'on agitait devant nous.

Ariane croisa les bras, abaissa son menton. Elle avait à peine pris le temps de se maquiller et Adamsberg la trouvait ainsi plus belle encore.

— C'est de ma faute, dit-elle. C'est moi qui t'ai dit que c'était peut-être une dissociée.

— C'est moi qui ai identifié l'infirmière.

— Je me suis emballée, insista Ariane. J'y ai ajouté des éléments secondaires, psychologiques et mentaux.

— Parce que l'assassin connaît parfaitement les éléments psychologiques et mentaux des femmes. Parce que tout était prêt pour qu'on fasse l'erreur, Ariane. Et si l'assassin a tout fait pour nous orienter vers une femme, c'est que c'est un homme. Un homme qui a profité de l'évasion de Claire Langevin pour nous la jeter dans les pattes. Un homme qui savait que je réagirais à l'hypothèse de la vieille infirmière. Mais ce n'est pas elle. Et c'est pour cette raison que ces meurtres ne correspondent en rien à la psychologie de l'ange de la mort. Tu l'avais dit, Ariane, le soir après Montrouge. Il n'y a pas eu de second cratère dans le flanc du volcan. C'est un autre volcan.

— Alors c'est très bien fait, dit la légiste en soupirant. Les blessures de Diala et de La Paille indiquent obligatoirement un agresseur de petite taille. Mais il est toujours possible, évidemment, de tricher et de les imiter. Un homme de taille moyenne aurait très bien pu calculer son coup pour abaisser son bras, de sorte que les entailles soient horizontales. À condition de très bien s'y connaître.

— La seringue déposée dans le hangar était déjà de trop, dit Adamsberg. J'aurais dû réagir avant.

— Un homme, dit Danglard d'une voix découragée. Il faut tout reprendre. Tout.

— Ce ne sera pas utile, Danglard.

Adamsberg vit passer dans le regard de son adjoint le train d'une réflexion rapide et organisée, puis un relâchement empreint de tristesse. Adamsberg lui fit un léger signe d'approbation. Danglard savait, tout comme lui.

LVIII

Dans la voiture à l'arrêt, Adamsberg et Danglard regardaient les essuie-glaces balayer la pluie torrentielle qui s'abattait sur le pare-brise. Adamsberg aimait le bruit régulier des balais, la lutte qu'ils menaient en gémissant contre le déluge.

— Je crois que nous sommes d'accord, capitaine, dit Adamsberg.

— Commandant, corrigea Danglard d'une voix morne.

— Pour nous lancer sûrement sur la piste de l'infirmière, il fallait que l'assassin en sache beaucoup sur moi. Qu'il sache que je l'avais arrêtée, qu'il sache que son évasion me tiendrait à cœur. Il fallait aussi qu'il puisse suivre l'enquête pas à pas. Qu'il soit au courant que nous recherchions des chaussures bleues, et la trace de ses semelles cirées. Qu'il soit informé des projets de Retancourt. Qu'il veuille ma perte. Il nous a tout fourni, la seringue, les chaussures, le scalpel, le cirage. Formidable manipulation, Danglard, effectuée par un esprit de qualité, d'une grande habileté.

— Par un homme de la Brigade.

— Oui, dit Adamsberg tristement, en se rejetant en arrière sur son siège. Par un type de chez nous, bouquetin noir dans la montagne.

— Quel rapport avec les bouquetins ?

— Ce n'est rien, Danglard.

— Je n'ai pas envie d'y croire.

— On ne croyait pas qu'il y avait un os dans le groin. Et il y en a un. Comme il y a un os, Danglard, dans la Brigade. Enfoui dans son cœur.

La pluie faiblissait, Adamsberg ralentit le rythme des essuie-glaces.

— Je vous avais dit qu'il mentait, reprit Danglard. Personne n'aurait pu retenir ce texte du *De reliquis* sans le savoir avant. Il connaissait la médication par cœur.

— Pourquoi nous l'aurait-il dite alors ?

— Par provocation. Il se veut invincible.

— L'enfant mis à terre, murmura Adamsberg. La vigne perdue, la misère, les années d'humiliation. Je l'ai connu, Danglard. Le béret enfoncé jusqu'au nez pour masquer ses cheveux, la jambe boiteuse, le rouge au front, rasant les murs sous les moqueries des autres.

— Il vous touche encore.

— Oui.

— Mais c'est l'enfant qui vous émeut. L'adulte a grandi, tordu. Et contre vous, le petit chef d'antan et le responsable de sa tragédie, il inverse le sort, comme il dirait lui-même en vers. Il fait tourner la roue du destin. À votre tour de tomber, tandis que lui conquiert la place souveraine. Il est devenu ce qu'il déclame lui-même à longueur de journée, un héros racinien pris dans les tempêtes de la haine et de l'ambition, organisant l'entrée en scène de la mort des autres et l'arrivée de son propre couronnement. Dès le début, vous saviez pourquoi il était ici, pour venger la bataille des deux vallées.

— Oui.

— Il a exécuté son plan acte par acte, vous aiguillant vers l'erreur, faisant dérailler toute l'enquête. Il a déjà tué sept fois, Fernand, Gros Georges, Élisabeth, Pascaline, Diala, La Paille, Grimal. Et quasiment Retancourt. Et il tuera la troisième vierge.

— Non. Francine est à l'abri.

— Croit-on. Cet homme est fort comme un cheval. Il tuera Francine, puis il vous abattra, une fois que la honte sera tombée sur vous. Il vous hait.

Adamsberg abaissa la vitre et tendit son bras à l'extérieur, paume ouverte pour y saisir la pluie.

— Cela vous attriste, dit Danglard.

— Un peu.

— Mais vous savez qu'on a raison.

— Quand Robert m'a appelé pour le deuxième cerf, j'étais fatigué et je m'en foutais. C'est Veyrenc qui m'a proposé de me conduire là-bas. Et dans le cimetière d'Opportune, c'est Veyrenc qui m'a désigné la tombe de Pascaline, avec ses herbes courtes. C'est lui qui m'a incité à l'ouvrir, comme il m'avait encouragé à persévérer à Montrouge. Et c'est lui qui a fait céder Brézillon pour que je conserve l'enquête. De sorte qu'il puisse la suivre pendant que je m'y embourbais.

— Et c'est lui qui a pris Camille, dit tout doucement Danglard. Haute vengeance, bien digne d'un héros de Racine.

— Comment le savez-vous, Danglard ? demanda Adamsberg en fermant le poing sous la pluie.

— Quand j'ai pris l'écoute dans l'armoire de Froissy, j'ai dû passer une longueur d'enregistrement pour caler la bande-son. Je vous ai assez dit ce qu'il était. Intelligent, puissant, dangereux.

— Je l'aimais bien, pourtant.

— Est-ce pour cela qu'on reste immobiles à Clancy, dans cette voiture à l'arrêt ? Au lieu de filer vers Paris ?

— Non, capitaine. D'une part parce que nous n'avons pas de preuve matérielle. Le juge nous le ferait relâcher au bout de vingt-quatre heures. Veyrenc raconterait la guerre des deux vallées et dirait que je m'acharne à le détruire pour des motifs privés. Pour qu'on ne sache jamais qui était le cinquième gars sous l'arbre.

— Évidemment, reconnut Danglard. Il vous tient par cela.

— D'autre part, parce que je n'ai pas fini de comprendre ce que m'a dit Retancourt.

— Je me demande encore comment La Boule a pu avaler ses trente-huit kilomètres, dit Danglard, devenu songeur devant cette nouvelle Question sans réponse.

— L'amour et ses prodiges, Danglard. Il est aussi possible que le chat ait beaucoup appris de Violette. Économiser l'énergie grain par grain pour la lancer tout entière dans une seule mission, pulvérisant tous les obstacles sur son passage.

— Elle faisait équipe avec Veyrenc. C'est pour cela qu'elle a pigé avant nous ce foutu truc qu'on n'avait pas compris. Il savait qu'elle allait voir Romain. Il l'a attendue à la sortie. Elle le trouvait beau, elle l'a suivi tout de même. La seule fois de sa vie où Violette aura manqué de finesse.

— L'amour et ses calamités, Danglard.

— Et même Violette peut s'y fourvoyer. Pour un sourire, pour le son d'une voix.

— Je veux savoir ce qu'elle m'a dit, insista Adamsberg en repliant dans la voiture son bras trempé. À votre idée, capitaine, que croyez-vous qu'elle allait tenter, sitôt qu'elle allait pouvoir prononcer trois mots ?

— Vous parler.

— Pour me dire quoi ?

— La vérité. Et c'est ce qu'elle a fait. Elle a parlé des chaussures, elle a dit qu'il fallait s'en foutre. Elle a donc dit que ce n'était pas l'infirmière.

— Cela, Danglard, ce n'est pas la *première* chose qu'elle a dite. C'est la seconde.

— Elle n'a rien exprimé d'intelligible avant. Elle n'a fait que citer ces vers de Corneille.

— Et qui prononce ces vers, au juste ?

— C'est Camille, dans *Horace*.

— Vous voyez, Danglard, c'est une preuve. Retancourt ne révisait pas ses leçons d'école, elle m'adressait bien un message, par le truchement d'une Camille. Et je ne le comprends pas.

— Parce qu'il ne peut pas être clair. Retancourt était encore dans les songes. On ne peut déchiffrer sa phrase que comme on décode les rêves.

Danglard prit quelques instants pour réfléchir.

— Autour de Camille, dit-il, des frères ennemis, les Horaces d'un côté, les Curiaces de l'autre. Elle en aime un, qui veut tuer l'autre. Autour de la vraie Camille, même chose. Des cousins ennemis, vous d'un côté, Veyrenc de l'autre. Mais Veyrenc représente Racine. Quel était le grand rival et ennemi de Racine ? Corneille.

— Vrai ? demanda Adamsberg.

— Vrai. Le succès de Racine a fait tomber le trône du vieux dramaturge. Ils se haïssaient. Retancourt choisit Corneille et désigne son ennemi : Racine. Racine, donc Veyrenc. C'est aussi pourquoi elle a parlé en vers, pour que vous pensiez aussitôt à Veyrenc.

— J'y ai pensé en effet. Je me suis demandé si elle rêvait de lui ou s'il l'avait contaminée.

Adamsberg remonta la vitre et boucla sa ceinture.

— Laissez-moi le voir seul d'abord, dit-il en mettant le contact.

LIX

Veyrenc, convalescent, était assis sur son lit en short, adossé à deux oreillers, une jambe repliée, une jambe allongée. Il regardait Adamsberg qui allait et venait, bras croisés, au bout du lit.

— Vous avez du mal à vous tenir debout ? demanda Adamsberg.

— Cela tire, cela brûle, rien de plus.

— Vous pouvez marcher, conduire ?

— Je le crois.

— Bien.

— Allons parlez, Seigneur, je vois que sur vos traits
Tremble dans le lointain la lueur d'un secret.

— C'est vrai, Veyrenc. L'assassin qui a massacré Élisabeth, Pascaline, Diala, La Paille, le brigadier Grimal, celui qui a ouvert les tombes, celui qui a manqué démolir Retancourt, qui a charcuté trois cerfs et un chat et vidé le reliquaire, ce n'est pas une femme. C'est un homme.

— Est-ce une simple intuition ? Ou avez-vous de nouveaux éléments ?

— Qu'entendez-vous par « éléments » ?

— Des preuves.

— Pas encore. Mais je sais que cet homme en savait assez sur l'ange de la mort pour nous coller à ses pas, pour orienter l'enquête et la conduire droit vers le naufrage, pendant qu'il agissait tranquillement ailleurs.

Veyrenc plissa les yeux, tendit la main vers son paquet de cigarettes.

— L'enquête sombrait, continua Adamsberg, les femmes mouraient, et je coulais avec elles. C'était une belle vengeance pour l'assassin. Je peux ? ajouta-t-il en désignant le paquet de cigarettes.

Veyrenc lui tendit le paquet et alluma les deux cigarettes. Adamsberg suivit le mouvement de sa main. Pas de tremblement, pas d'émotion.

— Et cet homme, dit Adamsberg, c'est un gars de la Brigade.

Veyrenc passa la main dans ses cheveux tigrés et souffla la fumée en levant vers Adamsberg un regard stupéfait.

— Mais je n'ai pas un seul élément tangible contre lui. Je suis mains liées. Qu'en dites-vous, Veyrenc ?

Le lieutenant fit tomber sa cendre dans le creux de sa main, et Adamsberg lui approcha un cendrier.

— Quand nous le cherchions loin, lançant tous nos vaisseaux
Bien au-delà des mers dans un terrible assaut,
Il était parmi nous et nous étions des sots.

— Oui. Quelle victoire, hein ? Un homme intelligent manipulant à lui seul vingt-sept imbéciles.

— Vous ne songez pas à Noël tout de même ? Je le connais peu mais je ne suis pas d'accord. Agressif, mais pas agresseur.

Adamsberg secoua la tête.

— À qui pensez-vous, en ce cas ?

— Je pense à ce qu'a dit Retancourt dès qu'elle est sortie des vapes.

— Enfin, dit Veyrenc en souriant. Vous parlez bien des deux vers d'*Horace* ?

— Comment savez-vous qu'elle les a cités ?

— Parce que j'ai pris de ses nouvelles très souvent. Lavoisier me l'a dit.

— Vous êtes plein d'attentions, pour un nouveau.

— Retancourt est ma coéquipière.

— Je pense que Retancourt a tout fait pour essayer de m'indiquer l'assassin, avec le peu de forces dont elle disposait.

— En doutiez-vous, Seigneur ?
Pour accorder si tard à ses mots leur valeur ?
Pour négliger leur sens et risquer une erreur ?

— L'avez-vous trouvé, vous, Veyrenc ? Ce sens ?

— Non, dit Veyrenc en détournant les yeux pour laisser tomber sa cendre. Que comptez-vous faire, commissaire ?

— Quelque chose d'assez banal. Je compte attendre l'assassin là où il viendra. Les choses se précipitent, il sait que Retancourt va parler. Il a peu de temps, huit jours ou moins, au rythme où elle récupère. Il doit absolument achever sa mixture avant qu'on ne lui coupe la route. On va donc exposer Francine, sans protection apparente.

— Du très classique, commenta Veyrenc.

— Une course de vitesse n'a rien d'original, lieutenant. Deux gars cavalent côte à côte sur une piste, et c'est le plus rapide qui gagne. C'est tout. Et pourtant, cela fait des milliers d'années que des milliers de gars continuent à faire la course. Eh bien c'est pareil. Il court, je cours. Il ne s'agit pas de faire du neuf, il s'agit de l'empêcher d'arriver avant nous.

— Mais l'assassin se doute qu'on va lui tendre ce type de piège.

— Bien sûr. Mais il court tout de même, car il n'a pas plus le choix que moi. Il ne cherche pas non plus à être original, il cherche à réussir. Et plus le piège sera primaire, moins le meurtrier s'en méfiera.

— Pourquoi ?

— Parce que, comme vous, il pense que j'élabore quelque chose d'intelligent.

— D'accord, admit Veyrenc. Si vous choisissez la méthode primaire, vous ramenez donc Francine chez elle ? Discrètement entourée ?

— Non. Pas une personne de bon sens n'imaginerait que Francine réintègre la ferme de son plein gré.

— Où la mettrez-vous alors ? Dans un hôtel d'Évreux ? En laissant fuiter l'information ?

— Pas tout à fait. Je choisis un lieu que je crois sûr et secret, mais que l'assassin peut deviner rapidement tout seul, s'il a deux sous de malice. Et il en a bien plus que cela.

Veyrenc réfléchit quelques instants.

— Un endroit que vous connaissez, dit-il en pensant à haute voix, un lieu qui ne doit pas effrayer Francine et que vous pouvez protéger sans montrer le nez des flics.

— Par exemple.

— À l'auberge d'Haroncourt.

— Vous voyez que ce n'est pas sorcier. À Haroncourt où tout a commencé, et sous la protection de Robert et d'Oswald. C'est beaucoup moins voyant que des flics. On reconnaît toujours les flics.

Veyrenc eut un mouvement de doute en regardant Adamsberg.

— Même un flic dégringolé de sa montagne sans avoir pris la peine de boutonner sa chemise et d'ôter le brouillard de ses yeux ?

— Oui, même moi, Veyrenc. Et savez-vous pourquoi ? Savez-vous pourquoi un gars attablé au café devant sa bière ne ressemble pas à un flic attablé au café devant sa bière ? Parce que le flic travaille et l'autre non. Parce que le gars tout seul pense, rêvasse, imagine. Tandis que le flic surveille. Ce qui fait que les yeux du gars s'enfuient vers l'intérieur de lui-même, et que les yeux du flic pointent vers l'extérieur. Et cette direction du regard se voit plus qu'un insigne. Donc, pas de flic dans la salle de l'auberge.

— Pas mal, dit Veyrenc en écrasant sa cigarette.

— Je l'espère, dit Adamsberg en se levant.

— Qu'étiez-vous venu faire, commissaire ?

— Vous demander si des détails neufs vous étaient revenus en tête, depuis que vous avez recalé la scène sur son lieu véritable, sur le Haut Pré.

— Un seul.

— Dites.

— Le cinquième gars était sous l'ombre du noyer, debout, regardant faire les autres.

— Bien.

— Il croisait les mains dans le dos.

— Et donc ?

— Et donc je me demande ce qu'il tenait à la main, ce qu'il cachait derrière lui. Une arme peut-être.

— Vous brûlez. Continuez à penser, lieutenant.

Veyrenc regarda le commissaire reprendre sa
veste dont, curieusement, une seule manche
était mouillée, sortir et claquer la porte. Il ferma
les yeux, et sourit.

*Vous me mentez, Seigneur, mais vos roueries me
disent*
*Dans quels lieux vous souhaitez que mon chemin
s'enlise.*

LX

Serrée dans un angle mort de la réserve à linge, l'Ombre attendait que les bruits du soir s'estompent. La relève ne tarderait pas à arriver, les infirmières allaient faire le tour des chambres, vider les bassins, éteindre les lampes, puis refluer dans leurs quartiers de nuit. Entrer dans l'hôpital Saint-Vincent-de-Paul avait été aussi facile que prévu. Pas de méfiance, pas de question, pas même du lieutenant posté à l'étage, qui s'endormait toutes les demi-heures et qui avait très gentiment salué, lui signalant que tout allait bien. L'abruti hypersomniaque, cela ne pouvait pas mieux tomber. Il avait accepté avec gratitude une tasse de café chargée de deux somnifères, de quoi avoir sûrement la paix jusqu'au matin. Quand les gens ne se défient pas de vous, tout devient simple. Tout à l'heure, la grosse n'aurait plus un seul mot à dire, il était temps qu'elle la boucle une fois pour toutes. La résistance imprévisible de Retancourt avait été un sale coup. De même que ces foutus vers de Corneille qu'elle avait balbutiés mais auxquels, par chance, les agents de la Brigade n'avaient rien compris, pas même le docte

Danglard, encore moins cette tête creuse d'Adamsberg. Retancourt, elle, était dangereuse, aussi futée que puissante. Mais ce soir, la dose de Novaxon était double et, dans son état, elle crèverait au premier hoquet.

L'Ombre sourit en pensant à Adamsberg qui, à cette heure, organisait son piège à deux sous dans l'auberge d'Haroncourt. Piège imbécile qui refermerait ses dents sur lui, le précipitant dans le ridicule et le chagrin. Dans la détresse qui suivrait la mort de la grosse, il lui serait possible de s'approcher sans difficulté de cette foutue pucelle qui lui avait glissé de si peu entre les doigts. Une véritable débile mentale qu'on protégeait comme un vase précieux. Cela avait été sa seule erreur. Il était inimaginable que quelqu'un puisse deviner qu'il existait une croix dans le cœur du cerf. Impensable que l'esprit ignare et bancal d'Adamsberg trouve le lien entre les cerfs et les vierges, entre le chat de Pascaline et le *De reliquis*. Mais par quelque malédiction, il l'avait fait, et il avait localisé la troisième pucelle plus rapidement que prévu. Mauvaise chance aussi que l'érudition du commandant Danglard, qui l'avait poussé à consulter le livre chez le curé, et jusqu'à reconnaître la précieuse édition de 1663. Il avait fallu que le destin lui colle ce genre de flics entre les pattes.

Obstacles sans gravité néanmoins, la mort de Francine n'était plus qu'une question de semaines, on avait tout son temps. À l'automne, le mélange serait prêt, ni le temps ni les ennemis n'y pourraient plus rien.

Les femmes de service quittaient la cuisine de l'étage, les infirmières souhaitaient bonne nuit de porte en porte, on va être raisonnable, on va dormir. La veilleuse du couloir s'allumait. Il fallait encore compter une bonne heure, le temps que les angoisses des insomniaques s'apaisent. À onze heures, la grosse aurait cessé de vivre.

LXI

Adamsberg avait tendu son piège avec, pensait-il, une simplicité d'enfant, et il en était assez content. Souricière classique évidemment, mais sûre, munie d'un léger effet de chicane sur lequel il comptait. Assis derrière la porte de la chambre, il attendait, pour la deuxième nuit consécutive. À trois mètres à sa gauche était posté Adrien Danglard, excellent dans l'assaut, si improbable que cela paraisse. Son corps mou se détendait dans l'action comme un caoutchouc. Danglard avait revêtu un costume particulièrement élégant ce soir. Son gilet pare-balles l'incommodait mais Adamsberg avait exigé qu'il le porte. À sa droite se tenait Estalère, qui voyait anormalement bien dans le noir, comme La Boule.

— Cela ne marchera pas, dit Danglard, dont le pessimisme s'accroissait toujours dans l'obscurité.

— Si, répondit Adamsberg pour la quatrième fois.

— C'est ridicule. Haroncourt, l'auberge. C'est trop grossier, il va se méfier.

— Non. Taisez-vous à présent, Danglard. Vous, Estalère, faites attention. Vous faites du bruit en respirant.

— Pardon, dit Estalère. Je suis allergique aux foins de printemps.

— Mouchez-vous un bon coup maintenant, puis ne bougez plus.

Adamsberg se leva une dernière fois et tira le rideau de dix centimètres. Il fallait que le réglage de l'obscurité soit parfait. L'assassin serait absolument silencieux, tel que l'avaient décrit le gardien de Montrouge, Gratien, et Francine. On ne pourrait pas guetter ses pas pour se préparer à son arrivée. Il faudrait le voir avant qu'il ne puisse voir. Que le noir des angles où ils se planquaient soit plus dense que la lueur qui encadrait la porte. Il se rassit et serra dans sa main l'interrupteur électrique. Une seule pression, dès que l'assassin aurait avancé de deux mètres après la porte. Puis Estalère bloquerait la sortie pendant que Danglard le mettrait en joue. Parfait. Son regard s'attarda sur le lit où dormait, tout à fait rassurée, celle qu'il protégeait.

Tandis que Francine se reposait sous bonne garde à l'auberge d'Haroncourt, l'Ombre consulta sa montre à Saint-Vincent-de-Paul, à cent trente-six kilomètres de là. À vingt-deux heures cinquante-cinq, elle ouvrit la porte de la réserve sans un grincement. Elle avança avec lenteur, la seringue dans la main droite, vérifiant sur son passage les numéros des chambres. 227, celle de Retancourt, porte laissée ouverte pour la nuit, gardée par le dormeur. L'Ombre le contourna sans que Mercadet tressaille. Au milieu de la pièce, la masse du lieutenant sous les draps était bien visible, son bras pendait sur le côté du lit, offert.

LXII

Adamsberg l'eut le premier dans son champ de vision, sans que son cœur accélère d'un battement. Du pouce, il enclencha l'interrupteur, Estalère barra la porte, Danglard tendit son pistolet dans son dos. L'Ombre n'eut pas un cri, pas un mot, tandis qu'Estalère lui passait rapidement les menottes. Adamsberg alla jusqu'au lit et passa les doigts dans les cheveux de Retancourt.

— Allons-y, dit-il.

Danglard et Estalère tirèrent leur prise hors de la chambre, et Adamsberg prit le soin d'éteindre en sortant. Deux voitures de la Brigade stationnaient devant l'hôpital.

— Attendez-moi au bureau, dit Adamsberg. Je ne serai pas long.

À minuit, Adamsberg frappait à la porte du Dr Romain. À minuit cinq, le médecin lui ouvrait enfin, blême et ébouriffé.

— T'es cinglé, dit Romain. Qu'est-ce que tu me veux ?

Le docteur tenait mal debout et Adamsberg le traîna, sur ses skis, jusqu'à la cuisine, où il le fit asseoir à la même place que le soir du *vif de la vierge*.

— Tu te rappelles ce que tu m'as demandé ?

— Je ne t'ai rien demandé, dit Romain, abruti.

— Tu m'as demandé de trouver une vieille recette contre les vapeurs. Et je t'ai promis de le faire.

Romain cligna des yeux, et appuya sa tête lourde sur sa main.

— Qu'est-ce que tu m'as trouvé ? De la fiente de grue ? Du fiel de porc ? Ouvrir le ventre d'une poule et la poser encore chaude sur la tête ? Je connais les vieilles recettes.

— Qu'en penses-tu ?

— C'est pour ce genre de conneries que tu me réveilles ? dit Romain en tendant une main engourdie vers sa boîte d'excitants.

— Écoute-moi, dit Adamsberg en retenant son bras.

— Alors fous-moi de l'eau sur la tête.

Adamsberg réitéra l'opération, frictionna la tête du médecin avec le chiffon sale. Puis il fouilla les tiroirs à la recherche d'un sac-poubelle, qu'il ouvrit et disposa entre eux deux.

— Elles sont là, tes vapeurs, dit-il en posant la main sur la table.

— Dans le sac-poubelle ?

— Tu es diminué, Romain.

— Oui.

— Là-dedans, dit Adamsberg en lui montrant une boîte d'excitants jaune et rouge, et en la laissant tomber dans la poubelle.

— Laisse-moi mes trucs.

— Non.

Adamsberg se leva et ouvrit toutes les boîtes qui traînaient, à la recherche de gélules.

— Cela, c'est quoi ? demanda-t-il.

— Du Gavelon.

— Je vois, Romain. Mais c'est quoi ?

— Un pansement pour l'estomac. J'en ai toujours pris.

Adamsberg fit un tas avec les boîtes de Gavelon, un autre avec les excitants – de l'Energyl –, et les fit glisser en trois mouvements dans le sac-poubelle.

— Tu en as bouffé beaucoup comme cela ?

— Autant que j'ai pu. Laisse-moi mes trucs.

— Tes trucs, Romain, ce sont tes vapeurs. Elles sont dans tes gélules.

— Je sais ce qu'est du Gavelon, quand même.

— Mais tu ne sais pas ce qu'il y a dedans.

— Du Gavelon, mon vieux.

— Non, un foutu mélange de fiente de grue, de fiel de porc et de poule chaude. On analysera.

— Tu es diminué, Adamsberg.

— Écoute-moi bien, concentre-toi autant que tu le peux, dit Adamsberg en lui prenant à nouveau le poignet. Tu as d'excellents amis, Romain. D'excellentes aussi, comme Retancourt. Qui sont aux petits soins pour toi et t'épargnent bien des corvées, n'est-ce pas ? Parce que tu ne vas pas à la pharmacie tout seul, si ?

— Non.

— On vient te voir chaque semaine, on t'apporte tes médicaments ?

— Oui.

Adamsberg ferma le sac-poubelle et le posa à ses côtés.

— Tu m'embarques tout ça ? demanda Romain.

— Oui. Et tu vas boire et pisser autant que possible. Dans une semaine, tu tiendras presque debout. Ne t'inquiète pas pour ton Gavelon ou

437

ton Energyl, c'est moi qui t'en apporterai. Du vrai. Parce que dans tes médicaments, il y a de la foutue fiente de grue. Tes vapeurs, comme tu préfères.

— Tu ne sais pas ce que tu dis, Adamsberg. Tu ne sais pas qui me les apporte.

— Si. Une de tes très bonnes relations, que tu tiens en grande estime.

— Comment le sais-tu ?

— Parce que ta relation est en ce moment dans mon bureau, menottes aux poings. Parce qu'elle a tué huit personnes.

— Tu plaisantes, mon vieux ? dit Romain après un silence. Nous parlons de la même personne ?

— D'un grand esprit avec la tête calée sur les épaules. Et de l'un des assassins les plus dangereux. D'Ariane Lagarde, la plus fameuse légiste de France.

— Tu vois bien que tu dérailles.

— C'est une dissociée, Romain.

Adamsberg souleva le médecin pour le conduire vers son lit.

— Prends le chiffon, dit Romain. On ne sait jamais.

— Oui.

Romain s'assit sur ses couvertures, la mine aussi endormie qu'effarée, se remémorant peu à peu toutes les visites d'Ariane Lagarde.

— On se connaît depuis toujours, dit-il. Je ne te crois pas, mon vieux, elle ne voulait pas me tuer.

— Non. Elle avait juste besoin de te mettre hors circuit afin de prendre ta place ici, pour le temps qui lui était nécessaire.

— Nécessaire à quoi ?

438

— À traiter elle-même ses propres victimes, pour ne nous en dire que ce qu'elle souhaitait. À affirmer que c'était une femme qui tuait, de 1,62 mètre, pour me faire cavaler sur les traces de l'infirmière. À ne pas mentionner que les cheveux d'Élisabeth et de Pascaline avaient été scalpés à la racine. Tu m'as menti, Romain.

— Oui, mon vieux.

— Tu avais vu qu'Ariane avait fait une grave faute professionnelle en ne remarquant pas les mèches coupées. Mais en le disant, tu mettais ton amie dans de sacrés ennuis. Et en le taisant, tu freinais l'enquête. Avant de prendre une décision, tu voulais d'abord être sûr de toi, et tu as demandé à Retancourt de te tirer des agrandissements des photos d'Élisabeth.

— Oui.

— Retancourt s'est demandé pourquoi, et elle a examiné ces agrandissements d'un autre œil. Elle a relevé cette marque sur la droite du crâne, mais sans pouvoir l'interpréter. Cela la tracassait, et elle est venue te questionner. Que cherchais-tu, que voyais-tu ? Ce que tu voyais, c'était une petite partie du crâne proprement scalpée, et tu ne l'as pas dit. Tu as choisi de nous aider au mieux que tu pouvais, mais sans nuire à Ariane. Tu nous as fourni l'information en la faussant un peu. Tu nous as parlé de cheveux coupés, mais non pas *rasés*. Quelle différence cela faisait-il pour l'enquête, après tout ? C'était toujours des cheveux. En revanche, cela te permettait de dédouaner Ariane. En affirmant que toi seul pouvais repérer ce genre de trucs. Ton histoire de cheveux frais coupés, plus nets et raides au bout, c'était de la foutaise.

— Complète.

— C'était impossible que tu remarques sur une simple photo le détail des biseaux des mèches. Il était coiffeur, ton père ?

— Non, il était médecin. Cheveux coupés ou cheveux scalpés, je ne voyais pas en quoi cela pouvait changer ton enquête. Et je ne voulais pas causer d'ennuis à Ariane cinq ans avant sa retraite. J'ai pensé qu'elle s'était tout simplement trompée.

— Mais Retancourt s'est demandé comment Ariane Lagarde, la légiste la plus calée du pays, avait pu manquer cet élément. Cela lui semblait impossible qu'elle ne l'ait pas remarqué alors que tu l'avais vu sur une simple photo. Retancourt en a déduit qu'Ariane n'avait pas jugé bon de nous en parler. Et pourquoi ? En sortant de chez toi, elle a été la voir à la morgue. Elle l'a interrogée et Ariane a compris le danger. C'est dans un fourgon de la morgue qu'elle l'a transportée au hangar.

— Repasse-moi un coup de flotte.

Adamsberg essora le torchon sous l'eau froide et frotta violemment la tête de Romain.

— Il y a quelque chose qui ne colle pas, dit Romain, la tête encore sous le chiffon.

— Quoi ? dit Adamsberg en cessant la friction.

— J'ai eu mes premières vapeurs bien avant qu'Ariane ne prenne le poste à Paris. Elle était encore à Lille. Que dis-tu de cela ?

— Qu'elle est venue à Paris, qu'elle est entrée chez toi et qu'elle a remplacé tous tes stocks de trucs.

— De Gavelon.

— Oui, en glissant dans tes gélules un mélange de son choix, ou de sa composition. Ariane a toujours adoré les mélanges et les mixtures, tu le sais ? Ensuite, elle n'avait plus qu'à attendre à Lille que tu sois hors d'état de travailler.

— Elle te l'a dit ? Qu'elle m'avait envoyé dans les vapes ?

— Elle n'a pas encore prononcé un mot.

— Alors ? Comment peux-tu en être sûr ?

— Parce que c'est la première chose que Retancourt a essayé de me dire : *Voir le dernier Romain à son dernier soupir, Moi seule en être cause et mourir de plaisir.* Ce n'est pas à cause de Camille ou de Corneille qu'elle a choisi ce vers, mais à cause de toi. Retancourt pensait à toi, à tes soupirs et tes vapeurs. Le Romain, c'est toi, épuisé par une femme.

— Pourquoi Retancourt a-t-elle parlé en vers ?

— À cause du Nouveau, son coéquipier Veyrenc. Il déteint, et surtout sur elle. Et parce qu'elle flottait dans des nuées de neuroleptiques, la renvoyant à l'âge de l'école. Lavoisier affirme qu'un de ses patients a passé trois mois à réviser ses tables de soustraction.

— Je ne vois pas le rapport. Lavoisier était chimiste, il est mort sous la guillotine en 1793. Frictionne encore.

— Je te parle du médecin qui nous a accompagnés à Dourdan, dit Adamsberg en secouant à nouveau la tête de Romain.

— Il s'appelle Lavoisier ? Comme Lavoisier ? demanda Romain d'une voix sourde, sous le torchon.

— Oui. Une fois qu'on comprenait que Retancourt voulait à toute force nous parler de toi, nous dire qu'une femme était la cause de tes soupirs, le reste venait tout seul. Ariane t'avait invalidé pour prendre ta place. Ni moi ni Brézillon n'avions demandé qu'elle te remplace.

Elle avait postulé d'elle-même. Pourquoi ? Pour la gloire ? Elle l'avait déjà.

— Pour conduire l'enquête elle-même, dit Romain en sortant du torchon, les cheveux dressés sur la tête.

— Et pour me faire tomber par le même coup. Je l'avais humiliée, il y a très longtemps. Elle n'oublie rien, elle ne pardonne rien.

— Tu vas conduire l'interrogatoire ?

— Oui.

— Emmène-moi.

Cela faisait des mois que Romain n'avait pas eu la force de sortir de chez lui. Adamsberg doutait qu'il puisse seulement descendre ses trois étages pour atteindre la voiture.

— Emmène-moi, insista Romain. C'était mon amie. Je veux voir pour croire.

— D'accord, dit Adamsberg en soulevant Romain sous les bras. Accroche-toi à moi. Si tu t'endors à la Brigade, il y a des coussins de mousse là-haut. C'est Mercadet qui les a installés.

— Il bouffe des gélules à la fiente de grue, Mercadet ?

LXIII

Ariane se comportait de la manière la plus insolite qu'Adamsberg ait jamais vue chez un prévenu. Elle était assise de l'autre côté de son bureau, normalement posée face à lui, mais elle avait tourné sa chaise à quatre-vingt-dix degrés comme pour parler au mur, avec beaucoup de naturel. Adamsberg s'était donc avancé vers ce mur pour pouvoir lui faire face, mais elle avait à nouveau déplacé sa chaise à angle droit et regardé ailleurs, vers la porte. Ce n'était ni peur ni mauvaise volonté ni provocation de sa part. Mais, ainsi qu'un aimant en repousse un autre, l'approche du commissaire la faisait aussitôt pivoter dans une autre direction. Exactement comme ce jouet qu'avait eu sa sœur enfant, une petite danseuse qu'elle faisait tourner sur elle-même en en approchant un miroir. Ce n'est que plus tard qu'il avait compris que des aimants répulsifs étaient dissimulés dans le socle de la danseuse – en collant rose – et derrière le miroir. Ariane était donc la danseuse, et il était le miroir. Surface réfléchissante qu'elle évitait à l'instinct pour ne pas voir Oméga dans les yeux d'Adamsberg. Il se trouvait donc contraint de tourner sans cesse dans la pièce pendant qu'Ariane, inconsciente de ce mouvement, parlait avec le vide.

Il était également évident qu'elle ne comprenait nullement ce qui lui était reproché. Mais, sans questionner ni se révolter, elle était docile et presque consentante, comme si une autre part d'elle-même savait parfaitement ce qu'elle faisait là et l'acceptait à titre provisoire, simple aléa du destin qu'elle maîtrisait. Adamsberg avait eu le temps de parcourir quelques chapitres de son livre et il reconnaissait dans cette attitude conflictuelle et passive les symptômes déconcertants des dissociés. Une fracture de l'être qu'Ariane connaissait si intimement qu'elle avait passé des années à l'explorer avec passion, sans comprendre que c'était son propre cas qui animait toute l'âme de sa recherche. Face à l'interrogatoire d'un flic, Alpha ne comprenait rien et Oméga se taisait, cachée, prudente, cherchant la conciliation et l'issue.

Adamsberg supposait qu'Ariane, otage de son incalculable orgueil, qui n'avait pas même pardonné l'offense des douze rats, n'avait pas enduré l'affront de la brancardière emportant son mari au su et au vu de tous. Cela ou autre chose. Un jour, le volcan avait explosé, libérant rage et châtiments en un train d'éruptions sans frein. Dont Ariane la légiste ignorait les déflagrations meurtrières. La brancardière était morte un an plus tard dans un accident de montagne, mais l'époux n'était pas pour autant revenu. Il avait trouvé une nouvelle compagne, décédée à son tour sur une voie ferrée. Meurtre après meurtre, Ariane était déjà en route vers son but ultime, la conquête d'une puissance supérieure à celle de toutes les autres femmes.

444

Une domination éternelle qui lui épargnerait l'encerclement écœurant de ses semblables. Au cœur de cette course, la haine implacable des autres, que nul ne saurait jamais comprendre à moins qu'un jour Oméga ne la dise.

Mais Ariane avait dû ronger son frein pendant dix années, car la recette du *De sanctis reliquis* était formelle : *Cinq fois vient le temps de jeunesse quand il te faudra l'inverser, hors de la portée de son fil, passe et repasse.*

Et sur ce premier point, Adamsberg et ses adjoints avaient commis une grave erreur dans leurs calculs, en choisissant de multiplier par cinq l'âge de quinze ans. Tirés dans le sillage de l'infirmière, ils avaient tous interprété le texte de sorte qu'il corresponde aux soixante-quinze ans de l'ange de la mort. Mais aux temps où se recopiait le *De reliquis,* quinze ans était un âge adulte, où la fille était déjà mère et le garçon à cheval. C'est à douze ans que les jeunes gens quittaient le *temps de jeunesse.* Et c'était donc à l'âge de soixante ans que venait le moment d'inverser l'avancée de la mort et de passer hors de portée de sa faux. Ariane allait avoir soixante ans quand elle avait initié la série de ses crimes si longuement médités.

Adamsberg avait lancé l'enregistrement officiel, interrogatoire d'Ariane Lagarde le 6 mai à une heure vingt du matin, en garde à vue pour homicides prémédités et tentatives d'homicides, en présence des agents Danglard, Mordent, Veyrenc, Estalère, et du Dr Romain.

— Que se passe-t-il, Jean-Baptiste ? demandait Ariane, le regard aimablement posé vers le mur.

445

— Je te lis l'acte d'accusation, en son premier état de rédaction, expliqua doucement Adamsberg.

Elle savait tout et ne savait rien, et son regard, quand il le croisait rapidement, était difficile à soutenir, agréable et hautain, compréhensif et hargneux, où se débattaient tour à tour Alpha et Oméga. Un regard sans conscience qui faisait perdre pied à ses interlocuteurs, les renvoyant à leurs folies intimes, à l'idée intolérable que, peut-être, derrière leur propre mur, s'abritaient des monstres ignorés, prêts à ouvrir en eux le cratère d'un volcan inconnu. Adamsberg énonça la longue liste de ses crimes, guettant un tressaillement, cherchant si l'un d'entre eux allumerait une réaction sur le visage impérial d'Ariane. Mais Oméga était bien trop retorse pour se mettre à découvert et, tapie derrière son voile impénétrable, elle écoutait en souriant dans l'ombre. Et seul ce sourire un peu raide et mécanique révélait son existence de recluse.

— ... pour les meurtres de Panier Jeannine, 23 ans, et de Béladan Christiane, 24 ans, maîtresses de Lagarde Charles André, votre époux ; pour avoir encouragé et organisé l'évasion de Langevin Claire, 75 ans, incarcérée à la prison de Freiburg, Allemagne ; pour le meurtre de Karlstein Otto, 56 ans, surveillant à la prison de Freiburg ; pour les meurtres de Châtel Élisabeth, 36 ans, secrétaire d'agence, de Villemot Pascaline, 38 ans, employée en cordonnerie, de Toundé Diala, 24 ans, sans profession, de Paillot Didier, 22 ans, sans profession ; pour tentative de meurtre sur la personne de Retancourt Violette, 35 ans, lieutenant de police ; pour le meurtre de Grimal Gilles, 42 ans, brigadier de gendarmerie ; pour tentative de meurtre sur la personne de

Bidault Francine, 35 ans, technicienne de surface ; pour seconde tentative de meurtre, devant témoins, sur la même personne de Retancourt Violette ; pour la profanation des corps de Châtel Élisabeth et de Villemot Pascaline.

Adamsberg repoussa sa feuille, saturé. Huit assassinats, trois tentatives de meurtre, deux exhumations.

— Pour la mutilation de Narcisse, chat, 11 ans, murmura-t-il, pour l'éviscération du Grand Roussin, cerf, dix-cors, et de deux de ses camarades anonymes. M'as-tu entendu, Ariane ?

— Je me demande ce que tu fais, voilà tout.

— Tu m'en as toujours voulu, n'est-ce pas ? Tu ne m'as jamais pardonné d'avoir anéanti tes résultats dans l'affaire Hubert Sandrin.

— Tiens. Je ne sais pas pourquoi tu as cette idée fixe.

— Quand tu as dressé ton plan, tu as jeté ton dévolu sur ma Brigade. Ton succès combiné à ma perte, cela te convenait au mieux.

— J'ai été affectée à ta Brigade.

— Parce qu'il y avait une place vacante que tu as demandée. Tu as envoyé le Dr Romain dans les vapes en lui faisant bouffer de la fiente de grue.

— De la fiente de grue ? demanda Estalère à voix basse.

Danglard écarta les mains dans un geste d'ignorance. Ariane tira une cigarette de son sac et Veyrenc lui tendit du feu.

— Tant qu'on peut fumer, dit-elle gracieusement au mur, tu peux parler autant que tu veux. On m'avait prévenue contre toi. Tu n'as pas ton bon sens. Ta mère avait raison, le vent passe en sifflant dans tes oreilles.

— Laisse ma mère, Ariane, dit posément Adamsberg. Moi, Danglard et Estalère t'avons vue entrer à vingt-trois heures dans la chambre de Retancourt, tenant à la main une seringue emplie de Novaxon. Dis-moi ce que tu en penses.

Adamsberg l'avait rejointe côté mur et Ariane s'était aussitôt tournée vers le bureau vide.

— Demande plutôt à Romain, dit-elle. Selon lui, la seringue contenait un excellent contrepoison au Novaxon, qui devait la remettre sur pied à coup sûr. Toi et Lavoisier y étiez opposés, au prétexte que ce médicament était encore expérimental. Je n'ai fait que rendre service à Romain. Il le fallait bien, puisqu'il n'avait pas la force de se rendre à l'hôpital lui-même. Je ne pouvais pas deviner qu'il y avait une histoire entre Retancourt et Romain. Ni qu'elle le droguait pour l'avoir à sa merci. Elle était sans cesse fourrée chez lui, elle s'accrochait comme une sangsue. Je suppose qu'il a compris le mal qu'elle lui faisait et qu'il a saisi cette occasion de se débarrasser d'elle. Dans l'état où elle était, sa mort serait attribuée à une rechute de l'intoxication.

— Nom de Dieu, Ariane, cria Romain en essayant de se lever.

— Laisse tomber, mon vieux, dit Adamsberg en revenant à sa chaise, ce qui eut pour effet de faire pivoter Ariane dans l'autre sens.

Adamsberg ouvrit son carnet, se cala en arrière et griffonna quelques instants. Ariane était forte, très forte. Devant un juge, sa version pouvait convaincre. Qui mettrait en doute la parole de la fameuse légiste face à l'humble Dr Romain ayant perdu ses facultés ?

— Tu connaissais bien l'infirmière, reprit-il, tu l'avais questionnée souvent pour tes recherches.

Tu savais qui l'avait arrêtée. Il te suffisait d'un rien pour me lancer sur sa piste. À condition que l'infirmière soit hors de prison, bien sûr. Tu as tué le gardien, tu l'as fait évader sous des habits de médecin. Ensuite, tu étais ici, au cœur de la place, avec un formidable bouc émissaire prêt à fonctionner. Il ne te restait qu'à achever ta mixture, ton plus grandiose mélange.

— Tu n'aimes pas mes mélanges, dit-elle avec indulgence.

— Pas tellement. As-tu recopié la recette, Ariane ? Ou la savais-tu par cœur depuis ton enfance ?

— Duquel ? De la grenaille ? De la violine ?

— Sais-tu qu'il y a un os dans le groin du porc ?

— Oui, dit Ariane, surprise.

— Tu le sais en effet, puisque tu l'as laissé dans le reliquaire de saint Jérôme, avec les os du mouton. Tu connais ce reliquaire depuis toujours, comme le *De reliquis*. Et sais-tu qu'il y a un os dans la verge du chat ?

— Non, j'avoue que non.

— Un os en forme de croix dans le cœur du cerf ?

— Non plus.

Adamsberg tenta un nouvel essai, alla jusqu'à la porte et la légiste se détourna tranquillement vers Danglard et Veyrenc, tous deux transparents sous son regard.

— Quand tu as su que Retancourt se remettait à vive allure, tu n'avais plus beaucoup de temps pour la faire taire.

— C'est un cas remarquable. Il paraît que le Dr Lavoisier ne veut pas te la rendre. C'est en tout cas ce qu'on murmure à Saint-Vincent-de-Paul.

— Comment sais-tu ce qui se murmure à l'hôpital ?

— Le métier, Jean-Baptiste. C'est un petit milieu.

Adamsberg décrocha son portable. Lamarre et Maurel fouillaient l'appartement que la légiste avait loué à Paris.

— On a au moins les chaussures, dit Lamarre. Ce sont des espadrilles beiges, qui se lacent haut sur la cheville, avec une très haute semelle de crêpe, de presque dix centimètres.

— Oui, elle porte les mêmes sur elle ce soir, mais en noir.

— Cette paire était rangée avec un long manteau de lainage gris, proprement plié. Mais il n'y a pas de cirage sous les semelles.

— C'est normal, Lamarre. Le cirage fait partie du leurre censé nous conduire vers l'infirmière. Et la médication ?

— Rien pour le moment, commissaire.

— Que font-ils chez moi ? demanda Ariane, un peu choquée.

— Ils fouillent, dit Adamsberg en remisant le portable dans sa poche. Ils ont trouvé ton autre paire d'espadrilles.

— Où ?

— Dans le placard du palier, là où sont les compteurs électriques, à l'abri des regards d'Alpha.

— Pourquoi voudrais-tu que je range mes affaires dans les parties communes ? Ce n'est pas à moi.

Pas une preuve sérieuse, songea Adamsberg. Et avec un personnage comme Lagarde, il leur faudrait bien plus que son intrusion à Saint-Vincent-de-Paul pour la coincer. Il ne leur restait que la mince chance de l'aveu, du crash de personnalité, comme aurait dit Ariane elle-même. Adamsberg se frotta les yeux.

— Ces chaussures, pourquoi les portes-tu ? C'est très gênant pour marcher, des semelles aussi hautes.

— Cela amincit la silhouette, question d'allure. Tu ne connais rien à l'allure, Jean-Baptiste.

— J'y connais ce que tu m'as décrit toi-même. Le dissocié doit s'isoler du sol de ses forfaits. Avec de telles semelles, tu te déplaces très au-dessus, un peu comme sur des échasses, n'est-ce pas ? Tu allonges ta taille aussi. Le gardien de Montrouge et le neveu d'Oswald t'ont vue, grise et longue, les nuits où tu es venue repérer l'emplacement des tombes, et Francine aussi. Mais cela ne facilite pas ta marche. Tu dois avancer pas à pas, d'où cette démarche lente, glissante et titubante, qu'ils ont tous les trois signalée.

Fatigué de tourner comme le miroir, Adamsberg s'était rassis à sa table, acceptant de ne parler qu'à l'épaule droite de l'inaccessible danseuse.

— Évidemment, dit-il, une coïncidence m'a semble-t-il jeté sur la route d'Haroncourt. Fatalité ? Destin ? Non, c'est toi qui fais le destin. C'est toi qui as fait recruter Camille pour ce concert. Elle n'a jamais compris pourquoi l'orchestre de Leeds l'avait appelée. C'est ainsi que tu m'as amené sur les lieux. Dès lors, tu pouvais me diriger à ta guise, suivre les événements et te substituer au hasard. Demander à Hermance de m'appeler pour examiner le cimetière d'Opportune. Puis la prier de ne plus me loger, de sorte qu'elle n'en raconte pas trop. Une femme comme toi manipule la pauvre Hermance comme de l'argile molle. Car tu connais le pays à fond, c'est ton berceau du temps de jeunesse, passe et repasse. L'ancien curé du Mesnil, le père Raymond, était ton cousin remué au deuxième degré. Tes parents adoptifs t'ont élevée au manoir d'Écalart, à quatre kilomètres des reliques de saint Jérôme. Et le vieux curé s'est tant occupé de toi, te lisant ses vieux livres, te laissant le privilège de toucher les côtes de saint Jérôme, que le pays raconte en se taisant que tu étais sa fille, « fille du péché » disent certains. Tu te souviens de lui ?

— C'était un ami de la famille, se remémora la légiste en souriant à son enfance et au mur, un raseur qui m'assommait avec ses grimoires. Mais je l'aimais.

— Il s'intéressait à la recette du *De reliquis* ?

— Je crois qu'il ne s'intéressait qu'à cela. Et à moi. Il s'était mis en tête de préparer ce truc. C'était un vieux fou, avec ses lubies. Un homme très spécial. Pour commencer, il avait un os pénien.

— Le curé ? demanda Estalère, effaré.

— Il l'avait pris au chat du vicaire, dit Ariane en riant presque. Et puis il a voulu des os de cerf.

— Quels os ?

— L'os du cœur.

— Tu disais que tu ne le connaissais pas.

— Moi non, mais lui oui.

— Et il les a eus ? Il a préparé la recette avec toi ?

— Non. Le pauvre homme s'est fait déchirer par le deuxième cerf. L'andouiller lui a percé le ventre et il en est mort.

— Et tu as voulu recommencer après lui ?

— Recommencer quoi ?

— La recette, le mélange.

— Quel mélange ? La grenaille ?

Fin de la boucle, songea Adamsberg en dessinant des huit sur sa feuille, comme il l'avait fait avec la branchette incandescente, laissant passer un long silence.

— Ceux qui disent que Raymond était mon père sont des abrutis, reprit Ariane de manière inattendue. Tu vas à Florence de temps en temps ?

— Non, je vais dans la montagne.

— Eh bien si tu y allais, tu y verrais deux êtres rouges couverts d'écailles, de pustules, de testicules et de mamelles pendantes.

— Oui, pourquoi pas.

— Il n'y a pas de « pourquoi pas », Jean-Baptiste. Tu les verrais, voilà tout.

— Eh bien ? Que se passerait-il ?

— Rien. Ils sont peints sur un tableau de Fra Angelico. Tu ne comptes pas discuter avec un tableau, si ?

— Non, d'accord.

— Ce sont mes parents.

Ariane lança au mur un sourire indécis.

— Donc, cesse de m'emmerder avec eux, si tu le veux bien.

— Je ne t'en ai pas parlé.

— Ils sont là-bas, laisse-les là-bas.

Adamsberg jeta un regard à Danglard, qui lui fit comprendre par plusieurs signes que Fra Angelico existait bel et bien, qu'il y avait en effet des êtres pustuleux sur ses tableaux, mais que rien n'indiquait que le peintre ait représenté les parents d'Ariane, attendu qu'il avait vécu au XVe siècle.

— Et Opportune, tu t'en souviens ? reprit Adamsberg. Tu les connais tous sur le bout des doigts. Il est facile, pour toi, d'apparaître dans le cimetière sous les yeux de l'impressionnable Gratien, posté sur le chemin chaque vendredi à minuit. Facile de savoir que Gratien en parlera à sa mère, et sa mère à Oswald. Facile de gouverner Hermance. Tu m'as conduit où tu le voulais, me pilotant comme un automate, au long des cadavres que tu semais, puis que je découvrais, puis que je livrais à ton autopsie compétente. Mais tu n'avais pas prévu que le nouveau curé ferait état du *De reliquis*, ni que Danglard s'y intéresserait. Et quand bien même, quelle importance ? Ton drame, Ariane, c'est que Veyrenc l'ait mémorisé. Génie saugrenu, impensable, mais véritable. Et que Pascaline ait porté son chat mutilé à l'église pour le faire bénir. Geste saugrenu, impensable, mais véritable. Et que Retancourt ait survécu au Novaxon. Résistance saugrenue, impensable. Et que la mort des cerfs ait troublé des hommes. Et que Robert, avec son chagrin saugrenu, m'ait traîné jusqu'au corps du Grand Roussin. Et que le cœur de l'animal se soit gravé dans ma mémoire, et que j'en aie porté les bois. Ce saugrenu de chacun des êtres, leur éclat individuel, leurs originalités aux effets incalculables, tu ne t'en es jamais souciée, tu ne l'as jamais soupçonné. Tu n'aimais les autres que morts. Les autres ? Qu'est-ce que c'est, les autres ? Des broutilles, des myriades d'êtres insignifiants, une masse d'hommes négligeable. Et c'est en les négligeant, Ariane, que tu es tombée.

Adamsberg étira les bras, ferma les yeux, conscient que l'incrédulité et le mutisme d'Ariane formaient des murailles impassables. Leurs deux discours roulaient comme des trains parallèles sans espoir de croisement.

— Parle-moi de ton mari, reprit-il en reposant ses coudes sur la table. Donne-moi des nouvelles de lui.

— Charles ? demanda Ariane en haussant les sourcils. Cela fait des années que je ne l'ai pas vu. Et moins je le vois, mieux je me porte.

— En es-tu sûre ?

— Très sûre. Charles est un raté qui ne pense qu'à baiser les brancardières. Tu le sais.

— Mais tu ne t'es pas remariée, après qu'il t'a quittée. Tu n'as pas eu d'ami ?

— Qu'est-ce que cela peut te foutre ?

La seule fêlure dans la posture d'Ariane. Sa voix baissait dans les tons graves, son vocabulaire se relâchait. Oméga s'avançait sur la crête du mur.

— Il paraît que Charles t'aime toujours.

— Tiens. Cela ne m'étonnerait pas de ce minable.

— Il paraît qu'il prend conscience que les brancardières n'ont pas ta valeur.

— Évidemment. Tu ne vas pas me comparer à ces truies, Jean-Baptiste.

Estalère se pencha vers Danglard.

— Est-ce qu'il y a aussi un os, dans le groin de la truie ? demanda-t-il en chuchotant.

— Je suppose que oui, répondit Danglard en lui faisant signe qu'on s'en occuperait plus tard.

— Il paraît que Charles te reviendra, continua Adamsberg. C'est ce qu'on murmure à Lille.

— Tiens.

— Mais tu ne crains pas d'être trop vieille, quand il reviendra ?

Ariane eut un petit rire presque mondain.

— Le vieillissement, Jean-Baptiste, est un projet pervers sorti de la vicieuse imagination de Dieu. Quel âge me donnes-tu ? Soixante ?

— Non, pas du tout, dit spontanément Estalère.

— Tais-toi, dit Danglard.

— Tu vois. Même le jeune homme le sait.

— Quoi ?

Ariane reprit une cigarette, reconstituant par ce voile de fumée l'écran qui la protégeait d'Oméga.

— Tu es venue chez moi peu avant mon emménagement, pour repérer les lieux et débloquer la porte du grenier. Tu as manqué effrayer le sage Lucio Velasco, cette nuit-là. Qu'avais-tu mis sur ton visage ? Un masque ? Un bas ?

— Qui est Lucio Velasco ?

— Mon voisin espagnol. Une fois la porte du grenier ouverte, tu pouvais t'y introduire à ta guise. Tu y es venue quelquefois, la nuit, marchant doucement là-haut puis sortant aussitôt.

Ariane fit tomber sa cendre au sol.

— Tu as entendu des pas là-haut ?

— Oui.

— C'est elle, Jean-Baptiste. Claire Langevin. Elle te cherche.

— Oui, c'est ce que tu souhaitais nous faire croire. Je devais parler de ces visites nocturnes, alimenter le mythe de l'infirmière qui rôde et s'apprête à frapper. Et elle aurait frappé en effet, par ta main, à la seringue et au scalpel. Sais-tu pourquoi je ne m'en suis pas soucié ? Non, cela, tu ne le sais pas.

— Tu devrais le faire. Elle est dangereuse, je t'ai assez prévenu.

— C'est que vois-tu, Ariane, j'avais déjà un fantôme dans ma maison. Sainte Clarisse. Tu vois comme c'est saugrenu.

— Assommée par un tanneur en 1771, compléta Danglard.

— Avec ses poings, ajouta Adamsberg. Ne perds pas le fil, Ariane, tu ne peux pas tout savoir. Eh bien, je pensais que Clarisse marchait dans le grenier. Ou plutôt que le vieux Lucio faisait sa ronde. Il a un éclat propre, lui aussi, et pas des moindres. Il se faisait beaucoup de souci quand le petit Tom dormait avec moi. Mais ce n'était pas lui. C'était toi qui passais là-haut.

— C'était elle.

— Tu ne parleras jamais, n'est-ce pas, Ariane ? D'Oméga ?

— Personne ne parle d'Oméga. Je croyais que tu avais lu mon livre.

— Chez certains dissociés, et tu l'as écrit, une faille peut s'ouvrir.

— Chez les imparfaits, seulement.

Adamsberg poussa l'interrogatoire jusqu'au milieu de la nuit. On avait étendu Romain dans la salle du distributeur et Estalère sur un lit de camp. Danglard et Veyrenc soutenaient le commissaire par le feu croisé de leurs questions. Ariane, fatiguée, demeurait Alpha, sans opposer de résistance à l'interminable séance, sans non plus nier ni comprendre quoi que ce soit d'Oméga.

À quatre heures quarante du matin, Veyrenc se leva en boitillant et revint avec quatre cafés.

— Je bois mon café avec une goutte de sirop d'orgeat, expliqua gentiment Ariane sans se tourner vers la table.

— On n'en a pas, dit Veyrenc. On ne peut pas faire de mélanges ici.

— Dommage.

— Je ne sais pas s'ils auront de l'orgeat en prison, dit Danglard dans un murmure. Leur café, c'est de la soupe pour les chiens, et leur bouffe, une saleté pour les rats. Ils nourrissent les détenus avec de la merde.

— Pourquoi diable me parlez-vous de prison ? demanda Ariane qui lui tournait le dos.

Adamsberg ferma les yeux, priant la troisième vierge de lui venir en aide. Mais à cette heure, la troisième vierge dormait dans un moderne hôtel d'Évreux, sous des draps bleus et propres, ignorant tout des difficultés de son sauveur. Veyrenc avala son café, et reposa sa tasse d'un geste découragé.

— Cessez là ce combat, Seigneur.
Par la force et la ruse vous menâtes cent batailles,
Et sous vos coups tombèrent remparts et murailles.
Mais ce mur qui se dresse et jamais ne se plie
Résistera toujours, il a pour nom folie.

— Je suis d'accord, Veyrenc, dit Adamsberg sans rouvrir les yeux. Emmenez-la. Elle, son mur, ses mixtures et sa haine, je ne veux plus la voir.

— Six pieds, nota Veyrenc. *Je ne veux plus la voir*. Pas si mal.

— À ce compte-là, Veyrenc, tous les flics seraient poètes.

— Si c'était vrai, dit Danglard.

Ariane referma son briquet d'un geste sec et Adamsberg rouvrit les yeux.

— Je dois passer chez moi, Jean-Baptiste. Je ne sais pas ce que tu fabriques ni pourquoi, mais j'ai assez de métier pour deviner. Une détention préventive, c'est bien cela ? Je vais donc passer prendre quelques affaires.

— On t'apportera ce dont tu as besoin.

— Non. Je vais les chercher moi-même. Je ne veux pas que tes agents mettent leurs pattes dans mes vêtements.

Pour la première fois, le regard d'Ariane, qu'Adamsberg ne voyait que de profil, devenait dur et anxieux. Elle aurait elle-même diagnostiqué qu'Oméga montait à l'assaut. Parce que Oméga avait quelque chose à faire, de vital.

— Ils t'accompagneront pendant que tu feras ta valise. Ils ne toucheront à rien.

— Je ne veux pas qu'ils soient là, je veux être seule. C'est privé, c'est intime. Tu peux comprendre cela. Si tu crains que je ne m'en aille, laisse dix connards devant la porte.

Dix connards. Oméga se rapprochait de la surface. Adamsberg guettait le profil d'Ariane, son sourcil, sa lèvre, son menton, et y suivait le frémissement de ses pensées nouvelles.

En prison, il n'y aurait pas d'orgeat, seulement du café pour les chiens. En prison, il n'y aurait plus de mélanges, ni violine ni grenaille, ni menthe ni marsala. Ni surtout la mixture sacrée. Or la mixture était presque achevée, il n'y manquait que le vif de la troisième vierge et le vin de l'année. Pour le vin, on pouvait s'arranger. Ce n'était jamais qu'un liant, et de l'eau ferait éventuellement l'affaire. Il manquait le troisième *vif*, bien sûr, et il n'était plus question d'éternité. Mais le mélange était presque à son terme et pouvait assurer quelque longévité. Combien ? Un siècle ? Deux ? Dix ? De quoi tenir en prison sans s'en faire et recommencer. Seulement, il manquait la mixture. Et c'est cette peur de ne jamais la boire qui la faisait serrer sa cigarette entre ses dents. Entre elle et son trésor durement conquis s'interposaient des cohortes de flics.

Et ce trésor constituait aussi l'unique preuve des meurtres. Ariane n'avouerait rien. La mixture, et la mixture seule, avec les cheveux de Pascaline et d'Élisabeth, les débris d'os de chat, d'homme, de cerf, démontrerait qu'Ariane avait suivi le ténébreux chemin du *De reliquis*. La récupérer était aussi décisif pour elle que pour le commissaire. Sans la médication, il n'avait guère moyen de soutenir l'accusation. Nuages accumulés par un pelleteux dérivant dans ses songes, dirait le juge, encouragé par Brézillon. Le Dr Lagarde était si célèbre que les fils réunis par Adamsberg ne pèseraient pas lourd.

— La mixture est donc bien chez toi, dit Adamsberg, sans quitter des yeux le visage tendu du médecin. Dans une planque certainement inaccessible aux gestes ordinaires d'Alpha. Tu la veux, je la veux. Mais c'est moi qui l'aurai. J'y mettrai le temps, je démonterai l'immeuble entier, mais je la trouverai.

— Comme tu veux, dit Ariane en soufflant la fumée, à nouveau indifférente et détendue. J'aimerais aller aux toilettes.

— Veyrenc, Mordent, accompagnez-la. Tenez-la ferme.

Ariane sortit du bureau, avançant lentement sur ses hautes chaussures, serrée par ses deux gardes du corps. Adamsberg la suivit des yeux, troublé par sa volte-face rapide, par le plaisir qu'elle semblait prendre à tirer sur sa cigarette. Tu souris, Ariane. Je te retire ton trésor et tu souris.

Je connais ce sourire. C'était le même, dans ce café du Havre, après avoir jeté ma bière. Le même, quand tu m'as convaincu de suivre l'infirmière. Le sourire du vainqueur face au futur perdant. Le sourire de tes triomphes. Je vais t'enlever ta foutue mixture et pourtant tu souris.

Adamsberg se leva d'un bond et tira Danglard par le bras.

LXIV

Derrière le commissaire, Danglard courait sans comprendre, les jambes engourdies de sommeil, le suivant jusqu'à la porte des lavabos, gardée par Veyrenc et Mordent.

— Allez-y, commandant, ordonna Adamsberg. La porte !

— Mais on ne peut pas… commença Mordent.

— Enfoncez la porte, nom de Dieu ! Veyrenc !

Le battant des toilettes céda en trois coups sous les épaules de Veyrenc et du commissaire. Charge des bouquetins, eut le temps de penser Adamsberg avant de saisir le bras d'Ariane et de récupérer un gros flacon de verre brun qu'elle serrait dans sa main. La légiste hurla. Et avec ce long cri, féroce et déchirant, Adamsberg comprit ce que pouvait être la véritable nature d'un Oméga. Il ne devait plus jamais l'entrevoir par la suite. Ariane perdit conscience et, quand elle se réveilla cinq minutes plus tard en cellule, Alpha avait repris le dessus, paisible et sophistiquée.

— La mixture était dans son sac, dit Adamsberg en regardant fixement la petite bouteille.

Elle a puisé de l'eau au lavabo pour faire le mélange, elle allait le boire.

Il éleva la main et fit tourner avec précaution le flacon sous la lumière de la lampe, examinant son contenu épais, et les hommes contemplaient la bouteille un peu comme on regarde la sainte ampoule.

— Elle est intelligente, dit Adamsberg. Mais il y a en elle un fin sourire d'Oméga, un sourire de victoire et de ruse qu'elle maîtrise mal. Et elle a souri, une fois certaine que je croyais la mixture chez elle. C'est donc que le flacon était ailleurs. Sur elle, évidemment.

— Pourquoi ne pas l'avoir pris dans son sac ? dit Mordent. C'était risqué, la porte des toilettes est solide.

— Parce que je n'y ai pas pensé avant, Mordent, tout simplement. J'enferme le flacon dans le coffre. Je vous rejoins, on s'en va.

Une demi-heure plus tard, Adamsberg fermait la porte de sa maison à double tour. Il sortit délicatement le flacon brun de la poche de sa veste et le posa au centre de la table. Puis il vida une flasque de rhum dans l'évier, la rinça, y ficha un entonnoir et y versa lentement la moitié de la mixture. Demain, le flacon brun partirait au labo, il restait bien assez de médication pour effectuer les analyses. Personne n'avait pu voir, à travers le verre fumé, quel était le niveau exact du liquide, personne ne saurait qu'il en avait prélevé une bonne partie.

Demain, il irait voir Ariane dans sa cellule. Et il lui passerait discrètement la flasque. Ainsi la légiste coulerait-elle des jours sereins en prison, certaine d'y survivre assez longtemps pour poursuivre son œuvre. Elle avalerait cette saleté dès qu'il aurait le dos tourné et elle s'endormirait comme un démon repu.

Et pourquoi, se demanda Adamsberg en se relevant, enfournant les deux bouteilles dans sa veste, tenait-il à ce qu'Ariane coule des jours sereins ? Alors que son cri éraillé sonnait encore à ses oreilles, enflé de démence et de cruauté ? Parce qu'il l'avait un peu aimée, un peu désirée ? Même pas.

Il s'approcha de la fenêtre et regarda le jardin dans la nuit. Le vieux Lucio pissait sous le noisetier. Adamsberg attendit quelques instants et le rejoignit. Lucio regardait le ciel voilé, grattant sa piqûre.

— Tu ne dors pas, hombre ? demanda-t-il. Tu as fini la tâche ?

— Presque.

— Difficile, hé ?

— Oui.

— Les hommes, soupira Lucio. Et les femmes.

Le vieux s'éloigna vers la haie et revint avec deux petites bouteilles de bière fraîche, qu'il décapsula avec les dents.

— Tu ne dis rien à Maria, hein ? dit-il en en tendant une à Adamsberg. Les femmes se font toujours du mouron. C'est qu'elles aiment faire le travail à fond, comprends cela. Tandis que les gars, ça peut aller d'un côté et de l'autre, et puis bâcler, finir, ou tout laisser en plan. Au lieu qu'une femme, comprends cela, ça peut suivre sa même idée pendant des jours, des mois, et sans siffler une bière.

— Aujourd'hui, j'ai arrêté une femme juste avant qu'elle ne termine son boulot.

— Un gros boulot ?

— Gigantesque. Elle préparait une potion du diable qu'elle voulait à toute force avaler. Et j'ai pensé qu'il valait mieux qu'elle l'avale, en fin de compte. Pour que son travail soit à peu près fini. N'est-ce pas ?

Lucio vida sa canette d'un coup et jeta la bouteille par-dessus le mur.

— Bien sûr, hombre.

Le vieux rentra chez lui et Adamsberg pissa sous le noisetier. *Bien sûr, hombre.* Sinon, la piqûre la démangerait jusqu'à la fin de ses jours.

LXV

— C'est ici, Veyrenc, qu'on va finir l'histoire, dit Adamsberg en s'arrêtant sous un grand noyer.

Le surlendemain de l'arrestation d'Ariane Lagarde, et face au scandale que l'événement déclenchait, Adamsberg avait ressenti l'impérieux besoin d'aller tremper ses pieds dans l'eau du Gave. Il avait pris deux billets pour Pau et entraîné Veyrenc avec lui sans lui demander son avis. Ils étaient arrivés dans la vallée d'Ossau, et Adamsberg avait poussé son collègue par le chemin des rocailles, jusqu'à la chapelle de Camalès. À présent, ils débouchaient sur le Haut Pré. Étourdi, Veyrenc regardait le champ autour de lui, les cimes de la montagne. Il n'était jamais revenu sur ce pré.

— À présent que nous sommes libérés de l'Ombre, on peut s'asseoir sous celle du noyer. Pas trop longtemps, on sait qu'elle est fatale. Le temps d'en finir avec cette piqûre. Asseyez-vous, Veyrenc.

— Là où j'étais ?

— Par exemple.

466

Veyrenc franchit cinq mètres et s'installa en tailleur dans l'herbe.

— Le cinquième gars, sous l'arbre, le voyez-vous ?

— Oui.

— Qui est-ce ?

— Vous.

— Moi. J'ai treize ans. Qui suis-je ?

— Un chef de bande du village de Caldhez.

— C'est vrai. Comment suis-je ?

— Debout. Vous regardez la scène sans intervenir. Vous croisez les mains dans le dos.

— Pourquoi ?

— Vous cachez une arme, ou un bâton, ou je ne sais quoi.

— Vous avez vu Ariane, avant-hier, à son arrivée dans mon bureau. Elle avait les mains dans le dos. Tenait-elle une arme ?

— Cela n'a rien à voir. Elle était menottée.

— Et c'est une excellente raison pour avoir les mains dans le dos. J'étais attaché, Veyrenc, comme une chèvre au bout de sa longe. J'avais les mains ligotées à l'arbre. J'espère que vous comprenez pourquoi je ne suis pas intervenu.

Veyrenc passa la main dans l'herbe plusieurs fois.

— Dites.

Adamsberg s'adossa au tronc du noyer, étendit ses jambes, offrit ses bras au soleil.

— Il y avait deux bandes rivales à Caldhez. La bande de la fontaine, en bas, menée par Fernand le teigneux, et la bande du lavoir, en haut, menée par moi et mon frère. Bagarres, rivalités, complotages, cela nous occupait beaucoup. Jeux d'enfants donc, à ceci près qu'avec l'arrivée de Roland et de quelques autres recrues, la bande de la fontaine s'est muée en une armée de petits salopards. Roland avait l'intention d'écraser la bande du lavoir et de rafler tout le village. La guerre des gangs, en petite dimension. On résistait comme on pouvait, je l'exaspérais plus que tout. Au jour de l'expédition contre vous, Roland est venu me trouver avec Fernand et Gros Georges. « On t'emmène au spectacle, connard, m'a-t-il dit. Tu vas bien ouvrir tes yeux, et après, tu vas bien fermer ta gueule. Parce que si tu ne t'écrases pas, on te fera la même chose. » Ils m'ont trimballé jusqu'au Haut Pré, et attaché à l'arbre. Puis ils se sont foutus dans la chapelle et ils t'ont attendu. Tu passais toujours par là quand tu revenais de l'école. Ils se sont jetés sur toi et tu connais la suite.

Adamsberg se rendit compte qu'il était passé au tutoiement sans le vouloir. Quand on est gosses, on ne se vouvoie pas. Tous deux sur le Haut Pré, ils étaient gosses.

— Ouais, dit Veyrenc avec une moue, mal convaincu.

Ce message est nouveau, comprenez que
[j'y songe,
Car qui dit qu'il n'est pas le reflet d'un
[mensonge ?

— J'avais réussi à tirer mon couteau de ma poche arrière. Et j'essayais, comme dans les films, de trancher mes liens. Mais nous ne sommes jamais dans un film, Veyrenc. Dans un film, Ariane aurait avoué. Dans la réalité, son mur résiste. Les liens résistaient et je suais dessus pour les couper. La lame m'a échappé, mon couteau est tombé au sol. Quand tu es parti dans les pommes, ils m'ont détaché à vive allure et ils m'ont entraîné dans le chemin des rocailles en courant. J'ai mis longtemps à oser retourner au Haut Pré pour y chercher mon couteau.

L'herbe avait poussé, l'hiver était passé. J'ai fouillé partout, je ne l'ai jamais retrouvé.

— C'est grave ?

— Non, Veyrenc. Mais si l'histoire est vraie, il y a une chance pour que le couteau n'ait pas bougé et se soit enfoncé dans la terre. Le chant de la terre, Veyrenc, vous vous souvenez ? C'est pour cela que j'ai apporté une pioche. Vous allez chercher le couteau. Sa lame devrait toujours être ouverte, tel qu'il est tombé. J'avais gravé mes initiales sur le manche en bois verni, JBA.

— Pourquoi ne le cherche-t-on pas à deux ?

— Parce que vous doutez trop, Veyrenc. Vous pourriez m'accuser de le laisser tomber au sol tout en piochant. Non, je m'éloigne, mains dans les poches, et je vous regarde. Nous aussi, on va ouvrir une tombe pour y chercher un *vif* souvenir. Mais je pense qu'il n'a pas pu s'enfoncer à plus de quinze centimètres de profondeur.

— Il peut ne pas être là, dit Veyrenc. Quelqu'un a pu le trouver trois jours après et l'empocher.

— On l'aurait su dans ce cas. Rappelez-vous que les flics cherchaient le nom du cinquième gars. Si on avait trouvé mon couteau, avec mes initiales, j'étais cuit. Mais ils n'ont jamais identifié ce cinquième gars, et moi, je me suis tu. Je ne pouvais rien prouver. Si mon histoire est vraie, le couteau est donc toujours là, depuis trente-quatre ans. Je n'aurais jamais abandonné volontairement mon couteau. Si je ne l'ai pas ramassé, c'est que je n'ai pas pu. Parce que j'étais attaché.

Veyrenc hésita, puis se leva et attrapa la pioche pendant qu'Adamsberg reculait à quelques mètres de lui. La surface de la terre était dure et le lieutenant creusa plus d'une heure au bas du noyer, passant régulièrement les doigts dans les mottes pour les émietter. Puis Adamsberg le vit lâcher la pioche, ramasser un objet, frotter la terre qui l'encrassait.

— Tu l'as ? demanda-t-il en se rapprochant. Tu lis quelque chose ?

— JBA, dit Veyrenc en achevant de nettoyer le manche avec son pouce.

Il tendit le couteau sans un mot à Adamsberg. Lame rouillée, manche déverni, creux des initiales comblés de terre noire, parfaitement lisibles. Adamsberg le fit tourner dans ses doigts, ce couteau, ce foutu couteau qui n'avait pas réussi à couper la corde, ce foutu couteau qui ne l'avait pas aidé à tirer ce gosse en sang des mains de Roland.

— Si cela te dit, il est à toi, dit Adamsberg en le tendant au lieutenant, prenant soin de le tenir par la lame. En son mâle principe de notre impuissance à tous deux, ce jour-là.

Veyrenc hocha la tête, et accepta.

— Tu me dois dix centimes, ajouta Adamsberg.

— Pourquoi ?

— C'est une tradition. Quand on offre un objet coupant à quelqu'un, il doit donner dix centimes en échange pour annuler le risque de blessure. Je m'en voudrais qu'il t'arrive malheur par ma faute. Tu gardes le couteau, je prends la pièce.

LXVI

Dans le train du retour, un dernier souci agitait le visage de Veyrenc.

— Quand on est dissocié, dit-il sombrement, on ne sait pas ce qu'on fait, n'est-ce pas ? On gomme tout souvenir ?

— Oui, en principe, et d'après Ariane. On ne saura jamais si elle nous a joué la comédie pour ne rien avouer, ou si elle est une dissociée vraie. Et si cela existe totalement.

— Si cela existait, dit Veyrenc, en soulevant sa lèvre dans un faux sourire, est-ce que j'aurais pu tuer Fernand et Gros Georges sans le savoir ?

— Non, Veyrenc.

— Comment pouvez-vous en être sûr ?

— Parce que j'ai vérifié. J'ai votre emploi du temps archivé sur vos feuilles de route, aux brigades de Tarbes et de Nevers, où vous étiez à l'époque des meurtres. Le jour du meurtre de Fernand, vous accompagniez un détachement à Londres. Le jour du meurtre de Gros Georges, vous étiez aux arrêts.

— Ah bon ?

— Oui, pour insultes envers un supérieur. Que vous avait-il fait ?

— Comment s'appelait-il ?

— Pleyel. Pleyel, comme le piano, tout simplement.

— Oui, se rappela Veyrenc. C'était un type à
la Devalon. On avait une affaire de crapulerie
politique sur les bras. Au lieu de faire son boulot,
il a suivi les ordres du gouvernement, biaisé le
procès avec des faux documents, disculpé le
gars. J'avais commis des vers inoffensifs à son
encontre, qui ne lui ont pas plu.

— Vous vous en souvenez ?

— Non.

Adamsberg sortit son carnet et le feuilleta.

— Voilà, dit-il.

« La morgue des puissants dévaste la Justice,
Et fait un serviteur d'un chef de police.
La République est pâle et verse dans l'abîme,
Les tyrans qui la tuent ont les mains noires
du crime. »

Résultat, quinze jours d'arrêt.

— Où les avez-vous retrouvés ? demanda
Veyrenc en souriant.

— Ils étaient consignés au procès-verbal. Des
vers qui vous sauvent aujourd'hui du meurtre de
Gros Georges. Vous n'avez tué personne, Veyrenc.

Le lieutenant ferma rapidement les paupières
et relâcha ses épaules.

— Vous ne m'avez pas donné les dix centimes,
dit Adamsberg en tendant la main. J'ai beaucoup
bossé pour vous. Vous m'avez donné du mal.

Veyrenc déposa une pièce cuivrée dans la
main d'Adamsberg.

— Merci, dit Adamsberg en empochant la
pièce. Quand laissez-vous Camille ?

Veyrenc détourna la tête.

— Bon, dit Adamsberg en se calant contre la
fenêtre du train pour s'endormir aussitôt.

LXVII

Danglard avait profité du retour anticipé de Retancourt sur terre pour décréter une pause sous l'égide de la troisième vierge, après avoir remonté des réserves de la cave. Dans la turbulence qui suivit, seul le chat demeurait placide, plié en deux sur l'avant-bras puissant de Retancourt.

Adamsberg traversa lentement la salle, se sentant aussi inapte que d'ordinaire à s'adapter aux gaietés collectives. Il prit au passage le verre que lui tendait Estalère, sortit son portable et composa le numéro de Robert. La seconde tournée allait débuter au café d'Haroncourt.

— C'est le Béarnais, dit Robert à l'assemblée des hommes, en couvrant le téléphone de sa main. Il dit que ses ennuis de flic sont terminés et qu'il va boire un truc en pensant à nous.

Angelbert médita sa réponse.

— Dis-lui que c'est d'accord.

— Il dit qu'il a retrouvé deux os de saint Jérôme dans un appartement, dans une boîte à outils, ajouta Robert en bouchant à nouveau le téléphone. Et qu'il viendra les remettre dans le reliquaire du Mesnil. Parce que lui, il ne sait pas quoi en faire.

— Ben nous non plus, dit Oswald.

— Il dit qu'on doit prévenir le curé, quand même.

— Ça se tient, dit Hilaire. Ce n'est pas parce que Oswald n'en a rien à faire que ça n'intéresse pas le curé. Le curé, il a bien des ennuis de curé aussi, non ? Faut comprendre les choses.

— Dis-lui que c'est d'accord, trancha Angelbert. Quand vient-il ?

— Samedi.

Robert revint au téléphone, concentré, pour transmettre la réponse de l'ancêtre.

— Il dit qu'il a ramassé des galets de sa rivière et qu'il viendra nous les porter aussi, si on n'a rien contre.

— Ben qu'est-ce qu'il veut qu'on en foute ?

— J'ai l'impression que c'est un peu comme les bois du Grand Roussin. Des honneurs, quoi, donnant donnant.

Les visages indécis se tournèrent vers Angelbert.

— Si on refuse, dit Angelbert, il y aurait de l'offense.

— Évidemment, ponctua Achille.

— Dis-lui que c'est d'accord.

Adossé à un mur, Veyrenc regardait évoluer les agents de la Brigade auxquels s'étaient ce soir ajoutés le Dr Romain, également revenu sur terre, et le Dr Lavoisier, qui suivait le cas Retancourt à la trace. Adamsberg se déplaçait doucement d'un point à un autre, présent, absent, présent, absent, comme une lumière de phare intermittente. Les secousses encaissées au long de sa course derrière l'ombre d'Ariane laissaient encore quelques traînées sombres sur son visage. Il avait trempé trois heures dans l'eau du Gave à ramasser des galets, avant de rejoindre Veyrenc pour le départ du train.

Le commissaire tira un papier froissé de sa poche arrière et fit signe à Danglard de se rapprocher. Danglard connaissait cette pose et ce sourire. Il rejoignit Adamsberg, méfiant.

— Veyrenc dirait que le sort s'amuse à jouer des tours étranges. Vous savez que le sort est spécialiste en ironie et que c'est à cela qu'on le reconnaît ?

— Il paraît que Veyrenc s'en va ?

— Oui, il part dans sa montagne. Il va réfléchir les pieds dans sa rivière et les cheveux au vent pour savoir s'il reviendra avec nous, oui ou non. Il n'est pas décidé.

Adamsberg lui tendit le papier froissé.

— J'ai reçu cela ce matin.

— Je ne comprends rien, dit Danglard en parcourant les lignes.

— C'est normal, c'est du polonais. Cela nous raconte que l'infirmière vient de mourir, capitaine. Un pur accident. Elle est passée sous les roues d'une voiture à Varsovie. Écrasée comme une crêpe par un chauffard qui a grillé le feu, incapable de distinguer la chaussée du trottoir. Et l'on sait qui l'a écrasée.

— Un Polonais.

— Oui. Mais pas n'importe quel Polonais.

— Un Polonais ivre.

— Sûrement. Mais encore ?

— Je ne vois pas.

— Un Polonais vieux. Un Polonais de quatre-vingt-douze ans. La tueuse de vieux a été écrasée par un vieux.

Danglard réfléchit un instant.

— Et cela vous amuse réellement ?

— Beaucoup, Danglard.

Veyrenc voyait Adamsberg secouer l'épaule du commandant, Lavoisier couver Retancourt, Romain rattraper son retard, Estalère courir avec des verres, Noël se vanter de sa transfusion. Tout cela ne le regardait pas. Il n'était pas venu ici pour s'intéresser aux gens. Il était venu pour en finir avec ses cheveux. Et il avait fini.

C'en est fini, soldat, ta tragédie s'achève,
Tu es libre d'aller t'adonner à tes rêves.
Quel obscur regret te retient en ces lieux,
Et pourquoi ne peux-tu les saluer d'un adieu ?

Oui, pourquoi ? Veyrenc tira sur sa cigarette et regarda Adamsberg quitter la Brigade, discret et aérien, portant dans chaque main les grands bois du cerf.

Ô dieux,
Ne vous irritez pas du charme qui me tente
Leur vaine humanité me désole et m'enchante.

Adamsberg rentrait à pied par les rues noires. Il ne dirait pas un mot à Tom des atrocités d'Ariane, il n'était pas question que l'effroi pénètre si tôt dans la tête de l'enfant. D'ailleurs, les bouquetins dissociés n'existent pas. Seuls les hommes ont l'art d'accomplir ce genre de calamité. Au lieu que les bouquetins, sous leurs longues cornes, savent faire pousser leur crâne hors de leur tête tout aussi bien que les cerfs. Ce que les hommes en revanche ne savent pas faire. On s'en tiendrait donc aux bouquetins.

C'est alors que le sage chamois, qui avait beaucoup lu, comprit son erreur. Mais le bouquetin roux ne sut jamais que le chamois l'avait pris pour un salopard. C'est alors que le bouquetin roux comprit son erreur, et admit que le bouquetin brun n'était pas un salopard. C'est bon, dit le bouquetin brun, donne-moi dix centimes.

Dans le petit jardin, Adamsberg posa les bois du cerf à terre pour chercher ses clefs. Lucio sortit aussitôt dans la nuit et le rejoignit sous le noisetier.

— Ça va, hombre ?

Lucio se glissa vers la haie sans attendre de réponse, revint avec deux bières et les décapsula. Sa radio grésillait dans sa poche.

— La femme ? demanda-t-il en tendant une bouteille au commissaire. Celle qui n'avait pas fini son boulot. Tu lui as donné sa potion ?

— Oui.

— Et elle l'a bue ?

— Oui.

— C'est bien.

Lucio avala quelques gorgées avant de désigner le sol de la pointe de sa canne.

— Qu'est-ce que tu transportes ?

— Un dix-cors de Normandie.

— C'est du vif ou c'est de la chute ?

— Du vif.

— C'est bien, approuva une seconde fois Lucio. Mais ne les sépare pas.

— Je sais.

— Tu sais autre chose aussi.

— Oui, Lucio. L'Ombre est partie. Morte, finie, disparue.

Le vieux demeura un moment sans rien dire, cognant le goulot de la petite bouteille contre ses dents. Il jeta un regard vers la maison d'Adamsberg, puis revint au commissaire.

— Comment ?

— Cherche.

— On dit que seul un vieillard aura sa peau.

— C'est ce qui s'est produit.

— Raconte.

— Ça s'est passé à Varsovie.

— Avant-hier à la tombée du soir ?

— Oui, pourquoi ?

— Raconte.

— C'est un vieillard polonais de quatre-vingt-douze ans. Il l'a écrasée, sous ses deux pneus avant.

Lucio réfléchit, roula le bord de la bouteille contre ses lèvres.

— Comme ça, dit-il en abattant son poing unique.

— Comme ça, confirma Adamsberg.

— Comme le tanneur avec ses poings.

Adamsberg sourit, et ramassa ses bois de cerf.

— Exactement, ponctua-t-il.

9004

Composition
PCA

Achevé d'imprimer en France (La Flèche)
par CPI BRODARD ET TAUPIN
le 6 avril 2009 - 51795.

Dépôt légal avril 2009.
EAN 9782290017739

ÉDITIONS J'AI LU
87, quai Panhard-et-Levassor, 75013 Paris

Diffusion France et étranger : Flammarion